HEYNE <

STEPHAN BARTELS

DICKE FREUNDE

ROMAN

WILHELM HEYNE VERLAG
MÜNCHEN

MIX
Papier aus verantwortungsvollen Quellen
FSC® C014496

Verlagsgruppe Random FSC® N001967
Das für dieses Buch verwendete
FSC®-zertifizierte Papier *Holmen Book Cream*
liefert Holmen Paper, Hallstavik, Schweden.

5. Auflage
Originalausgabe 06/2014

Printed in Germany 2014
Redaktion: Tamara Rapp
Umschlaggestaltung: Eisele Grafik Design, München
Umschlagillustration: Jumpstart Studios/Getty Images
Motive Innenklappen: Anna Kucherova und Harry Mueller, Shutterstock
Satz: Buch-Werkstatt GmbH, Bad Aibling
Druck und Bindung: GGP Media GmbH, Pößneck

ISBN 978-3-453-43728-9

Für Tomski

KAPITEL 1
Happy Birthday, Simon!

Simon Havlicek hatte ein ausgewachsenes Faible für Koinzidenzen, für die Gleichzeitigkeiten des Lebens. Das galt schon in seinem normalen Alltag, aber wenn etwas von Belang in seinem Leben geschah, erschien ihm doppelt bedeutsam, was außerdem noch auf seinem Planeten vor sich ging. Am Tag seiner Einschulung zum Beispiel stürzte im Kongo ein Flugzeug ab, er hatte das im Radio aufgeschnappt und sich gewundert, dass etwas derart Schlimmes passieren konnte, wo er doch an diesem Tag so irre stolz war. Das wusste er noch wie heute. Als er konfirmiert wurde, spielten ausgerechnet The Smiths in Hamburg (er hatte ein paar Tage zuvor ihre LP *Hatful of Hollow* zum Geburtstag bekommen). Und an dem Tag, als er Katja zum ersten Mal begegnete, senkte die US-Notenbank den Leitzins um 0,5 Prozent. Er hatte bis heute keine Ahnung, wem so ein Leitzins was nützt. War ihm auch völlig egal. Er merkte sich diese Dinge, ganz so, als wollte er sich vergewissern, dass die Welt sich weiterdrehte, auch wenn seine eigene erschüttert wurde. Oder zum Stillstand kam.

Zu solchen Tagen sammelte er alle verfügbaren Informationen und schrieb sie in ein kleines braunes Notizbuch, das ihm Katja einmal geschenkt hatte. Er trug es immer bei sich, egal wohin er ging.

Für den 21. April 1999 notierte er:

- mein dreißigster Geburtstag
- Amoklauf in Littleton, Colorado (15 Tote)
- Bundesverwaltungsgericht: Kruzifixe in bayrischen Schulen müssen hängen bleiben
- zehnter Geburtstag Gameboy
- Halbfinale Champions League: Bayern München – Dynamo Kiew 1:0 (Tor: Mario Basler)

All das hatte er später in der Nacht im Videotext nachgelesen, ausgenommen das mit seinem Geburtstag. Der allerletzte Eintrag war nicht Teil der internationalen Nachrichtenlage. Es gab auch nur einen einzigen Augenzeugen. Ihn selbst. Er hatte blau auf weiß geschrieben:

- Katja mit einem fremden Schwanz in der Hand erwischt

Davon ahnte er allerdings noch nichts, als er gegen fünf am Nachmittag durch das Karolinenviertel lief. Kalt war es an diesem Mittwoch in Hamburg, unerwartet saukalt, ein letztes Zucken des Winters und glatt zehn Grad kälter als gestern, als der Frühling vorsichtig um die Ecke gespäht hatte. Simon knöpfte seine dünne Jeansjacke zu. Sie spannte extrem unvorteilhaft über seinem Bauch. Auch schon wieder gewachsen, dachte Simon resigniert und machte sie wieder auf.

Er pikte mit dem Zeigefinger auf seinen Pullover, unterhalb des Nabels, wo sein Bauch ein gutes Stück über den Gürtel lappte. Es war weich dort, das Fleisch bot praktisch keinen Widerstand.

Hm. Irgendwo in den hinteren Regionen seines Gehirns

wusste er ziemlich genau, dass sich Gewicht und Größe bei ihm allmählich in einem verdammt ungünstigen Verhältnis befanden. Muss ich mich irgendwann ernsthaft mit beschäftigen, dachte er. War ja früher mal anders.

Eigentlich war er ziemlich gut darin, Missstände zu verdrängen. Aber manche Dinge ließen sich einfach nicht übersehen, nicht mal von einem, der sie gar nicht sehen wollte.

Nur war heute eben nicht der Tag für Probleme, fand Simon Havlicek.

Er ging die Glashüttenstraße entlang, wo all diese hippen neuen Start-up-Firmen in ihren Fabriketagen logierten und irgendwas mit Internet oder Medien machten. Mittendrin, in einem Altbau, der so vorbildlich saniert war, dass man es schon wieder unsympathisch fand, lag das Stadtplanungsbüro, in dem Katja arbeitete.

Ein paar von den Werbeleuten, die hier überall in der Gegend ihre Vierzehn-Stunden-Tage runterrissen, waren in letzter Zeit entlassen worden. Katjas Job war relativ sicher. Stadtgeplant wird ja irgendwie immer, und es wird auch eher mehr Stadt als weniger hier, dachte Simon. Er selbst hatte heute einfach ein bisschen früher Schluss gemacht bei der Arbeit im Kino – warum auch nicht, an so einem Tag. Und er hatte gedacht, dass es irgendwie nett wäre, Katja zu überraschen. Sie von der Arbeit abzuholen, mit ihr zu Hause in Ottensen einen Kaffee trinken zu gehen oder zum Chinesen, was essen, zweimal gebratenes Schweinefleisch süß-sauer zum Beispiel. Und dann mal schauen, was der Abend noch so brachte. Vielleicht einen Film sehen oder … ja, ein Film wäre gut. Filme waren immer gut.

Simon war nicht besonders einfallsreich, wenn es um Abendgestaltung ging. Hätte er eine Kontaktanzeige aufgeben müssen – das Wort »häuslich« hätte unbedingt reingemusst. Er aß gern und viel, mochte Filme, schon von Berufs wegen, und schaute sich Fußball im Fernsehen an, meistens allerdings nur, wenn Katja nicht daheim war. Er las mit gebremster Leidenschaft, vor allem zum Einschlafen, ging bloß im Notfall in Kneipen und fand auch Besuch von oder bei Freunden nur mäßig attraktiv. Er hatte ganz gern seine Ruhe, mit Katja oder ohne. Sie war da anders.

Aber heute würde er das Programm bestimmen, das waren nun mal die Spielregeln, wenn man Geburtstag hatte. Und, Gott, das war heute nicht irgendeiner. Dreißig. Er grinste still vor sich hin. Schon seit Stunden hatte er das sichere Gefühl, dass er heute sogar eine Runde Sex herausschlagen würde. Geburtstagssex. Nicht der schlechteste. Nicht so gut wie Versöhnungssex oder überraschender Sonntagmorgensex, aber trotzdem eine schöne Aussicht auf den Abend.

Ein Schild hing an der Fahrstuhltür. Wartungsarbeiten. Och nö, dachte Simon, seufzte milde und vergab sofort. Der Aufzug war schließlich mindestens doppelt so alt wie er selbst. Und der Geburtstag! Keine schlechte Laune an Geburtstagen. Goldenes Gesetz. Er stieg die drei Stockwerke zu Katjas Büro hinauf. Sein rechtes Knie knirschte laut, es übertönte sogar das Knarren der uralten Stufen. Es hatte sich nie ganz erholt von einer ziemlich üblen Sportverletzung vor ein paar Jahren. In der zweiten Etage begann er zu keuchen. Das hatte nichts mit dem Knie zu tun. Simon Havlicek war definitiv schon mal in besserer Verfassung gewesen, so viel stand fest. Er wartete im dritten Stock einen Moment, bis sein Atem wieder einigermaßen normal ging. Er stieß die Tür zum Großraumbüro auf, mit von der Kälte klammen, gefühllosen Fingern. Und immer noch brennenden Lungen.

»Heeey, Siiimon«, rief eine Frau, deren Schreibtisch am Fenster stand. Sie lächelte ihn an und winkte.

»Hallo«, sagte er, gegen seinen Willen eher nüchtern als herzlich, vielleicht sogar ein bisschen unsicher, und hob die Hand halbhoch zum Gruß. Verdammt. Er ärgerte sich etwas über seine Distanziertheit. Manchmal fand er sich selbst echt schräg. Bei Menschen, die nicht wirklich zu seinen besseren Freunden gehörten, hatte er sich die seltsame Angewohnheit angeeignet, sie nie mit ihrem Namen zu grüßen. Er hatte die diffuse Angst, die Namen durcheinanderzubringen, seit ihm genau das einmal passiert war. Den Filmvorführer Florian hatte er Martin genannt und Martin dann Jürgen, in einem Gespräch, das sie zu dritt geführt hatten. Peinlich war das, irre peinlich. Seitdem nannte er niemanden irgendwie, dabei wusste er hier und heute ohne jeden Zweifel, dass die Blonde am Fenster Gundula war und niemand anders. Er mochte sie sogar. Und wäre gern mindestens halb so herzlich gewesen wie sie. Muss man auch mal drüber nachdenken, was da bei mir eigentlich falsch läuft, dachte Simon.

Sie kam auf ihn zu, und er beneidete sie um ihr schwereloses Federn, ihre jugendliche Frische; an seine eigene hatte er nur noch eine vage Erinnerung. Sie nahm ihn in den Arm. Simon war verblüfft, das hatte sie noch nie gemacht. Er spürte ihre runden, festen Brüste auf seinem runden, weichen Bauch. Es fühlte sich gut an. Sie roch nach Milchkaffee und

Honigshampoo. Hatte es bei ihnen früher zu Hause auch gegeben, Honigshampoo. Wie hieß das noch? Irgendwas mit T. Ach ja. Timotei.

»Dem rüstigen Jubilar alles Gute zu seinem Ehrentag«, sagte Gundula.

Er lächelte, so gut es seine verfrorenen Gesichtszüge zuließen.

»Danke, du Küken.«

»Und, wie isses so mit über dreißig, alter Mann?«

Sie war letzten Monat zweiundzwanzig geworden. An ihrem Geburtstag war er zuletzt hier gewesen, ganz zufällig, und hatte sogar noch zwei von diesen Pastéis de Nata abbekommen, die Gundula beim Portugiesen an der Ecke besorgt hatte.

»Wie kommst du auf dreißig? Auf der Treppe hatte ich gerade das Gefühl, stramm auf die achtzig zuzugehen«, sagte Simon.

»Das liegt wohl weniger am Alter. Eher an dem da.«

Gundula pikste Simon mit ihrem Zeigefinger in seinen Bauch. Zwei Piekser innerhalb weniger Minuten. Das hatte sein Bauch auch noch nicht erlebt. Und schon gar nicht verdient.

Simon zog nur die rechte Augenbraue hoch, zusammen mit dem Mundwinkel darunter, und zuckte mit den Schultern. Das musste zu diesem Thema heute reichen. Er blickte hinüber zu Katjas Schreibtischstuhl. Er war leer.

»Sag mal, weißt du, wo Katja steckt?«

Gundula blickte sich suchend um.

»Nee. Habe ich schon ’ne Weile nicht mehr gesehen. Vielleicht beim Chef drinnen oder so?«

»Na, wie auch immer. Ist ja ein Überraschungsbesuch. Dann gehe ich inzwischen halt mal aufs Klo.«

Er grinste Gundula noch einmal schief zu und freute sich über sie. Was für ein nettes, offenes Mädchen. Er durchquerte den Raum in Richtung des Korridors, wo die kleine Teeküche, der Kopierer und die Toiletten lagen, und grüßte unterwegs die anderen. Eine einzige Schüssel gab es für jedes Geschlecht, obwohl hier neun Frauen und bloß drei Männer arbeiteten. Aus einem CD-Spieler waberte Lounge-Musik durch das Büro, *Café del Mar*, er erkannte den Geräuschteppich, Katja hörte zu Hause fast nichts anderes. Dass die das Zeug noch ertragen hier, dachte Simon. Unfassbar. Wo es doch so viel richtig gute Musik gibt.

Die Leute an ihren Schreibtischen sahen hoch und grüßten ihn freundlich, Karsten und Jutta standen sogar auf und schüttelten ihm die Hand, mit besten Wünschen für das neue Lebensjahr und so weiter. Katja hatte offenbar kein Geheimnis aus seinem Geburtstag gemacht. Warum auch. Jan, der Chef, war ein selbsterklärter Familienmensch, er lud zu sämtlichen Betriebsfesten immer alle Partner und Kinder mit ein. Die Firma Karoplan verstand sich eben als große Familie, und Simon gehörte irgendwie dazu, wie ein entfernter Cousin, den man nicht besonders oft, aber eigentlich ganz gerne sah.

Er schlenderte auf das Herrenklo zu. Machte die Tür auf. Und entdeckte dort, direkt vor der Kloschüssel, seine Freundin. Sie starrte ihn verblüfft an.

Hinterher dachte Simon, dass das Gehirn doch irgendwie ein seltsamer Ort sein musste. Er konnte sich kaum einen Namen merken, vergaß auch jedes Mal, die Blumen zu gießen, wenn Katja mal ein paar Tage nicht zu Hause war – aber dieser Anblick, das wusste er sofort, würde für Jahre auf seiner Netzhaut eingebrannt bleiben, ob er wollte oder nicht. Wahrscheinlich eher nicht, denn Simon Havlicek, immerhin in diesem Moment Geburtstagskind, sah Folgendes: Katjas weißer Pulli war bis zum Hals hochgeschoben, die linke Brust aus ihrem BH-Körbchen herausgepult, die rechte wahrscheinlich auch, aber das konnte Simon nicht erkennen, weil eine Männerhand sie verdeckte. Katja selbst hatte den linken Arm um die Schulter eines Mannes in einem Rennradtrikot gelegt. Seine Radlerhose hing lose um seine Knöchel, gleich neben einer Kuriertasche mit der Aufschrift »Cyclostars«.

Vier Finger von Katjas rechter Hand umschlossen den nackten, erigierten Penis des Radfahrers – ein Typ, der Simon seltsam bekannt vorkam –, ihr kleiner Finger war abgespreizt, auch diese Haltung war ihm nicht fremd. Die beiden waren zum Stillleben versteinert, schockgefroren, keiner der beiden bewegte sich, keiner sagte etwas, wahrscheinlich atmeten sie nicht einmal mehr.

Simon glotzte auf das Geschlechtsteil in der Hand seiner Freundin. Der ist ja nicht besonders groß, dachte er, später wunderte er sich darüber, dass das sein erster Gedanke war. Dann sah er in die Gesichter der beiden. Erhitzt, offenmundig, entsetzt starrten sie zurück.

»Die Tür«, sagte Simon und deutete mit dem Zeigefinger darauf, »die war nicht abgesperrt.«

Dann begann er zu zittern. Er warf einen letzten Blick auf das reglose Paar und fragte sich, warum zum Geier sich keiner von beiden bewegte. Vorsichtig schloss er die Tür, als hätte er Angst, sie zu zerbrechen. Drehte sich um und ging langsam durch den Flur, vorbei am Kopierer, durch den Raum, sah nicht die verwirrten Gesichter der anderen, reagierte nicht, als Gundula fragend nach ihm rief, verließ nur wortlos das Büro, mit wackligen Knien und einem Gefühl im Magen, als hätten beide Klitschko-Brüder gleichzeitig kräftig hineingedroschen.

KAPITEL 2
Arme Judi Dingens

Eineinhalb Stunden später saß Simon auf dem Fußboden im Wohnzimmer, als er hörte, wie ein Schlüssel ins Schloss der Wohnungstür gesteckt wurde. Seit er nach Hause gekommen war – er hatte keine Erinnerung daran, wie –, hatte er dort gesessen, den Rücken am IKEA-Regal mit den Schallplatten. Seine Rückseite war inzwischen taub, genau wie sein Hintern, er spürte die Rücken der Cover von A (American Music Club) bis F (Fugazi) links vom Rückgrat. Simon hatte zwar inzwischen komplett auf CD umgestellt, aber irgendwie tat er sich schwer damit, die mehreren Hundert Vinyl-Scheiben aus seinem Sichtfeld zu schaffen, obwohl Katja schon seit Jahren darauf drängte. Aber das würde wahrscheinlich zur Abwechslung mal kein Thema sein in den nächsten paar Stunden.

Er hatte immer noch seine Jeansjacke an, mit dem Ärmel wischte er sich den Rotz von der Nase. Er zitterte, ihm war kalt, unendlich kalt, und das lag nicht an der Raumtemperatur. Jetzt klopfte sein Herz urplötzlich lauter und schneller, als er Katjas Absätze auf den Dielen im Flur hörte. Sie kam in Zeitlupe näher, klack, Pause, klack, Pause, klack. Er hörte, wie sie ihre Tasche über den Ärmel des Mantels zu Boden gleiten ließ, wie die auf das Holz traf, mit einem satten Klonk, wie sie ihren Mantel auszog und wie Stoff auf Stoff rieb; dann das Klicken des Kleiderbügels, der mit seinem Metallhaken auf die Garderobenstange stieß.

Simon hatte all das Hunderte Male gehört. Und sich meistens auf das gefreut, was diesen Geräuschen folgte: Katja zu Hause. Heute jedoch hatten sie eine andere Bedeutung, eine ungeahnte, ungewohnte Schwere. Katja würde sich heute nicht mit einem lang gezogenen »Boaaah, was für'n Scheißtag« zu ihm aufs Sofa werfen, ihre Standardbegrüßung. Nicht ihren Kopf in seinen Schoß legen, nicht nach der Fernbedienung greifen und wortlos von den *Simpsons* auf *RTL Exclusiv* umschalten, er würde es nicht widerstandslos geschehen lassen, ihr nicht den Haaransatz im Nacken kraulen, nicht ihre Wärme und seine eigene wohlige Geborgenheit spüren und als Preis dafür zehn Minuten mit Frauke Ludowig durchstehen. Fünf Jahre waren sie inzwischen zusammen, und fünf Jahre hatte er auch eine Beziehung mit Frauke Ludowig. Heute war ein anderer Tag, ludowigfrei, und das hatte dummerweise noch nicht mal was mit seinem Geburtstag zu tun.

Eine kleine Ewigkeit lang hörte er nichts aus dem Flur, er fühlte ihr Zögern. Dann klackte es wieder, zwei-, dreimal, und Katja Wegmann, siebenundzwanzig und drei viertel Jahre alt, diplomierte Geografin und ertappte Beziehungsbetrügerin, stand im Rahmen der Wohnzimmertür.

»Hi«, sagte sie heiser.

Ihre Augen waren groß, größer als sonst, fand Simon. Er sagte nichts, er betrachtete sie nur. Den blonden Bubikopf, der noch frisch war, ihre langen Haare hatte sie erst vor zwei Wochen abschneiden lassen. Ihren schmalen Körper in dem weißen, engen Wollpulli und der nicht minder engen Jeans. Ihre Stiefeletten, deren Geräusche auf dem Boden noch in seinen Ohren nachhallten.

Sie hielt die Arme verschränkt vor ihrem Körper, die Hände steckten in den Achselhöhlen, unsichtbar für Simon. Aber das änderte nichts daran, dass er wusste, was diese Hände vor Kurzem getan hatten, wen sie berührt hatten.

Nein: *Was* sie berührt hatten.

Aber Katja sah gut aus, sehr, sehr, sehr gut, und das gab ihm einen Stich in die Herzgegend. So hübsch, so begehrenswert – und so ein widerliches Stück Scheiße. Simon wusste nicht, was er eigentlich fühlte in diesem Moment. Abscheu, Liebe, Sehnsucht, einen Abgrund in sich, den Hauch von etwas, das zu Ende ging – all das floss in seinem Kopf zu einem indifferenten Brei zusammen. Vor allem tat er sich leid. Sehr leid. Das hatte sie jetzt davon.

Sie blickten sich an. Sie schuldbewusst. Er jetzt wütend. Von allen möglichen Emotionen von Trauer über Verzweiflung bis Selbstmitleid hatte er sich in diesem Moment für Wut entschieden.

»Ich weiß gar nicht, was ich sagen soll«, wisperte sie schließlich.

»Na, da kann ich dir helfen. Du könntest mir zum Beispiel sagen, wie lange das schon geht mit diesem Kurier-Arsch.«

Katja zuckte mit den Schultern. Ihre Stimme war leise und immer noch heiser, als sie antwortete. Sie hatte geweint, das hörte er ihr an. Immerhin.

»Ein paar Wochen vielleicht. Ist das wichtig?«

»Ob das … klar ist das wichtig.«

Sie sollte das wissen. Sie kannte Simons Schwäche für die Sache mit der Gleichzeitigkeit. Und überhaupt: Männer hielten sich gern an Fakten; zu wissen, was Sache war, suggerierte ein gewisses Maß an Kontrolle. Simon überschlug im Kopf die letzten Wochen, überlegte, wann Katja abends nicht zu Hause gewesen war. Vor vier Tagen, offiziell Kino mit Merle. Letzten Donnerstag, angeblich Squash. Den Dienstag davor – was war da noch gewesen?

Sie sah offenbar, wie es in seinem Hirn arbeitete.

»Sag mal, du überlegst doch jetzt nicht … hör sofort auf mit dem Schwachsinn! Darum geht es doch hier gar nicht!«

»Das sagst du. Du warst also letzten Sonntag im Kino?«

»Was zum …« Katja schüttelte ungläubig den Kopf. Dann fing sie sich. »Ja. War ich«, sagte sie trotzig.

»Mit wem?«

»Weißt du doch. Merle. 8826543. Ruf ruhig an.«

»Welcher Film?«

»Du spinnst, Simon.«

»WELCHER FILM?«

»Weißt du auch. *Shakespeare in Love.* Schöner Mädchenfilm, hast du selber vorher noch gesagt.«

»Und wer spielt die Königin?«

Sie lachte bitter auf. Es klang wie ein Husten.

»Die Chefin von James Bond. Keine Ahnung, wie die heißt.«

»Judi Dench. Wieso kannst du dir den Namen nicht merken? So 'ne super Schauspielerin, und du behältst einfach diesen verdammten Namen nicht.«

»Ja, 'tschuldigung. Arme Judi Dingens. Und? Beweist das jetzt irgendwas?«

»Zumindest, dass du zu wenig Respekt vor großen Schauspielern hast. Und überhaupt, wer sagt mir, dass du nicht mit dem Typen da warst?«

»Du kapierst echt überhaupt nichts, Simon Havlicek.«

»WIE BITTE? DU FICKST MIT ANDEREN MÄNNERN, UND ICH BIN DER BLÖDE, WEIL ICH WISSEN WILL, WIE OFT DU MICH BESCHISSEN HAST?«

Den letzten Satz hatte Simon geschrien. Sie schwieg und blickte zu Boden. Knabberte an ihrer Unterlippe, die schließlich zu zittern begann. Ihre Augen wurden feucht. Sie schluchzte auf.

»Es tut mir so leid, Simon, so leid, wirklich.«

Jetzt weinte sie richtig. Sie schlug die Hände vors Gesicht, ihr Körper wurde geschüttelt. Simon sah sie an und wartete darauf, dass Mitleid in ihm aufstieg. Der gutmütige, der liebe Simon, Gott, er war berüchtigt dafür, ein erbärmliches Weichei zu sein. Ja, er hatte ernsthaft Schiss davor, dass seine jetzt endlich mal voll berechtigte Wut von ein paar Mädchentränen weggespült werden könnte. Und er hatte so eine Ahnung, dass ihr das ganz recht wäre. Katja kannte Simon sowohl in- als auch auswendig, fünf gemeinsame Jahre, verdammte Hölle, da kommt schon was zusammen an Kenntnis über einen Menschen. Und Simon war mit Sicherheit nicht der geheimnisvollste, hintergründigste Mensch, der im mittleren Hamburger Westen herumlief. Außerdem: Sie wusste Bescheid über die Mechanismen in ihrer Beziehung, sie hatte sie schließlich weitgehend selbst gebastelt.

Aber heute konnte sie auf den Gandhi-Simon warten, bis sie Schimmel ansetzte. Er betrachtete sie ungerührt.

Nicht heute. Und nicht mit mir, dachte er. Ich bin hier

der Gearschte. Das kann nicht mal Katja wegargumentieren.

»Was tut dir leid?«, fragte er scharf.

Sie sah zu ihm hinunter und zog die Nase hoch. »Wie bitte?«

»Bist du taub? Ich hab gefragt, was dir eigentlich leid tut. Dass du anderen Typen einen runterholst? Oder dass du zu doof warst, die Tür abzuschließen, und ich dich dabei erwischt habe?«

Sie trat in den Raum, klack, klack. Setzte sich auf den Sessel ihm gegenüber. Schwieg. Immerhin hatte sie aufgehört zu heulen. Simon wurde ein bisschen ungeduldig.

»Und? Was tut dir jetzt so furchtbar leid?«

»Das hier, Simon. Unsere Situation. Dass es überhaupt dazu kommen musste.«

»Moment mal, ich glaube, mir fehlt da was im Mittelteil. Du rubbelst also irgendwelchen Kerlen den ... das ... der ... Ding, weil wir hier so was wie eine *Situation* haben?«

Bei »Situation« hackte er mit seinen Zeigefingern Anführungszeichen in die Luft. Und wurde immer saurer.

Tat irgendwie gut.

»Es war also quasi unvermeidlich«, sagte er, »du hattest keine Chance, dem Typen auszuweichen? Und zwar wegen der« – Anführungszeichen in der Luft – »*Situation*?«

Katja schnäuzte sich die Nase. Sie war inzwischen rot. Dann sah sie ihn an, ernst und würdevoll.

Scheiße, dachte Simon. Bloß nicht diese Nummer.

Simon kannte diesen Blick, kannte ihre Selbstsicherheit, ihr Geschick, aus der Defensive in Sekunden auf Angriff umzuschalten. Er hatte das ungute Gefühl, dass sich hier in Kürze ein paar Argumente gegen ihn wenden würden.

»Das ist auf jeden Fall *eine* Folge davon, ja. Guck dir doch mal unser Leben an in letzter Zeit. Was ist denn daran noch Leben? Was noch Liebe? Was bedeute ich dir eigentlich noch, hm?«

Simon seufzte. Natürlich. Nicht mal anständig moralisch im Recht sein darf man, wenn man betrogen wird. Der Penis dieses Fahrradkuriers war noch nicht wieder komplett auf Normalmaß geschrumpft, da war er, Simon, auch schon an allem schuld. Aber Moment mal: Was sollte das eigentlich heißen? Simon mochte eigentlich, was er hatte. Mochte die Gleichförmigkeit seiner Tage, mochte das Kochen für Katja, die Abende vor dem Fernseher, das Löffeln vor dem Schlafen, den gelegentlichen Sex. Aus seiner Sicht waren dabei alle Kriterien von Liebe an Bord.

Er konnte Katja nicht wirklich folgen. Außer …

Simon starrte sie düster an. »Du willst mir also sagen, dass du mich nicht mehr liebst.«

Sie schüttelte den Kopf. »Nein, das will ich nicht. Natürlich liebe ich dich. Aber irgendwie ist die Luft raus. Wir machen überhaupt nichts mehr, nicht zusammen, nicht mit anderen. Treffen keine Leute mehr. Simon, ich bin siebenundzwanzig, ich hab noch achtunddreißig Jahre bis zur Rente und fünfundfünfzig, bis ich rein statistisch in die Grube hüpfe. Ich bin noch nicht tot.« Sie holte einmal tief Luft, bevor sie weitersprach. »Und du … Ich meine, guckst du eigentlich manchmal in den Spiegel?«

»Wieso das denn jetzt? Keine Ahnung, von was du redest.« Simon wusste genau, was sie meinte.

»Verdammt, Simon, du bist so … dick geworden. Das sind zwanzig Kilo mehr oder so als in der Zeit, als ich mich in dich verliebt habe.«

Das stimmte in etwa. Und er wusste, dass es ihr nicht gefiel. Trotzdem schnaubte er verächtlich.

»Was ist das denn für ein oberflächlicher Scheiß? Ich dachte, du liebst meine Persönlichkeit. Meinen ausgleichenden Charakter. Was hat bitte mein Bauch damit zu tun, hä?«

Katja seufzte einmal laut und schüttelte leicht den Kopf. Es war diese Du-kapierst-mal-wieder-gar-nichts-Geste, die ihn immer so rasend machte. Sie setzte sie ein wie eine Waffe, eine Demonstration weiblicher emotionaler Überlegenheit.

»Es hat vor allem damit zu tun, wie du mich wertschätzt. Dein Körper verletzt mich seelisch. Es wäre durchaus ein Zeichen von Respekt mir gegenüber, wenn du besser auf dich aufpassen würdest. Weißt du noch, wie du ausgesehen hast, als wir uns kennengelernt haben?«

Simon wusste es. Er hatte es sogar in diesem Moment vor Augen: auf dem Bild neben dem Sofa, geschossen in den ersten Wochen ihrer Beziehung auf einer Sommerparty. Er hatte Katja gerade huckepack genommen, unter seinem T-Shirt kaum eine Spur von Bauch, nur ein ziemlich beeindruckender Bizeps. Ein einziges Kinn bloß, und das war kantig. Dreiundachtzig Kilo Sportlergewicht bei einem Meter dreiundachtzig waren es damals. Er sah richtig gut aus auf diesem Bild. Er hatte keine Ahnung, wie viel er heute wog.

Simon sagte nichts.

Katja stand vom Sofa auf und kam zu ihm herüber. Sie setzte sich neben ihn, mit einer Handbreit Sicherheitsabstand, im Rücken die Platten von Nirvana bis Prefab Sprout. Sie war schmaler, sie passte zwischen deutlich weniger Buchstaben als er.

»Was ist nur mit uns passiert, Simon?«

Simon blieb stumm. Er hatte keine Antwort darauf. Sie hat mich schon eingelullt, dachte er; er spürte bereits, wie sein flammender Zorn nur noch matt flackerte. Er hatte keine Idee, wie es von hier aus weitergehen sollte. Vor allen Dingen hatte er im Gegensatz zu Katja keine Gründe gehabt, an seiner Beziehung zu zweifeln. Nicht bis heute am späteren Nachmittag.

Katja legte ihm die Hand auf den Oberschenkel. Er starrte hinunter. Es war die rechte, die er vor nicht einmal zwei Stunden an einem nicht besonders beeindruckenden männlichen Geschlechtsorgan gesehen hatte, das nicht seins war.

»Nimm deine verdammten Wichsgriffel da weg!«

Sie blickte auf ihre Hand, erkannte ihren Fehler und zog sie schnell zurück. »Schon gut, tut mir leid.« Ein kleiner Rückzug. Nicht schlimm für Katja, solange sie die großen Geschütze noch in der Hinterhand hatte. Und schon kam eins. »Mal im Ernst, Simon: Irgendwie hast du mich zuerst betrogen.«

»Ich? Sag mal, geht's noch?«

»Ja, du. Um dich hast du mich betrogen. Um den Mann, den ich mal unfassbar sexy fand und der wirklich jede klitzekleine Chance genutzt hat, um mich davon zu überzeugen, dass er das Beste ist, was mir je passieren konnte. Wo ist der geblieben? Ist der noch da irgendwo unter diesen Bergen von Fett?«

Sie klopfte auf seinen Bauch. Vorsichtshalber mit der linken Hand. Er federte ein wenig nach.

Simon konnte nicht so recht fassen, was hier gerade passierte. Er hatte seine Freundin heute Nachmittag live und in Farbe dabei erwischt, wie sie ihn betrog – aber er war es, der im Moment die Anklagebank anwärmte, beschuldigt des Vergehens, seine Beziehung auf dem Gewissen zu haben. Es war ihm unbegreiflich, wie Frauen diese Wendungen immer wieder hinbekamen.

Er brauchte ein bisschen Zeit zum Nachdenken. Er musste weg von ihr, wenigstens für ein paar Minuten.

»Ich muss mal aufs Klo«, sagte Simon und stand auf. »Vorhin war ja leider besetzt.«

Auf der Toilette ließ er sich auf den geschlossenen Toilettendeckel plumpsen. Er sah sich um. Eine richtige Auszeit von seiner Freundin – war sie das überhaupt noch? – bekam er hier aber auch nicht. Auch hier war alles Katja. Ihre Batterie an Cremes und Make-up und Haarzeugs, das neben seinem Rasierschaum stand. Ihre Klamotten, die im Wäschekorb lagen. Ihr Schlafanzug, mitternachtsblau, aus Viskose, der vor seinem Gesicht in Griffweite hing. Er ließ seine Hand über den weichen Stoff gleiten. Er konnte ihren schweren Nachtgeruch daran riechen, er mochte ihn wie kaum etwas anderes, das seine Nase erfassen konnte. Jetzt verpasste ihm dieser Geruch einen weiteren Stich in die Herzgegend.

Simon atmete schwer. Alles in diesen drei Zimmern Altbau war getränkt von seinem Leben mit ihr, sie hatte immer die Richtung vorgegeben, die Einrichtung bestimmt, die Wohnung umgebaut und den Rest seines Lebens gleich mit. Er hatte keine großen Ziele, keine besonderen Träume, aber er wusste immerhin, dass er das gefunden hatte, was man die Frau fürs Leben nennt. Das hatte er jedenfalls bis kurz nach fünf gedacht.

Und jetzt? Hat sie recht? Bin ich ein anderer Kerl als vor fünf Jahren? Er grübelte. Im Prä-Katja-Zeitalter war er durchaus öfter abends unterwegs gewesen. Und dann war da die Sache mit dem Sport. Als er Katja kennenlernte, hatte er noch Fußball gespielt, Verbandsliga sogar, er war der Spielmacher bei Vorwärts Elbe gewesen und definitiv kein schlechter. Doch nach einem halben Jahr Beziehung mit Katja grätschte ihm ein gewisser Sven Metzger von hinten in die Beine.

Metzger trug den Beinamen »Schlachter von Rönneburg«, und die Tatsache, dass ein schwach begabter Amateurkicker überhaupt einen Spitznamen hatte, sprach dafür, dass er etwas Besonderes war. Besonders brutal nämlich – Metzger war in der Hamburger Fußballszene bekannt dafür, dass seine Gegenspieler sich nach dem Abpfiff in der Regel in ärztliche Behandlung begeben mussten. Simon bildete da keine Ausnahme: Der Schlachter von Rönneburg traf im Tiefflug sein rechtes Knie und zerfetzte Simons Kreuzbänder und einen Teil des Meniskus.

Es war eines der übelsten Fouls, die im Fußball je aktenkundig geworden waren, sogar die *Hamburger Morgenpost* berichtete zwei Tage später in der Rubrik »Amateur-Geflüster« darüber, mit Fotos beider Protagonisten. Simon war in seinem Krankenhausbett zu sehen, Metzger mit Schlips und Sakko an seinem Schreibtisch in einer Versicherung. In Simons Fall schrieb die Zeitung vom möglichen Karriereende – Simon hatte sich schon damals gefragt, ob man als Verbandsligaspielmacher überhaupt so etwas wie eine Karriere hatte. Metzger beharrte öffentlich darauf, dass es bloß ein unglücklicher Zusammenprall im Besonderen und Fußball nun mal kein Mädchensport im Allgemeinen war. Entschuldigt hatte er sich nicht. Am meisten empörte sich das Blatt darüber, dass Metzger damals mit einer gelben Karte davongekommen war.

Im Rückspiel vier Monate später verließ der Schlachter von Rönneburg das Spielfeld in der 25. Spielminute zeternd und fluchend, mit einem gebrochenen Nasenbein und einer schweren Bänderdehnung. Simons Mitspieler hatten Metzger vom Anpfiff an reihum pausenlos traktiert, und weder Schieds- noch Linienrichter wollten etwas gesehen haben. Auf dem Weg in die Kabine humpelte Metzger an Simon vorbei, der auf Krücken am Spielfeldrand stand. »Und, jetzt zufrieden, Havlicek?«, fuhr er ihn an. Simon grinste. Dann klopfte er sich wortlos aufs Knie, riss die Hand hoch und zeigte Metzger den lang gezogenen Mittelfinger. Er war tatsächlich zufrieden, irgendwie, denn es war doch echt genial, dass das Solidarprinzip in seiner Mannschaft so gut funktioniert hatte, selbst die Schiedsrichter, die den Fall kannten, hatten diese spezielle Form der Selbstjustiz durch aktives Ignorieren unterstützt.

Seinem Knie hatte das jedoch nicht wesentlich weitergeholfen.

Ein Jahr Pause, das war die Prognose der Ärzte, wenn er überhaupt je wieder auf den Platz zurückkehren konnte. Katja kümmerte sich bezaubernd um ihn, massierte seinen Rücken, seinen Penis und seine Seele. Sie wohnten noch getrennt damals, allerdings mehr pro forma – ihr WG-Zimmer war nicht unbedingt ein geeigneter Ort zur Beziehungspflege, da passte seine kleine Wohnung in Ottensen schon besser. Sie studierte noch, er auch, und beide nahmen sich eine Auszeit von allem.

Vielleicht waren das ihre besten Monate gewesen.

An einem späten Februartag vor vier Jahren hatte seine Mannschaft dann eines der ersten Rückrundenspiele. Seit er fehlte, lief es nicht besonders gut. Simon machte sich ein wenig Sorgen um seine Jungs, eigentlich wollte er hin und zuschauen. Aber dann gab es ein zweites nacktes Frühstück im Bett, Katja begann, seinen Hals zu küssen, seine Schulter, seinen Bauch, seine Lenden, seinen Penis. Er kam kurz vor dem Anpfiff zum ersten Mal an diesem trägen Winternachmittag, und nach einer halben Stunde Spielzeit, als er zumindest noch mit Halbzeit zwei liebäugelte, lag er mit dem Kopf zwischen ihren Beinen. Als er nach seinem dritten Orgasmus auf den Radiowecker neben dem Bett schaute, errechnete er das Spielende für in etwas mehr als zehn Minuten. Er war ein bisschen unruhig deswegen, die Tatsache, dass er nicht da war, dass er das Ergebnis nicht kannte, setzte ihm auf seltsame Weise zu. Katja aber kuschelte sich an seinen Bauch, der schon ein wenig gewachsen war seit dem Metzger-Foul, und sagte: »Findste das nicht auch besser als immer bloß Fußball?«

»Mmhhmmh.«

Eigentlich hatte er gerade zum Telefon greifen und im Clubheim nach dem Ergebnis fragen wollen, hatte jedoch plötzlich das Gefühl, dass das jetzt bei Katja nicht so gut ankommen würde.

»Sag mal« – sie machte eine Pause und sah ihn an – »musst du denn wirklich wieder anfangen? Ich meine, das mit dem Knie, ist das nicht zu gefährlich?«

»Weiß nicht. Nö. Einen Versuch ist es wert. Ich bin Mitte zwanzig, ich kann doch noch nicht aufhören.«

»Hm. Schade.«

»Wie jetzt, schade?«

»Ganz ehrlich? Mich hat schon immer genervt, wie viel Zeit für den Scheiß draufgeht.«

»Ach, dieser *Scheiß*? Nee, ist klar. Ist mir bekannt, dass du Fußball kein bisschen leiden kannst.«

»Stimmt doch gar nicht. Zeit war das Stichwort, mein Schnuckel.«

Sie ließ ihre rechte Hand gedankenverloren seinen Bauch hinabwandern und umschloss, scheinbar beiläufig, seinen ausgelaugten Penis mit vier Fingern, nur den kleinen spreizte sie ab. Fasziniert schaute er ihr dabei zu. Das war ihre Technik. Und nicht die schlechteste.

»Ich meine, das Training – okay, warum nicht, auch wenn ich dreimal die Woche echt übertrieben finde.«

»Das ist Verbandsliga. Das geht nicht so pillepalle.«

»Aber immer diese Spiele, die zerschießen das Wochenende total.«

»Na ja. Aber wenn ich nicht spiele, könnte ich mir das Training ja gleich schenken.« Es erschien Simon völlig logisch und zugleich seltsam, es überhaupt erwähnen zu müssen.

»Kann sein. Aber nie kann man mal wegfahren. Abgesehen davon, dass du auch noch Bundesliga guckst und zu Pauli gehst.«

»Das heißt St. Pauli.«

»Wieso, alle sagen doch Pauli.«

»Genau. Alle, die nicht zu St. Pauli gehen oder keine Ahnung haben.«

Ansonsten hatte sie recht. Er hatte eine Dauerkarte für die Gegengerade. Und durchaus viel Spaß damit.

Sie begann mit leichten Massagebewegungen. Es kribbelte in seinem Unterleib.

»Was ich damit nur sagen will«, fuhr sie schließlich fort, »ist, dass ich diesen Nachmittag sehr schön fand. Und den hätte es nicht gegeben, wenn dein Knie gesund wäre.«

Simon Havlicek war nicht gerade bekannt für übersteigerten Egoismus. Im Gegenteil: Er war schon immer richtig gut darin gewesen, die Bedürfnisse anderer Menschen für wichtiger zu halten als seine eigenen. Seit er denken konnte, lebte er mit undefinierbaren Schuldgefühlen. Er wollte niemandem zur Last fallen, und dass sein Verbleib in der Verbandsliga Hamburg seiner Freundin lästig war, fraß sich in seinem Unterbewusstsein fest. Tatsächlich betrieb Simon seine Comebackbemühungen von da an mit gebremstem Elan.

Es ging ohnehin sehr langsam voran, erst nach einem Dreivierteljahr durfte er wieder leicht joggen. Er war komplett außer Form, seine einzige Bewegung seit dem Unfall war der Sex mit Katja gewesen. Er wog inzwischen knapp über neunzig Kilo, und das sah man auch. Wenn er bei der Mannschaft auftauchte, nannten ihn die Jungs nur noch »Dicker«. Beim ersten Mannschaftstraining nach einem Jahr blieb ihm nach zehn Minuten die Luft weg, nach weiteren fünf Minuten tränten ihm von dem Schmerz in seinem lädierten Knie die Augen.

Der Trainer rief ihm quer über den Platz etwas zu.

»Was'n los, Dicker? Schon schlapp oder was?«

Leck mich, dachte er. Hatte er das nötig? Vielleicht war das alles hier einfach ein Zeichen. Und er dachte an Katja.

Er kam nicht wieder.

Es klopfte leise an der Badezimmertür.

»Simon?«

Gott, sie klang so … zart. Wie ein Vögelchen mit einem gebrochenen Flügel. Eine kleine Welle der Zuneigung brach durch seine Wut. Er musste schlucken und konnte nicht antworten.

»Simon, bitte. Darf ich reinkommen?«

Er wusste, was jetzt folgen würde. Auch er kannte schließlich die Mechanismen ihrer Streitkultur. Sie würde ihn in den Arm nehmen, würde gar nicht mehr viel reden wollen. Der Abend in seiner angedachten Form war mit Sicherheit nicht mehr zu retten, dafür war der Straftatbestand einfach zu gravierend, fand er. Vielleicht würde es ihnen aber trotzdem gelingen, zumindest das Beste aus der Situation zu machen, obwohl er sich nicht so recht vorstellen konnte, wie es aussehen sollte, dieses Beste. Aber er kannte sie: erst mal Wogen glätten. Für Grundsatzdebatten war schließlich auch morgen noch Zeit. Und war eine Krise nicht auch eine Chance?

Simon spürte, wie sein Hass immer dumpfer wurde. Er war noch da, natürlich, aber mehr wie ein Hintergrundrauschen, wie die Nordsee im November, wenn man in einem halben Kilometer Entfernung vom Strand durch die Dünenausläufer spaziert. Und er wusste auch: Wenn Katja ihn jetzt in den Arm nahm, dann wurde das Rauschen noch leiser.

Ächzend stemmte er sich vom Klodeckel hoch, öffnete die Tür und war bereit für ein kleines bisschen Zärtlichkeit.

»Sorry«, sagte Katja und sah ihn bedauernd an. »Darf ich kurz? Ich muss tierisch dringend pinkeln.«

Sie tätschelte seinen Bauch und zwängte sich an ihm vorbei.

Noch bevor Katja den Hebel für die Wasserspülung drücken konnte, ließ Simon schon die Haustür krachend hinter sich ins Schloss fallen.

KAPITEL 3
Grobi

Sechs Minuten nachdem er aus der Wohnung geflohen war, stand Simon an einer Straßenecke und wusste nicht, wohin. Im Kopf war er alle möglichen Adressen durchgegangen, alle seine Freunde. Verblüfft stellte er fest, dass es so furchtbar viele nicht waren. Im Grunde genommen – das hieß, sofern man Freundschaft auf den Punkt reduzierte: Wenn meine Freundin mich bescheißt und ich deshalb nicht mehr in meiner Wohnung bleiben will, wo kann ich dann hin, ohne jemandem total auf den Sack zu gehen oder sein Leben unnötig zu verkomplizieren? – sah es wirklich düster aus.

Er hatte seine Freundschaften in den letzten vier, fünf Jahren nicht sonderlich gepflegt, und das rächte sich jetzt. Klar konnte er zu Volker, der war Single und hatte Platz, aber garantiert würde der als Erstes sagen: Ach, schön, dich gibt's auch noch, na ja, dass du hier noch mal angekrochen kommst … Und dann müsste er sich anhören, dass Freundschaft keine Einbahnstraße ist und dass man sich auch dann um seine Kumpel kümmern muss, wenn einem gerade mal nicht der Arsch auf Grundeis geht … solche Sachen halt.

Nee, vielen Dank. Bei Thomas wäre das anders, aber der hatte auf seinen dreiundsechzig Quadratmetern schon kaum genug Raum für seine Freundin und die beiden

Kinder. Und von den Kollegen aus dem Kino kannte er keinen gut genug, um sich dort spontan einzuquartieren, auch das wurde ihm erst jetzt bewusst. Höchstens Anke vielleicht. Mit der verstand er sich richtig gut, man konnte sogar sagen: Sie waren Freunde, irgendwie. Anke war … er suchte nach dem passenden Wort. Toll. Echt jetzt mal, so richtig toll. Aber sie arbeiteten inzwischen seit vier Jahren zusammen, und er wusste nicht mal, wo sie wohnte. Das sagte einiges über ihn aus, fand er.

Er zückte sein Handy, das er seit etwa zwei Wochen hatte. Sein erstes überhaupt. Bisher hatte er immer das Gefühl gehabt, dass es auch ohne ganz gut ging. Nur sein Chef hatte dieses Gefühl neuerdings nicht mehr. Deshalb hatten sie alle Firmenhandys bekommen. Ein Siemens, silberfarben, ganz neues Modell, »das erste mit vier Farben im Display«, hatte der IT-Chef ganz überschwänglich verkündet.

Simon fand das Ding auf Anhieb überraschend brauchbar, und in seiner Anfangseuphorie hatte er so ziemlich jeden in das Telefonverzeichnis eingespeichert, den er kannte. Zunächst war er auf vierzehn Leute gekommen, doch das erschien ihm etwas armselig. Also hatte er noch die letzte ihm ausgehändigte Liste seiner Fußballmannschaft von vor fünf Jahren in das Handy übertragen und ein paar Leute hinzugefügt, die ihre Nummern im letzten Jahr auf dem Zehn-Jahre-Abi-Treffen in sein braunes Notizbuch geschrieben hatten.

Jetzt öffnete er das Adressverzeichnis und scrollte durch die Kontaktliste. Scrollen, dachte er, das Wort kannte ich bis Anfang April nicht mal. Bei G wie Grobitzsch blieb er hängen. Jens, genannt Grobi. Einer seiner früheren Mitspieler im Verein. Unkompliziert. Guter Typ. Vier oder fünf Jahre älter als er selbst. Gern rief Simon trotzdem nicht an, war schließlich schon eine Weile her, dass er ihn gesehen hatte, aber herrje …

»Grobitzsch.«

»Äh … Moin. Simon hier.«

»Welcher Simon?«

Na super. Lief ja richtig gut an. Simon war offensichtlich nicht unter Jens' Kontakten gespeichert – und in dessen Hirn wohl auch nicht mehr.

»Na ja, Havlicek halt«, sagte Simon.

»Havli… Dicker! Mensch! Dassis ja 'ne Überraschung! Wie läuft's denn so?«

Er hatte echt »Dicker« gesagt.

»Och, muss«, sagte Simon. Es begann gerade zu regnen, auch das noch. Er hätte jetzt einfach gern gefragt, ob er auf dem Grobitzsch-Sofa schlafen durfte. Aber so mit der Tür ins Haus fallen, nach drei, vier Jahren oder wie lange das jetzt her war … Nee. Da musste er noch ein bisschen Smalltalk vorausschicken.

»Und selbst?«

»Läuft. Ich kicke ja noch, weißt du das eigentlich? Zweite nur noch, aber besser als Alte Herren, dafür bin ich noch zu frisch. Obwohl: vom Alter her nicht. Zieh dir das mal rein: Ab zweiunddreißig darfst du ›Alte Herren‹ spielen. Ist doch krank. Was ist man denn mit fünfzig?«

»Keine Ahnung. Oder doch, warte mal – Super-Senioren, glaub ich. Gibt's wirklich, hab ich irgendwo gelesen.«

»Wie alt bist du denn jetzt eigentlich?«

»Neunund… nee, warte, dreißig.«

»Hast du nicht irgendwann im April Geburtstag?«

»Stimmt. Das hast du dir gemerkt?«

»Das kommt davon, wenn man immer die Spielberichte ausfüllt. Ich hab dein Geburtsdatum bestimmt hundertmal geschrieben. Warte mal, ich hab's gleich … Einundzwanzigster?«

»Jo.« Simon fröstelte. Wieso hatte er bloß die warme Jacke hängen lassen? Bescheuert. Nicht nur dick, sondern doof noch dazu.

»Und welchen haben wir heute?«

»Den Einundzwanzigsten.«

Jens lachte. »Interessant, Dicker. Rufst du an, damit ich dir zum Geburtstag gratuliere? Hast du sonst keine Freunde und musst dir die Glückwunsche persönlich abholen?«

Das traf es ganz gut. War aber nicht schön, es so zu hören. Jetzt fiel ihm wieder ein, dass Jens nicht nur unkompliziert war, sondern auch beschissen direkt. War wie aufm Platz: Grobitzsch geht dahin, wo's wehtut. Okay, dann mache ich das jetzt auch, dachte Simon.

»Nee, Jens. Pass mal auf: Ich scheiß heute auf Glückwünsche und Ständchen und weiß der Geier. Alles egal. Ich hab vorhin meine Freundin dabei erwischt, wie sie einem anderen Typen einen runtergeholt hat.«

Jens pfiff laut dazwischen.

»Leck mich fett. Kein Scheiß?«

»Kein Scheiß, Grobi.«

»Immer noch diese Blonde, diese Dünne?«

»Eben die.«

»Die ist aber auch scharf. Hab ich immer schon gedacht.«

»Was, dass die scharf ist?«

»Ja. Und auch, dass du nicht so ganz in ihrer Liga spielst.«

»Was soll das denn heißen?«

»Sag mal, Dicker, du weißt schon, warum dich alle Dicker nennen?

»Macht sonst keiner außer dir, Grobi. Keine Sau.«

»Denkst du. Im Verein reden sie immer noch von dir. Du bist ja quasi 'ne Legende. Der beste Vorwärts-Spieler der letzten dreißig Jahre, sagen alle. Und weißt du, welchen Namen sie dann benutzen?«

Simon schwieg. Schlimm genug, dass er es ahnte.

»Dicker, Simon«, sagte Jens, »die sagen: Der Dicke, das war der Beste.«

Simon schwieg weiter. Jens Grobitzsch nicht.

»Und jetzt frag ich dich, Havlicek: Was soll so'n Geschoss wie deine Blonde mit 'nem Typen, der beim Duschen nicht mal mehr seinen eigenen Schwanz zu Gesicht bekommt? Ist zwar scheiße für dich, aber ich versteh sie irgendwie.«

Simon schloss die Augen. Falscher Film hier, definitiv. Und er musste raus aus dieser Vorstellung. Geschissen auf den Schlafplatz.

»Alles klar, Grobi. Ich muss dann mal.«

»Ja, okay. Nix für ungut, Alter. Aber wieso hast du eigentlich angerufen?«

»Nur so.«

»Na denn. Ach, und Dicker?«

»Ja?«

»Alles Gute zum Geburtstag.«

Simon legte auf. Er stellte fest, dass Grobi sich nicht verändert hatte. Simon hatte bloß vergessen, wie er war. Diese letzten drei Stunden waren ein einziger Albtraum. Und nichts würde besser werden, denn jetzt blieb nur noch eins übrig. Oder besser: eine.

Scheiße, dachte Simon, ich muss zu Mama. Ich bin dreißig Jahre alt und werde heute in meinem Kinderzimmer schlafen. Was für ein beschissenes Klischee.

Jarmila Havlicekova war das, was man eine patente Frau nannte. Sie selbst führte das auf die Tradition in ihrer Familie zurück; schon ihre Mutter hatte die Gabe besessen, nie zu klagen und aus allem das Beste zu machen, ihre beiden Großmütter waren nicht anders gewesen. Nachdem Simon in den letzten zehn Jahren nach und nach den tschechischen Zweig seiner Familie kennengelernt hatte, war ihm klar geworden, dass auch eine Jugend im real existierenden Sozialismus ihren Beitrag zur pragmatischen Art seiner Mutter geleistet hatte. Die waren alle so. Er eigentlich nicht.

Jedenfalls fragte Jarmila Havlicekova nicht groß nach, als Simon mit geröteten Augen in der Tür stand und nicht wirklich gut aussah. Sie stellte ihm ein Stück selbst gemachten böhmischen Apfelkuchen auf den Tisch, im Grunde einen Tag zu früh, schließlich hatten Simon und Katja erst morgen zum Kaffee kommen wollen. Dann warf sie ihren Cousin Jiri und dessen Frau Olenka, die gerade aus Ostrau zu Besuch waren, aus Simons altem Kinderzimmer, drückte ihnen fünfzig Mark in die Hand und trug ihnen auf, sich einen schönen Abend zu machen und sich dabei viel Zeit zu lassen, und übrigens, sie würden heute auf der Wohnzimmercouch übernachten.

Sie suchte die Box mit den Filmen von diesem seltsamen Jim Jarmusch heraus, die Simon ihr mal geschenkt hatte, weil er glaubte, jeder Mensch auf der Welt müsse Jim Jarmusch kennen und lieben, also auch sie (Jarmila hatte zehn Minuten durchgehalten, sich vergewissert, dass ihr Farbfernseher nicht plötzlich kaputt war, und die Filme dann beiseitegelegt). Während Simon jetzt auf Jarmilas abgewetztem Kunstledersofa saß, Kuchen aß und sich in *Down by Law* zu versenken versuchte, stellte sich seine Mutter in die Küche und schälte Kartoffeln. Denn nichts auf der Welt, das hatte Jarmila schon immer gesagt, hilft so gut gegen Kummer wie Apfelkuchen oder Bratkartoffeln. Bei großem Kummer – und um den handelte es sich hier zweifellos, so viel konnte sie sagen, auch wenn sie noch keine Details kannte – gab es am besten beides.

Simon fühlte, wie sein Hintern taub wurde. Dieses Sofa war die absolute Hölle. Unelastisch, weich und klebrig. Er hatte Jarmila schon damals gesagt, dass man Sitzmöbel nie aus dem Katalog bestellen durfte, sondern immer Probe sitzen musste, sonst würde man es bitter bereuen.

Aber es war im Grunde egal, was er sagte. Oder ob er etwas sagte. Jarmila hörte eigentlich nie zu, auch wenn Janko mal erzählt hatte, dass sie früher anders gewesen war. Ach, was soll's. Scheiß auf das Sofa, dachte er. Scheiß auf Roberto Benigni, ich bin nicht in der Stimmung für lustige Italiener in melancholischen Schwarz-Weiß-Filmen. Scheiß auf den Apfelkuchen. Lustlos kaute er auf einem Stück herum, er bekam es kaum durch seine wie zugeschnürte Kehle. Und jetzt hantierte seine Mutter auch noch mit irgendwelchen Töpfen herum. Scheiß auf die Töpfe. Den ganzen Zinnober für mich, dachte er. Bei ihr geht Liebe echt durch den Magen. Und Trost auch. Er schaltete den Fernseher ab und trottete in die Küche.

»Mama, ist ja echt lieb, dass du für mich kochen willst, aber das brauchst du nicht. Ich bin wirklich satt.«

Jarmila hielt in ihrer Bewegung inne und sah ihn mit tränenerfüllten Augen an. Zwiebelschneiden setzte ihr immer extrem zu.

»Satt? Du?«

»Ja, ich war heute Mittag beim Inder. Und danach …«

Sie musterte ihn erwartungsvoll. Wenn ein junger Mann in Trauer ihre Bratkartoffeln nicht wollte, musste er schon einen verdammt guten Grund haben. Zum Beispiel einen richtig vollen Magen.

»Und? Was danach?«

»Danach … ach, ich weiß auch nicht. Ich hab eben keinen Hunger. Punkt.«

Jarmila Havlicekova seufzte.

»Ach je. Dir muss es ja wirklich beschissen gehen, mein Kleiner.«

O ja. Simon ging es beschissen. Es erstaunte ihn selbst, dass das so hart anerzogene und im Übrigen einzige Tröstungsprinzip seiner Mutter heute nicht zu greifen schien.

Er sah ihr dabei zu, wie sie die Küche aufräumte, und dachte darüber nach, wann er zuletzt so verletzt gewesen war. So voller Weltschmerz, so nah am Abgrund. Bei Dörte vielleicht, seiner ersten Freundin. Aber da war er sechzehn gewesen, also in einem Alter, wo sowieso beim kleinsten Furz die Welt zusammenbricht, das zählte nicht.

Bei Linda … nee. Er fand es zwar fast zwei Jahre lang so ziemlich die beste Sache der Welt, mit ihr zusammen zu sein, aber dann war etwas gekippt in ihm. Wahrscheinlich lag es daran, dass sie sich als oberflächlich und humorlos entpuppt hatte, nachdem sich die ersten beiden Wellen seiner Begeisterung für sie verlaufen hatten. Am Ende hatte er sie durch fortgesetzte Nichtbeachtung dazu getrieben, mit ihm Schluss zu machen, weil er selbst sich nicht getraut hatte.

Christine war nach ein paar Monaten gemeinsamer Zeit zum Studieren nach Regensburg gezogen und hatte ihn dann per Telefon verlassen, für irgendeinen schnauzbärtigen Braumeister bei Thurn und Taxis. Das war schon ziemlich verletzend. Aber sie hatten sich eh kaum noch gesehen, deshalb fühlte es sich nicht ganz so schlimm an.

Und die zwei, drei Mädchen danach waren ohnehin nichts Ernstes gewesen.

Nein, Katja war, Stand 21. April 1999 um 20.12 Uhr mitteleuropäischer Sommerzeit, die schlimmste und schmerzvollste Demütigung seines Lebens. So schlimm, dass nicht einmal mehr das beste Schmerzmittel half, das Simon kannte: deutsch-böhmische Hausmannskost.

Katja hatte ihm nachhaltig den Appetit verdorben. Das musste erst mal jemand hinbekommen.

Simon schlurfte zurück Richtung Wohnzimmer. Sein Blick fiel auf das kleine gerahmte Bild auf der Kommode. Er nahm es in die Hand. Ein Springreiter neben seinem Pferd. Das Foto war signiert: »Für Jarmila und Simon, alles Liebe«. Simon musste jetzt doch ein bisschen grinsen. Er mochte dieses Bild, und er mochte seine Geschichte.

Seine Mutter war 1968 aus der Tschechoslowakei nach Hamburg geflohen, 18 Jahre alt und schwanger mit Simon. In Hamburg lebte nämlich sein zukünftiger Vater, der damals Student war. Als Teil einer Abordnung des Sozialistischen Studentenbundes war Michael Petersen damals nach Prag gereist, um sich den Prager Frühling mal aus der Nähe anzuschauen. Als er ein paar Tage später wieder abreiste, war Jarmila schwanger. Also kam sie nach Deutschland, um mit dem Kindsvater ordnungsgemäß eine Familie zu gründen. Eingerollt in einem Bierfass überquerte sie die Grenze, zehn Tage nachdem die Russen dem tschechoslowakischen Reformsozialismus per Panzer ein Ende gemacht hatten. Es war verdammt knapp.

Nur stellte sich kurz nach ihrer Ankunft heraus, dass jener Michael Petersen nicht nur ein verwöhntes Millionärssöhnchen war und Sozialismus mehr als Hobby betrieb, sondern darüber hinaus bereits kurz vor einer Hochzeit stand. Dummerweise nicht mit Jarmila, sondern mit der zweiten Tochter eines bekannten Hamburger Herrenausstatters.

Zurück nach Prag konnte sie nicht mehr, die Grenzen zur ČSSR waren inzwischen dicht, und selbst wenn es geklappt hätte: Ihre Heimat war damals kein besonders erstrebenswerter Ort, um ein Kind großzuziehen. Also blieb sie in Hamburg, wo ein großherziger slowakischer Schlachtergeselle namens Janko, den sie am Tag ihrer Flucht kennengelernt hatte, ihr ein Sofa zur Verfügung stellte.

An ihrem ersten Abend in Deutschland lief im Fernsehen eine Sportsendung, ein Reitturnier aus einer Stadt namens Aachen, erklärte ihr der Schlachter und setzte ihr eine Portion Bratkartoffeln vor. »Iss, Mädchen, das tröstet, glaub mir«, sagte er. Einer der Springreiter gefiel ihr besonders gut. »SIMON HUGO« stand in der Einblendung unten am Bildrand. Das war der Moment, in dem Jarmila Havlicekova beschloss, ihr Kind, wenn es denn ein Junge würde, nach diesem unfassbar schmucken Reiter zu nennen.

Simon hatte schon immer gefunden, dass dieses Missverständnis ein echter Segen war – seine Mutter hatte damals nicht kapiert, dass der Nachname in der Einblendung zuerst genannt wurde. Hieße er jetzt Hugo Havlicek – er hätte sich vermutlich längst erschossen.

Simon war diesem Hugo Simon tatsächlich einmal begegnet. Bei einer Klassenreise nach Wien hatte er gesehen, dass dort gerade die Europameisterschaften im Springreiten stattfanden. Er war sechzehn oder siebzehn und bei Weitem nicht so schüchtern und zögerlich wie heute. Also war er einfach auf das Trainingsgelände gestiefelt, hatte sich durchgefragt und stand plötzlich vor dem Mann, der für seinen Namen verantwortlich war. So stattlich war er gar nicht und auch nicht besonders hübsch, aber dafür richtig nett. Simon erzählte ihm die ganze Geschichte, und Hugo Simon musste ziemlich lachen. Dann erzählte er, dass er selbst auf tschechischem Gebiet geboren worden war, allerdings hatte er das Land als Kind schon zwanzig Jahre vor Simons Mutter verlassen, und das nicht freiwillig. Er bat um die Adresse von Jarmila, und eine Woche später lag das Foto in der Post, signiert und gerahmt. Seine Mutter weinte sogar ein bisschen vor Freude. Wenn Simon es recht bedachte, war es das einzige Mal, dass er sie je hatte weinen sehen.

Simon ließ sich aufs Sofa fallen. Er wusste nicht, wohin mit sich. Er war verbittert, verletzt, traurig. Und er war froh, dass er gerade nicht heulen konnte, das hätte er nicht gewollt, nicht hier.

Er starrte aus dem Fenster, das gefiel ihm für den Moment, eine Tätigkeit, die keine Anstrengung erforderte und sich perfekt rechtfertigen ließ, wenn man gerade betrogen worden war. Schade, dass Janko nicht mehr da ist, dachte er. Mit dem hätte ich reden können. Anders als mit seiner Mutter, die immer irgendwas machen musste. Kochen, waschen, tapezieren, egal, alle Probleme der Welt und des Lebens löste sie mit solider handwerklicher Arbeit.

Schon gar nicht konnte er mit seinem Vater reden, den er zwei-, dreimal im Jahr traf und dem er absolut nichts zu sagen hatte. Was auf Gegenseitigkeit beruhte. Im Grunde trafen sie sich, weil seine Mutter das für wichtig hielt. Simons Überzeugung nach ärgerte sich sein Vater insgeheim, dass Jarmila im letzten Moment die Flucht aus dem Osten gelungen war. Wäre sie drüben geblieben, hätte ihm das eine Menge Ärger erspart. Simon war für ihn vor allem ein Kollateralschaden eines ursprünglich ganz netten Ausflugs in den Wilden Osten.

Und jetzt? Er starrte hinaus in den finsteren Himmel über Hamburg. Er hatte gar nicht gewusst, dass man so starren konnte, vor seinen Augen begann es schon zu flimmern. In seinem Magen fühlte er einen riesigen Kloß, die Verzweiflung lastete wie ein Sack Zement auf seiner Brust. Er hatte keinen blassen Schimmer, was er jetzt machen wollte, er wusste nur ziemlich sicher, was nicht. Er wollte Katja nicht mehr sehen, nicht im Moment. Und das bedeutete, dass er weiter hier herumhängen musste, mit seiner Mutter und Jiri und Olenka, und wenn die weg waren, kamen bestimmt Onkel Vaclav oder Jarmilas Freundin Hanka, die früher mal ein sozialistisches Topmodel gewesen war, und deren bekloppter Mann – früher mal eine große Nummer beim Staatsfernsehen und heute ein ganz großer Idiot.

Irgendwer von da unten war eigentlich immer zu Besuch gewesen in den letzten zehn Jahren. Ganz so, als könnte man auf die Art einundzwanzig Jahre Zwangstrennung wieder reinholen. Simon verstand das sogar, aber ihn selbst verband nicht sonderlich viel mit diesem Teil seiner Geschichte. Er konnte auch kein Tschechisch, bloß ein paar rudimentäre Brocken.

Er war seiner Mutter dankbar, dass sie fünfzig Mark darin investiert hatte, ihm ein paar störungsfreie Stunden des Aus-dem-Fenster-Starrens zu ermöglichen, aber das ging auch nur einmal, Jarmila war nun wirklich nicht reich. Und abgesehen davon hatte er gute Gründe gehabt, mit achtzehn zu Hause auszuziehen, noch vor dem Abi. Er konnte hier nicht bleiben.

Na super, dachte Simon. Jetzt habe ich vielleicht nicht nur keine Freundin mehr, sondern bin auch noch obdachlos.

KAPITEL 4
Der mutmaßliche Horst

Der Sessel dahinten: späte Fünfzigerjahre, schätzte er. Da stand ja sogar noch ein Nierentischchen daneben. Und diese Lampe in der Ecke ... So was hatte er neulich in Berlin gesehen, als Katja ihn durch diverse, angeblich coole Antiquitätenläden gezerrt hatte. Irgendwo in Friedrichshain gab es eine Stehlampe wie die da und ein Preisschild daran: siebenhundertfünfzig Mark.

Da lobte er sich doch IKEA.

Die Tapete hier war mindestens so alt wie seine Mutter. Gott, Blümchenmuster in Grau und Braun und Rosa. Das musste man sich mal reinziehen. Neulich noch hatte Katja ihm vorgeworfen, dass es in ihrem Leben zu wenig Blumen gab. Hier war daran absolut kein Mangel. Und die welkten nicht mal trotz ihres biblischen Alters. Sie waren früher höchstens etwas bunter gewesen.

Inzwischen muffelten sie. Das ganze Zimmer atmete diesen feuchten, abgestandenen Alte-Leute-Geruch, so roch in seiner Erinnerung auch das ganze Haus seiner Elbchaussee-Oma. Als Kind hatte er immer gedacht, sie würde stinken, weil sie eine böse Frau war. Dabei war sie schon damals nicht nur böse, sondern auch alt. Und heute uralt. Böse wahrscheinlich immer noch, aber darüber fehlten ihm verlässliche Informationen. Er hatte sie seit vierzehn Jahren nicht mehr gesehen.

Zum Glück war die Matratze, auf der er saß, deutlich frischer als der ganze Rest. Gestern hatte sie noch nicht hier gelegen. Direkt unbenutzt wirkte sie, und auch das Bettzeug roch ein bisschen nach Plastik, als wäre es direkt aus der Folie auf die Decke gelegt worden.

Sogar einen Fernseher gab es, er hatte ihn schon ausprobiert. Der war wahrscheinlich aus den Siebzigern. So ein kleines Gerät, siebenunddreißig Zentimeter Bildschirmdiagonale, schwarz-weiß, keine Fernbedienung, Zimmerantenne, fünf Programme. Pro7 war leider nicht dabei, das hieß, die Simpsons konnte er sich für heute abschminken. Egal.

Er war ja überhaupt dankbar, dass er das Wochenende nicht bei seiner Mutter verbringen musste. Dass er, nicht ganz achtundvierzig Stunden nach der Katastrophe mit Katja, schon wieder eine beinahe reelle Bleibe hatte, auch wenn ihm das Ganze hier noch ein bisschen unheimlich war. Er traute sich auch noch nicht aus seinem Zimmer. Eigentlich müsste er jetzt wahrscheinlich in die Küche gehen und ein bisschen mit seinem Vermieter quatschen, vermutlich machte man so was in einer WG. Denn das war es ja nun. Zwei Typen, die einander nicht die Bohne kannten, waren ohne große Vorlaufzeit zu einer WG geworden.

Heilandsack. So hatte Simon die Sache bis jetzt noch gar nicht gesehen. Bis vor zwei Tagen war er Teil einer langjährigen, mehr oder weniger erwachsenen Mann-Frau-Beziehung gewesen – und jetzt hauste er in einem winzigen, miefigen Zimmer und hatte einen ihm fast vollständig unbekannten Mitbewohner. Das war ein Modell, von dem er eigentlich geglaubt hatte, er sei ihm längst entwachsen. Vielleicht musste er das Ganze doch noch einmal gründlich durchdenken. Er ließ sich auf die Matratze zurücksinken und begann seinen Freitagabend damit, den Gilb von der Decke zu starren.

Am Donnerstag hatte Simon kurz überlegt, ob er sich krankmelden sollte, war aber zu dem Schluss gekommen, dass sein Arbeitsplatz das deutlich kleinere Übel war im Vergleich zu einem Tag mit Jiri und Olenka. Er hatte sich hastig angezogen, ein kurzes, tschechisches »Ahoj« in Richtung Küchentisch geworfen, wo die beiden mit seiner Mutter saßen, und flink das Weite gesucht.

Er teilte sich das Büro mit Jochen Brodersen, der ganz okay war, und Anke Kalschewski, die mehr als okay war. Sie war einer der Gründe, warum er richtig gern zur Arbeit ging. Sie und der Job selbst: schon Monate vor dem Start Filme schauen und dann entscheiden, mit wie vielen Kopien sie in welchem Kino in Deutschland anlaufen – das war einfach genial. Und wenn man sich diesen Job dann auch noch mit Leuten wie Anke teilen durfte, dann wusste man, dass beruflich im Leben nicht mehr viel Besseres kommen konnte.

»Simon?«

»Ja?«

»Du siehst scheiße aus.«

»Danke, Anke.«

»212?«

Simon sah kurz aus dem Fenster und überlegte einen Moment.

»Okay«, sagte er schließlich.

In Raum 212 befand sich die Teeküche. Stand jedenfalls draußen an der Tür. Simon hatte mal eine statistische Erhebung unter seinen Kollegen vorgenommen, bei der herauskam, dass bei nur etwa achtzehn Prozent aller Besuche hier wirklich Tee gekocht wurde. Zu irgendwelchen Konsequenzen führte diese Untersuchung nicht.

Für Anke und ihn war 212 ein Code. Immer, wenn es etwas Privates zu besprechen gab, zogen sie sich auf die Fensterbank in der Teeküche zurück. Denn Jochen war zwar nett, aber er war eben … Jochen. Der musste nicht alles mitkriegen. Die Frage »212?« bedeutete also nichts anderes als: Lass uns reden.

Und Simon redete. Er ließ nichts aus, beschönigte nichts. Manchmal mussten sie eine kleine Pause machen, wenn irgendjemand sich einen frischen Kaffee holte oder einen Joghurt aus dem Kühlschrank. Tee kochte niemand, darauf achtete Simon genau. Und manchmal wurde er still, weil er schlucken musste und seine Augen ein bisschen feucht wurden. Vor Anke hätte er zur Not auch geweint. Vor den anderen, die jederzeit reinplatzen konnten, nicht.

Anke hatte er eben immer schon freiwillig und ohne Zögern von jedem seiner Pickel am Hintern erzählt, während er gleichzeitig fand, dass Katja nun wirklich nicht alles über ihn wissen musste. Dabei hatte er Anke in den ganzen vier gemeinsamen Jahren nicht einmal außerhalb der Arbeitszeiten getroffen, von Weihnachtsfeiern mal abgesehen.

»Krass«, sagte Anke, als Simon fertig erzählt hatte. »Armer kleiner Simon.«

Sie konnte extrem ironisch sein. Diesmal war sie es nicht, das spürte Simon. Neugierig allerdings schon.

»Also«, fragte sie, »noch mal in echt jetzt: den Fahrradkurier?«

»Ja.«

»Scheiße auch. Kenn ich den?«

»Keine Ahnung. Kennst du Fahrradkuriere?«

»Du nicht? Hier laufen doch ständig welche rum, du Träumer.«

Das stimmte. Und jetzt fiel Simon wieder ein, dass ihm der Typ entfernt bekannt vorgekommen war.

»Er hatte 'ne Glatze. So fünf bis zehn Zentimeter kleiner als ich. Der Penis eher mittel bis unterdurchschnittlich.«

»Woher beziehst du deine Vergleiche? Guckst du zu Hause Pornos?«

»Ich habe zwanzig Jahre Fußball gespielt. Mit hinterher zusammen duschen und so.«

»Ihr duscht mit erigierten Gliedern? Heiß. Du Glücklicher. Aber der Kurier, kam der von Transpeed oder Cyclostars?«

Simon rief sich die Tasche neben der Kloschüssel ins Gedächtnis.

»Cyclostars, ganz sicher.«

»Könnte er eher Südländer gewesen sein?«

»Könnte sein. Schwede war er auf jeden Fall nicht.«

»Hatte er so große, abstehende Ohren?«

Simon dachte nach. Ja, der Kerl hatte Segelohren gehabt, definitiv. Er nickte.

»Dann müsste das eigentlich Giancarlo sein.«

»Wie? Du kennst den?«

»Klar. Du übrigens auch. Der stand schon ein paarmal vor deinem Schreibtisch. Er fährt oft die Tour für die Wandsbeker Kinos. Ich stand mal daneben, als Sylvie vom Empfang ein bisschen mit ihm rumgeschäkert hat, daher kenne ich seinen Namen. Gott, ich weiß echt nicht, warum die Weiber so auf Italiener abfahren.«

Allmählich dämmerte es Simon. Hm. Giancarlo. Der Feind hatte also nicht nur ein Gesicht und ein unterdurchschnittliches primäres Geschlechtsorgan, sondern auch einen Namen. Aber half das jetzt? Würde Simon heute Abend in seinem viel zu weichen Jugendbett liegen und den Namen des anderen mit einem Fluch belegen? Ach was. Trotzdem war er irgendwie diffus dankbar für diese Information. Wenn er eines in seinem Leben gelernt hatte, dann, dass es selten schadete, gut informiert zu sein.

»Sag mal, wo schläfst du denn jetzt?«

»Na, wo schon. Bei meiner Mutter.«

»Nicht dein Ernst. Nicht nach allem, was du mir erzählt hast. Warum hast du mich nicht angerufen?«

»Ich hab deine Nummer nicht. Und ich weiß nicht, wo du wohnst.«

Anke starrte ihn verblüfft an. Simon musste grinsen, als er ihr Gesicht sah.

»Das kann doch nicht wahr sein«, sagte sie schließlich. »Wenn ich eine Liste meiner besten Freunde machen sollte, wärst du definitiv in den Top Fünf. Und wir beide haben nie unsere Telefonnummern ausgetauscht, ich fasse es nicht.«

»Wir haben eben eine Nine-to-Five-Beziehung.«

»Normalerweise würde ich ja sagen, du könntest zu mir kommen, aber gerade heute …«

»Was Besonderes?«

»Auf jeden Fall was Neues. Ich habe ein Date, ein Typ aus

dem Filmpalast am Alex in Berlin, hab ich bei einer Fortbildung kennengelernt. Der übernachtet bei mir. Wenn's gut läuft, sogar bis Montag. Und ehrlich gesagt, so gern ich dich auch mag …«

»Schon okay. Ich hab ja meine böhmische Mama.«

»Nee. Da holen wir dich jetzt raus. Mir fällt gerade was ein. Du kennst doch diesen IT-Typen.«

»Jaspi?«

»Nein, den anderen. Hotte heißt der, glaub ich. Also wahrscheinlich Horst.«

»Du meinst diesen Dicken? Den, von dem wir immer gesagt haben, dass er eine Eins-a-Blaupause wäre für alle Computernerds in allen Hollywood-Filmen?«

»Genau.«

Simon rief sich den Typen ins Gedächtnis. Er war riesig, bestimmt eins fünfundneunzig. Hatte einen öligen Pferdeschwanz und einen lückenhaften Fusselbart in der Kinngegend. Obwohl, Kinnlandschaft traf es besser, denn gegen den Mann war Simon geradezu ein Strich. Wenn Hotte durch die Gegend lief, hörte man immer zuerst das Rasseln seiner Lungen; man merkte ihm an, dass jeder Schritt eine echte Qual für ihn war.

Einmal hatte er Simons Rechner repariert. Simon stand mit verschränkten Armen daneben, die beiden hatten kein Wort miteinander gesprochen. Irgendwann musste der Kerl unter den Tisch krabbeln, und Simon bekam ein Bauarbeiterdekolleté zu Gesicht, das er im Leben nicht mehr vergessen würde. Ihm war wirklich übel geworden damals.

»Ja«, sagte er, »ich weiß, wen du meinst. Der Typ ist gruselig.«

»Quatsch. Der ist bestimmt nett. Und er hat eine riesige Wohnung. Einer von unseren Filmvorführern musste mal wegen Schwammsanierung für zwei Monate aus seiner Wohnung raus. Den hat er bei sich wohnen lassen. Hat Jaspi erzählt.«

»Und du meinst …«

»Meine ich. Weg mit dem Becher, wir suchen den jetzt.«

Er sah sie an, als ob sie nicht alle Tassen im Schrank hätte. »Äh, ich … weiß nicht …«, stammelte er.

»Kollege, hömma.« Anke Kalschewski kam aus Bochum und hatte dort die ersten neunzehn ihrer neunundzwanzig Lebensjahre zugebracht, und es gab Momente, in denen das kein Geheimnis blieb. Simon mochte es, wenn sie sprachlich in Richtung Ruhrpott abglitt. Eigentlich. Aber jetzt …

»Ich weiß, is' noch nich lang her, und jeder hat ein Recht auf Trauerarbeit. Aber du putzt dir jetzt mal schön den Mund ab und machst weiter. Hat meine Omma immer gesacht: Mund abputzen und wieder rauf aufn Bock.«

»Aufn Bock?«

»Ja, die war Fernfahrerin. Aber dein Bock ist 'ne Bleibe. Und weil Hotte vielleicht eine hat, suchen wir den jetzt.«

Sie stand auf, schlug Simon mit der flachen Hand auf den Oberschenkel und sah ihn auffordernd an. Simon dachte an seine Mutter. Na gut, dachte er, dann suchen wir den jetzt.

Sie fanden den mutmaßlichen Horst im Serverraum. Er musterte sie verblüfft. Er war es offensichtlich nicht gewohnt, dass jemand Artfremdes hier auftauchte, und dann gleich noch im Doppelpack. Wahrscheinlich war er es nicht mal gewohnt, dass überhaupt jemand zu ihm kam, dachte Simon. Normalerweise lief es nämlich andersherum: Man rief in der IT an, meldete das Problem, und wenn nötig, kam einer der Jungs angeritten. Der Kerl hier war jedenfalls sichtlich verwirrt. Anke hielt es offenbar für eine gute Idee, mal etwas zu sagen.

»Hi. Du bist doch Horst, oder?«

»Nee.«

»Äh … ich dachte nur. Weil Jaspi immer Hotte sagt.«

»Ja. Der sagt so einiges. Holger ist der Name.«

»Oh. Ach so. Sorry. Hallo, Holger. Ich bin Anke.«

»Ich weiß.«

»Und das hier ist Simon.«

»Ich weiß.«

»Simon hat ein Problem.«

»Dachte ich mir.«

»Wieso?«

»Weil noch keiner von euch mit mir geredet hat, ohne ein Problem zu haben.«

»Oh. Verstehe.«

Simon musste grinsen. Tatsächlich fand er Holgers Einsilbigkeit extrem seltsam und einschüchternd, und seine Erscheinung tat ihr Übriges. Er sah aus wie die reale Vorlage des dicken Comicladenbesitzers bei den Simpsons, mit dem Unterschied, dass sein Gesicht eigentlich ganz freundlich war. Und gemütlich. Ein bisschen erinnerte er Simon an Balu, den Bären.

Simon hatte Anke noch nie so verlegen erlebt, und er fand es interessant, auch mal diese Seite an ihr zu beobachten. Es war ein Eiertanz, den sie hier aufführte. Aber damit war jetzt Schluss. Er konnte sehen, wie Anke sich innerlich einmal schüttelte. Dann brachte sie gleich ein halbes Paket Butter bei die Fische.

»Pass mal auf, Holger, die Sache ist die: Simon hier kann gerade ganz schlecht nach Hause. Du weißt schon, Stress mit der Freundin, kennst du ja auch.«

Holger sagte nichts.

»Also braucht er was zum Wohnen, zumindest für ein paar Tage, bis sich der Rauch etwas verzogen hat.«

»Interessant. Also soll ich jetzt irgendwo einen Rechner anschließen, oder was?«

»Nee. Wir haben uns gefragt, ob Simon nicht 'ne Weile bei dir bleiben kann.«

Für einen Moment sah Holger aus, als hätte er sich verschluckt. »Wie bitte?«

»Na ja, Jaspi hat gesagt, du hättest so 'ne große Wohnung.«

»Na und? Ich kenn den doch gar nicht.« Er zeigte mit dem Finger auf Simon. »Und sprechen kann er wohl auch nicht. Ist mir schon aufgefallen, als ich neulich seine Festplatte geflickt habe.«

»Wieso denn?«, sagte Simon. »Ich habe Danke gesagt, weiß ich genau.«

Anke hob beide Hände. »Holger, ich verbürge mich dafür, dass Simon absolut in Ordnung ist. Und sogar sprechen kann, jedenfalls wenn es gar nicht anders geht.«

»Aber dich kenne ich doch auch nicht. Ist also eine Bürgschaft mit einigen Unbekannten, meinst du nicht? Und überhaupt: Wieso kann er nicht zu dir, wenn ihr so gute Kumpel seid?«

»Ehrliche Antwort? Weil ich auf der einzigen Schlafgelegenheit in meinem Wohnklo in den nächsten Tagen wahrscheinlich eine Menge schmutzigen Geschlechtsverkehr haben werde. Und zwar nicht mit Simon.«

Holger wurde rot. Wahrscheinlich stellte er sich Anke gerade in der entsprechenden Situation vor. Simon auch. Es hatte seinen Reiz, zugegeben.

»Aha. Nun denn. Und wie kommt ihr jetzt darauf, dass ich einfach so Leute bei mir wohnen lasse?«

Anke lächelte ihn an. »Rate mal: Jaspi. Der hat mir erzählt, dass Lübke aus dem Vorführraum mal für zwei Monate bei dir gehaust hat.«

»Das war ein Notfall. Der hatte Schimmel in der Bude, das ging schon los mit Asthma bei ihm.«

»Hallo? Stress mit der Freundin? Ist das kein Notfall, oder was?«

Holger betrachtete sie einen Augenblick prüfend, ganz so, als könnte er den Ernst der Lage so besser einschätzen. »Um welches Delikt handelt es sich denn?«

Anke sah ihn verständnislos an. »Wie jetzt, Delikt?«

»Na ja: Reden wir von einem Streit um Geld? Geht es um klassische Vernachlässigung der Frau durch den Mann? Bringt er zu selten Blumen mit? Will sie nicht mehr mit ihm schlafen? Sagt sie, dass er sie einfach nicht versteht? Hat sie bescheuerte Freundinnen? Schaut er zu viel Fußball? Will sie Kinder und er nicht? Oder geht es um profanes Fremdgehen?«

Anke schaute Simon fragend an. Er zuckte mit den Schultern und nickte. Anke antwortete.

»Okay: Fremdgehen. Und bevor du fragst: Sie war's, er ist der Gearschte.«

»Und da redet ihr von ein paar Tagen? Das werden wohl eher Monate.« Holger lachte heiser. Es klang ein bisschen traurig. »Und wieso zieht deine Freundin nicht aus, wenn sie doch schuld ist?«

Jetzt antwortete Simon direkt. »Weil sie findet, dass ich schuld bin.«

Holger sah ihn eine Weile an. Dann nickte er langsam. »Verstehe.«

»Echt?« Simon war erstaunt. »Ich nämlich nicht.«

Anke schaltete sich wieder ein. »Da kommst du auch noch hinter, mein Simon. Aber wir müssen mal langsam wieder an die Arbeit, in einer Viertelstunde gibt es in Saal drei die Preview von *Notting Hill.*«

Das hatte Simon total vergessen. Er hatte sich auch gar nicht vorbereitet. »Ach ja. Worum geht es da denn?«

»So eine englische Romantic Comedy. Hugh Grant ist Buchhändler und liebt Julia Roberts oder auch nicht, was weiß ich, läuft im Juli an. Egal. Also, Holger, was meinst du? Geht da was bei dir?«

Holger grummelte ein bisschen. »Ist aber ziemlich alt, das Zimmer. Ich meine, die Einrichtung. Und umsonst geht auch nicht, Lübke hat damals auch was bezahlt.«

Anke klatschte in beide Hände. »Ja, klingt doch super! Geld spielt keine Rolle, behaupte ich einfach mal. Dann kommt Simon heute Abend zur Besichtigung vorbei, würde ich sagen. Okay, Simon?«

Simon nickte.

»Okay, Holger?«

Holger nickte. Dann gab er die Adresse bekannt. »Feldbrunnenstraße 154. Bei Behrens klingeln. Ab sieben bin ich zu Hause.«

»Feldbrunnenstraße? Wo ist das denn?«

»Harvestehude.«

Anke pfiff anerkennend durch die Zähne. »Wow. Im Bonzenviertel. Der feine Herr Hotte …«

Bevor Holger etwas sagen konnte, war Anke durch die Tür verschwunden. Simon zuckte mit den Schultern und folgte ihr.

Tja. Und da war er nun. Feldbrunnenstraße 154, mitten in der Hamburger Pfeffersackgegend, wo Sozialhilfe ein Fremdwort war und man Discounter nur von der »Aldi informiert«-Seite kannte, die man im *Hamburger Abendblatt* überblätterte. Die Wohnung lag im ersten Stock einer Stadtvilla, die sogar eine eigene Auffahrt hatte. Schon auf dem Kiesbett vor der Haustür fühlte sich Simon völlig eingeschüchtert. Er hatte bei H. Behrens geklingelt, hatte sich sehr flüchtig das Zimmer angeschaut, dann noch das Bad und die große Küche, den Rest so gut wie gar nicht. Das Zimmer war vollgerümpelt mit Kartons und Computergerippen, und es roch ein wenig … gammelig. Simon dachte an Lübke, den Vorführer, und fragte sich, ob das Raumklima hier sein Schimmel-Asthma nicht noch verstärkt hatte. Außerdem wusste er nicht, worauf er schlafen sollte. H. Behrens hatte ihm erklärt, dass Lübke damals seine eigene Matratze mitgebracht hätte. Simon hatte gesagt, dass das bei ihm nicht ginge, er könne seiner Freundin daheim ja schlecht den gemeinsamen Futon unterm Hintern wegziehen.

Aber der Raum allein war es gar nicht. Nein: Mit diesem Koloss durch die Wohnung zu laufen war Simon einfach nicht sonderlich angenehm. Es hatte etwas Bedrohliches, mit ihm allein zu sein. Simon wollte möglichst schnell wieder verschwinden. Was irgendwie ein Hauch schizophren war, gemessen an der Tatsache, dass er gekommen war, um eine Zeit lang zu bleiben.

»Also, von mir aus kannst du ab morgen hier rein. Den Abend heute brauche ich noch zum Klarschiff machen. Kannst du diese Nacht noch woanders pennen?«

Simon nickte.

»Gut. Ich kann dir bis morgen noch eine Matratze und eine Decke reinlegen. Sind hundert Mark pro Woche okay für dich?«

Simon nickte wieder.

»Na schön«, sagte Holger. »Hier ist dein Schlüssel. Noch Fragen?«

Simon schüttelte den Kopf.

Holger musste grinsen. »O Mann. Reden ist echt nicht so dein Ding, was? Na ja. Bis morgen dann.«

Bei seiner Mutter in Bahrenfeld eröffnete er Jiri und Olenka, dass sein Zimmer ab dem nächsten Morgen wieder frei sei. Jarmila sagte er, er würde wieder zu Katja gehen, alles andere erschien ihm zu kompliziert.

Am Freitag hatte er sich bis mittags bei der Arbeit abgemeldet und war in seine Wohnung gefahren. Seine und Katjas Wohnung. Es fühlte sich seltsam an. Die Zimmer waren hell und freundlich und still, Katjas Geruch hing überall, es war sein Zu-Hause-Geruch. Simon setzte sich auf einen Küchenstuhl und weinte ein bisschen.

Sie hatte noch am Donnerstag auf der Arbeit angerufen, und sie hatten sich für Samstagnachmittag verabredet, um zu reden. Nicht zu Hause, sondern draußen, zum Spaziergang an der Elbe, »neutrales Terrain«, hatte sie gesagt und sich dabei gar nicht wie Katja angehört. Das hatte ihn getroffen. Denn was immer sie auch für ihn war, das Wort »neutral« passte in keiner vorstellbaren Weise dazu.

Sie wusste nicht, dass er jetzt hier war, um sich ein paar Sachen zu holen. Er packte den großen Tramper-Rucksack mit Klamotten voll, für eine Woche würde das reichen, danach konnte man weitersehen. Er nahm ein halbes Dutzend CDs mit, auch die neue von Elliott Smith, die Katja ihm am Mittwoch beim Geburtstagsfrühstück geschenkt hatte, den tragbaren CD-Spieler, drei Bücher und ein paar Videos. Ihm fiel ein, dass Katja noch gar nichts von dem Zimmer in Harvestehude wusste, sie dachte, er bliebe bei Jarmila. Aber mehr musste sie auch nicht wissen. Er hatte ja auch wochenlang nichts von dem Radfahrer ihrer Wahl gewusst. Und vielleicht würde er Holger und seine Wohnung nach Samstagabend schon gar nicht mehr brauchen. Wäre immerhin eine Möglichkeit, obwohl sein verletzter Stolz mit Sicherheit dagegen war. Aber er sehnte sich nach Katja und – in keinem Augenblick der letzten zwei Tage so sehr wie in diesem Moment – in diese Wohnung.

Doch jetzt war Abend, und Simon befand sich in einer anderen Wohnung. Die notgedrungen schwarz-weiße Wiederholung einer alten *Derrick*-Folge war vorbei, und er musste ziemlich dringend pinkeln. Er öffnete vorsichtig die Tür und versuchte, sich zu erinnern, wo das Badezimmer lag. Mann, der Flur war riesig. An jedes Ende ein Tor, und man könnte Fußball spielen, vier gegen vier. Im Flur war es ruhig, nur eine kleine Lampe über einer Kommode brannte, und Simon konnte in ihrem schwachen Schein erkennen, dass hier wohl vor nicht allzu langer Zeit mal gestrichen worden war. Auf jeden Fall roch es hier um Längen besser als in seinem Zimmer. Wäre er bloß gestern aufmerksamer gewesen, dann hätte er noch gewusst, wo sich das Bad befand.

Er probierte es mit der zweiten Tür auf der linken Seite.

»N'Abend«, sagte Holger. »Anklopfen wäre übrigens ganz schön beim nächsten Mal.«

Er saß in Jogginghosen in einem Polstersessel, im Schoß eine Tüte Kartoffelchips, in der Hand eine Fernbedienung.

»Oh«, sagte Simon, »äh, sorry, tut mir echt leid. Ich wollte eigentlich aufs Klo.«

»Gegenüber.«

»Okay. Danke. Und 'tschuldigung noch mal.«

ır Hälfte wieder geschlos-
hinterherrief.
auch immer: Ich hab vor-
en. Wollte ich gerade gu-
– hol dir ein Bier aus der
ı.«
das hier alles doch nicht

Daran hat sich die Liebe Gottes unter uns deutlich gezeigt, dass er, Gott, seinen einzigen Sohn in die Welt gesandt hat, damit wir durch ihn das Leben haben.

1. Johannes 4,9
Das Buch.
Neues Testament

6X

KAPITEL 5

Ja, äh, nee, wieso?

Es war wärmer geworden, endlich. In etwa die Art von Apriltag, die man sich malen würde, wenn man fünf wäre und im Kindergarten, eine pastellige Welt, die langsam aus dem Winterfrost auftaute. Das ist gut, dachte Simon, Katja geht es immer ein bisschen besser, wenn die Sonne scheint. Und mir auch.

Er saß auf einer Bank am Museumshafen in Övelgönne und hatte die Augen geschlossen. Die Sonne wärmte ihm das Gesicht und ein wenig auch die Seele. Er war ein bisschen zu früh dran, weil er sich nicht sicher gewesen war, wie gut die Anschlüsse passen würden, von Harvestehude aus musste er zweimal den Bus wechseln. Außerdem wurde in der Innenstadt gegen die Bombardierung Jugoslawiens durch die NATO demonstriert, da wusste man nie so genau, was für Auswirkungen das auf den öffentlichen Personennahverkehr hatte. Für Katja war es da einfacher, die brauchte einfach nur aus dem Haus zu fallen, die Straße und den Elbhang hinunter zu gehen und war in fünf Minuten da. Vielmehr: Noch war sie es nicht. Simon konnte sich nicht entscheiden, ob das ein gutes oder schlechtes Zeichen war. Er war ein bisschen nervös.

Er hatte sich heute Morgen ein neues Hemd gekauft, dunkelblau mit hellblauen Streifen, das machte sich tadellos zur Jeans. Es war ja nicht so, als ob *er* sich hier für irgendetwas zu entschuldigen gehabt hätte, aber es schadete auch nicht, wenn er einigermaßen gut aussah, sicher war sicher. Er hatte viel darüber nachgedacht, welches Ergebnis er sich am Ende dieses Tages eigentlich wünschte. Früher hatte er immer gedacht, ein Seitensprung wäre das Ende von allem. Drei Tage nachdem ihm genau das widerfahren war, wusste er, dass das einfach nicht stimmte. Egal wie erniedrigt er sich auch fühlte: Er wollte Katja behalten. Und er hatte eine Strategie. Er würde zeigen, dass er verletzt war, aber keinesfalls verbittert. Er würde versuchen, ihre Beweggründe zu verstehen, aber sie unter keinen Umständen gutheißen. Und er würde ihre Entschuldigung annehmen, allerdings nicht sofort, sondern erst nach einigen bangen Augenblicken innerer Zerrissenheit, die man ihm körperlich ansehen würde. Und auch nur, wenn Katjas Reue tränenreich und aufrichtig war. Dann, und nur dann, konnte er verzeihen. So in etwa würde der Nachmittag ablaufen, das hatte er sich in seiner schlaflosen ersten Nacht in Harvestehude ausgemalt.

Es gab in diesem Szenario lediglich eine Unsicherheit: Katja. Die hatte, so viel hatte er in den vergangenen fünf Jahren gelernt, ihre eigene Regie für solche Momente. Bloß weil sein Szenario richtig und gerecht war, hieß das noch lange nicht, dass es auch eintreten würde.

Das war auch Ankes Ansicht. Insgesamt war sie am Freitag aber keine große Hilfe gewesen. Ihr Donnerstagabend war ziemlich gut gelaufen, also schwebte sie den ganzen Freitag hindurch zehn Zentimeter über dem Boden. Und von daher war ihr Simons diametral entgegengesetzte amouröse Situation nicht mehr ganz so wichtig, und das machte ihn schon ein wenig sauer. Sie erklärte schlicht, dass er sich sämtliche Verhaltensvorgaben getrost in die Haare schmieren könne, weil das, was sie über Katja wisse, ihr sagte, dass sowieso alles anders kommen würde. Simon hatte einen regelrechten Kloß im Bauch deswegen.

Trotzdem, für den Moment war es schön, mit geschlossenen Augen einfach so dazusitzen. Er roch die brackige Elbbrühe, hörte die Möwen, das dumpfe Brummen eines Containerfrachters auf dem Fluss, das Wasser, wie es an den Anlegeponton schwappte. Fast döste er weg, was bei dem bisschen Schlaf der letzten Nacht kein Wunder war.

»Hi.«

Simon öffnete die Augen. Die pralle Sonne war zu viel für seine Pupillen. Er sah nur gleißendes Licht und einen schwarzen Umriss. Er blinzelte ein paarmal, und schließlich konnte er wieder scharf sehen.

»Selber hi«, sagte er zu Katja und stand auf. Er wusste nicht, ob er sie in den Arm nehmen sollte. Oder gar küssen. Er hatte sich zwar auch ein Begrüßungskonzept zurechtgelegt, aber plötzlich konnte er sich partout nicht mehr daran erinnern.

Katja machte sich offenbar weniger Gedanken. Sie umarmte Simon flüchtig und kurz, ließ ihn wieder los und wandte sich zum Gehen.

»Wollen wir?«

Er ging ein Stück neben ihr und sah sie von der Seite an. Das war jetzt wirklich fast neutral, dachte er. Emotional wie ein Fahrradständer. Natürlich hatte er nicht wirklich darauf gehofft, dass sie ihm um den Hals fiel. Aber er erwartete eigentlich schon, zumindest eine Spur schlechten

Gewissens in ihrem Gesicht zu finden, den Hauch von einem Bewusstsein dessen, dass sie sich in etwa das Mieseste geleistet hatte, was man sich im Spannungsfeld zwischen zwei Menschen zuschulden kommen lassen konnte. Aber irgendwie war da nichts. Sie wirkte fast ein bisschen … gleichgültig.

»Ist was?«

Sie hatte bemerkt, dass er sie beobachtete.

»Ja. Klar ist was. Schon vergessen, Mittwochabend?«

Katja seufzte. »Nein, Simon. Das habe ich nicht. Aber ich hatte gehofft, du hättest dich ein bisschen beruhigt. Und dass du nicht gleich wieder so ausflippst.«

»Dass ich … wieso ausflippen? Ich bin doch ganz ruhig. Siehst du nicht, wie ruhig ich bin? Schrei ich dich an, tobe ich herum?«

Katja blieb stehen und schaute ihn an. Sie trug einen roten Rock und sah absolut entzückend aus. Diese kurzen Haare standen ihr verdammt gut, das musste Simon zugeben, obwohl er strikt dagegen gewesen war, dass sie sich ihre Mähne abschneiden ließ.

»Nein, du schreist nicht. Aber ich sehe doch, wie du innerlich tobst. Ich dachte halt, wir könnten in Ruhe über alles reden. Mein Fehler.«

Simon lachte kurz auf. »Ehrlich gesagt, dein Fehler lag woanders. Nämlich in deiner rechten Hand.«

Sie seufzte schwer und schüttelte den Kopf. Wieder diese beschissene Geste, die nichts anderes als »dummer kleiner Simon« sagen wollte. Er spürte, wie er sauer wurde. Fuck, dachte er, das geht ja gut los. Noch keine Minute zusammen, und ich hab jetzt schon so einen Hals.

»So können wir nicht reden, Simon«, sagte Katja. »Es

geht hier nicht um das, was am Mittwoch passiert ist. Es geht um das, was in den letzten Jahren mit uns passiert ist.«

»Dir vielleicht. Mich hat es verletzt, was am Mittwoch war«, sagte Simon. Er spürte, wie seine Augen feucht wurden.

»Das wollte ich nicht.« Sie wartete einen Moment. »Aber siehst du nicht, dass das nicht passiert wäre, wenn wir besser auf uns aufgepasst hätten?«

»Ach komm. Du willst doch eigentlich sagen: wenn *ich* besser auf *mich* aufgepasst hätte.«

»Ja, eigentlich schon. Und auf mich. Das hast du nämlich in letzter Zeit auch nicht.«

»Ach so. Vernachlässigte Frau wirft sich in die Arme eines anderen, der sie so zu nehmen weiß, wie sie ist. Schönes Klischee. Was ist das hier? Hollywood?«

»Nein, du Klappspaten. Das ist das echte Leben. Du hast vergessen, wer du bist. Und du hast vergessen, wer ich bin. Du kannst nicht erwarten, dass du dafür keine Quittung bekommst.«

Simon schwieg und starrte blind auf die Elbe. Ihre Entschlossenheit, ihn an den Pranger zu stellen, überraschte ihn. Irgendetwas musste mit ihr in den letzten drei Tagen passiert sein. Er für seinen Teil hatte einen schwer zu fassenden Gefühlsbrei in sich. Über allem lag seine Wut auf Katja, aber von unten drängte tiefe Verzweiflung nach, getränkt mit einem Schuss Trauer. Egal, was heute Nachmittag noch passieren würde – sein gemütliches, befriedigendes Leben, das er bis zum letzten Tag als Neunundzwanzigjähriger gelebt hatte, schien definitiv über die Wupper gegangen zu sein.

»Ich habe nachgedacht«, sagte Katja. »Es war vielleicht

ganz gut, dass du uns drei Tage dafür gegeben hast, obwohl ich es ziemlich kindisch fand, dass du Mittwoch abgehauen bist«.

»Soso, kindisch war das also. Weißt du, ich war in einer – wie sagt man? – emotionalen Ausnahmesituation.«

»Ja, endlich. Hätte ich auch nicht gedacht, dass ich das noch mal erleben darf.«

»Wie bitte?«

»Ist doch so. Wie kann es sein, dass … so was passieren muss, damit du mal ein bisschen Leben zeigst?«

Simon war ratlos. Er verstand nicht ganz, worum es gerade ging. Auch das war typisch für ihre Streitereien. Er fühlte sich dann oft, als ob er kurz den Raum verlassen und irgendjemand ein anderes Thema aufgebracht hätte, von dem er einfach keine Ahnung hatte. Also sagte er nichts. Prompt wechselte sie jetzt wirklich das Thema.

»Jarmila hat gestern Abend angerufen«, sagte Katja.

»Aha. Und?«

»Sie wollte dich sprechen.«

»Und?«

»Du warst nicht da.«

»Das ist sachlich richtig. Schön, dass du es auch gemerkt hast.«

»Und wo warst du?«

»Bei einem Freund.«

»Welchem?«

»Kennst du nicht.«

Katja verschränkte die Arme vor der Brust und schüttelte wieder den Kopf. »Als ob du Freunde hättest, die ich nicht kenne. Wahrscheinlich ist es diese Anke. Na, ist ja auch deine Sache. Kannst du bei diesem *Freund*« – sie zeichnete bei dem Wort die Anführungszeichen mit den Fingern in die Luft – »noch eine Weile bleiben? Geht das, Simon?«

»Ja, äh, nee, wieso. Ich meine – wieso?«

»Wie, wieso? Was hast du dir denn vorgestellt?«

Simon spürte, wie ihm heiß wurde. War doch wohl klar, was er sich vorgestellt hatte.

»Dass wir vielleicht einen Punkt finden, an den wir … weiß nicht … anknüpfen können. Und weitermachen. Und …«

»… dass ich dich wieder mit nach Hause nehme? So was in der Art? Nein, Simon. Die letzten Tage haben mir die Augen geöffnet. Es ist ganz gut, wenn wir mal ein bisschen Luft zwischen uns bringen. Und wenn ich die Sache richtig sehe, hast du dir für etwa eine Woche Klamotten aus der Wohnung geholt. Ein neues Hemd hast du anscheinend auch, macht also einen Tag mehr. Und übrigens: Den Discman hast du mir mal geschenkt, Wiedersehen macht also große Freude. Bis dahin kannst du ihn behalten.«

Simon glaubte für einen Moment, er hätte sich verhört. Das alles hatte Katja gerade nicht wirklich gesagt, oder? Er konnte genau spüren, wie in seinem Hirn eine Sicherung durchbrannte.

»Das ist … ja, das ist irre großzügig von dir. Sag mal, spinnst du komplett? Ich dachte, das wird eine Aussprache, und jetzt setzt du mich an die Luft! Geht es hier vielleicht auch ein bisschen um das, was ich will? Oder brauchst du einfach mehr Zeit für deinen Giancarlo?«

Den letzten Satz hatte er gebrüllt und durch Masturbationsbewegungen der rechten Hand begleitet. Eine ältere Dame schüttelte im Vorbeigehen den Kopf.

Katjas Augen verengten sich gefährlich. »Boah, ey. Du bist so was von eklig, Simon Havlicek. Und woher weißt du überhaupt … egal. Jetzt mal im Ernst: Es geht hier *vor allem* um dich. Und um das, was du willst. Das solltest du nämlich langsam rausfinden, denn das Leben, das du lebst, kann man nicht allen Ernstes wollen!«

Sie atmete schwer. Simon sah, wie sie versuchte, sich zu beruhigen, während sein eigenes Herz wie wild wummerte. Er gab ihr die Zeit und betrachtete sie dabei. Es tat weh. Ich will doch nur dich, dachte er.

»Wir sollten uns für eine Weile aus dem Weg gehen, bitte, Simon. Denk nach, ich tu es auch. Und dann schauen wir, wie es weitergeht, okay?«

Er sagte nichts. Katja kämpfte jetzt mit den Tränen. Simon auch. Dann, ganz plötzlich, nahm sie ihn überfallartig in den Arm, drückte ihm einen heftigen, fast schmerzhaften Kuss auf die Lippen, drehte sich um und rannte über die Himmelsleiter den Elbberg hinauf.

Simon starrte ihr nach und konnte sich nicht rühren. Die Möwen schrien noch immer, von irgendwoher tutete eine Elbfähre. Die Spaziergänger an der Elbe drängten sich in dichten Strömen an ihm vorbei, die Sonne hatte halb Hamburg hierhergetrieben, Hunderte von Stimmen lagen in der warmen Frühlingsluft. Aber noch nie in seinem ganzen verdammten dreißigjährigen Leben hatte sich Simon Havlicek so allein gefühlt wie in diesem Moment.

KAPITEL 6
Holsteiner Kühe

Anfang April hatte Simon die erste interne Vorführung eines Films namens *Matrix* gesehen, der irgendwann im Juni in die Kinos kommen sollte. Anke und er waren unterschiedlicher Meinung darüber, ob der Film ein echter Blockbuster werden würde oder nicht – Anke glaubte nicht so recht daran, sie fand ihn zu kompliziert und finster, »kurz vor deprimierend«, hatte sie gesagt. Simon hingegen war fasziniert. Es ging, neben unerhört viel Geballere und Menschen in Lack- oder Lederklamotten, um eine sehr interessante Frage: Was ist, wenn die Welt, wie wir sie wahrnehmen, gar nicht wirklich existiert? Wenn alles nur Schein ist und unsere wahre Existenz sich ganz anders darstellt, nämlich erschreckend düster und sinnlos?

An den Tagen nach dem Katja-Samstag fühlte sich Simon, als hätte er, genau wie Keanu Reeves im Film, den Zugang zu dieser wahren Welt gefunden. Er befand sich in einem Tal der inneren Finsternis, fühlte sich öde und sinnentleert und hatte die beklemmende Vermutung entwickelt, dass die letzten fünf Jahre relativen Glücks nur eine hohle Fassade gewesen waren.

»Wieso das?«, fragte Anke am Montag. Simon hatte das Gefühl, dass sie mittlerweile mehr Zeit in 212 verbrachten als am Schreibtisch. Irgendwann würde sich sogar Jochen bei ihnen beschweren.

»Ist halt so«, sagte Simon. »Jetzt ist unsere Beziehung offenbar falsch. Und irgendwie fühlt es sich so an, als wäre das schon immer so gewesen, weil ich mich gar nicht geändert habe in all der Zeit. Verstehst du, was ich meine?«

»Nein. Du redest wirr, junger Mann.«

»Na ja: Wenn ich heute der Falsche bin, aber immer noch derselbe wie am Anfang, dann liegt es doch auf der Hand, dass ich schon damals falsch war. Ich frage mich seit Samstag: Habe ich mir die ganze Zeit nur eingeredet, dass wir einigermaßen glücklich waren?«

»Hätte es dann fünf Jahre gehalten? Ich würde sagen – nein. Es sei denn, Katja steht auf Sadomaso, bevorzugt auf Letzteres.«

Simon schwieg. Ankes neuer Freund war nach Berlin abgedüst, es war eine Erleichterung, dass sie sich wieder auf ihn konzentrieren konnte.

»Und überhaupt: Bist du so sicher, dass du dich nicht verändert hast? Das wäre doch ganz schön bitter. Ich bin bestimmt nicht mehr dieselbe wie vor fünf Jahren. Und Katja schon gar nicht, darauf verwette ich mein üppiges Weihnachtsgeld.« Sie grinste ihn an. »Und noch was, Simon: Wenn du irgendwas nicht bist, dann falsch. Mach dich nicht kleiner, als du bist. Du bist echt ein Supertyp, und ich kenne mich mit Typen aus. Kopf hoch, jetzt sofort.«

Simon tat wie befohlen.

In diesem Moment kam Jochen in den Raum.

»Anke, Telefon. Da will einer aus dem Berliner Multiplex was von dir wissen.«

Und weg war sie. Ob sie in fünf Jahren auch noch so zum Telefon sprintet?, fragte sich Simon still.

Durch die nächsten Tage schleppte sich Simon mehr schlecht als recht. Er arbeitete, schlief, atmete regelmäßig ein und aus und lag weite Teile seiner freien Zeit auf der offensichtlich funkelnagelneuen Matratze in Holgers Abstellkammer. All seine Energie wurde von einem Weltschmerz absorbiert, der sich ganz allmählich in eine chronische Melancholie verwandelte. Die brannte nicht mehr ganz so schlimm in ihm wie das Gefühl in den Tagen nach Samstag. Es war mehr ein dumpfes Ziehen in seinen Eingeweiden. Mitte der Woche verlegte er sein Selbstmitleid schon mal auf eine Bank in der Abendsonne an der nahen Außenalster, mit dem Discman von Katja und zwei, drei extrem misanthropen CDs. Die von Elliott Smith – ausgerechnet Katjas Geschenk – verhielt sich zu seiner Stimmung angenehm kongruent.

Am Donnerstag ging es schon ein kleines bisschen besser, ganz langsam kehrte das Bewusstsein zurück, dass es noch andere Dinge auf Erden gab als sein finsteres Innenleben. Und andere Menschen. Über den Tag hinweg verfestigte sich der Wunsch in ihm, jetzt doch mal in seiner neuen Wohnsituation anzukommen, so ganz offiziell. Seit der halben Stunde Simpsons sechs Tage zuvor hatte er kaum ein Wort mit Holger gewechselt. Sie sahen sich auch höchst selten, die Wohnung hatte immerhin knapp zweihundert Quadratmeter, wie Simon schätzte, da hockte man nicht gerade im engeren Sinn aufeinander. Manchmal konnte er Holger durch die geschlossene Tür vorbeigehen hören, weil die Dielen im Flur unter der Last seines Gewichts ächzten und stöhnten.

Nach der Arbeit kaufte Simon einen Kasten Warsteiner. So einer stand schon in der Küche herum, offensichtlich war das Holgers bevorzugte Biermarke. Simon machte sich nicht besonders viel daraus, aber er war Fußballer und ein Mann, also Mitglied von zwei Spezies, bei denen ohne jedes Hinterfragen klar war: Einstand gleich Bier.

Holger hockte in der Küche, vor sich einen Becher, aus dem es nach Früchtetee roch. Er las in der *ZEIT* von heute, daneben lag der neue *Stern*, auf dem Titelbild ging es um den Amoklauf an der Schule in Colorado. Er sah erstaunt auf und sagte nichts.

»Moin. Mein Einstand«, sagte Simon und stellte das Bier neben die angebrochene Kiste. Platz war da genug, die Küche war riesig. Alles in dieser Wohnung war riesig, der Hausherr eingeschlossen. Nur Simons Zimmer bildete eine Ausnahme.

»Sauber«, sagte Holger. »Das ist jetzt mal korrekt.«

Simon nickte nur. Er hätte jetzt gerne etwas gesagt. Darum ging es schließlich in diesem Moment: mal so was wie eine persönliche Beziehung aufbauen oder so. Er wusste nur nicht, wie. Also stand er für einen unbehaglichen Augenblick mitten in der Küche herum.

»Tja …«, brachte er endlich hervor.

Holger erhob sich ächzend von seinem Stuhl. »Wie sieht's mit Hunger aus?«, fragte er.

»Och. Na ja, schon.«

Tatsächlich hatte Simon keinen besonders großen Hunger. Wenn er so darüber nachdachte: schon die ganze Woche nicht. Er hatte wirklich wenig gegessen in den vergangenen acht Tagen. So wenig wie seit … ja, seit wann?

Wie wahrscheinlich noch nie. Wieso fiel ihm das erst jetzt auf?

Holger öffnete den Kühlschrank. Simon bemerkte, dass das obere Fach, das heute Morgen praktisch noch leer gewesen war, jetzt kaum noch Luft hatte. Dicke Tüten lagen darin, aus einer lugten Wurstenden heraus. Und ein Teller stand da, der ungefähr zwanzig Zentimeter hoch mit Fleisch bedeckt war.

»Ich wollte mir gerade 'n Steak in die Pfanne hauen«, sagte Holger, »ich kann dir gern eins mitbraten. Oder bist du etwa Vegetarier?«

»Nein.«

»Hätte mich auch gewundert. Rumpsteak oder Hüfte?«

»Weiß nicht. Was du dahast.«

»Ah, danke. Das ist rücksichtsvoll. Dann muss ich nicht mehr einkaufen gehen. Die Frage ist nur: Hätte ich etwas zur Wahl gestellt, das ich gar nicht hier habe?«

Auch Simon erkannte jetzt, dass seine Antwort hart an der Grenze zu bescheuert gewesen war.

»Wahrscheinlich nicht. Im Grunde wollte ich sagen: Entscheide du.«

»Okay. Dann bekommst du das Gleiche wie ich: von jedem eins.«

»Oh, das ist …«

Ein bisschen viel, wollte er sagen. Aber in diesem Moment hörte er Big Ben schlagen. Es war die Klingel an der Wohnungstür. Holger sah Simon verblüfft an.

»Nanu? Bekommst du Besuch?«

Simon schüttelte den Kopf.

»Ich? Nö. Kann eigentlich nicht sein. Weiß doch keiner, dass ich hier … na ja, wohne.«

»Ist bei mir nicht viel anders«, sagte Holger, wischte sich die Pranken an seiner dunkelbraunen Cordhose ab und schlurfte auf Socken zur Haustür.

Als er zurückkam, schälte sich langsam eine Frau aus seinem Schatten.

»War doch für dich«, sagte Holger.

Anke betrat die Küche.

»Was machst du denn hier?«, fragte Simon verwirrt.

»Dich besuchen, du Hirni. Mir hat das letzte Woche irgendwie zu denken gegeben. Du weißt schon, dass wir uns bisher nie außerhalb der Firma gesehen haben und so. Und da dachte ich, dass ich ja alt genug bin und das ändern kann, wann immer ich will. Ich hab auch was mitgebracht.«

Sie stellte ein Sixpack Bier auf den Tisch.

»Oh, Beck's, wie schön. Das verspricht ein bisschen Abwechslung, falls uns Warsteiner zu langweilig wird«, sagte Simon.

»Wär dir ein Strauß Blumen lieber gewesen? Ey, aber Holger, mal was anderes: Das ist ja echt eine unfassbar geile Hütte hier.«

Holger hatte inzwischen drei Zwiebeln aus einem Netz gefischt. Er musterte Anke und sagte nichts. Was auch, sie hatte eine Feststellung getroffen, die die Sache bereits auf den Punkt brachte. Anke aber wollte mehr wissen.

»Sollte ich vielleicht den Job wechseln? Verdient ihr in der IT so viel, dass man sich so was leisten kann?«

»Nein.«

Diesmal schwieg sie und schaute ihn herausfordernd an. Er seufzte.

»Ist geerbt, die Wohnung. Gehörte meiner Oma, die sie wiederum von ihrem dritten Mann bekommen hat. Sie ist vor drei Jahren gestorben. Meine Eltern konnte sie nicht leiden, nicht mal meine Mutter, und die war ihr einziges Kind. Ich war so was wie ihr Lieblingsenkel, weil sie meine große Schwester auch nicht mochte, also …« Er beschrieb mit der Hand einen Halbkreis durch den Raum. »Alles meins. Fünf Zimmer, einhundertfünfundneunzig Quadratmeter. Ja, ist ganz nett. Vielleicht ein bisschen viel für mich.«

»Das wäre für jeden zu viel«, sagte Simon. »Jedenfalls allein.«

»Du siehst ja, ich habe auch noch nicht alle Zimmer hergerichtet. Deins zum Beispiel. Ich wusste echt nicht, wozu. War für mich mehr so'n Abstellraum.«

Sie schwiegen einen Moment.

»Ja«, sagte Holger schließlich, »ich hatte gerade gedacht, ich mache für Simon und mich was zu essen. Aber wenn ihr jetzt lieber für euch …«

»Och. Nö. Muss nicht sofort. Esst doch erst mal.«

»Willst du auch was?«

»Gern, ich habe tierischen Kohldampf. Was gibt's denn?«

»Äh … Steaks.«

»Gleich in der Mehrzahl? Wow. Und dazu?«

Holger wurde ein bisschen verlegen.

»Kann dir Ketchup anbieten. Und Zwiebeln. Oder Toastbrot. Ist nicht so, dass ich beim Einkaufen Salat oder Gemüse vergessen hätte. Ich war gar nicht einkaufen. Das Fleisch habe ich von meinen Eltern, da war ich vorhin.«

Er öffnete den Kühlschrank und holte ein weiteres großes Stück Rind vom Teller im oberen Fach.

»Meine Herren. Das sind ja Massen«, sagte Anke.

»Ja, mein Vater ist Schlachter, draußen in Bargteheide. Obwohl, Schlachter ist dezent untertrieben. Das hat er mal gelernt. Jetzt betreibt er mit meiner Mutter ein Fleischimperium. Lidl, Aldi, Penny – die beliefern die großen Ketten in ganz Deutschland. Und mich natürlich bevorzugt.«

»Lustiger Zufall«, sagte Simon. »Ein Bekannter von meiner Mutter ist auch Schlachter. Allerdings war der bloß Geselle in einem kleinen Laden in Blankenese, und irgendwann ist er nach England abgehauen.«

»Bekannter? Für dich ist Janko nur ›ein Bekannter‹ deiner Mutter?«, fragte Anke.

»Wieso? Stimmt doch.«

»Nach allem, was du erzählt hast, hat sich der Typ die ersten zwölf bis fünfzehn Jahre deines Lebens rührend um dich gekümmert. Ich wäre froh gewesen, wenn mein Vater nur halb so viel für mich gemacht hätte wie Janko für dich.«

Simon schwieg. Das stimmte zwar, aber es war nicht gerade sein Lieblingsthema. Mit den männlichen Bezugspunkten in seinem Leben hatte es einfach nicht so richtig hingehauen. Sein leiblicher Vater war ein waschechter Vollidiot. Und Janko, der alles andere als ein Idiot war, kam irgendwann immer seltener und dann gar nicht mehr, er wusste bis heute nicht, warum eigentlich. Zuletzt hatte Simon ihn gesehen, als er fünfzehn war. Vor einem halben Leben, dachte er.

Holger drehte sich um.

»Tja, wenn ihr mit den Familiengeschichten durch seid: Teller sind da oben, Besteck ist im Küchenschrank, und dann nehmt euch ein Bier und setzt euch. Ihr steht ja da wie bestellt und nicht abgeholt.«

Ein paar Minuten später zog der intensive Duft von kurz Gebratenem durch die Küche. Holger hantierte mit drei Pfannen und dem Backofen gleichzeitig, er wusste offenbar genau, was er tat. Simon sah ihm zu und freute sich, dass Anke neben ihm saß. Es war fast ein bisschen heimelig, häusliche Typen wie er wussten das zu schätzen.

»So was«, sagte Simon später und lehnte sich zufrieden zurück, »habe ich bei meiner Freundin nie bekommen.«

»Vegetarierin?«, fragte Holger.

Er hatte dabei den scharfen Tonfall eines 2.-Weltkrieg-Generals, der einen jungen Mann fragt, ob er denn auch gedient habe.

»Das nicht. Aber du weißt ja, wie Frauen sind. Machen sich angeblich nichts aus Fleisch. Alles Beilagenesser.«

»Ging auch ohne heute«, sagte Anke. »Apropos: Hast du was von ihr gehört, von der Beilagenesserin?«

Simon schüttelte den Kopf. »Nein. Nicht seit Samstag. Aber das ist ja wohl der Sinn einer Auszeit, oder?«

Holger pulte sich mit einem Zahnstocher die Reste seiner Holsteiner Kuh aus dem Gebiss. Vor ihm standen drei Bierflaschen, die er in kürzester Zeit geleert hatte. Zwei Warsteiner, ein Beck's. Er wirkte nachdenklich. »Auszeit? Das war der Begriff, den sie benutzt hat?«

Simon dachte nach. »Eher so was wie: ein bisschen Luft zwischen uns bringen.«

Holger nickte. »Also war ihr alles zu eng und stickig. Tja. Bleibt bloß die Frage, wie viel Luft sie hat, wenn sie mit anderen Typen rummacht.« Er blickte Simon neugierig an. »Wie heißt sie eigentlich?«

»Katja.«

Holger lachte einmal kurz und höhnisch auf. Dann

schaute er grimmig auf seinen Zahnstocher und murmelte: »War ja klar. Die heißen immer Katja.«

Anke beugte sich über den Tisch, als hätte sie nicht richtig gehört. »Wie bitte?«

»Was? Ach, nichts.«

»Nee, sag doch mal. Hast du gerade echt gesagt: Die heißen immer Katja?«

Holger schwieg und starrte auf die Tischplatte.

Anke setzte nach. »Du willst damit also sagen, dass alle deine Freundinnen Katja hießen.«

Er sah sie nur an.

»Okay«, sagte Anke, »du willst sagen, dass *eine* Freundin Katja hieß, und zwar die, die besonders mies zu dir war.«

Holger griff sich noch ein Warsteiner, öffnete es und trank es in einem Zug halb leer.

Anke stutzte. »Nee, Hotte, echt jetzt? Nicht dein Ernst!«

Simon hatte wieder mal das Gefühl, etwas Entscheidendes verpasst zu haben. »Was ist denn?«, fragte er Anke.

»Ich glaube«, sagte sie und betrachtete Holger, »unser Großgrundbesitzer hier hatte noch nie eine Freundin.«

»Oh.«

Simon starrte Holger mit offenem Mund an. Anke bekam einen weichen, fast zärtlichen Blick. Und Holger leerte den Rest der Flasche. Simon hatte da noch eine Frage.

»Das heißt, du bist noch … Jungfrau?«

»Nein«, sagte Holger, »das heißt es nicht.«

»Du passt nicht auf, Simon«, sagte Anke. »Originalzitat Hotte …«

»Jetzt lass das doch mal. Er hat gesagt, er heißt Holger«, sagte Simon.

»Ist mir egal«, sagte Holger.

»Danke, Hotte«, sagte Anke. »Also, noch mal; Originalzitat Hotte: Sie heißen immer Katja. Erinnerst du dich?«

»Ja, aber …«

»Ist ja gut«, sagte Holger laut. »Studienfahrt nach Rom 1990.«

Simon und Anke trauten sich nicht, nachzuhaken. Mussten sie auch nicht.

Holger erzählte einfach weiter. »Ich war achtzehn und hatte noch keine Freundin. Das war auch kein Wunder, weil ich, ehrlich gesagt, nie wirklich ansehnlich war. Die ganze Pubertät über musste ich mir permanent irgendwelche Scheiße anhören. Schwabbel, Fatty, Dickmops, Balu der Bär … ich war schon froh, wenn mich mal jemand Hotte genannt hat.«

Simon schämte sich gerade ein bisschen, dass Balu auch zu seinen Assoziationen gehört hatte. Vom dicken Typen aus den Simpsons sagte er jetzt mal lieber nichts. Holger machte sich noch ein Bier auf. Es schien keinerlei Wirkung auf ihn zu haben.

»Jedenfalls: Rom. Studienfahrt. Es war September, es war warm, es war unser letzter Abend, und es war mein Geburtstag, mein achtzehnter zu allem Überfluss. Wir hatten alle tierisch viel getrunken. Und auf dem Weg zum Hotel ging ich ganz hinten. Eines der Mädchen ließ sich von mir stützen, die konnte sich kaum noch auf den Beinen halten. Beim Circus Maximus wollte sie 'ne Pause machen. Also haben wir uns da ins Gras gesetzt und waren auf einmal ganz allein. Ich weiß nicht, ob ihr das da kennt – der Circus Maximus ist ja nur eine leere, staubige Fläche und nachts total dunkel. Jedenfalls fing das Mädchen plötzlich an, mich zu küssen. Ich dachte, ich spinne. Sie war hübsch in meinen Augen, eher robust gebaut – andere würden sagen: dick –, und eine Brille hatte sie auch, aber ich fand sie hübsch.«

Simon und Anke sahen sich an. Mit allem hatten sie gerechnet, aber nicht damit, dass ihnen IT-Hotte hier und heute das Drama seines Lebens offenbarte. »Ey, du musst das jetzt nicht erzählen, wenn du nicht willst«, sagte Simon vorsichtig.

Hotte nahm einen großen Schluck aus der aktuellen Bierflasche. »Weißt du was?«, sagte er. »Das hab ich auch noch nie. Niemandem. Aber jetzt habe ich nun mal davon angefangen, dann kann ich das zur Abwechslung auch durchziehen. Wo war ich?«

»Circus Maximus. Staubig. Hübsches Mädchen, wenn auch pummelig. Küssen«, soufflierte Anke.

»Richtig. Gott, ich wusste ja nicht mal, wie man küsst. Aber sie machte weiter. Ihr T-Shirt aus, meine Hose auf, dann setzte sie sich auf mich ... Und knapp zwei Minuten später war der Spuk vorbei. Tja, das war mein erstes Mal.«

»Und wahrscheinlich auch dein letztes, oder?«, fragte Anke.

»So sieht's aus.« Holger lächelte. Es wirkte nicht besonders fröhlich. »Am nächsten Morgen stand ich gerade am Frühstücksbüfett, als sie in den Speisesaal kam. Sie hat nur gesagt, dass das der Fehler ihres Lebens gewesen wäre, sie die ganze Nacht nur gekotzt hätte, und zwar nicht wegen des Alkohols, und dass sie, wenn ich auch nur irgendwem ein Wort von der Sache erzähle, mich sofort und ohne zu zögern umbringt.«

»Und das«, sagte Anke, »war also deine Katja.«

»Meine wohl weniger, aber Katja, ja, das stimmt. So hieß

sie. Katja Poselske. Bis heute habe ich das tatsächlich niemandem erzählt. Aber ich denke, das Risiko nehme ich jetzt mal auf mich. Sie ist inzwischen Grundschullehrerin am Bodensee, soweit ich weiß.«

»Und die hat dich für die Frauen versaut?«, fragte Anke.

Jetzt lachte Holger laut und aufrichtig. »Du bist echt lustig, Anke. Schau noch mal genau hin. Wen siehst du? Johnny Depp? Brad Pitt? Verdammt, ich bin noch nicht mal Sascha Hehn!«

»Ja, aber darauf kommt es doch gar nicht …«

»Schwachsinn! Welche Frau sollte mich denn bitte scharf finden? Vergiss es. Ich wiege knapp drei Zentner. Ich würde mich auch nicht unter mich legen. Und unser Freund Simon hier hat in dieser Hinsicht ebenfalls keine rosige Zukunft vor sich.«

Von der Seite hatte Simon die Sache noch gar nicht betrachtet. Bis zu diesem Moment hatte er keinen Gedanken daran verschwendet, dass es womöglich auch einmal eine Zeitrechnung nach Katja geben könnte, in der er sich für andere Frauen interessierte. Allerdings – so schlimm wie Hotte sah er nun wirklich nicht aus, fand er.

Anke wandte sich an Holger. »Na komm, Simon ist schon noch eine andere Gewichtsklasse. Obwohl du nicht unrecht hast, er ist ziemlich auseinandergegangen in den letzten Jahren.«

Reflexartig tastete Simon nach seinem Bauch. »Stört dich das?«, fragte er Anke.

»Mich nicht. Aber ich will ja auch nicht mit dir poppen.«

»Nicht?«

»Ach, am Anfang gab's einen kurzen Moment … nein, natürlich nicht. Du bist mir einfach als Mensch zu wichtig.«

Holger kicherte. »Das ist doch auch bloß so 'n beschissener Abwimmelsatz.«

»Meinst du, du Frauenversteher, ja? Um es mal deutlich zu sagen: Optik ist für Frauen ganz bestimmt nicht so wichtig wie für euch Geilhuber. Aber in der Regel sind wir schon ästhetische Wesen. Wir schauen uns gern hübsche Männer an. Und um noch ehrlicher zu sein: Ihr beide seid in dieser Kategorie nicht besonders weit vorn.«

Simon schluckte. Er dachte an das Foto in seinem Wohnzimmer. Das, wo er Katja huckepack hatte. Er war sich bewusst, dass er damals ziemlich gut ausgesehen hatte. Ein Erbe seines ansonsten nicht sehr brauchbaren Vaters. Was ein paar Kilo mehr doch in der öffentlichen Wahrnehmung anrichten konnten. Er schwieg. Holger dagegen wurde sarkastisch.

»Danke schön. Das hilft jetzt. Das ordnet noch mal ein, wo ich stehe. Ich hätte es in den letzten dreißig Sekunden fast vergessen.«

»Bitte sehr. Ich frage mich nur: Warum ändert ihr nichts?«

»Ändern?«

»Ja, Hotte. Es gibt da so eine Erfindung, die von Frauen weltweit ziemlich oft benutzt wird. Nennt sich Diät. Schon mal gehört?«

Holger und Simon starrten sich an. Sie sahen ohne Zweifel ziemlich bescheuert dabei aus.

Anke grinste. »Nee, wirklich, Jungs. Ihr leidet doch. Simon, du hast mir erzählt, dass Katja unter anderem deshalb fremdgegangen ist, weil sie dein Bauch stört. Vielleicht kannst du ja eure Beziehung noch retten, wenn du mal anfängst abzunehmen.« Dann knöpfte sie sich Holger vor. »Und du … ich meine, das kann doch nicht alles gewesen sein, oder? Du willst doch nicht bis zum Ende deiner Tage dein Frauenbild aus einem missglückten Fick mit achtzehn beziehen, oder? Außerdem beschwerst du dich darüber, dass du scheiße aussiehst. Also tu was dagegen!«

»Das sagst du so leicht. Du bist hübsch und wiegst sechzig Kilo.«

»Achtundfünfzig. Und du sagst es so schwer. Du hast es doch noch gar nicht versucht. Du könntest sofort anfangen.«

»Womit?«

»Damit, besser auszusehen. Rasier dir den bescheuerten Fusselbart ab, damit versteckst du gar nichts, außer vielleicht, dass du ein echt nettes Gesicht hast. Sorg dafür, dass aus den Haaren eine Frisur wird. Fang an zu joggen.« Sie sah sich in der Küche um. »Ist das da hinten die Speisekammer?«

Holger folgte ihrem Blick und nickte.

»Darf ich?«

»Ungern.«

»Natürlich ungern. Darf ich trotzdem?«

Holger zögerte einen Moment. Dann zuckte er mit den Schultern. Anke stand auf und öffnete die Tür. Einen Moment später flogen sechs Tüten Chips auf den Fußboden der Küche. Es folgten mehrere Dosen mit Kohlrouladen, drei Kiosk-Dosen mit Weingummi und Lakritz, fünf Packungen Toffifee und diverse Backmischungen für Kuchen. Die Jungs sahen dem Treiben kommentarlos zu.

»So«, sagte sie, als sie wieder aus der Abstellkammer auftauchte. »Fassen wir zusammen: Du, Simon, willst deine

Katja zurück. Und du, Hotte, willst erst mal eine haben. Korrekt soweit?«

»Ich denke schon«, sagte Simon.

»Ich kann nicht wirklich widersprechen«, sagte Holger.

»Alles klar«, sagte Anke. »Ihr habt Herzen aus Gold, um den Teil müssen wir uns also nicht kümmern. Aber um eure Hülle. Und damit fangen wir sofort an. Mein Vorschlag zur Güte: Das Zeug hier kassiere ich ein. Das ist alles pures Hüftgold und hat null Nährwert. Das Bier würde ich auch glatt mitnehmen, aber ich bin ohne Auto, das schaffe ich nicht. Euer Glück. Oder Pech. Das war mein Teil. Jetzt kommt eurer. Habt ihr hier Internet, Hotte?«

»Ist der Papst katholisch?«

»Ach ja, für einen Moment hab ich vergessen, womit du dein Geld verdienst. Wie auch immer: Ich wünsche euch einen schönen Abend vor dem Computer. Weil ihr beide euch jetzt nämlich gemeinsam einen Eins-a-Diätplan bastelt. Guckt euch im Netz mal an, was es alles gibt. Ich erwarte Ergebnisse. Morgen wird das kontrolliert in der Firma. Einverstanden?«

Simon und Holger schnappten nach Luft. Das ging alles etwas schnell hier.

»Hallo? Ich habe euch was gefragt, Freunde der Sonne!«

Holger antwortete als Erster. »Menno, ist ja gut«, sagte er. »Ich bin einverstanden.«

Simon nickte. »Klar. Warum nicht. Mal was anderes. Ich habe sowieso kaum noch Hunger. Ich bin dabei.«

»Schön.« Anke schaufelte das Zeug vom Boden in mehrere Plastiktüten, die sie ebenfalls in der Kammer gefunden hatte. »Ach, und Holger … die Würstchen im Kühlschrank.«

Er zuckte fatalistisch mit den Schultern.

»Was soll's. Nimm mit. Ich hab in meinem Leben schon genug davon gegessen.«

»Gute Einstellung. Ja, dann … Trägt mir einer von euch noch die Tüten zur Tür?«

Als die Tür ins Schloss gefallen war, standen Simon und Holger eine Weile verlegen im Flur herum. Eigentlich hatte Simon heute Abend nur für etwas freundliche Atmosphäre sorgen wollen, und jetzt waren sie beide plötzlich auf ein gemeinsames Ziel verpflichtet. Aus zwei völlig fremden Männern, die das Schicksal mehr oder weniger zufällig in einer gemeinsamen Wohnung untergebracht hatte, war ein Team mit einer Mission geworden. Und dazu hatte der neunzigminütige Besuch einer Frau gereicht. Einfach so. Das alles war irgendwie schon ziemlich schräg.

Andererseits: Was hatten sie zu verlieren?

»Wo steht dein Rechner?«, fragte Simon.

KAPITEL 7
Brauner Bär

Hottes Rechner stand in dem Zimmer, das ganz hinten links in der Wohnung lag. Gegenüber war sein Schlafzimmer, und wozu der Raum davor diente ... Simon hatte nicht den Hauch einer Ahnung. Überhaupt, bis in diesen Flügel – er orientierte sich kurz: die Feldbrunnenstraße lag in Nord-Süd-Richtung, also war das hier, wenn man so wollte, der Nordflügel – war Simon in den letzten sechs Tagen noch gar nicht vorgedrungen. Drei Jahre wohnte der Typ jetzt schon ganz allein in diesem irren Palast. Was das wohl mit einem macht?, fragte sich Simon. Da *muss* man ja praktisch verschroben werden.

Nachdem Anke verschwunden war, bat Hotte ihn, noch ein bisschen in der Küche Klarschiff zu machen, sein Büro, na ja, Büro sei jetzt etwas zu viel gesagt, selbst Arbeitszimmer träfe es nicht so ganz, jedenfalls: Das Zimmer, wo sein Computer stehe, das sehe echt aus wie Sau, da müsse er noch mal eben ran, bevor er Simon reinlassen könne. Simon hatte das Gefühl, dass Holger irgendetwas unangenehm war. Aber er hatte nicht vor, da nachzubohren. Sie waren sich heute zweifellos ein Stückchen nähergekommen, doch für detektivische Tiefensondierungen kannten sie sich nun wirklich noch nicht gut genug.

Als er zehn Minuten später in Hottes … na ja, was auch immer kam, fragte sich Simon, was bei Hotte genau »Klarschiff« bedeutete. Das riesige Wohnzimmer, das er schon kannte, war spartanisch eingerichtet und aufgeräumt, gegen den Zustand von Küche und Bad konnte man auch nicht viel einwenden. Aber das hier … das waren fünfundzwanzig Quadratmeter aus einem Messie-Leitfaden. An der Wand neben der Tür stapelten sich die ganzen Kartons, die letzte Woche noch in Simons Zimmer gestanden hatten. Eine größere Fläche wurde von alten Computern beansprucht, die zerlegt in einem Regal und auf dem Boden davor lagerten. Es gab eine alte, zerschlissene Couch, auf der man allerdings nicht sitzen konnte, weil sie mit Verpackungsmaterial zugemüllt war. Die Regale quollen über von technischem Zeugs, von Zeitschriften, Videos, überall standen alte Koffer und Plastiksäcke herum. Simon erkannte auch die Computergerippe wieder, die sich letzten Donnerstag noch in etwa dort befunden hatten, wo jetzt seine Matratze lag.

Auf dem überdimensionierten Schreibtisch – wieso ist hier eigentlich alles XXL?, fragte sich Simon – thronten gleich drei Computer. Den einen konnte er zuordnen, das war einer dieser bunten, rundlichen iMacs, auf die seit geraumer Zeit alle so abfuhren. Der hier war blau. Sogar Katja, die eigentlich keine besonders leidenschaftliche Beziehung zu Computern hatte, hatte unbedingt einen haben wollen, vorzugsweise in Orange. Das hatte er ihr neulich noch erfolgreich ausreden können, denn letztlich teilten sie dann doch die Ansicht, dass man für die 3000 Mark, die das Ding kostete, schön für drei Wochen irgendwo im Süden Urlaub machen konnte, wenn man nicht gerade in der Hauptsaison fuhr. Aber das war wohl mit den Ereignissen der letzten Tage hinfällig geworden.

Neben dem iMac lag ein Laptop, von dem Holger das Gehäuse abgeschraubt hatte. »Den baue ich gerade auf, den können wir nicht nehmen«, sagte er. »Wir setzen uns an den Windows-Rechner hier. Ungefähr so was haben wir in der Firma auch.«

»Und was ist mit dem iMac?«

»Zu langsam.«

Am Rand des Schreibtischs standen fünf leere Flaschen Warsteiner. Eine fast leere und eine ungeöffnete Tüte Kartoffelchips lagen daneben. Dazu eine leere Plastikdose, in der laut Aufschrift mal siebenhundertfünfzig Gramm feiner Holsteiner Kartoffelsalat gewesen waren. Eine Gabel steckte noch darin, und es roch etwas säuerlich aus der Dose, die Mayonnaisereste waren am Rand angetrocknet. Offenbar stand das Gebinde schon etwas länger dort herum. So langsam fragte sich Simon dann doch, was genau Hotte in diesem Zimmer getrieben hatte, während er Teller in den Geschirrspüler sortierte. Aufgeräumt hatte er wohl eher nicht. Einzig ein tiefer, etwa DIN-A4-großer Abdruck auf dem Teppich rechts vom Schreibtisch deutete darauf hin, dass hier in letzter Zeit irgendwas verändert worden war.

Sie sahen dem Computer dabei zu, wie er hochfuhr. Als er endlich bereit war, starrten sie auf den Bildschirm. Keiner sagte ein Wort. Hotte hatte die Maus zwar direkt vor seiner Hand liegen, aber er kauerte vor dem Computer wie einer der letzten Amazonas-Urmenschen, der zum ersten Mal mit Elektrizität in Kontakt kam. Schließlich wandte er sich zu Simon.

»Und was machen wir jetzt?«

Simon zuckte mit den Schultern. »Modem anschalten? Und dann Suchmaschine? Tu ich als Laie immer, wenn ich ins Internet gehe. Aber du bist hier der Computerfuzzi.«

»Ja, schon klar. Sehr lustig. Und dann?«

»Wie, und dann? Was meinst du damit?«

Holger drehte sich auf seinem Schreibtischstuhl zu ihm, verschränkte die Arme vor dem Oberkörper und atmete schwer aus. »Was ich eigentlich sagen will«, erklärte er schließlich, »ist Folgendes: Das in der Küche eben mit der Kalschewski war ja ganz okay. Ich weiß, dass sie irgendwie recht hat, du weißt es auch, und vor einer halben Stunde hatte ich auch die Energie, um das alles richtig zu finden.«

»Und jetzt?«

»Jetzt bin ich grad echt unsicher.«

»Echt?«

»Du nicht? Alter, ich bin sechsundzwanzig Jahre lang ohne Unterbrechung gemästet worden, erst von meinen Eltern, dann von mir selbst. Was meinst du, was mein Körper sagt, wenn ich ihm die ganzen Kohlenhydrate und das ganze Fett entziehe? Und plötzlich zu joggen anfange oder so?«

Simon musste lachen. »Also, ich glaube nicht, dass er sich an die interne Beschwerdestelle wendet.«

»O doch, bestimmt wird er das. Er wird haben wollen, was er immer gekriegt hat. Fleisch. Chips. Die gesamte Produktpalette von Haribo. Und seine Ruhe. Das gibt Rabatz, sage ich dir.«

»Ja und? Wenn ich irgendwas von dem, was vorhin in der Küche passiert ist, begriffen habe, dann, dass uns beiden eine Runde Rabatz nicht schlecht täte.«

Hotte sah ihn ernst an. »Pass mal auf. Ich muss mit mir schon mein Leben lang klarkommen. Und ich kann das ganz gut inzwischen. Ich habe einen Mechanismus entwickelt, der das Gröbste von mir fernhält. Ich kann ignorieren, wenn mich jemand angewidert anguckt. Ich esse nichts in der Öffentlichkeit, damit keiner mit dem Finger auf den Dicken da zeigt und ›selber schuld‹ sagt. Ich schaue keine Frauen an, damit mich keine bemerkt. Ich verhalte mich neutraler als die Schweiz. Ich tu alles dafür, dass ich in Ruhe gelassen werde. Hast du eine Ahnung, was für ein Aufwand es ist, sich als Dicker unbeschadet durchzuschlagen?«

Simon schluckte. Dachte nach. Und sagte schließlich: »Nee.«

»Und wieso nicht? Du bist dick«, sagte Hotte trocken.

»Ich glaube, weil ich mich selber eben nicht als dick empfinde. Ich bin ja auch noch neu im Dicken-Geschäft. Ich habe … oder hatte bis eben noch eine Freundin, die vielleicht nicht jeden, aber immerhin viele haben kann und trotzdem mich wollte. Okay, zugegeben, an der Stelle hat sich was verändert. Aber innerlich habe ich immer noch das Gefühl, ein Sportler und einigermaßen fit zu sein und gerade nur 'ne Pause einzulegen.«

»Du hast Sport gemacht?«

»Zwanzig Jahre Fußball, so übern Daumen.«

»Sieht man dir nicht an.«

»Tja. Das ist mein Problem. Aber was ist deins, außer schonungsloser Offenheit?«

Hotte sagte eine Weile nichts und starrte aus dem Fenster hinter dem Schreibtisch. Das Fenster stand offen, man konnte die Vögel singen hören, der Himmel Richtung

Westen changierte von hellblau über orange bis rosa. Es war ein wirklich schöner Abend.

»Weißt du, ich verwende ziemlich viel Kraft darauf, zu verdrängen, wie ich aussehe.«

»Ja, und?«

Hotte zeigte auf den Bildschirm. »Sobald wir ›Diät‹ in die Suchmaske eingeben, ist es damit vorbei. Dann muss ich mich mit mir und diesen verkackten grob geschätzten hundertfünfzig Kilo beschäftigen.«

»Und das macht dir Angst.«

»So isses. Das wird schmerzhaft, da bin ich sicher.«

Simon schwieg einen Moment. Bis heute Abend hatte er in erster Linie eine diffuse Furcht vor diesem Koloss empfunden, obwohl der ihn aufgenommen und danach in Ruhe gelassen hatte. Was mehr war, als er von den meisten Menschen, die er kannte, erwarten konnte. In den vergangenen Stunden aber hatte er begriffen, dass Hotte ganz anders war, als Simon gedacht hatte. Der war gar kein maulfauler Nerd. Mehr so ein angeschossener Elefant, der alles dafür tat, seine offenen Wunden vor infektiösem Dreck zu schützen.

»Lass uns mal die Plätze tauschen«, sagte Simon schließlich.

Hotte sah Simon kurz an. Dann erhob er sich von seinem Drehstuhl. Simon rutschte rüber. Er schaltete das Modem hinter dem Rechner ein und öffnete den Netscape Navigator, was das Modem mit blinkenden Dioden und schrillen Piepslauten quittierte. Er rief seine bevorzugte Suchmaschine AltaVista auf, gab »Diät« in die Suchmaske ein und drückte auf Enter.

Hotte stand noch hinter ihm. Sie sahen zu, wie sich die

Seite mit den Ergebnissen in weniger als fünfzehn Sekunden aufbaute. Schon geil, dieses Internet, dachte Simon.

»Eine Sache noch, Simon«, sagte Hotte in seinem Rücken mit einer Bassstimme von weit oben. So muss es sich anhören, wenn Gott zu einem spricht, dachte Simon.

»Ja?«

»Was ich da eben alles gesagt habe, das hab ich so noch keinem erzählt.«

»Dachte ich mir schon.«

»Das heißt aber nicht, dass wir jetzt beste Freunde sind oder so.«

»Ja, nee, ist klar. So schnell geht das ja auch nicht.«

»Behalt's einfach für dich, okay?«

»Sicher.«

»Ich geh noch mal schnell in die Küche. Willste auch 'n Bier?«

»Am besten gleich zwei.«

Hotte brummte leise. Er war doch Balu, irgendwie. »Ich bring einfach den ganzen Kasten mit«, sagte er.

Er schlurfte hinaus. Simon hörte, wie die Dielen unter ihm ächzten. Und fand, dass dies in gewisser Weise ein ziemlich bemerkenswerter Abend war.

Der späte April hatte inzwischen eine angenehme Form des Größenwahns entwickelt und benahm sich wie ein Bilderbuchsommer mit sechsundzwanzig Grad im Schatten und einer leichten Brise von Südost, was diesen verfrühten Sommer auch noch stabil machte. Das war mal was anderes als dieser ewige Wolkennachschub, den der Westwind meistens von der Nordsee nach Hamburg trieb. Simon, Holger und Anke verbrachten die Mittagspause am Freitag auf einer Bank in Planten un Blomen, einer Art Park mitten in der Stadt. Anke übersetzte den Namen äußerst frei und nannte ihn »Obst und Gemüse«. Offenbar erschien ihr das einfacher, als sich am Plattdeutschen zu versuchen.

Der Park lag in unmittelbarer Nähe zum Kino, in dem die drei arbeiteten, deshalb sah man an Tagen wie diesen hier nicht wenige Kollegen ein Sandwich oder einen Salat essen, zwischen Rentnern, die ihre üppig vorhandene Zeit totschlugen, und Kindergartengruppen, die in Zweierreihen Hand in Hand über die gepflasterten Wege zum großen Spielplatz zogen. Dieser Spielplatz war in Hamburg schon zu Simons Kinderzeiten legendär gewesen, er hatte in den Siebzigern viel Zeit dort verbracht, auf den beiden Plastikbergen, die ihm damals monströs groß vorgekommen war und in deren hohlem Inneren es immer nach Pisse roch. Oder auf diesem Kletterdings, das wie ein Würfel voller Spinnennetze aussah. Und danach hatte er immer ein Eis bekommen, Brauner Bär oder Ed von Schleck oder – am liebsten – Dolomiti. Meistens von Janko, der deutlich öfter mit ihm hier war als sonst wer.

»Soll ich uns ein Eis holen?«

Hotte und Anke betrachteten ihn, als hätte er nicht alle Tassen im Schrank.

»Äh … du weißt schon, warum wir hier sitzen, Kollege?«, fragte Anke.

»Wieso? Ach ja. Klar. Sorry. Ich hatte nur gerade so ’n Kindheitsflashback. Kein Eis, blöde Idee.«

»Genau. Also, Männer, habt ihr euch mal so richtig schön durchinformiert?«

»Haben wir«, sagte Simon. »Unfassbar. Ich wusste echt

nicht, auf wie viele verschiedene Arten man angeblich abnehmen kann. Wie lange haben wir vorm Computer gehockt, Hotte?«

»Vier Stunden.«

»Echt?«, staunte Anke. »Und, brav Wasser getrunken dabei?«

»Klar. In Bier ist doch auch Wasser, oder?«, fragte Simon.

»Na toll. Viel davon?«

»Ich ... so vier in etwa«, sagte Simon.

»Ich mehr«, sagte Hotte.

»O Mann. Zum Glück hab ich die Chips mitgenommen.«

Simon und Hotte sahen sich betreten an. Anke, die zwischen ihnen saß, ließ ihren Blick wie beim Tennis hin- und herwandern. »Was?«

»Ach, da lag noch 'ne volle Tüte auf dem Schreibtisch rum ...«, sagte Simon.

Anke seufzte. »Na ja. Aller Anfang und so. Kam ja gestern auch alles etwas überraschend für euch. Schwamm drüber. Aber was geht denn nun so ab im Diätenland?«

Hotte räusperte sich und holte einen Schreibblock aus seiner weiß-blauen Commodore-64-Umhängetasche, die schon sehr viel sauberere Tage gesehen haben musste. »Ja, also, wir haben da ... ich meine, ich weiß auch nicht, ob das alles jetzt sooo ... vielleicht hätte man auch ...«

»Hotte?«

»Ja?«

»Ich finde es ja irgendwie ganz süß, dass du Angst vor mir hast, aber ich hab heute noch was vor. Also leg los.«

»Okay. Erst haben wir uns gefragt: Was ist eigentlich die Grundvoraussetzung, um abzunehmen?«

»Und?«

»Es muss mehr raus als rein.«

»Wie bitte?«

»Ist doch logisch«, erklärte Simon. »Du musst weniger Kalorien zu dir nehmen, als du verbrennst.«

»Genial. Ihr seid solche Füchse! Aber von mir redet hier keiner«, sagte Anke spöttisch, als hätte er tatsächlich sie gemeint. »Weiter, bitte.«

Hotte räusperte sich nervös. Für ihn war das hier offensichtlich schlimmer als seine mündliche Abiturprüfung. »Also, man könnte das mit der Atkins-Diät machen, ist äußerst beliebt in Amerika, wird auch Low Carb genannt. Das heißt, wenig Kohlenhydrate. Kein Brot mehr, kein Reis, keine Nudeln oder Kartoffeln.«

»Und stattdessen?«

»Na ja, quasi wie gestern: viel Fleisch. Und Eier, nur so zum Beispiel. Der Vorteil ist: Man muss nicht so irre streng mit dem Fett sein.«

»Hm. Das gefällt dir, was?«

Hotte grinste verlegen.

»Aber du hast das Gemüse vergessen, das dazugehört«, sagte Simon. »Und überhaupt: Ich bin mir da nicht so sicher.«

»Wieso?«, fragte Anke.

»Ich kann mich noch an meinen Biounterricht in der achten Klasse erinnern. Kennt ihr diese Ernährungspyramide? Hing bei uns ein Jahr lang als Poster an der Wand, und soweit ich mich erinnere, waren Kohlenhydrate genau das Zeug, von dem man gesundheitsmäßig am meisten essen soll.«

»Was ist denn mit dieser« – Anke linste auf den Block von Hotte und tippte mit dem Zeigefinger auf ein Wort –

»dieser ›Hollywood-Diät‹? Die passt doch zumindest zu euren Jobs.«

Simon schüttelte den Kopf. »Ist auch so 'ne Low-Carb-Variante, nur noch extremer. Bei der darf man nie mehr als tausend Kalorien am Tag zu sich nehmen. Damit haben die Studiobosse in Hollywood ihre weiblichen Stars in den Zwanzigern gequält. Außerdem: Da isst man Shrimps und Hummer. So dicke haben wir's nun auch wieder nicht.«

»Hm. Schade. Ich stelle mir euch gerade in Jean-Harlow-Klamotten vor. Sehr reizvoll.«

»Das waren eher die Dreißiger«, sagte Simon.

»Klugscheißer.«

Sie saßen noch eine weitere Dreiviertelstunde in der Sonne. Anke hatte Sandwiches für alle besorgt und für jeden eine Halbliterflasche Cola light. Hotte und Simon referierten ihre Rechercheergebnisse zur Ananas-Diät, Brottrunk-Diät und Eier-Diät. Hotte berichtete von den niederschmetternden Erfahrungen seiner Mutter mit FDH. Simon erzählte, dass seine Mutter mal mit der Brigitte-Diät ganz gut abgenommen hätte, aber wie die sich nun zusammensetzte, das konnte er nicht mehr sagen, im Netz stand auch nicht viel darüber. Außerdem, fügte er hinzu, hätte Jarmila heute ohnehin wieder ihr altes Gewicht, das schien also nicht viel zu bringen.

Anke saß zwischen den beiden, kaute an ihrem Käsebrot und hörte interessiert zu. Muss ein lustiges Bild sein, dachte Simon. Zwei Berge von Männern auf einer Bank, der eine das Matterhorn, der andere nicht unter K2, und dazwischen eine nicht sehr große, schmale Frau. Und eine ziemlich hübsche Frau, stellte er fest, komisch, hab ich früher nie so gesehen. Aber früher, da hatte ich auch noch Katja. Da fand ich ohnehin nur eine hübsch, das hat gereicht, ich bin ja doch eher genügsam. Er sah Anke beim Kauen zu, es gefiel ihm, wie die Sommersprossen in ihrem Gesicht tanzten, er mochte die Art, wie sie, jetzt gerade, eine Strähne ihrer langen dunkelbraunen Haare hinter dem Ohr festklemmte. Sie bemerkte seinen Blick.

»Is' was?«

»Nee, was soll sein?«

»Du guckst so komisch.«

»Gar nicht. Ich find's nur irgendwie lustig, wie wir drei hier so zusammenhocken. Hätte ich mir vor zehn Tagen nicht vorstellen können.«

Anke lächelte nur. Steht ihr gut, dachte Simon.

Hotte meldete sich zu Wort. »Okay, Anke, jetzt sag mal.«

»Was?«

»Na ja, was sollen wir jetzt machen, deiner Meinung nach?«

»Woher soll ich das wissen?«

Hotte zog die Augenbrauen hoch. »Wie jetzt? Wir sollten dir doch verschiedene Möglichkeiten vorlegen, damit du uns dann sagst …«

»Nee.« Anke legte ihre linke Hand auf Hottes Schulter. »Da hast du mich falsch verstanden. Ich wollte mich vergewissern, dass ihr anfangt, euch mit dem ganzen Gesumse zu beschäftigen. Und da muss ich sagen: Respekt, Auftrag erledigt.« Sie stand auf und zog ihr kurzes Kleid in Form. »Aber im Ernst, Jungs: Ich habe keinen Schimmer von Diäten. Wir Kalschewskis sind alle solche Magerhaken wie ich, da muss sich keiner Gedanken um Low Carb, High Carb,

Mid Fat oder sonst was machen. Da müsst ihr euch schon selbst was Schönes raussuchen. Bloß eine Sache habt ihr anscheinend vergessen.«

»Und die wäre?«, fragte Hotte.

»Bewegung. Sport. Damit geht's mal los, würde ich sagen. Das verbrennt Kalorien. Hilft bei dieser Mehr-raus-als-rein-Nummer. Das weiß sogar ich.«

Hotte stöhnte leise auf. »Ey, ich habe mein Leben lang keinen Sport gemacht.«

»Höchste Zeit. Simon?«

»Du, kein Problem für mich. Unter dieser Fettschicht steckt ein Modellathlet.«

Anke lachte. »Aha. Sixpack im Speckmantel, oder was? Na, denn mal los. Ich muss jetzt auch.«

»Was musst du?«, fragte Simon.

»Na, eben los. Zum Dammtor-Bahnhof. Ich hab mir den Nachmittag freigenommen und fahre jetzt übers Wochenende nach Berlin. Der Zug fährt in … wartet mal … fünfzehn Minuten.«

»Zu deinem neuen Typen? Na, denn man viel Spaß«, sagte der Sohn eines Holsteiner Fleischimperators und erhob sich einigermaßen mühevoll von der Parkbank. »Ich geh dann mal zurück an meine Festplatten.«

»Und ich bring dich zum Zug«, sagte Simon.

Zum Bahnhof waren es nur ein paar Meter, sie hatten noch Zeit, sich einen Cappuccino im Pappbecher zu holen. Auf dem Bahnsteig fiel Simon auf, dass Anke nur ihre kleine Umhängetasche dabeihatte.

»Gar kein Gepäck?«, fragte er.

»Wozu? Ich glaube nicht, dass ich in den nächsten zwei

Tagen Wechselklamotten brauche. Und die Zahnbürste ist hier drin.« Sie klopfte auf ihre Tasche.

»Oh. Ach so. Na gut.« Simon grinste, es war ein verlegenes Grinsen. Die Einfahrt des ICE 1595 nach Leipzig über Berlin wurde für Gleis 4 angekündigt.

»Da ist übrigens auch was für dich drin«, sagte Anke. Sie riss den Klettverschluss auf, griff ins vordere Abteil und zog zwei Stück Papier heraus, in etwa so groß wie ein länglicher Briefumschlag. Eines davon gab sie Simon. Das andere hielt sie neben ihr Gesicht und deutete mit dem Zeigefinger auf sich. Es waren Konzerttickets. Freilichtbühne im Stadtpark, siebzehnter Mai, neunzehn Uhr, Lauryn Hill. Er mochte Lauryn Hill ganz gern, und er wusste, dass Anke extrem auf sie stand.

»Für mich? Wirklich? Wir beide? Wow. Danke.« Er stutzte kurz. »Aber hast du nicht erzählt, dass du da mit Sabine aus der Honorarbuchhaltung hinwillst?«

»Tja. Hab ich mir anders überlegt.«

Der Zug rollte ein. Sie brüllte gegen den Lärm der Zugmaschine an.

»Ich habe nämlich beschlossen, dass wir beiden Hübschen mal ein bisschen an unserer Beziehung arbeiten werden.«

Er musste sie etwas erschrocken angesehen haben. Sie lachte.

»Nicht, was du jetzt denkst. Dafür mache ich ja jetzt meinen kleinen Hauptstadtausflug. Aber ich hätte gern, dass wir so Kumpelzeugs machen. In Kneipen abhängen, Fußball gucken, auf Konzerte gehen und so«, sagte sie. »Bist du dabei?«

Simon grinste. »Und wie!«

»So mag ich meinen Simon«, sagte Anke und lächelte ihn an. Da waren wieder diese tanzenden Sommersprossen unter ihren grünen Augen. Der Zug hielt, die Türen glitten auf. Anke legte ihre Arme um seinen Hals. Sie hatten sich schon öfter zur Begrüßung oder zum Abschied umarmt, das war also nichts Ungewöhnliches für Simon. Aber trotzdem war es irgendwie anders heute. Länger. Enger. Er spürte ihren BH unter seiner Hand am Rücken. Wie sich ihr Brustkorb knapp über seinem Bauch hob und senkte. Er fühlte sich … ja, geradezu wohl in diesem Moment. Es war der beste in den vergangenen zehn Tagen. Oder zehn Wochen? Monaten? Na komm, nicht gleich übertreiben, Havlicek. Dann hörte er dumpf ihre Stimme hinter seinem linken Ohr.

»Pass auf dich auf, okay?«

»Du aber auch«, sagte Simon.

Sie löste sich von ihm und stieg in den Zug. Auf der zweiten Stufe drehte sie sich noch mal um. »Ach ja. Und schön in den Mai tanzen heute!«, rief sie und warf ihm eine Kusshand zu.

Er winkte zurück.

Tanzen, dachte er, als er dem Zug nachblickte, der langsam Richtung Kennedybrücke davonrollte. So weit kommt's noch.

KAPITEL 8
Sind Sie Russe?

Am späten Donnerstagabend, es war der 6. Mai 1999, notierte Simon folgende Punkte in sein kleines braunes Notizbuch:

- erste Wahlen zum autonomen schottischen Parlament
- erste schwule bzw. lesbische Hochzeiten in Deutschland (hier in Hamburg!)
- *ZEITmagazin* eingestellt (schade!)
- Einzug von Zottel in die Feldbrunnenstraße

Als er den letzten Eintrag hinschrieb, musste Simon unwillkürlich grinsen. Irgendwo tief drinnen freute er sich über die Sache mit Zottel, obwohl er sich kein Stück sicher war, ob das alles wirklich eine gute Idee war. Weder Hotte noch er waren je in so einer Situation gewesen. Mal abgesehen davon, dass sie sich noch nicht mal so richtig an die Zweier-WG gewöhnt hatten. Und jetzt waren sie schon zu dritt. Nicht ganz freiwillig, okay, aber Hotte hatte nun mal brummend sein Einverständnis gegeben. Jetzt mussten sie eben sehen, wie sie mit der Sache zurechtkamen.

Überhaupt, jeder der vergangenen sechs Tage war auf seine eigene Weise schwierig gewesen und hatte letztendlich mehr Fragen aufgeworfen als Antworten gegeben. Simon und Hotte hatten sich am Freitagnachmittag in 212 (die Teeküche war für Hotte totales Neuland) darauf geeinigt, am Samstag mit der Ananas-Diät anzufangen. Dafür sprachen aus ihrer Sicht ein paar gute Gründe. Erstens fanden sie bei ihrer Netzrecherche dutzendfach euphorische Kommentare von Frauen, die damit in unfassbar kurzer Zeit unfassbar viel Gewicht verloren hatten, und sowohl Simon als auch Hotte fanden, dass sich das ziemlich gut anhörte, schließlich sollte ihre Diätzeit so unfassbar kurz wie möglich gehalten werden. Zweitens war das Prinzip irre simpel: Den ganzen Tag aß man exakt ein Lebensmittel, nämlich Ananas, und fertig. Keine komplizierten Rezepte, kein grammgenaues Abwiegen von Zutaten, wie Simon es noch in Erinnerung hatte, als seine Mutter mit der Brigitte-Diät zugange war. Drittens mochten beide Ananas, jedenfalls so weit, wie Männer überhaupt Obst mögen können. Zumindest war Ananas ein fleischfernes Lebensmittel, auf das sich beide einigen konnten.

Hotte, der die nicht mal zwei Kilometer zwischen Wohnung und Arbeitsplatz wie immer mit dem Auto zurückgelegt hatte, würde nach der Arbeit eine Kiste von dem Zeug kaufen, dazu noch Wasser und Tees – Bier und Cola waren strikt untersagt. Simon hingegen wollte nach Ottensen, um sein mutmaßlich ziemlich verstaubtes City-Herrenrad aus dem Keller zu holen. Denn irgendwie musste die Sache mit der Bewegung ja auch mal ins Rollen kommen, und den Schwung, den Anke ihm gestern Abend zweifelsfrei mitgegeben hatte, wollte er unbedingt nutzen.

Katja war offenbar nicht zu Hause, und er hatte keine Lust, die leere Wohnung zu betreten. Er würde wahrscheinlich nur einen Anfall von Liebeskummer erleiden.

Also ging er direkt in den Keller. Er hatte recht gehabt: Sein Rad, das er bestimmt seit zwei Jahren nicht benutzt hatte, trug eine daumendicke Schicht aus Staubflusen auf Sattel und Gestänge. Die Reifen waren so gut wie platt. Er sah sich suchend um, ein paar Meter entfernt stand Katjas flaschengrünes Hollandrad, das sie fast täglich fuhr. Heute wohl nicht. Simon griff sich die kleine Pumpe, die dort am Rahmen steckte.

Als er fertig war, klemmte er die Pumpe einfach auf seinem eigenen Gepäckträger fest, denn etwas in ihm rief in diesem Moment sehr leise, aber beharrlich nach Rache. Da sollte sie mal mit klarkommen! Ihm wurde allerdings sofort bewusst, dass das eine ziemlich armselige Art war, um sich für das zu revanchieren, was sie sich in der Woche davor geleistet hatte. Oder – diese Erkenntnis traf ihn mit der Wucht eines Zusammenstoßes zweier voll beladener Güterzüge – sich gerade jetzt leistete. Schließlich war sie nicht zu Hause, und womöglich hatte dieser italienische Fahrradkurierpenner irgendwo einen gemütlicheren Ort zum Fremdgehen als bloß das Firmenklo, und vielleicht – nein, ziemlich sicher!, dachte Simon – steckte sein Schwanz gerade nicht bloß zwischen Katjas Fingern, sondern ganz woanders.

Simon spürte, wie ihm das Blut ins Gesicht schoss. Er atmete schwer. Dann beugte er sich zu Katjas Reifen hinunter, schraubte beide Ventile heraus und stopfte sie in die Vordertasche seiner Jeans.

Das hatte sie jetzt davon.

Hotte hatte tatsächlich etwa ein Dutzend Südfrüchte gekauft. Und noch etwas anderes. Als Simon seinen eingerosteten Körper auf dem fast ebenso eingerosteten Fahrrad endlich die knapp sechs Kilometer bis nach Harvestehude geschafft hatte, wartete auf dem Küchentisch eine funkelnagelneue Personenwaage.

»War ganz schön teuer«, sagte Hotte. »Ich musste ein Spezialmodell nehmen, normal gehen die nur bis hundertdreißig Kilo.«

Simon keuchte noch ein wenig, er war ziemlich ins Schwitzen geraten bei seiner Fahrt durch den immer noch warmen letzten Aprilabend. Er nahm die Waage in die Hand. War ein schickes Teil, vier Chromfüße unter einer Glasplatte, digitales Display, maximale Belastung: einhundertfünfzig Kilo. Er drückte auf der Glasplatte herum, und sofort kam Bewegung in das Zahlenfeld. Die Batterien hatte Hotte also schon mal eingelegt. »Sehr gut«, sagte Simon halblaut und nickte Hotte zu. »Schon ausprobiert?«

»Nee«, sagte Hotte.

Schon ziemlich früh am gestrigen Abend war ihnen klar geworden, dass sie einen Kontrollmechanismus brauchen würden. Und Transparenz. Simon würde auf Hotte aufpassen und umgekehrt, nur so und mit der nötigen Strenge gegen sich und den anderen würde es gehen, das hatten sie ungefähr nach Simons drittem Bier beschlossen (eigentlich mochte Simon immer noch kein Bier, aber er gewöhnte sich allmählich daran, man kann sich, dachte er verwundert, wirklich an so ziemlich alles gewöhnen). Die Waage war schon mal ein Anfang. Simon knöpfte das Hemd auf, zog es aus und legte es über der Lehne eines Küchenstuhls ab. Als er seinen Gürtel zu öffnen begann, meldete sich Hotte zu Wort.

»Was soll das denn werden?«

»Wieso? Ich stelle mich jetzt auf die Waage.«

»Und dafür musst du hier blankziehen oder was?«

»Macht man doch so, oder? Unverfälschtes Ergebnis und so weiter.« Er streifte die Jeans von seinen Beinen und zog die Socken aus. »Keine Angst, der Rest bleibt an.«

»Kannst du das nicht in deinem Zimmer machen?«

»Nix. Du musst schließlich sehen, was da steht. Vertrauen, Kontrolle, kennst du doch, die Sache mit Lenin.«

Er platzierte die Waage auf dem Boden und tippte mit dem rechten Zeh leicht auf die Platte. »0.0« erschien rot auf schwarz im Display. »Okay«, sagte er zu Hotte, »wie Katjas Oma immer zu sagen pflegt: Jetzt kommt der Moment, in dem Jumbo Wasser lässt.«

Er betrat die Waage. Das Display wurde schwarz. Nach etwa zwei Sekunden leuchtete eine Zahl auf.

108,3.

»Wow«, sagte Simon. »Das hätte ich nun nicht gedacht.«

Hotte stand jetzt hinter ihm und sah ihm über die Schultern. »Wieso? Dachtest du, es wäre mehr?«

»Nee. Im Gegenteil. Hab ich gestern doch gesagt. Meine Selbstwahrnehmung ist irgendwie anders.«

»Und? Geschockt?«

»Schon. Aber man kann sich an die Schockerei auch gewöhnen, bei allem, was in letzter Zeit so passiert ist. Ich gewöhne mich ja sogar an Bier.«

»Mich wundert die Zahl jetzt nicht so.«

Simon stieg von der Waage. Er zog das Notizbuch aus seiner Jeans, schlug es auf und schrieb seinen Namen, das Datum und den Kilowert auf eine neue leere Seite. Daneben schrieb er »Hotte:« und sagte: »Okay. Jetzt du.«

»Ich mach das nicht«, sagte Hotte.

»Wie jetzt? Klar machst du das.«

»Ich zieh mich hier nicht aus. Ist mir peinlich.«

»Vor mir oder was? Jetzt stell dich mal nicht so mädchenhaft an.«

»Nee, echt. Und dann allein die Zahl, die dann kommt. Weiß ich doch jetzt schon, dass das superpeinlich wird.«

»Hast du wieder Angst?«

»Klar hab ich Angst, du Pfosten.«

Simon blickte Hotte einen Moment lang an. Er sah aus wie eine Mischung aus Hulk im Angriffsmodus und Bambi bei Ausbruch des Waldbrands, eine seltsame und in keiner Weise gesunde Mixtur. Simon zögerte kurz, dann ging er zum Kühlschrank, holte zwei Flaschen Bier heraus, öffnete sie, reichte Hotte eine davon und hielt ihm die eigene zum Anstoßen hin. Hotte atmete schwer und blickte fragend auf die Flaschen, aber schließlich gab er sich einen Ruck und ließ Glas auf Glas prallen. »Prost«, sagte Simon und nahm einen Schluck. Dann setzte er sich. »Das ist jetzt das letzte Bier«, sagte er. »Extra für dich. Ein Angst-Bier. Und danach reißt du dich mal zusammen und ziehst endlich den Finger ausm Po.«

Hotte starrte ihn einen Moment lang misstrauisch an. »Ja, aber ...«

»Nix aber. Du willst dich hinter deiner Angst verstecken, aber das ist scheiße. Das hilft dir dabei, dich irgendwie durchs Leben zu lavieren, aber lösen wirst du so gar nichts.«

»Aha. Und das weißt du woher?«

»Weil ich genauso bin. Ist mir gerade auf dem Rad klar geworden, auf der Max-Brauer-Allee, ungefähr auf Höhe der Teutonia-Sportplätze.«

»Teutonia?«

»Ja, Teutonia 10, nicht 05. Die spielen ja an der Kreuzkirche. Egal. Jedenfalls habe ich gemerkt, dass ich mich die ganze Zeit irgendwie so durchschlängele, ohne mich mal richtig mit mir und meinen Problemen auseinanderzusetzen. War bei meiner Mutter so, die mich echt oft genervt hat. Und bei Katja … scheiße, ich hab immer nachgegeben. Die hat von mir alles bekommen, was sie wollte!«

»Glückwunsch. Dann hast du es inzwischen auch gemerkt.«

»Was?«

»Na ja. Sie hat dir doch gesagt, dass es deine Schuld sei. Dass du dich verloren hast. Und siehe da: Sie hat sogar recht.«

Simon nickte langsam. »Tja. Scheint so. Und das hast du durchschaut, bevor du mich kanntest?«

»Ist 'n Klassiker.«

Simon stutzte. Irgendwie schien Hotte genau zu wissen, was in Beziehungen so abging, wo die immer wieder drückenden Probleme lagen und so weiter und so fort. Vor allem: Er hatte offenbar einen siebten Sinn dafür, wie Frauen die Sache betrachteten. Das war verwirrend. Er fragte nach.

»Sag mal, wie kommt das eigentlich, dass du so viel …« Plötzlich fand er die Frage, die ihm auf der Zunge lag, irgendwie unpassend. Schließlich war er umfassend über Hottes deprimierendes Liebesleben informiert.

»So viel was?«, fragte Hotte.

»Ach, schon gut.«

»Nee, sag doch mal. Was hab ich so viel?«

»Na ja … Ahnung davon, wie Frauen ticken? Und von

Beziehungen und so. Wundert mich ein bisschen, weil …«
Simon ließ den Satz unvollständig.

»… ich's ja nicht so mit Frauen hab«, füllte Hotte auf.

»Du weißt, wie ich das meine.«

»Ja, weiß ich. Aber Frauenverstehen ist echt keine Atomphysik, Alter. Man muss bloß ein bisschen zuhören und genau hingucken.«

»Hab ich doch auch immer.«

»Hast du nicht. Sonst wärst du jetzt nicht hier.«

Simon seufzte. Da war was dran. »Aber darf Katja sich deshalb mit fremden Geschlechtsorganen beschäftigen?«, fragte er.

»Musst du selber wissen. Ich würde es scheiße finden, an deiner Stelle.«

»Ich auch, an meiner Stelle. Aber das ist ein anderes Thema. Komm, du bist dran.«

Und tatsächlich: Hotte stand ächzend auf, knöpfte seine Hose auf und stieg heraus. Er trug eine Boxershorts, die ungewollt eng an seinen Oberschenkeln anlag. Alles an ihm war teigig und schwer. Sein T-Shirt hatte am unteren Rand einen kapitalen Schweißrand, die Oberschenkel waren von kleinen, roten Pusteln übersät. Nee, dachte Simon, das ist wirklich kein schöner Anblick. Ein bisschen ekelte er sich sogar. Aber das war nicht fair, dachte er, das muss ich jetzt auch mal anerkennen, dass er über seine Grenze geht, das bedeutet hier was für ihn, das ist mutig. Er stand ebenfalls auf und ging um den Tisch herum, wo Hotte gerade ungelenk seinen Socken abzustreifen versuchte. Er kam ins Straucheln, fing sich aber wieder. Dann leerte er seine halbe Flasche Bier in einem Zug und betrat ebenso zügig die Waage.

147,8.

»Okay«, sagte Simon. »Ich würde sagen, wir haben ein bisschen Arbeit vor uns.«

Die Sache mit der Ananas-Diät erwies sich als eher lausige Idee. Sie hatten drei Tage durchgehalten, aber das Ergebnis war einigermaßen fürchterlich. Nicht auf der Waage – Simon hatte eineinhalb Kilo verloren, Hotte sogar zwei –, aber am Montagabend ging es beiden ziemlich elend. Hotte klagte über üble Kopfschmerzen und darüber, dass ihm von der – Zitat: – »Scheißfruchtsäure so langsam das Arschloch wegbrennt«. Seine ehemalige Verschlossenheit war zu einem überbordenden Mitteilungsbedürfnis mutiert, das Simons Informationsbedarf mitunter überstieg, aber hey, besser so als andersherum, dachte Simon. Bei ihm selbst machte sich die Säure eher im Mund bemerkbar. Es war, als hätte ihm die Überdosis Ananas sämtliche Schleimhäute inklusive Geschmacksnerven verätzt. Ihm schwante überdeutlich, dass ihr erster Schuss danebenzugehen drohte. Sie würden nicht einmal in die Nähe ihres Wunschgewichts geraten, ohne vorher ein ananasbedingtes Magengeschwür zu bekommen.

Ihm fiel in diesem Moment auf, dass sie darüber ja noch gar nicht gesprochen hatten. Ihr Wunschgewicht. Gehörte das zur Kontrolle nicht zwingend dazu? Dass man sich auf ein Ziel festlegte und sich daran messen ließ? Er fragte Hotte nach seinem.

»Wie jetzt, Ziel?«

»Na ja, wie viel du abnehmen willst halt. Ich meine, wir sind jetzt mittendrin in der Nummer, aber wir haben noch gar keine Zielvorgabe postuliert.«

»Du meinst, wie in der DDR? So'n Fünfjahresplan? Ist das hier der VEB Gewichtsverlust oder was?«

»Nee, aber man braucht doch einen Maßstab.«

»Aha. Dann fang du doch mal an. Wo liegt denn deiner?«

Simon sah aus dem Fenster. Ist immer noch stabiler Frühlingssommer draußen, ich glaube, ich drehe gleich noch 'ne Runde mit dem Rad um die Alster, dachte er. Und dann dachte er an das Bild, das zu Hause in Ottensen neben dem Sofa stand. Katja auf seinem Rücken. Er durchtrainiert und smart, sie glücklich und hübsch. Das war sein Ziel, in mehr als einer Beziehung.

»Dreiundachtzig Kilo«, sagte er.

»Minus fünfundzwanzig also. Viel Holz. Na, dann weiß ich das jetzt. Ich werde meinen inneren Lenin darauf eichen«, sagte Hotte.

»Und du?«

Hotte zuckte mit den Schultern. »Weiß nicht. Hab ich mich noch nicht mit befasst.«

Er lügt, dachte Simon. Sehe ich doch genau. Klar hat der drüber nachgedacht, wahrscheinlich denkt er seit Tagen an kaum was anderes. »Glaub ich dir nicht«, sagte er.

»Was?«

»Du eierst doch bloß rum. Ich habe ein bestimmtes Bild vor Augen davon, wie ich aussehen will. Ich glaube kein bisschen, dass es bei dir anders ist.«

Hotte lachte kurz auf. »Hast du heimlich auf Psychologe umgeschult am Wochenende oder was?«

»Reicht doch, wenn man mal ein bisschen zuhört und genauer hinguckt. Wo habe ich das neulich doch gleich gehört?« Er tat so, als grübelte er. Dann grinste er Hotte an und sagte: »Ach ja, von dir. Also, wie viel?«

Hotte wurde rot. »Sag ich nicht.«

»Wieso?«

»Ist mir peinlich?«

»Peinlicher, als sich vor mir in Unterhosen auf die Waage zu stellen?«

Das hatte er gar nicht sagen wollen, aber Hotte war erfreulicherweise nicht beleidigt.

»Ach, scheiße. Das ist so unrealistisch, ich hab keinen Bock darauf, dass du mich für einen Vollspinner hältst.«

»Tu ich nicht. Echt jetzt. Sag mal.«

»Okay.« Hotte stieß die Luft in einem großen Schwall aus. »Neunundneunzig.«

»Ist doch in Ordnung«, sagte Simon. »Ich meine, das ist fast ein Zentner weniger als jetzt, aber so richtig unmöglich …« Er ließ das Ende des Satzes offen.

»Trotzdem nicht sehr wahrscheinlich, oder? Ich neige eigentlich nicht zum Rumträumen, aber in meinem Kopf hat sich irgendwie eingebrannt, wie geil es wäre, wenn mein Gewicht zweistellig wäre. Hatte ich zuletzt mit vierzehn oder so.«

»Verstehe«, sagte Simon und nickte bedächtig. »Möchtest du dir dafür mit mir noch eine Ananas teilen?«

Hotte stöhnte auf.

»Leck mich, Havlicek!«

Am Donnerstagabend klingelte es an der Tür. Sie waren gerade mit Hottes Wagen vom Großeinkauf zurückgekommen, lauter normales Zeug, man musste es ja nicht gleich übertreiben. Bis man eine neue, ananasfreie Strategie gefunden hatte, gab es eben Nudeln und Brot. Simon öffnete, doch statt Anke stand diesmal eine andere Frau vor der

Tür. Sie war ungefähr eins siebzig groß und nicht eben zierlich, ihre stämmigen Beine schauten unter dem Saum eines Rockes hervor, aus dessen Stoff man für Katja etwa drei Sommerkleider hätte nähen können. Unter ihrem T-Shirt zeichneten sich die wahrscheinlich größten Brüste ab, die Simon jemals gesehen hatte, der Bauch darunter war ähnlich beeindruckend. Sie hatte dunkle Haare, blaue Augen und mehrere Kinne. Und sie erinnerte Simon an irgendwen. Bei seinem Anblick changierte ihr Gesichtsausdruck von gestresst zu verblüfft.

»Wer sind Sie denn?«, fragte sie schließlich mit einer Stimme wie ein Donnergrollen.

»Äh … Simon.«

»Simon?«

»Ja.«

»Simon und wie weiter?«

»Havlicek.«

»Was ist das denn für 'n Name? Sind Sie Russe?«

»Nee. Hamburger von Geburt. Meine Mutter ist Tschechin.«

»Aha. Viel wichtiger aber: Was machen Sie in dieser Wohnung?«

»Ich wohne hier.«

»Soso. Wusste ich gar nicht. Ist mein Bruder jetzt schwul geworden oder was?«

Okay. Das ist also Hottes Schwester, dachte Simon. Ziemlich rustikal, ihr Charme. Kein Wunder, dass die Oma die Wohnung lieber Hotte vermacht hatte. »Eher nicht«, sagte er. »Wollen Sie nicht reinkommen? Holger ist hinten in der Küche.«

Sie trat ein, und erst jetzt bemerkte Simon, dass hinter

ihr ein Hund gestanden hatte. Er war grau-braun und hatte zotteliges, filziges Fell, eine spitze Schnauze und Schlappohren. Simon kannte sich mit Hunderassen nicht aus und hatte keine Ahnung, zu welcher Sorte der hier gehörte. Was er aber sagen konnte: Auch das Tier war entsetzlich dick. Er blickte ihm nach, als er seinem energisch Richtung Küche stampfenden Frauchen schwerfällig durch den Flur hinterhertrabte.

Zehn Minuten später klopfte es an der Tür zu seinem kleinen Zimmer. Hotte riss die Tür auf, bevor Simon »Herein« rufen konnte.

»Komm mal mit«, forderte er. Er wirkte seltsam erregt.

Simon folgte ihm in die Küche. Die dicke Frau saß auf einem der Stühle am Tisch, der Hund lag leise keuchend neben ihr.

»Meine Schwester Sybille kennst du ja schon«, sagte Hotte.

»Kennen würde ich jetzt nicht sagen«, meinte Simon und hob zum Gruß kurz die Hand.

»Na ja, wenn du es präziser brauchst: Sybille, das ist Simon, seit zwei Wochen mein Mitbewohner. Simon, das ist Sybille, seit sechsundzwanzig Jahren meine Schwester. Und darüber hinaus schwanger, wie sie mir gerade erzählt hat.«

»Oh. Glückwunsch.«

Sybille nickte nur kurz und presste einen knappen Dank hervor.

»Die Sache«, fuhr Hotte fort, immer noch leicht erregt, und zwar alles andere als freudig, »ist die … Ach, weißt du was: Erzähl du mal, Bille.«

»Na gut. Die Sache ist die, Mitbewohner Simon: Ich bin älter als Holger.«

»Viel älter sogar«, sagte Hotte, der mit verschränkten Armen an der Spüle lehnte. »Neununddreißig nämlich. Vierzig im August.«

Simon setzte sich auf das Küchensofa. Er hatte keinen Schimmer, wohin das hier führen würde.

»Jaaa, danke, Holger«, sagte Sybille und funkelte ihren Bruder genervt an, »glaub mir ruhig: So richtig super fand ich es auch nicht, mit dreizehn noch einen kleinen Bruder zu bekommen. Egal. Jedenfalls« – sie sah jetzt Simon an – »haben mein Mann und ich ewig probiert, Kinder zu bekommen. Hat nicht hingehauen, fast fünfzehn Jahre nicht. Er wollte immer welche haben.«

»Warum eigentlich«, knurrte Hotte, »der ist doch nie zu Hause, der Typ.«

»Jetzt lass mal Carsten in Ruhe, verdammte Scheiße!«, donnerte Sybille.

»Das ist ein verkackter Spießer mit einem Frauenbild von 1890«, brüllte Hotte zurück.

Simon fühlte sich wie zwischen zwei Gewitterfronten eingeklemmt. Es gab Momente, in denen er nicht damit haderte, ein Einzelkind geblieben zu sein.

Sybille wurde still. Zumindest für einen kurzen Moment. Sie atmete tief durch. »Pass auf, Simon« – er bemerkte, dass sie kommentarlos zum Du übergegangen war – »die Sache ist die: Es hat doch noch geklappt. Wir hatten schon lange aufgegeben und uns damit abgefunden, und jetzt, auf einmal, zack, aus heiterem Himmel: Braten in der Röhre. Diese Schwangerschaft ist echt wichtig für mich. Ich bin spät dran, das an sich ist schon heikel. Risikoschwangerschaft und so. Und ich will einfach nichts riskieren.«

»Okay«, sagte Simon. Er war verwirrt. Was hatte *er* damit zu tun?

»Du fragst dich wahrscheinlich, was du damit zu tun hast, oder?«, fragte Sybille.

Gedanken liest sie auch noch, dachte Simon. Unheimlich. »Sieht man mir das an?«

»Aber hallo. Also: Es geht um Zottel.«

»Wer ist Zottel?«

»Na, der hier.«

Sybille deutete mit dem Zeigefinger auf den traurigen Haufen Hund zu ihren Füßen.

»Wie gesagt: Ich will kein Risiko eingehen, und Carsten findet auch, dass Zottel bei uns rausmuss.«

»Zu faul zum Gassigehen, der Idiot«, murrte Hotte gerade laut genug, um seine Schwester zu ärgern. »Und überhaupt: Was für ein Risiko soll der Köter eigentlich darstellen? Versteh ich nicht.«

»Toxoplasmose, Würmer, sonstige Keime … Wir wohnen bekanntlich auf dem Land, und da weiß man nie so genau, wo der Hund seine Schnauze reinsteckt.«

Hotte lachte verächtlich. »So wie der aussieht: vor allem in seinen Fressnapf.«

Sybille bedachte ihren Bruder mit einem bösen Seitenblick. »Jedenfalls wollte ich Holger fragen, ob er sich eine Zeit lang um den Hund kümmern kann.«

»Und?«, fragte Simon mit ehrlicher Neugier, »was hat er gesagt, der Holger?«

»Der Holger hat gesagt, dass ihr eine WG seid und er das ohne dich nicht entscheiden kann.«

»Und ich habe ihr gesagt, dass du eine total üble Hundehaarallergie hast«, rief Hotte mit Nachdruck vom Spülbecken herüber.

Simon sah Hotte an. Dann warf er einen Blick auf den Hund, der teilnahmslos zu ihm aufschaute. So lief das hier also: Hotte hatte keinen Bock darauf, den Köter zu behalten. Gleichzeitig wollte er auch nicht derjenige sein, der das entschied und damit seiner Schwester die Stirn bot. Aber nicht mit Simon. Denn der witterte plötzlich eine Chance. Er stand auf, umrundete den XXL-Küchentisch und ging vor Zottel auf die Knie. Rechts krachte es bedenklich, er hatte nicht das Gefühl, dass seine Bänder sich wirklich zu einhundert Prozent erholt hatten seit dem Kreuzbandriss vor vier Jahren. Er tätschelte den Hundekopf und kraulte ihn hinter den Schlappohren. Das Tier grunzte wohlig. Simon grinste.

»Nee, Hotte, das waren Katzenhaare«, sagte er, »musst du irgendwie durcheinanderbekommen haben.«

»Aber hattest du nicht so wahnsinnig Angst vor Hunden?«, fragte Hotte. Simon hörte einen Anflug von Panik in seiner Stimme.

»Ach, ich doch nicht. Du verwechselst mich mit Lübke, der hier auch mal gewohnt hat, bei dem ist das so, glaube ich. Sag mal, Sybille, was ist denn das für einer, der Zottel?«

»Ein ganz ein Lieber«, sagte Hottes Schwester und klopfte dem Hund kräftig auf die Seite. Zottel blickte müde zu ihr hoch.

»Welche Rasse, meinte ich.«

»Oh. Ein Bobtail-Mischling. Süß, oder?«

»Absolut. Brauchen die viel Auslauf?«

»Na ja … sagen wir mal so: Normalerweise beschweren die sich nicht über ordentlich frische Luft und Bewegung. Aber wir sind da nicht so richtig zu gekommen bei Zottel. Beide berufstätig und so, wenn du verstehst.«

»Faule Säcke seid ihr, alle beide!«, meldete sich Hotte.

»Sagt ausgerechnet der Glashausbesitzer«, konterte Sybille. »Immer schön langsam, bevor du mit Steinen um dich wirfst, mein Freund.«

Simon erhob sich ächzend. »Wie ist das: Kommen du und dein Mann für das Futter auf und so?«

Sybille lachte. »Unterhaltszahlungen für Zottel? Klar, kein Ding.«

Simon grinste Hotte an. »Tja, wenn das so ist …«

»Moment«, sagte Hotte, »wir sind doch beide den ganzen Tag nicht zu Hause.«

»Och, das ist er gewöhnt«, sagte Sybille.

»Ja, aber …« Holger hob hilflos die Arme. Ihm gingen die Argumente aus. Stattdessen fragte er: »Hab ich da jetzt gar nichts mehr zu sagen?«

»Wieso, kleiner Bruder? Du warst es doch, der wollte, dass dein Mitbewohner entscheidet. Und der entscheidet sich wie?«

Simon nickte entschlossen. »Der entscheidet: Zottel zieht ein«, sagte er.

»Ach, komm, Havlicek, was soll das?«, fragte Hotte ungehalten.

»Kann ich dir sagen: Erstens hast du die wunderbare Gelegenheit, deiner Schwester aus … na ja, nennen wir es ruhig mal so: einer Notlage zu helfen.«

»Vielen Dank«, sagte Sybille.

»Und zweitens wird Zottel dir helfen.«

»Wie das denn?«, fragte Hotte.

»Weil er dich an die Luft bringt. Und in Bewegung. Wenn du mit dem Hund spazieren gehen musst, bist du endlich gezwungen, deinen Arsch in Gang zu setzen.« Er wandte sich Sybille zu. »Du musst nämlich wissen: Hotte und ich wollen gemeinsam abnehmen.«

»Ihr wollt *was*?«

»Gewicht verlieren. Fett entsorgen. Dünner werden. Kurz: abnehmen.«

Sybille lachte auf. Es klang wie das Grollen eines Vulkans kurz vor dem Ausbruch. »Holger? Abnehmen? Nicht euer Ernst, oder?« Ihr Blick verriet: Aus ihrer Sicht war es wahrscheinlicher, dass die Hölle zufror, St. Pauli Deutscher Meister wurde oder eine Frau Bundeskanzlerin. »Ihr seid *doch* ein schwules Pärchen, oder?« Sie fing an zu lachen, dann wandte sie sich ihrem Bruder zu. »Ich hab hier noch ein riesiges Fleischpaket von Papa und Mama für dich. Soll ich das jetzt wieder mitnehmen?« Sie lachte noch lauter, ihr massiger Körper erbebte in seinen Grundfesten. Sie kriegte sich nicht mehr ein, bis sie schließlich aufbrach. Hotte verabschiedete sich nicht einmal von ihr. Als Simon von draußen mit Zottels Hundekorb und lauter Zeugs wie Leinen, Halsbändern und zerbissenen Gummibällen bepackt zurückkam, stand Hotte immer noch mit verschränkten Armen am Herd. Er starrte finster auf den unförmigen Hund, der jede Regung vermied, und Simon ahnte, was in Hotte vorging. Vor zwei Wochen noch hatte er seine heiligen Hallen ganz für sich gehabt und konnte darin machen, was er wollte. Jetzt musste er gleich mit zwei Mitbewohnern klarkommen, von denen einer ihn kontrollierte und der andere große Teile seiner Aufmerksamkeit fordern würde.

Ganz schön viel auf einmal für einen einzelnen Mann, dachte Simon. Und wenn er noch so groß und stark ist.

Simon

Hotte

KAPITEL 9
FWB

Nachdem sich ihre Schleimhäute und Innereien so ganz allmählich vom Ananas-Desaster erholt hatten, kochten sich Simon und Hotte einen großen Topf Spaghetti und einen nicht viel kleineren mit Bolognese-Soße. Simon war in Küchenfragen eher mittel begabt, aber Spagbolo, das beherrschte er ziemlich gut. Beim Essen beschlossen sie, von jeder Diätform, die ein Lebensmittel im Namen trug, vorläufig die Finger zu lassen. Damit fielen die Eier-Diät, die Sauerkraut-Diät ebenso wie die Schnitzel-Diät weg.

»Und die Hollywood-Diät sollten wir auch endlich von der Liste streichen«, sagte Simon.

»Klar, irgendwie logisch«, sagte Hotte, »das ist wie beim Pokern. Da geht das auch nie gut aus.«

»Was?«

»Wenn man mit jemandem Karten spielt, der so heißt wie eine Stadt. Oklahoma-Joe, Memphis-Mick, Chicago-Charlie … Das endet immer in Tragödien. Die Beispiele in der Literatur füllen da ganze Bücherregale.«

Simon schüttelte den Kopf. »Okay, ich merk's mir. Ich werde nie mit Hollywood-Diät pokern, falls ich ihm oder ihr begegne.« Er musste jetzt grinsen. »Hinkt ein bisschen, der Vergleich, oder was meinst du, Bargteheide-Hotte?«

Holger zuckte nur mit den Schultern. Simon sah es ihm an: Er war überfordert mit dieser Abnehm-Chose, war mental noch nicht ganz angekommen in dieser neuen Ernährungswelt, dabei hatte er sich in der Theorie erstaunlich informiert gezeigt.

»Der Punkt ist eher mangelnde Vielfalt«, sagte er. »Mono-Essen. Das kann nix werden, irgendwie logisch. Diese Ananas-Nummer war Quatsch, das hätten wir uns gleich denken können.«

»Wir haben uns eben blenden lassen. Wollten viel mit wenig Aufwand. Kommt schon mal vor. Was jetzt?«

»Fangen wir noch mal bei null an: Es soll weniger rein, als rausgeht.« Er sah auf den großen Haufen aus Nudeln, Hackfleisch und roter Pampe auf seinem Teller und seufzte. »Ab morgen.«

»Aha. Das gute alte FDH also«, sagte Hotte.

»Nee. Ich dachte mehr so an FWB.«

Hotte musterte ihn verwirrt. »Was soll das denn sein?«

»›Friss Was Besseres‹. Ich meine, echt jetzt: ›Friss Die Hälfte‹ ist nicht so richtig hilfreich, oder? Gibt's bei dir dann nur noch 'ne halbe Tüte Chips pro Tag? Nur noch eineinhalb Schnitzel mit einem halben Pfund Pommes zum Abendbrot? Und ich lasse mich von meiner Mutter nur noch mit zwei Stück böhmischem Apfelkuchen füttern statt mit vier?« Er schaute Hotte prüfend an.

Der hob abwehrend die Arme. »Schon gut«, sagte er, »das hatten wir alles schon. Und ich weiß es auch. Also gut: Ab morgen Salat mit Huhn …«

»Und Fisch.«

»Stäbchen?«

»Netter Versuch. Nur noch Vollkornbrot …«

»… ohne Butter …«

»… dafür mit Kräuterquark …«

»Alter, ist das trostlos«, stöhnte Hotte auf.

»Soll das ein Rückzieher sein?«

»Nix. Das wird jetzt so gemacht.«

»Gut so. Apropos ...«, sagte Simon. Seine linke Hand kraulte Zottel das Fell, der zwar großes Interesse an dem Teller mit der Hackfleischsoße auf dem Küchentisch zeigte, aber körperlich nicht in der Lage war, dem Objekt seiner Begierde auch nur ansatzweise nahe zu kommen.

»Was denn noch?«, fragte Hotte.

»Wenn wir schon beim Thema ›Das wird jetzt so gemacht‹ sind: Nach dem Essen werfen wir uns schön in den Jogger und laufen ein bisschen an der Alster. Und den feinen Herrn Hund hier nehmen wir mit.«

»Scheiße, den Köter hatte ich fast vergessen. Der ist ja sogar zu faul zum Bellen. Aber im Ernst: nicht nach dem Essen.«

»Wieso?«

»Weil es noch hell ist. Und ich in Jogginghosen kein Anblick bin, der der Öffentlichkeit zugänglich gemacht werden sollte.«

Simon kramte in seinem Inneren nach so etwas wie einem Widerspruch und fand keinen.

Hotte überlegte kurz. »Aber ich will das ja eigentlich auch«, sagte er schließlich. »Also, mein Vorschlag: Wir laufen so gegen elf los.«

»Deal«, sagte Simon. Und dachte bei sich: Guck mal an. Wozu der richtige Leidensdruck die Menschen doch bewegen kann.

Es war eine gute Entscheidung, mit dem Joggen erst nach Einbruch der Dunkelheit anzufangen. Sie boten ein seltsames, erbärmliches Bild. Es gab nur wenige Dinge zwischen Himmel und Erde, in denen weniger Würde liegt als zwei dicke Männer und ein dicker Hund, die sich auf den Sandwegen an der Außenalster in so etwas wie beschleunigtem Trab versuchen.

Simon ließ Zottel von seiner Leine, gab das Signal zum Joggen und setzte sich in Bewegung. Nach etwa vierzig Metern hatte er Hotte abgehängt, was er aber erst nach der doppelten Strecke merkte, als er selbst erste Anzeichen von Atemnot verspürte. Er drehte sich um und erkannte Hottes Umriss entfernt im Dunkel. Die Arme hatte er auf den Knien abgestützt, sein Oberkörper hob und senkte sich wie der Tidenhub der Nordsee im Zeitraffer. Zottel stand noch immer unter der Laterne, an der sie losgelaufen waren. Selbst aus dieser Entfernung sah das Tier verwirrt aus, als könnte es nicht begreifen, was hier gerade geschah. Simon ging es nicht viel anders.

Er ging zurück, klopfte dem keuchenden Hotte aufmunternd auf den Rücken, legte Zottel an die Leine und zog ihn hinter sich her bis zu Hotte. Das mit dem Joggen musste wohl vorläufig aufgeschoben werden, aber wo sie schon mal draußen waren und die Nacht mild und klar und der Himmel sternenübersät war, sollten sie sich zumindest in einer gemächlicheren Gangart bewegen. Sie spazierten Richtung Norden, bis zur Krugkoppelbrücke, an der die Außenalster sich von einem See zu einem Fluss verengte, dann machte Zottel spontan schlapp. Er legte sich schwer atmend auf den Boden und bewegte sich keinen Zentimeter mehr. Am Ende war es Simon, der ihn nach Hause tragen musste.

Es war der Beginn eines Abendrituals, das die Männer-WG samt Hund von nun an beinhart durchzog. Jeden Abend ging es ein wenig besser, weiter, ja, sogar schneller, selbst bei Zottel, dem wahrscheinlich faulsten Hund westlich von Nowosibirsk. Überhaupt, man spürte, dass ein neuer Geist einzog in die Feldbrunnenstraße. Die Ananas-Diät war ein erster Versuch gewesen, ein Reinschnuppern in die große weite Welt des Gewichtsverlusts, ungefähr so, wie wenn man den großen Zeh in einen eiskalten Gebirgsbach steckte, um die Temperatur zu testen: Es tat weh, aber man bekam eine Ahnung davon, worauf man sich einließ, wenn man hineinsprang.

Hotte wartete aus heiterem Himmel mit kalorienarmen Dressings für Salate auf, verfeinerte Magerquark mit Kräutern und Gewürzen, und auch bei der Zubereitung von frischem Fisch erwies er sich als erstaunlich geschickt. »Und ich dachte, du kannst nur Fleischlappen«, sagte Simon anerkennend. Hotte brummte nur. Wieder einmal verblüffte er Simon. Irgendwo tief drinnen schien er ein geheimes Füllhorn voller Wissen über die Dinge des Lebens in sich zu tragen, von dem er jahrelang keinen Gebrauch gemacht hatte.

Simons Liebeskummer wurde, nun ja, nicht unbedingt besser. Aber es pochte nicht mehr so stark und zog nicht mehr so fies in den Eingeweiden. Es vergingen sogar Stunden, in denen Simon nicht an Katja dachte. Ganze Tage bekam er allerdings noch nicht hin. Dabei tat sie alles dafür, dass er sie vergaß – sie meldete sich nicht bei Simon, sie rief nicht an, sie schrieb weder Briefe noch Mails.

Simon fuhr mit seinem frisch geputzten und geölten

Fahrrad nach der Arbeit alle paar Tage bei Karoplan vorbei, aber er bekam Katja nie zufällig zu sehen. Einmal, es musste kurz vor ihrem Feierabend sein, bog Simon gerade in die Glashüttenstraße ein, als er sah, dass dieser verdammte Fahrradkurier vor ihrem Büro wartete. Simon erschrak, fuhr fast in ein entgegenkommendes Auto, jagte zwischen zwei parkenden Wagen den Bordstein hinauf, umkurvte kunstvoll und mit Glück einen Rentner, der sich erschrocken an seinen Rollator klammerte, und brachte das Rad schließlich hinter einem Baum zum Stehen. Dieser Giancarlo hatte ihn nicht bemerkt, glaubte Simon, jedenfalls las er weiter in seinem Buch, ohne den Blick davon zu heben. Simon lugte vorsichtig hinter dem Baum hervor und studierte den Typen, von dem er im Grunde nur seinen Penis im Gedächtnis hatte. Hager war er, nicht sehr groß, die abstehenden Ohren wurden von der kleinen Radler-Schirmmütze eher unvorteilhaft betont. Eigentlich sehe ich besser aus, dachte Simon, jedenfalls theoretisch. Er unterdrückte die Frage, was dieser Giancarlo wohl habe, was er selbst nicht hatte – aber wahrscheinlich war das ohnehin nicht der Punkt; es ging mehr um das, was Simon im Überfluss hatte und dieser Magerhaken nicht –, und beschloss, auf diesen Umweg durch das Karoviertel künftig zu verzichten. Er empfand zwar eine tief sitzende Sehnsucht, Katja zu sehen, und wenn es nur ein paar heimliche Sekunden aus der Ferne wären, aber sie mit dem anderen zu beobachten – nee, das konnte ihm einfach nicht gut tun. Und die Anwesenheit von Giancarlo in diesem Moment, an diesem Ort war ja ohnehin der beste Beweis dafür, dass Katja nicht gerade ekstatisch reagieren würde, wenn sie Simon begegnete.

Er wendete sein Rad und fuhr in die andere Richtung davon.

Simon kaufte sich 4:99, das neue Album der Fantastischen Vier, eigentlich eine von Katjas Lieblingsgruppen. Er stand mehr auf Fettes Brot, wenn es denn überhaupt deutscher Hip-Hop sein musste; sie hatten sich öfter gekabbelt bei der Frage, welche von beiden Bands die bessere war. Seltsam, dachte er, dass meine erste CD als frisch gebackener Single ausgerechnet von Fanta Vier ist. Er beschloss, es dann aber irgendwie als emanzipatorischen Akt zu betrachten, ungefähr so, als könnte er damit demonstrieren, dass er ihre Lieblingsband auch ohne sie hören konnte.

Ansonsten machte Anke ihre Ankündigung wahr: Sie arbeitete an ihrer Beziehung zu Simon. Mitte Mai gingen sie gemeinsam ins Millerntor-Stadion, wo Simon schon länger nicht mehr gewesen war – seine Dauerkarte hatte er zwei Jahre zuvor nicht verlängert, weil er es müde geworden war, seine angeblich ständigen Stadionbesuche vor Katja zu rechtfertigen, die Fußball einfach nichts abgewinnen konnte. Sie sahen ein unterdurchschnittliches 1:1 zwischen St. Pauli und Rot-Weiß Oberhausen, grauer Zweitliga-Alltag eben. Aber Simon gefiel dieser warme Freitagabend trotzdem. Katja war nie ins Stadion mitgekommen, natürlich nicht, und schon gar nicht konnte er sich vorstellen, dass sie – wie Anke an diesem Abend – mit Bierschaumbart entfesselt Sachen wie »EY, LINIE, WAT BIST DU DENN FÜR'N BLINDER, DAT WAR IM LEBEN KEIN ABSEITS!« Richtung Spielfeld brüllen würde.

Drei Tage später gingen sie zusammen in den Stadtpark, wo Lauryn Hill auf der Open-Air-Bühne sang. Es war großartig, nicht nur die Musik, das Wetter und die ausgelassene Frühsommerstimmung, sondern auch die Art, wie er und Anke reden konnten. Über alten Soul, den sie mochte, über diese neue Göre Britney Spears, die im Radio gerade rauf und runter lief und bei der sich beide sicher waren, dass dieser Schrott nur zu einer Eintagsfliege reichen würde. Über Katja. Über Torsten, Ankes Typen in Berlin. Darüber, wie lächerlich Erich Ribbeck als Bundestrainer war. Und darüber, wie gut ihnen Joschka Fischer als Außenminister gefiel. Großartig war aber auch die Art, wie sie nicht reden konnten. Die besten Freunde sind die, dachte er, mit denen man schweigen kann, ohne dass sich ein peinliches Loch auftut. Wenn ich es nicht besser wüsste, könnte ich an diesem Abend fast glauben, dass es mir gut geht.

»Sag mal«, fragte er Anke später, als sie nach dem Konzert ihre Räder in der Dämmerung durch den Stadtpark schoben, »wen magst du eigentlich lieber: Fanta Vier oder Fettes Brot?«

»Blöde Frage. Die Brote natürlich.«

Simon hatte es irgendwie geahnt.

Mit dem neuen Speiseplan tat sich Simon relativ leicht. In den ersten Wochen nach seinem Umzug hatte er vor lauter Liebeskummer kaum Hunger gehabt, aber diese Appetitlosigkeit war mittlerweile verschwunden. Dennoch spürte er, dass die Veränderung ihm guttat, dass er irgendwie rauskam aus dem bewegungsarmen Muff, in dem er es sich die letzten Jahre über gemütlich gemacht hatte. Er begann, Katja ein wenig besser zu verstehen, ein bisschen mehr Action hätte ihm ganz gutgetan, das wusste er jetzt.

Und damit wahrscheinlich auch ihrer Beziehung. Trotzdem hätte sie sich den Fahrradkurier schenken können, dachte Simon.

Hotte hingegen war nicht anzusehen, ob es ihm besser ging. Eigentlich hatte sich an seiner Haltung nicht viel geändert, er wirkte nach wie vor grundbrummelig und nicht wirklich motiviert. Hätte Simon ihn inzwischen nicht etwas besser gekannt und schon ein paarmal einen Blick auf den fundamental guten Kern dieses Kolosses geworfen – er wäre ihm wahrscheinlich noch immer genauso angewidert begegnet wie vor ein paar Wochen.

Hotte stocherte eher missmutig in seinem Salat und seufzte. Er seufzte oft beim Essen, wenn sein Teller schon wieder leer war und er wusste: Das war's für heute. Er ging zwar brav mit Simon und Zottel im Schutz der Dunkelheit an die Alster, aber er schien einen inneren Widerstand zu haben, den er nicht so recht greifen konnte. »Mein Körper ist das nicht gewöhnt, der muckt auf«, sagte er, doch Simon hatte eher das Gefühl, dass es Hottes Seele war, die hier auf die Barrikaden ging.

Nach gut einer Woche war Simon dazu übergegangen, Hotte ab einem Drittel der Strecke Zottels Leine in die Hand zu drücken und selber vorauszujoggen. Er lief ein gutes Stück über die Krugkoppelbrücke hinaus, drehte um und traf Hund und IT-Experten an der Brücke wieder. Nach ein paar Tagen war er deutlich schneller geworden. Als er die Brücke auf dem Rückweg erreichte, war von seinen Mitbewohnern noch nichts zu sehen. Also erweiterte er am nächsten Abend seinen Radius, und er spürte, wie gut ihm das alles tat. Und noch etwas spürte er: wie sehr er die Bewegung vermisst hatte. Ende Mai schaffte er zwanzig

Minuten am Stück, und das flutete seine Zellen mit einer Art von Glückseligkeit, an die er nur noch eine vage Erinnerung hatte.

Eines Abends spürte er kurz hinter der Brücke, dass sein rechtes Knie Zicken machte. Es fühlte sich irgendwie gereizt an. Man muss es ja auch nicht übertreiben, dachte er, seit Wochen jogge ich hier jeden verdammten Abend, da wird ja wohl mal eine Pause drin sein. Er drehte um und ging Zottel und Hotte entgegen.

Schon von Weitem sah Simon Hotte auf einer Bank am Alsterufer sitzen, schwach beleuchtet von einer Laterne in einiger Entfernung. Er konnte nicht so recht deuten, was Hotte mit seinen Händen tat, doch als er, sich leise durchs Dunkel vorantastend, näher kam, hörte er es rascheln. Und dann krachen, gefolgt von dem charakteristischen Geräusch, das Kartoffelchips machten, wenn sie auf Zähne trafen.

Simon machte einen Bogen über die Wiese, weg vom Wasser, und schlich sich in bester Apachen-Manier von hinten an Hotte heran. Der Typ hatte tatsächlich eine Tüte Chips auf dem Schoß und warf sich hastig prankenweise welche in den Schlund! Simon sog ihren Geruch ein. Er tippte auf Funny Chipsfrisch Peperoni, er hatte da beeindruckende Erfahrungswerte. Auch vor Zottel, der es sich auf dem Boden vor der Bank gemütlich gemacht hatte, lag ein kleiner Haufen Chips. Simon konnte es kaum fassen. Er war … ja, er musste es sich eingestehen: Er war geschockt.

»Schönen guten Abend, hier ist die Diätpolizei.«

Hotte sprang auf, die Chips stoben aus der Tüte in alle Richtungen, er selbst verschluckte sich an der letzten Ladung in seinem Mund und bekam einen kapitalen Hustenanfall. Simon verschränkte die Arme und blickte Hotte finster an.

»Tut mir ausdrücklich nicht leid.«

Hotte hustete sich aus. Simon schwieg mit düsterer Miene und wartete, bis das Beben vorbei war. Währenddessen beobachtete er, wie sich Zottel über den unverhofften Kartoffelscheibenregen hermachte, den Hotte verursacht hatte.

»Okay«, sagte Simon schließlich. »Ein Wort nur: warum?«

Hotte blickte zu Boden. Im schwachen Licht der zehn Meter entfernten Laterne konnte Simon sehen, wie sehr sich Hotte schämte. Ein großes Häufchen Elend, dachte er, aber er war noch zu wütend, um Mitleid zu verspüren. Er fühlte sich betrogen. Schon wieder! Vor gerade mal fünf Wochen von Katja, und jetzt von seinem Mitbewohner, mit dem er einen Pakt geschlossen hatte.

»Tut mir leid«, murmelte Hotte.

»Ja, schön. Ist aber nicht die Antwort auf meine Frage.«

Hotte atmete einmal tief durch. Er hatte sich offenbar wieder im Griff. »Du willst wissen, warum? Weil ich das nicht packe, Alter!«

»Was genau?«

»Das hier! Diät und so! Ich meine, das Rumlaufen abends ist ja ganz schön, und ich merke auch, dass ich fitter bin als vor vier Wochen, aber ey … ich hab so einen Scheißhunger die ganze Zeit!«

»Wir machen das doch erst ein paar Wochen.«

»Na und? Als ob man dann weniger Hunger hätte! Salat macht mich nicht satt, Havlicek. Wenn *du* da mit klarkommst – bitte schön. Ich nicht.«

Simon sah ihn an. Dann blickte er auf Zottel, der seine Schnauze inzwischen tief in die Chipstüte versenkt hatte.

»Wo hast du eigentlich die Chips her?«, fragte er Hotte. Der deutete auf den Busch neben der Bank.

»Hab ich heute nach der Arbeit da drin deponiert.«

»Du verarschst mich jetzt, oder?«

»Nee. Tu ich nicht.«

»Und wie lange geht das schon so?«

»'ne gute Woche. Seit du weiter laufen kannst. Am ersten Tag habe ich zehn Minuten auf dich gewartet, da dachte ich dann halt: Die Zeit kann ich auch anders nutzen.«

»Wow. Clever ausgedacht.«

»Ja«, sagte Hotte, »genau genommen war es das perfekte Verbrechen. Ich hab nur nicht damit gerechnet, dass du aus deiner Routine ausbrichst. Was machst du hier überhaupt?«

»Mein Knie hat so komisch gekribbelt, da bin ich umgedreht. Zum Glück. Sonst wärst du nie aufgeflogen.«

»Na, schönen Dank auch. Ich fühle mich total erleichtert. So wie ein Serienkiller kurz nach der Festnahme.«

»Und willst du wissen, wie ich mich fühle?«

Hotte zuckte nur mit den Schultern. Sollte wohl heißen: eigentlich nicht. Simon sagte es ihm trotzdem.

»Verarscht. Betrogen. So was in der Art, wenn du verstehst, was ich meine. Ich zappele mir hier einen ab, ich esse wie 'n Karnickel, ich fahr sogar die ganze Zeit mit dem Rad durch die Gegend – und was machst du?«

Hotte sah ihn schuldbewusst an. »Was mache ich denn?«

»Du hintergehst mich.«

»Alter ... findest du nicht, dass du dich jetzt ein bisschen schräg anhörst? Oder hatte meine Schwester am Ende doch recht, und du bist schwul?«

Simon musste lachen. Dann sah er Hotte an. Sein Zorn war inzwischen verraucht. Aber das Problem hatten sie trotzdem am Hals.

»Und was machen wir jetzt mit dir, Behrens?«

Hotte zuckte mit den Schultern. Schwere Geburt, dachte Simon.

Simon

Hotte

KAPITEL 10
Ole Gunnar Solskjær

Am 26. Mai klingelte es abends an ihrer Tür. Diesmal war es wieder Anke. Sie hatte zwei Schalen Erdbeeren dabei.

»Statt Chips«, sagte sie. »So 'n Fußballabend ganz ohne Knabberkram ist ja irgendwie auch nix, oder?«

Sie hatten verabredet, sich das Champions-League-Finale gemeinsam in Hottes Wohnzimmer anzuschauen. Bayern München spielte gegen Manchester United, was Hotte ziemlich egal war. Er machte sich rein gar nichts aus Fußball. Er konnte Oliver Kahn nicht von David Beckham unterscheiden, freute sich aber offensichtlich über das muntere Treiben, das neuerdings in seiner Bude herrschte. Er hatte seinerseits ein paar Snacks vorbereitet: Paprikaschnitze, Kohlrabischeiben sowie Gurken- und Karottensticks, dazu zwei Sorten Dips aus Magerquark. Seit Simon ihn zwei Tage vorher an der Alster mit den Chips erwischt hatte, gab er sich besonders große Mühe, nicht weiter negativ aufzufallen. Anke war beeindruckt.

»Hotte, alter Falter. Beim letzten Mal hast du mir hier noch einen halben Kuhrücken aufgetischt. Das hier ist jetzt ja mal ein ganz anderes Kaliber.« Sie schnappte sich einen Karottenstift und biss herzhaft hinein. »Auch lecker. Oder, Hotte?«

Der Hausherr brummte nur indifferent.

Ein paar Minuten später stand es 1:0 für Bayern, Mario Basler hatte einen Freistoß an der Mauer vorbei ins Tor gemogelt. »Ich kann die Bayern echt nicht ab«, sagte Anke, »Jancker, Kahn, Matthäus – ey, wenn ich diese Hackfressen schon sehe … Und überhaupt, was sollen eigentlich diese bekloppten grauen Trikots? Das ist doch schlimm!«

Simon grinste in sich hinein. Er mochte es, wie sich Anke beim Fußball aufregen konnte, und erlebte das jetzt schon zum zweiten Mal in nicht ganz zwei Wochen. Er selbst war ein eher stiller Beobachter, aber in der Tendenz hatte Anke recht: Bayern mögen, das ging eigentlich gar nicht. Was nicht einmal mit mangelnder Sympathie zu tun hatte, sondern damit, dass zum Fußball echtes Leiden gehörte. Und Bayern-Fans hatten in Simons langer Fußballerinnerung niemals wirklich etwas zu leiden gehabt. Das machte sie in seinen Augen zu Schönwetter-Fans, und die brauchte nun wirklich keiner.

»Sagt mal«, sagte Anke gegen Ende der ersten Halbzeit, »wie läuft's denn so bei euch?«

»So beruflich?«, fragte Hotte.

»Idiot«, sagte Anke und bewarf ihn mit einem Sofakissen. »Du weißt genau, was ich meine.«

»Also, bei mir ganz gut«, sagte Simon fröhlich, »minus drei Komma acht waren es bis heute Morgen.«

»Toll«, sagte Anke in bewunderndem Tonfall, »das fällt auch schon ganz doll auf.«

»Echt?«

»Nein. Nicht wirklich. Minimal, wenn überhaupt. Aber du wirkst trotzdem anders. Frischer. Aufrechter. Man kann so langsam ahnen, dass du eigentlich gar nicht so scheiße aussiehst.«

»War das jetzt ein original Ruhrpott-Kompliment?«

»Worauf du einen lassen kannst, Kollege.«

Simon nickte huldvoll und prostete Anke lässig mit seinem Wasserglas zu, aber tief drinnen freute er sich wie Bolle über ihre Sicht auf ihn.

»Und wie ist es bei dir so?«, fragte Anke in Richtung Hotte. Er starrte auf den Fernseher und tat so, als würde er sich gerade brennend für einen Einwurf von Ryan Giggs interessieren.

»Hotte?«

»Wie bitte?«

»Schon Gewicht verloren?«

»Äh … ja.«

Anke wartete einen Moment und sah Hotte an. Dann platzte es aus ihr heraus: »Sag mal, muss ich dir hier alles aus der Nase ziehen? Wie viel ist schon runter?«

»Och …«

Man merkte Hotte sein Unbehagen an. Es wäre ihm wohl lieber gewesen, dass Thema wäre heute nicht auf den Tisch gekommen. Er wollte partout nicht darüber reden. Bei anderen hätte das wohl auch funktioniert. Anke aber war gnadenlos. Die ließ nicht locker. Die ging immer dahin, wo es wehtat. Auch jetzt würde sie ihn nicht vom Haken lassen. Sie warf ihm eine Erdbeere an den Kopf. Er seufzte.

»Etwas über ein Kilo.«

»Okay«, sagte Anke und wurde nachdenklich. »Das ist jetzt nicht so richtig doll, oder?«

»Nee, eigentlich nicht.«

»Versteh ich gar nicht. Ich dachte, das klappt so super mit eurem Essen. Und dem Joggen an der Alster und so.«

Sie kraulte Zottel, der seinen Kopf auf ihre Beine gelegt hatte, hinter den Ohren. »Selbst euer Hund hier sieht schon viel fitter aus.«

»Sag ihr die Wahrheit«, riet Simon.

Also erzählte Hotte. Dass er Chipstüten an der Laufstrecke deponierte, dass er Gummibären unter seiner Unterwäsche im Schrank versteckte und sich von Jaspi in der IT ab und zu was vom Bäcker mitbringen ließ.

»Anke, echt jetzt: Ich weiß nicht, ob ich dafür gemacht bin. Mein Körper schreit mir permanent zu: Gib mir Zucker! Gib mir Kohlenhydrate! Keine Ahnung, wie ich davon wegkommen soll.«

Inzwischen war Halbzeit, es lief das *heute-journal*.

Wolf von Lojewski erzählte gerade von indischen Angriffen auf pakistanische Stellungen im Kaschmir-Konflikt. Hotte hatte seinen eigenen inneren Krieg am Laufen, das war ziemlich offensichtlich.

Anke nickte nachdenklich. »Vielleicht musst du deinen Körper umprogrammieren. Einmal neu booten, versteht du?«

»Ja. Nee. Wie das denn?«

»Ich hab da gerade gestern was gelesen ... irgendwas mit Fasten und noch was dazu ... Das war in der *Brigitte*, glaube ich. Schade, die liegt jetzt zu Hause, sonst würde ich glatt mal nachschauen.«

Hotte räusperte sich. »Die aktuelle Ausgabe?«

»Ja. Wieso?«

Er stand auf und verließ den Raum. Dreißig Sekunden später kehrte er zurück, in der Hand die neueste Ausgabe der *Brigitte*. Anke und Simon sahen sich verblüfft an.

»Wo kommt die denn jetzt her?«, fragte Anke.

»Kiosk«, grummelte Hotte, »soll ich morgen meiner Mutter mitbringen.«

»Gibt's die etwa nicht in Bargteheide?«

»Ist doch jetzt egal, oder?«, blaffte Hotte. »Was soll da nun eigentlich drinstehen?«

»'tschuldigung, der Herr ... Gib mal rüber. Neue Mode ... Psycho-Dossier ... Kultur ... oh, es gibt 'ne neue Platte von Tom Waits ... Spargelrezepte ... Hier ist es: Fastenwandern im Allgäu.«

Sie reichte Hotte die Zeitschrift. Simon war aufgestanden und spähte ihm über die Schulter.

»Soweit ich mich erinnere«, sagte Anke, »geht's beim Fasten nicht darum, Gewicht zu verlieren, obwohl man das tut. Fünf Kilo in einer Woche oder so.«

»Worum geht es dann?«, fragte Simon.

»Darum, dass man seinen Körper einmal komplett von innen reinigt. Den ganzen Dreck rausräumt.«

»Und wieso auch noch wandern?«, fragte Hotte.

»Weil das den Prozess beschleunigt. Man soll sich bewegen dabei, damit der Kreislauf in Schwung kommt. Oder so ähnlich.«

Hotte dachte einen Augenblick nach. Simon und Anke konnten dabei zusehen, wie es hinter seiner Stirn arbeitete. Und Simon ahnte, welcher Kampf dort ablief: War das eine Chance oder eine Quälerei? Würde seine Sehnsucht nach einem anderen Körper über den jetzigen Körper siegen, der sich mit aller Macht gegen eine Veränderung wehrte?

Schließlich wuchtete sich Hotte hoch und ging hinaus in den Flur, die *Brigitte* immer noch in der Hand. Anke und er hörten, wie er telefonierte. Als er zurückkam, lief längst die zweite Halbzeit.

»Alles klar«, sagte er, »am fünften Juni geht's los.«

Und dann berichtete er: Dass der Veranstalter, dessen Handynummer unter dem Artikel angegeben war, tatsächlich drangegangen war. Dass in der Gruppe, die in zehn Tagen beginnen würde, noch Plätze frei waren, weil gerade eine Familie abgesagt hatte. Dass man in einer katholischen Begegnungsstätte in Sonthofen wohnen und von dort jeden Tag in die Umgebung wandern würde, sechs Tage lang. Und dass der Typ, der so was wie ein buddhistischer Mönch war, Hotte glaubhaft versichert hatte, dass sich Körper und Geist einmal auf links drehen und er als neuer Mensch nach Hause kommen würde.

»Klingt super«, sagte Simon, »und du hast dich sofort angemeldet?«

»Genau«, sagte Hotte. Er machte eine kleine Pause. »Und dich übrigens auch.«

»WAS HAST DU?«

»Alter, schrei hier nicht so rum. Die Wohnung ist kein Fußballstadion.«

»Aber du kannst doch nicht … du musst mich doch vorher fragen. Ich will das gar nicht!«

»Jetzt hör mir mal zu! Ich will das alles auch nicht. Ich mache das alles hier mit, weil *du* mit der Scheiße angefangen hast, und die da auch.« Er zeigte auf Anke, die sich gerade vor Lachen auf dem Sofa wälzte. »Ich esse Salat, weil du das sagst, der Hund ist wegen dir hier, und ich komme mit an die Alster. Jetzt bist du dran, was zurückzugeben.« Er schnaufte einmal kurz durch. »Außerdem hast du selber gesagt, dass wir das Ding zusammen durchziehen.«

Simon schwieg. Er sah zu Anke, deren Schultern vor Lachen bebten. Sie konnte gerade nichts sagen.

»Aber ich weiß gar nicht, ob ich Urlaub bekomme«, sagte er schließlich.

»Klar doch«, sagte Anke und wischte sich ein paar Lachtränen aus den Augen, »Jochen und ich kriegen das auch mal ein paar Tage alleine hin.«

»Ey, aber eine Woche gar nichts essen … ich weiß nicht …«

»Komm schon, Havlicek«, sagte Hotte, »jetzt zieh *du* mal den Finger aus dem Po. Was hast du denn zu verlieren – außer Gewicht?«

Den Rest des Spiels über schwieg Simon einigermaßen angefressen. Fastenwandern im Allgäu, im Land des ihm nicht sonderlich sympathischen zukünftigen Champions-League-Gewinners – das klang schrecklich in seinen Ohren. Eigentlich hatte er das Gefühl, dass es hier gerade ganz gut für ihn lief, von der Sache mit Katja mal abgesehen. Aber irgendwie fühlte er sich auch Hotte verpflichtet, selbst wenn er nicht so recht wusste, ob ihm dieses Gefühl zusagte.

Ihm fiel noch etwas ein, ein Rettungsanker vielleicht. »Was ist mit Zottel?«, fragte er, »ich meine, irgendjemand muss sich doch um den Hund kümmern, oder?«

»Kann mitkommen«, sagte Hotte mit fröhlicher Gelassenheit, »sind dort ausdrücklich willkommen, diese Hunde.«

Das Spiel war so gut wie zu Ende, nur die drei Minuten Nachspielzeit mussten die Bayern noch überstehen. Dann traf Teddy Sheringham nach einer Ecke für Manchester, und eine Minute später Ole Gunnar Solskjær gleich noch einmal. Das war unfassbar, im kosmischen Fußballplan nicht vorgesehen, und doch: Bayern hatte es tragisch und dramatisch vergeigt, sie waren angekommen in der Welt des Leidens von normalen Fußballfans. Und während Anke auf dem Sofa vor Begeisterung schier ausflippte, hatte Simon für den FC Bayern ein Gefühl, das er im Zusammenhang mit diesem Club bisher für ausgeschlossen gehalten hatte: Mitleid.

Ein bisschen übrigens auch mit sich selbst. Fastenwandern im Allgäu. Bekloppt.

Simon

Hotte

KAPITEL 11
Die rote Sonne von Barbados

Am 5. Juni 1999 schrieb Simon in sein Notizbuch:

- Margot Käßmann wird Bischöfin in Hannover
- Marco Pantani beim Giro d'Italia beim Blutdoping erwischt
- Steffi Graf gewinnt French Open
- Abfahrt zum Fastenwandern nach Sonthofen

Und so setzten sich an diesem Samstag im Juni zwei … ja, man konnte inzwischen fast sagen: dicke Freunde in ein Auto, das sie knapp achthundert Kilometer nach Süden bringen würde. Den Risiko-Hund verfrachteten sie auf den Rücksitz des knallgelben Golfs, den Hotte fuhr. Er hatte ihn wie Zottel von seiner Schwester geerbt. Das schien Hotte nicht besonders zu stören, anscheinend war er es gewohnt, das Leben von Sybille in Teilen aufzutragen. Die grelle Farbe des Volkswagens bekümmerte ihn auch nicht sonderlich, und ebenso wenig hatte er sich die Mühe gemacht, die Aufkleber abzulösen, mit denen Sybille die Heckklappe des Wagens verziert hatte. Da prangten, geografisch unsinnig, die Umrisse von Sylt rechts von der Silhouette von Fehmarn, es folgte ein Sticker vom Vogelpark Walsrode, daneben wiederum das Emblem der Schützengilde Tremsbüttel. Rechts davon prangte ein Aufkleber der deutschen Metzgerinnung mit dem Werbeschwachsinn »Fleisch is(s)t gut!«. Am schlimmsten aber war der Sticker ganz außen: ein Wappen des HSV. Bei den ein bis zwei gemeinsamen Einkäufen hatte Simon noch damit leben können, aber beim Gedanken an eine lange Autofahrt mit dem Bekenner-Logo des St.-Pauli-Erzfeindes im Nacken wurde ihm übel. Am Morgen vor der Abfahrt hatte er vorsichtig daran gekratzt. Doch da war nichts zu machen, das Ding klebte fest wie alter Kaugummi unterm Schuh. Also hatte er sich lauthals geweigert einzusteigen, solange der HSV mitfuhr. Hotte hatte ihn nur stumm angeschaut und dabei äußerst bedrohlich ausgesehen.

Eine Minute später befanden sie sich auf der Rothenbaumchaussee Richtung Süden.

Bisher hatte sich Simon noch keine besonderen Gedanken darüber gemacht, welche Art von Musik Hotte eigentlich hörte. Das änderte sich schlagartig, als dieser kurz hinter den Elbbrücken das Radio einschaltete und die Skala auf 90,3 einstellte. Sie gerieten mitten in »Santa Maria« von Roland Kaiser, der von etwas abgelöst wurde, das der grauenvoll gut gelaunte Moderator als »die Flippers« identifizierte, »gewünscht von Martina aus Hartenholm, die damit ihre liebe Mutti Gertrud im Altenstift St. Auguste grüßen möchte«. Zu seinem Entsetzen summte Hotte »Die rote Sonne von Barbados« leise mit. Falsch zwar. Aber er summte. Simon war fassungslos. Und auch irgendwie fasziniert.

»Simon?«, fragte Hotte.

»Ja?«

»Würdest du bitte aufhören, mich anzustarren? Macht mich nervös.«

»Oh. Sorry. Gar nicht gemerkt. Ich hab mich nur gefragt ...«

»Ja?«

»Ich habe mich gefragt, wie jemand, der offensichtlich noch nicht tot ist, einen solchen Mist hören kann.«

Hotte sah ihn überrascht an. »Mist? Wieso Mist?«

»Hallo? Deutscher Schlager? ›Die rote Sonne von Barbados, ja, dieses Märchen lässt mich nicht los ...‹ Ich meine, du hast doch was im Kopf. Wie kannst du dann diesen hirnverbrannten Scheiß da reinlassen?«

Hotte zuckte mit den Schultern. »Mich entspannt das irgendwie.«

»Dich ... was?«

Simon verstummte. Er war erschüttert. Ihm wurde schlagartig klar, dass auch das hier mit Hottes Geschichte zu tun haben musste. Er hatte in der prägenden Phase, als er selbst Billy Bragg, The Smiths und The Pogues entdeckt hatte, Freunde gehabt, die ihn an die Hand nahmen und in das Wunderland guter zeitgenössischer Popmusik führten. Hotte hatte ... niemanden. Halt, das stimmte nicht so ganz. Er hatte mit seinen Eltern auf dem Weg in das Ferienhaus auf Fehmarn wahrscheinlich NDR Welle Nord gehört und so hinterrücks Nicole, G.G. Anderson und Michael Holm in seine DNA einsickern lassen.

Dagegen musste man dringend was tun.

Simon kramte in seinem Rucksack im Fußraum herum und zog schließlich eine Kassette heraus. Die neueren Autos hatten alle schon CD-Player, dieser etwas betagte Golf war davon weit entfernt. Er hatte extra für die Fahrt ein Mixtape eingesteckt, das er im Frühjahr eigentlich für Katja aufgenommen hatte. Er hatte es aus der Wohnung in Ottensen mitgenommen, als er zum ersten und einzigen Mal Klamotten von dort geholt hatte. Jetzt steckte er es wortlos in den Kassettenspieler. Hotte beobachtete ihn mit dezentem Interesse aus den Augenwinkeln.

Das Tape begann mit »Creep«, der ersten Single von Radiohead, die Simon vor sechs oder sieben Jahren förmlich das Hirn weggeblasen hatte. Er beobachtete Hotte, aber der ließ keine Regung erkennen. Erst im letzten Teil, als der Chor der Gitarren gemeinsam mit Thom Yorke zu einem klagenden Geschrei anhob, zuckte er zusammen und sagte: »Puh. Ganz schön gruselig.«

Gruselig? O Mann. Simon spulte vor. Die New Radicals waren dran, eine seiner Neuentdeckungen, von denen er kaum genug bekommen konnte. Aber auch »You get what you give«, das bisher noch jeden mitgerissen hatte, dem er es vorgespielt hatte, zeigte keinerlei Wirkung bei Hotte. Der ahnte immerhin, dass er jetzt etwas sagen musste. »Ganz nett«, ließ er schließlich vernehmen.

»Nett?«, sagte Simon und klang dabei nicht ungefährlich.

Es folgten die Pixies, R.E.M., Marvin Gaye und die Fugees. Hotte schwitzte inzwischen, er wusste, dass das hier eine Prüfung war, und dass er jämmerlich versagte. Die Musik machte ihn nervös, und seine gequälten Kommentare signalisierten, dass er nichts von dem kapierte, was er da hörte. Nach Belle and Sebastian erlöste Simon ihn endlich und holte die Kassette aus dem Player. Sofort dröhnte »Verdammt, ich lieb dich« von Matthias Reim aus dem Empfangsgerät. Hotte entspannte sich und tippte mit dem Zeigefinger den Rhythmus am Lenkrad mit. Simon schüttelte wortlos den Kopf. Dieser Fall war definitiv hoffnungslos. Er hatte von diesen Musik-Legasthenikern gehört, die den Zugang zu den richtigen Bands einfach nicht fanden. Ihm war nicht klar gewesen, dass er mit einem zusammenwohnte.

So glitten sie, von deutschem Schlager und gelegentlichen Nachrichten begleitet (Topmeldung am Nachmittag: Steffi Graf gewinnt in drei Sätzen gegen Martina Hingis zum sechsten Mal die French Open), die A7 hinunter, machten zwei Tank- und drei Pinkelpausen (als Simon am Rasthof Hildesheimer Börde vom Klo zurückkehrte, bemerkte er, dass Hotte den HSV-Sticker mit einem funkelnagelneuen von Hannover 96 überklebt hatte; er hatte also den einen HSV durch einen anderen ersetzt, das war irgendwie knapp daneben, aber Simon erkannte den guten Willen an) und mussten einmal den Rücksitz abschrubben, weil Zottel kurz vor Würzburg draufgekotzt hatte.

Gegen Abend kamen sie im Allgäu an. Die katholische Begegnungsstätte St. Ursula lag am Rand von Sonthofen. Als sie mit Sack und Hund über den Parkplatz liefen, schritt ihnen schon ein ebenso großer wie breiter Mann entgegen, der eine weite, weiße Leinenhose trug und ein Hemd ähnlichen Formats, in dessen großzügigem Ausschnitt mehrere Ketten baumelten. Einen Teil seiner langen Haare hatte er zum Pferdeschwanz gebunden, der Rest lockte sich braun mit grauen Strähnen drum herum. »Servus!«, rief er und schüttelte ihnen kurz darauf die Hände, »ich bin der Joe!«

»Tja, dann haben wir wohl telefoniert«, sagte Hotte und stellte seine kleine Reisegruppe vor.

Joe musterte jeden von ihnen ein paar unangenehme Sekunden lang. Dann nickte er bedächtig. »Sauber«, sagte er schließlich, »super, dass ihr da seid.«

Er hatte ein unverkennbar bayerisches Idiom. Und er trug keine Schuhe. Das war dann doch bemerkenswert, denn es war saukalt hier unten. Die Berge um sie herum hüllten sich in dicke Regenwolken, es tröpfelte beharrlich, ihr Atem dampfte in der nassen Alpenluft. Von dem hartnäckigen Fast-Sommer, der sie den Mai über im Norden begleitet hatte, war hier so gar nichts zu spüren.

Joe brachte sie hinein. Auf dem Weg erfuhren sie, dass er eigentlich Karl-Josef Kastlhuber hieß, achtundvierzig Jahre alt war und gelernter Verwaltungsfachangestellter bei der Stadt Rosenheim. Vor ein paar Jahren, nach einem monatelangen Trip nach Asien, bei dem er einen großen Teil der Zeit in einem buddhistischen Kloster in Nepal zugebracht hatte, wollte er sein Leben nicht mehr mit Abwasserregulierungsverordnungen verschwenden. »Ich hab gemerkt, dass ich meine Mitte verloren hatte«, sagte er. »In Nepal hab ich sie wiedergefunden. Und wenn du erst mal gespürt hast, wie das ist, wenn du ganz bei dir bist und eins mit der Natur und dem Universum – ja, dann kannst du nicht mehr weitermachen wie vorher. Du willst es auch nicht, verstehst du?« Simon und Hotte sahen sich an. Sie wussten nicht so genau, wen von beiden er jetzt meinte, aber das schien auch egal zu sein, denn Joe war schon weitergegangen.

Durch den gefliesten Flur traten sie in ein geräumiges Zimmer, in dem neun Menschen an einem großen, klobigen Tisch mit weißem Plastikfurnier saßen. Alle hatten Teetassen vor sich stehen und schwiegen sich an.

»Sooo«, rief Joe gedehnt, »das hier, das sind unsere

Hamburger, die hatten's am weitesten, da ist es schon recht, wenn sie als Letzte ankommen, oder? Gut, stellen wir uns doch alle mal vor, würd ich sagen.«

Er beorderte das wild zusammengewürfelte Dutzend in die Mitte des Zimmers, wo eine Kissenlandschaft wartete. Joe hockte sich mit einer für einen Mann seiner Größe beeindruckenden Geschmeidigkeit in den Schneidersitz und wartete, bis die anderen es ihm nachgetan hatten. Dann entzündete er eine Kerze und sagte: »Wir machen das jetzt so: Jeder reicht die Kerze an seinen linken Nachbarn weiter; links deshalb, weil da die Herzseite ist, sodass man sieht, die Kerze kommt quasi von Herzen.« Er lächelte versonnen in die Runde. »Ja, und dann sagt ein jeder, wie er heißt, wo er her ist, ob er schon mal gefastet hat und was er sich von der Woche hier erwartet, okay? Also, ich bin der Joe aus Nepal, ich faste drei- bis viermal im Jahr, je nachdem, wie dringend ich einen Reinigungsprozess brauche. Oder mir wünsche. Und ich erwarte und hoffe, dass du hier eine gute und bereichernde Zeit der Säuberung erlebst.«

Da war es wieder, dachte Simon, zwölf Leute, aber nur ein Du, seltsam. Joe blickte jeden Einzelnen an, es war fast ein bisschen unheimlich.

Simon hob den Zeigefinger. »Ich hätte da noch 'ne kurze Verständnisfrage«, sagte er.

Joe nickte ihm zu.

»Ja, also«, fuhr Simon fort, »draußen hast du gerade gesagt, dass du aus Rosenheim kommst. Wieso denn jetzt auf einmal Nepal?«

Joe lächelte ihn sanft an. »Der Karl-Josef, der ist, ich sag mal: out of Rosenheim«, sagte er. »Aber er ist in Nepal im Kloster neu geboren worden. Als Joe. Verstehst du?«

Er reichte die Kerze nach links weiter an ein junges Mädchen. »Magst du weitermachen?«, fragte er.

Sie nickte. »Ja, hallo, ich bin die Sarah aus Frankfurt, ich habe gerade das Abi gemacht, und ich faste ganz oft.«

Sie war ziemlich dünn, das konnte Simon unter ihrem weiten Pulli erahnen. Er fragte sich, ob sie nicht vielleicht sogar dauerhaft fastete. Und nicht lieber einen Kochkurs absolvieren sollte. Gute deutsche Hausmannskost zum Beispiel. Oder Backen mit extra viel Butter. Seine Mutter könnte da sicher aushelfen.

Sarah fuhr fort. »Ja, und ich erwarte, dass ich mich hier in der Natur spirituell in Einklang bringen kann mit der, na ja, der Natur eben und so.«

Sie lächelte scheu und reichte die Kerze nach links.

Es folgte ein älteres Ehepaar aus Chemnitz, das mal was anderes erleben wollte, eine füllige Frau mittleren Alters vom Bodensee namens Gudrun, die verzweifelt auf der Suche nach ihrer Mitte war, und eine Mutter mit ihrer erwachsenen Tochter aus München, den beiden ging es um die innere Reinigung.

Und dann war Hotte an der Reihe. Er war sichtlich nervös. »Moin«, sagte er und kratzte sich mit der freien Hand am Fusselbart. »Holger aus Hamburg, nicht wahr, und ich bin hier, um ein paar Kilo abzunehmen, würde ich sagen.«

»Aber darum geht's hier doch gar nicht«, protestierte Sarah, das Mädchen auf der Suche nach spirituellem Einklang mit der Natur.

»Wieso? Mir schon«, sagte Hotte unbeirrt.

»Aber …«

Joe schritt ein. »Du, Sarah, lass den Holger ruhig. Er hat

seine Motive, und manchmal merkt man erst im Prozess, dass es gar nicht die sind, die einen wirklich leiten.«

Er nickte Holger gütig zu.

»Was soll das denn heißen?«, fragte Hotte. Zwischen seinen Augen hatte sich eine steile Falte gebildet. »Meinst du, ich bin zu doof, um zu wissen, was ich will?«

»Nein, natürlich nicht. Aber du solltest zulassen, dass sich das, was du willst, in dieser Woche auch verändern könnte«, sagte Joe. Er lächelte noch immer.

Hotte schüttelte den Kopf. Er reichte die Kerze an Simon weiter. »Hier. Kommt von Herzen, Alter.«

Simon räusperte sich. »Ja, Tagchen, ich bin Simon, auch aus Hamburg wie Hotte, äh, ich meine Holger, und ich sollte jetzt wohl auch was von Mittefinden sagen und so. Aber ganz ehrlich: Ich bin vor allem deswegen hier, weil mein Kumpel hier zu meiner Rechten mich angemeldet hat. Ohne mich zu fragen, möchte ich hinzufügen.«

Er zuckte mit den Schultern. Die folgende Stille war ein wenig unangenehm. Sarah schüttelte stumm den gesenkten Kopf. Simon reichte die Kerze nach links weiter.

Am Ende gab es noch ungesüßten Kräutertee in rauen Mengen und die Empfehlung, am Abend den Darm zu leeren, denn nur ein leerer Darm würde dafür sorgen, dass man sich gut fühlen würde beim Fasten. Joe verteilte Glaubersalz, portionsweise in Wassergläser abgemessen, und Schläuche, die in der Mitte eine Art Ball aufwiesen und unten ein Endstück wie bei einem Blasebalg.

»Wofür brauchen wir das denn?«, fragte Simon.

»Das ist für den Einlauf«, sagte Sarah unterkühlt. Sie hatte die Jungs aus dem Norden jetzt schon gefressen, das stand mal fest.

Hotte sah sie entsetzt an. »Ich glaub, es hackt. Mach ich nicht. Könnt ihr echt vergessen, Leute.«

»Du, absolut okay, Holger, das ist auch nicht für jeden, das entscheidest du allein«, sagte Joe und kippte noch etwas mehr Glaubersalz in Hottes Glas.

Sie bezogen ihr Zimmer. Das katholische Begegnungszentrum St. Ursula war in etwa die altmodische Variante einer Jugendherberge, mit Nadelfilz am Boden und einem Kruzifix über der Eingangstür. Der Raum, der Simon, Hotte und Zottel zugewiesen wurde, war ziemlich schmal. Außer zwei Stühlen und einem kleinen Tisch, auf dem eine Bibel lag, gab es noch einen in die Wand eingelassenen Schrank – und ein Stockbett.

»Ist nicht wahr«, sagte Simon. »Nicht mal Einzelzellen? Und dann diese Kinderzimmerbetten?«

»Was erwartest du für 436 Mark?«, brummte Hotte.

Simon warf seine Tasche auf das untere Bett.

»Nix!«, donnerte Hotte, »da schlafe ich!«

»Moment mal. Ich bin auch lieber unten.«

»Dein Problem. Ich *muss* unten schlafen.«

»Wieso?«

»Wegen der Rettungskräfte.«

Simon war perplex. »Wie bitte? Rettungskräfte?«

»Bist du so doof, oder tust du nur so, Havlicek?« Hotte schüttelte den Kopf. »Was ist, wenn ich hier nachts einen Herzinfarkt bekomme und abtransportiert werden muss, hä? Was, wenn ich nachts sterbe, weil ich mich zu Tode faste. Wer soll mich denn von da oben runterbekommen? So ein Fachpersonal hat doch kein Bestattungsunternehmer. Oder die Gerätschaft dazu.«

Er musterte Simon, als wäre er der letzte Depp. »Du wiegst vierzig Kilo weniger, also du: oben. Ist doch klar. Manchmal frage ich mich echt, wozu du eigentlich deinen Kopf aufhast.«

Wenig später gluckerte es in Hottes Bauch. Das Glaubersalz begann zu wirken. Simons folgte nur wenig später. Immerhin, im Gemeinschaftsklo gab es genügend Kabinen für jeden der fünf anwesenden Männer. Trotzdem konnte von Privatsphäre bei den dünnen Holzwänden zwischen ihnen kaum die Rede sein, zumal alle fünf große Teile des Abends auf dem Klo verbrachten. Simon hatte es mit dem Einlauf versucht, das war nicht so schlimm, wie er befürchtet hatte, aber schön war anders. Die Geräusche waren erbarmungswürdig, der Geruch nicht weniger. Doch je leerer sein Darm wurde, desto ausgelassener wurde Hotte. »Guckt mal, Leute, dieses gelbe Klopapier mit den blauen Vögeln drauf – super, oder?«

»Na logisch«, rief eine Stimme in leicht sächsischem Singsang, die wohl dem Rentner aus Chemnitz gehörte. »Das Auge scheißt ja schließlich mit!«

Am nächsten Morgen hingen die Wolken noch immer über dem Allgäu, es pladderte ohne Gnade, und es waren keine zehn Grad, mitten im Juni. Um halb acht schlurften Simon und Hotte in den Gemeinschaftsraum, wo sich die anderen schon an ihren Bechern mit Kräutertee festhielten.

»Moin«, sagte Simon und inspizierte die Thermoskannen. »Kaffee ist hier nicht, oder?«

Sarah lachte kurz höhnisch auf. Joe lächelte nur still.

»Dachte ich mir schon«, sagte Simon.

Joe erklärte den Tagesablauf. Sie würden es heute langsam angehen lassen, eine kurze Wanderung nach Bad Hindelang, so sieben bis acht Kilometer, und dort würde es mittags eine Fastensuppe aus der Thermoskanne geben.

»Fastensuppe?«, fragte Simon. »Was ist das denn?«

»Nu sag mal, Jungchen«, rief der ältere Herr aus Chemnitz, »hast du dich eigentlich gar nicht vorbereitet?«

Simon zuckte mit den Schultern. Offenbar hatte er sich hier ohne viel Federlesens in die Rolle des Fasten-Outlaws hineinmanövriert. Auch wurscht, dachte er. Ich bin ja nicht hier, um neue Freunde zu finden.

»Also, pass auf«, sagte die junge Frau, die ihm gegenübersaß, »bei einer Fastensuppe wirft man lauter Gemüse in kochendes Wasser, lässt es eine Zeit lang ziehen, nimmt dann das Gemüse raus und trinkt die Brühe.«

»Du verarscht mich doch, oder?«

»Leider nicht.«

Sie lächelte ihn an. Julia hieß sie, eine Studentin aus Köln, das hatte sich Simon gemerkt, weil er sie gestern schon nett fand. Sie hatte Sommersprossen und Lachfältchen. Das mochte er. Vielleicht bin ich ja doch hier, um neue Freunde zu finden, dachte er. Oder Freundinnen.

Nicht, dass er das Ganze nicht von vornherein für Schwachsinn gehalten hätte, aber nach etwa zwei Kilometern hatte Simon die Schnauze gestrichen voll. Zum einen drückten seine brandneuen Wanderschuhe, zum anderen waren sie gegen das ausdrückliche Versprechen des Herstellers (»absolut wetterfest!«) total durchweicht. Von der Kapuze seines Regencapes lief ihm permanent kaltes

Wasser ins Gesicht und von dort in den Nacken, die einzige Aussicht ging auf den matschigen Feldweg – von majestätischem Alpenpanorama war keine Spur zu sehen. Ich konnte Sonntage noch nie so richtig leiden, dachte er, aber der hier rangiert auf meiner All-Time-Liste schon verdammt weit unten.

Er hob den Kopf. Hotte lief ganz vorn neben Jürgen, dem Rentner aus Chemnitz. Sie unterhielten sich angeregt, und Hotte schien sich ernsthaft wohlzufühlen. Simon hingegen befand sich ganz am Ende des Feldes, fast jedenfalls, denn immerhin trottete noch Zottel hinter ihm her, der begossenste Pudel, den die Welt je gesehen hatte. Der Hund hatte in den letzten Wochen deutlich an Gewicht verloren und an Kondition zugelegt, aber diese Bedingungen waren auch für ihn lausig. Und das trotz des Hunde-Regencapes, das bei Sybilles Ausstattung für das Tier dabei gewesen war. Er drehte sich zu Zottel um.

»Was meinst du, mein Freund«, sagte er, »sollen wir umkehren, duschen, zum Bahnhof marschieren und einfach verschwinden?«

Zottel sah ihn an und wedelte mit dem Schwanz.

»Und ich kaufe jedem von uns eine Leberkassemmel, oder wie das hier heißt?«

Jetzt bellte Zottel einmal kurz auf. Erstaunlich. Gar nicht so blöd, das Tier, dachte Simon. Er selbst verspürte bei dem Gedanken an die Semmel ein stechendes Hungergefühl.

»Alles klar bei dir, Simon?«

Simon erschrak und wandte sich um. Joe stand vor ihm und lächelte ihn an.

»Äh … ja. Beziehungsweise: geht so. Ich fühl mich nicht so doll.«

»Okay. Was ist los?«

»Es ist nass.«

»Okay.«

»Und kalt. Ich friere übelst. Und an dich als Aufsichtsperson gerichtet, Joe: Da muss man auch mal Verantwortung übernehmen und so 'ne Tour abbrechen, wenn es für die Gesundheit der Teilnehmer kritisch wird.«

»Wie alt warst du doch gleich?«

»Neunund … nee, dreißig. Wieso?«

»Oh, dann bist du ja schon volljährig und kannst dich selbst anziehen. Beziehungsweise Verantwortung übernehmen. Für dich, meine ich.«

Simon schwieg. Joe hatte da ein gutes Argument am Wickel.

»Weißt du, Simon«, fuhr Joe fort, »letzten Winter hat mich Jaipur besucht. Ein Freund, den ich auf meinen Wanderungen durch Indien kennengelernt habe. Wir hatten hier in den Bergen so was um die 25 Grad, minus, versteht sich, und ich hab zu ihm gesagt: Jaipur, tut mir leid, dass es so furchtbar kalt hier ist.« Joe machte eine Kunstpause. »Weißt du, was er geantwortet hat?«

Blöde Frage. Simon schüttelte den Kopf. Regentropfen stoben von seiner Kapuze in alle Richtungen.

»Er sagte: ›Mein Freund, gegen Kälte kann man sich schützen. Gegen die Hitze von Chennai nicht.‹« Kurze Pause. »Verstehst du?«

Er drehte sich um und folgte der enteilten Gruppe. Simon und Zottel trotteten ihm widerwillig hinterher.

Es wurden fünf Stunden der Folter für Simon. Hotte dagegen war unerklärlicherweise bester Dinge. Nicht nur, dass er wirklich gut mitgehalten hatte – das nächtliche Spazieren an der Alster war also nicht spurlos an ihm vorbeigegangen –, nein, er zeigte sich auch als interessierter Gesprächspartner. Vor allem gegenüber dem sächsischen Ehepaar – aber auch mit Joe sah Simon ihn aus der Ferne sprechen. Ja, Joe lachte sogar einmal und klopfte Hotte auf die Schulter.

In Bad Hindelang, das höher lag als Sonthofen und mitten in die Wolken gebaut zu sein schien, machten sie Rast im Wartehäuschen einer Bushaltestelle. Aus Plastikbechern schlürften sie die versprochene Fastensuppe. Simon nahm einen ersten Schluck und verzog angewidert das Gesicht. Das ging ja so was von gar nicht; diese labberige, ungewürzte Brühe war zum Kotzen. Und stank darüber hinaus zum Gotterbarmen.

Julia stellte sich neben ihn und grinste. »Und, hab ich zu viel versprochen?«, sagte sie. »Ist doch ein Traum, die Suppe, oder?«

»Wie bekommst du das bloß runter?«

»Mit der gebotenen Todesverachtung natürlich.« Sie stieß ihren Becher gegen Simons. »Prost!«

In ein paar Metern Entfernung hörte er, wie Hotte das Gebräu lobte. »Der Sellerie bringt da ordentlich Würze rein«, sagte er, »schmeckt eigentlich ganz lecker.« Simon konnte nicht glauben, was er da hörte. Wer war dieser Typ, und was hatte er mit Hotte gemacht? Und dann, als er seinen Blick über die Gruppe schweifen ließ, sah er Joe. Er biss, mitten im Gespräch mit Gudrun, ein Stück von einem Wurstbrot ab.

»Ey, Joe, das ist jetzt nicht dein Ernst, oder?«, rief er quer durch das überfüllte Wartehäuschen.

Joe sah ihn verwirrt an. »Was genau?«, fragte er kauend.

»Dass du dir eine Stulle zwischen die Zähne schiebst, während wir hier verhungern. Was ist das denn für ein asozialer Scheiß?«

Joe schluckte den aktuellen Bissen herunter. »Na, hör mal. *Ihr* habt das Fastenwandern gebucht. Ich nicht.«

»Aber du bist der Veranstalter!«

»Simon, jetzt denk mal logisch. Wenn ich dreißig Fastengruppen im Jahr betreue – soll ich dann dreißigmal im Jahr fasten? Wäre wahrscheinlich sozial von mir. Andererseits wäre ich dann ziemlich schnell tot, nehme ich an.«

Wieder ein gutes Argument, dachte Simon und schwieg betreten. Die Gruppe auch, sie sahen ihn nur alle traurig an, sogar Hotte wirkte befremdet. Lediglich Sarah zischte ein »Vollidiot« in seine Richtung.

Simon

Hotte

KAPITEL 12

Sie können da nicht runterspringen!

Alles in allem war das hier einfach nicht die Welt des Simon Havlicek, und es war schon gar nicht seine Woche. Am ersten Tag hatte er nur Hunger und keinen Bock, am zweiten kam noch stechender Kopfschmerz dazu, was, das vermutete jedenfalls Joe, wahrscheinlich daran lag, dass Simons Darm noch nicht vollständig entleert war. Am dritten Tag hatte er dieses Problem dank des Einlaufschlauchs einigermaßen im Griff, dafür hatte er sich über Nacht einen Mordsschnupfen zugezogen. War doch irgendwie klar, dass ihn der Regenmarsch vom Sonntag aus den Latschen hauen würde.

Apropos Latschen: Seine Füße waren mehr Blasen als Haut. Jeder Schritt tat weh. Aber aussetzen und die anderen ohne ihn wandern lassen – nee, das brachte er nicht über sich. Vor allem nicht, seit er Joe gegenüber angedeutet hatte, vielleicht mal eine Pause einlegen zu wollen. Joe hatte ihn nur mit durchdringender Betroffenheit gemustert, mit den Schultern gezuckt und es Simon freigestellt, sich von der Gruppe zu entfernen. »Bei manchen ist das so, die machen halt lieber ihr eigenes Ding«, sagte er und klopfte Simon auf die Schulter.

Außerdem vermisste er Katja. Stärker als zuletzt in Hamburg. Musste daran liegen, dass es ihm so elend ging. Er stellte sich vor, wie sie ihm jetzt durch die Haare wuscheln und ihm einen Kuss auf die Stirn drücken würde, und er würde seine Nase an ihrem Hals reiben und … Und dann hatte er auf einmal wieder das Geschlechtsteil von Giancarlo Pantani vor Augen und unerquickliche Fantasien, was Katja damit anstellen würde.

Oder gerade jetzt anstellte.

Das war aber bei Weitem nicht das Schlimmste. Das Schlimmste war der Hunger. Mal stechender, mal beißender, ja ab und zu sogar schmerzhafter Hunger. Am dritten Abend geriet er sogar in Versuchung, sich einen Fleischklumpen aus Zottels Futterdose in den Mund zu schieben, als er dem Hund gerade etwas in den Napf schaufelte. Aber im letzten Moment dachte er an seine Würde, vielmehr die Reste davon, die es zu bewahren galt.

Doch der Hunger blieb. »Komm, Hotte, lass uns 'ne Pizza essen gehen«, flehte er seinen Mitbewohner einmal nach der Abendmeditation an (denn, auch das noch, nach dem Wandern wurde im Gemeinschaftsraum meditiert). »Oder irgendwas mit Fleisch und Knödeln, so was gibt es hier unten doch, oder? Oder chinesisch, ganz wie du willst.« Vor ein paar Tagen noch hatte Simon sich eher zum Essen ermahnen müssen, weil sein Körper gar nicht so heiß auf Nahrung war, mittlerweile jedoch schrie sein Körper ihn geradezu an, und jede Faser brüllte: Füttere mich!

Hotte hingegen lief los und holte Joe, aus Sorge um Simons labile Verfassung. Verräter. Simons Laune sank in den Keller.

Ohnehin war Hotte nicht mehr derselbe. Bei ihm schienen die Bewegung und die vollständige Entleerung des Darmtrakts bislang komplett verschüttete und weithin unerforschte Charaktereigenschaften an die Oberfläche gespült zu haben. Er war liebenswürdig, lustig, zuvorkommend und überhaupt bester Dinge. Man sagte dem Fasten ja nach, dass es nach einigen Tagen eine Welle der Euphorie freisetzen würde. Bei Hotte dauerte es nur wenige Stunden. Er hatte keine Blasen, keinen Hunger, nichts. Auf den Wanderungen hielt er passabel mit, und bei seiner öffentlich geteilten Begeisterung für die Fastensuppe bekam Simon Angst, er würde sie in Hamburg auf ihren Speiseplan schreiben. Sogar mit Sarah hatte er sich unterwegs schon unterhalten, für Simon ein absolutes Unding.

Er wusste, dass er sich für Hotte freuen sollte, schließlich quälte der sich zu Hause weit mehr als Simon. Aber stattdessen schimmerte immer wieder ein bisschen Wut durch Simons Selbstmitleid. Das hier war echt scheiße. Und Hotte war schuld an allem.

Immerhin besserte sich das Wetter. Die Sonne schien, sie überquerten die sanften und manchmal nicht so sanften Hügel des Allgäus inzwischen in kurzen Hosen. Eines änderte sich allerdings nicht: Zottel und Simon gingen immer ein paar Meter hinter der Truppe am Ende des Feldes. Für die meisten anderen war er das schwarze Schaf der Gruppe, ein Misanthrop wie aus dem Lehrbuch.

Einmal hatten sich Simon und Zottel besonders weit zurückfallen lassen und waren am Ortsausgang von Ofterschwang unbeobachtet in eine Tankstelle gelaufen. Simon raffte im Kassenbereich fünf Schokoriegel zusammen und legte sie hastig auf den Tresen. Der Typ an der Kasse, ein Junge von vielleicht achtzehn, neunzehn Jahren, sah ihn kaugummikauend an.

»Gehören Sie zu der Gruppe, die hier gerade vorbeigekommen ist?«

»Ja. Wieso?«

»Weil ich Ihnen in dem Fall das Zeug hier nicht verkaufen kann.«

»Wie bitte?

»Tut mir leid. Mir wär's ja egal, aber wenn der Joe davon irgendwas spitzkriegt, bin ich geliefert.«

Simon lachte gequält auf. »Was soll er denn bitte schön dagegen machen?«

»Er hat gesagt, wenn er mich dabei erwischt, wie ich einem seiner Leute was zum Essen verkaufe, dann reißt er mir die Halsschlagader raus.«

»*Das* hat er gesagt?«

Der Junge nickte. »Das hat er gesagt. Und der macht das auch, da habe ich keinen Zweifel.«

»Ich dachte, der Joe ist Buddhist?«

»Wahrscheinlich ein Ninja-Buddhist oder so.«

Das war zu bizarr. Er hatte Geld, war in einem freien Land – in einem Freistaat gar! – und verfügte über so was wie einen freien Willen, aber nichts davon nützte ihm in diesem Moment etwas.

»Komm, verkauf mir wenigstens das eine Snickers hier.«

»Nee, geht nicht.«

»Ich zahl trotzdem alle fünf, die anderen sind für dich.«

»Nix.« Der Junge dachte kurz nach. »Aber Sie könnten sie kaufen, ich reiße sie Ihnen auf und Sie dürfen kurz dran riechen. Das kann ich vertreten, glaube ich.«

Simon starrte sein Gegenüber böse an. Der Junge zuckte nur arglos mit den Schultern, um seine Machtlosigkeit zu untermalen.

Simon drehte sich um und ging zur Tür. Zottel folgte ihm.

»Warten Sie mal eben«, rief der Junge, »ich hab da noch was für Ihren Hund.«

Er stand auf, holte eine Bockwurst aus dem Frischwarentresen und hielt sie Zottel hin. Der verspeiste das Fleischprodukt in zwei Bissen.

»Braves Hundchen«, sagte der Junge, tätschelte Zottels Kopf und strahlte Simon an.

Warum, fragte sich Simon in diesem Moment, soll ich eigentlich nicht auch Leuten die Halsschlagader rausreißen dürfen?

Am letzten Tag war es so heiß, dass Joe nur eine kurze Wanderung ansetzte – und die an einem Seeschwimmbad mitten im Wald enden ließ. Ihre Badesachen hatten sie dabei, bis auf Hotte, der vorgab, keine zu besitzen. Alle durchschauten, dass er sich nicht die Blöße geben wollte, seine knapp drei Zentner unbekleidet der Öffentlichkeit vorzuführen. Aber keiner sagte etwas, nicht mal Sarah oder Joe. Hotte war eben nicht Simon, und er hatte sich in den letzten sechs Tagen zu einem geschätzten Mitglied der Fastenwander-Gemeinde entwickelt. Über so einen lästerte man nicht.

Simon war es in diesem Moment reichlich egal, wie gut er in Badehosen aussah. Er setzte sich auf einen Steg, kühlte seine wunden Füße im Bergsee, kraulte den neben ihm liegenden Zottel hinter den Ohren und schloss endlich so etwas wie Frieden mit dieser Veranstaltung. Es war Freitag, der letzte Tag Wandern, der letzte Tag ohne Essen, der letzte Tag mit Joe.

Und leider auch der letzte Tag mit Julia. Sie war die Einzige, die sich ab und zu ans Ende der Gruppe hatte zurückfallen lassen, um sich mit Simon zu unterhalten. Das tat ihm gut. Es war nicht gerade so, als ob er sich verknallt hätte, aber sie hatte Simon das Gefühl zurückgegeben, dass er gar nicht so uninteressant war, wie Katja vielleicht glaubte.

Sie setzte sich im Bikini neben ihn auf den Steg. »Geht's dir gut?«, fragte sie.

»Besser«, sagte Simon, »und selbst?«

»Oh, ausgezeichnet. Ich fühle mich spitzenmäßig gereinigt.«

»Das freut mich. Auch wenn ich keine Ahnung habe, wovon du da redest.«

Sie lachte. »Frag Sarah, die kann's dir besser erklären als ich. Du hast es immerhin überlebt. Das ist auch eine Leistung.«

»Ja ja, verspotte mich nur.«

»Nein, im Ernst. Mir ist es ziemlich leichtgefallen zu fasten. Dir nicht, und trotzdem hast du durchgehalten und nichts gegessen. Im Gegensatz zu dem da.«

Sie deutete zum Kiosk, wo Joe auf einer Bank saß und sich ein halbes Brathähnchen mit Pommes und Mayo einverleibte. Er winkte zu ihnen herüber.

»Und jetzt?«, fragte Simon. »Zurück nach Köln?«

»Nee. Mein Freund holt mich morgen früh ab, und dann fahren wir eine Woche durch Italien. Ich meine, wenn ich schon mal fast da bin …«

Na klar. Ein Freund. Was sonst? Simon war selber schuld, er hatte schließlich gefragt, und er überlebte auch diese Information. Wie gesagt, er war ja gar nicht verliebt. Trotzdem fand er Julias Freund unbesehen unsympathisch.

Er blickte ans andere Seeufer, wo anscheinend zwei bis drei Schulklassen aus der Gegend den Unterricht an den Badesee verlegt hatten. Im Wasser war in Ufernähe eine Art schwenkbarer Galgen aufgebaut, an dem ein langes Seil hing. Von einem etwa fünf Meter hohen Felsen am Ufer schwangen sich die Minderjährigen an diesem Seil auf den See hinaus und ließen sich unter dem Gejohle der anderen irgendwann ins Wasser fallen.

»Komm«, sagte er zu Julia, »das machen wir auch.«

Sie gingen hinüber, erklommen zusammen mit einem Dutzend Menschen, die halb so alt waren wie sie, die Treppe, die auf den Felsen führte, und reihten sich in die Schlange ein.

»Ladies first«, sagte Simon, als sie an der Reihe waren.

Elegant stieß Julia sich ab, ließ das Seil nach dem Durchschwung am höchsten Punkt los und landete mit einer amtlichen Arschbombe im Wasser. Nicht schlecht.

Er zog an der Schnur, die das Seil mit einem Holzpflock auf dem Felsen verband. Als er das Tau schließlich in der Hand hielt, sich auf den Sprung vorbereitete und dachte, dass das hier ganz schön hoch war, viel höher, als man von unten erahnen konnte, ertönte von irgendwo eine laute Stimme.

»STOPP!«

Simon sah sich verwirrt um. Endlich entdeckte er, ungefähr ein halbes Fußballfeld entfernt, einen Typen mit weißem Polohemd und dunkelblauen Shorts. Die international gültige Uniform für Bademeister. Er hatte ein Megafon in der Hand. Deshalb die Lautstärke.

»Was ist denn los?«, brüllte Simon in seine Richtung.

»SIE KÖNNEN DA NICHT RUNTERSPRINGEN!«,

brüllte das Megafon zurück. Die Schulklassen zwischen dem Bademeister und Simon waren inzwischen verstummt und hörten gebannt zu.

»Wieso nicht?«

»DIE ANLAGE HÄLT DAS NICHT AUS. DIE IST NUR BIS HUNDERT KILO ZUGELASSEN. KÖNNEN SIE NICHT LESEN?«

Ein blasser, schmaler Teenager tippte Simon auf die Schulter und zeigte neben den Holzpflock. Tatsächlich, da war ein Schild, und das untersagte Personen mit einem Gewicht von über einhundert Kilogramm aus Sicherheits- und Statikgründen die Benutzung des Schwungseils.

»Aber ich wieg doch bloß neunzig«, rief Simon in Richtung des Megafons. Aus den Augenwinkeln konnte er sowohl Joe mit seinen Pommes als auch Julia im Wasser sehen, die der Diskussion folgten. Auch Hotte und der Rest der Fastenwandertruppe lauschten interessiert.

»NIE IM LEBEN. SIE HABEN MINDESTENS HUNDERTZEHN AUF DEN RIPPEN, EHER HUNDERTZWANZIG! SCHAFFEN SIE SICH MAL EINE WAAGE AN!«

Simon stand fassungslos auf dem Felsen. Er hatte immer noch das Seil in der Hand.

»JETZT KOMMEN SIE DA ENDLICH RUNTER! SIE BLOCKIEREN JA DIE GANZE ANLAGE!«

Der Teenager von eben tippte ihm wieder auf die Schulter. Simon gab ihm das Seil. Der Junge nahm es und wollte sich gerade wortlos in die Tiefe stürzen, da brüllte Simon ihn in Megafonstärke an: »DU KÖNNTEST WENIGSTENS MAL DANKE SAGEN!«

Er kletterte die Treppe wieder hinunter, senkte den Blick auf den Boden, ging durch die tuschelnde Schülermenge, vorbei am fröhlich pfeifenden Bademeister und der schweigenden Fastengruppe mitsamt Hotte, zog sich sein T-Shirt an, klemmte sich die restlichen Klamotten unter den Arm und vergaß dabei seine Wanderstiefel, pfiff nach Zottel, marschierte barfuss in den nahen Wald hinein, immer weiter, immer tiefer, er scherte sich nicht um die kleinen und großen Steine, die in seine Fußsohlen schnitten, nicht um Äste auf dem Weg und die Blicke der Wanderer, die ihm erstaunt hinterhersahen. Simon Havlicek lief einfach los und drehte sich nicht mehr um.

Simon

Hotte

KAPITEL 13
Die Flugwaage

Simon durfte seine Kassette auf der Rückfahrt in Dauerrotation laufen lassen. Er durfte die Pausen bestimmen. Hotte wollte ihn sogar mehrfach zum Essen einladen. Aber Simon lehnte ab. Ihm war am Tag zuvor nachhaltig der Appetit vergangen.

Hotte hatte sich inzwischen tausendfach entschuldigt. Er hatte ein schlechtes Gewissen, weil es ihm so gut gegangen war und Simon nicht, und weil er kapiert hatte, dass er sich besser um Simon hätte kümmern müssen und nicht so viel um Joe. Simon kostete das aus. Er war längst nicht mehr sauer auf Hotte, spätestens ab Würzburg war seine Wut verraucht; Hotte, so viel war klar, konnte nichts dafür, dass Simon sich sieben Tage lang zum Deppen gemacht hatte. Aber erst auf der Höhe von Göttingen verzieh er Hotte großzügig. Damit war die Sache dann erledigt.

Zu Hause zogen sie sich als Erstes bis auf die Unterwäsche aus und stellten sich auf die Waage. Bei Simon zeigte sie 100,2 Kilo an. Das waren knapp dreieinhalb Kilo weniger als letzten Samstag. Er war ein wenig enttäuscht, man hörte ja so viel von Monsterabnahmen beim Fasten. Und er hatte es nicht mal unter hundert geschafft.

Dann war Hotte an der Reihe.

139,4.

Er hatte binnen sieben Tagen genau acht Kilo verloren.

Später bestellten sie sich Salate und Cola light bei einem Pizzaservice und sahen das DFB-Pokal-Endspiel. Werder Bremen besiegte den FC Bayern nach Elfmeterschießen. Diesmal hatte Simon kein Mitleid für die Bayern übrig.

Nicht nach dem, was er dort unten erlebt hatte.

Simon war froh, wieder in seinen Alltag gleiten zu können. Das war vielleicht die eine große Erkenntnis, die er in der vergangenen Woche gewonnen hatte: Er war einfach kein Mann für Ausnahmesituationen. Ihm ging es gut, wenn nichts Besonderes passierte.

Er freute sich auf Anke, der er am Montag in 212 einen bunt schillernden Reisebericht lieferte. Besonders für Julia interessierte sie sich. Hotte schaute auf einen Kräutertee vorbei und ließ sich von Anke für seine großartigen Erfolge auf dem Gebiet des Nichtessens und des Bezwingens alpiner Höhenzüge belobigen. Er nahm es erfreut hin. Aber irgendetwas stimmte nicht mit ihm, das spürten Simon und Anke.

»Alles okay mit dir, Hotte?«, fragte sie.

Er zuckte mit den Schultern. »Ach. Weiß nicht so genau. Das war alles so anders da unten. Ich meine, jetzt bin ich wieder hier. Mit ein paar Kilos weniger, und ich weiß jetzt, dass ich zur Not fünfhundert Meter bergauf laufen kann, aber sonst …«

»Sonst was?«

»Sonst ist alles genau wie vorher. Ich weiß nicht, ob die ganze Aktion in meinem Leben wirklich was geändert hat. Wahrscheinlich eher nicht.«

»Wieso denn?«

»Na ja. Ich habe zum Beispiel wieder genauso großen Hunger wie vorher, dabei habe ich bis vor zwei Tagen gar nichts gegessen«, sagte Hotte. »Ist doch scheiße.«

Er stellte seinen Becher in die Spüle, tippte sich zum Gruß in bestem John-Wayne-Stil an die Stirn und verließ die Teeküche.

Sie hatten schon vorher davon gehört, dass man beim Fasten nicht dauerhaft an Gewicht verlor, sondern nur vorübergehend. Aber glauben konnten sie es erst, als sie es selber sahen. Nach zwei Wochen hatte Simon erneut die Einhundertunddrei-Kilo-Marke gerissen und Hotte die Hälfte des verlorenen Gewichts wieder drauf. Ihre seelischen Verfassungen waren jedoch einander entgegengesetzt.

Hotte litt. Er hatte sich zwar angewöhnt, die zwei Kilometer zur Arbeit zu Fuß zu gehen, aber es war nicht dasselbe wie im Allgäu. Alles hier bereitete ihm Mühe, er fühlte sich schwerfällig und müde. Und er hatte Hunger, eigentlich immer. Oder war es nur so, dass seine Gedanken ständig ums Essen kreisten? Er hatte, erzählte er Simon, die handballgroßen Frikadellen seiner Mutter im Kopf, die Schnitzel aus dem Großbetrieb seiner Eltern, die Käsetorte der Konditorei Eggers in der Rothenbaumchaussee und die Liter-Packung Maple-Walnuts-Eiscreme von Mövenpick aus dem Edeka-Markt an der Hallerstraße. Sofern er ernsthaft daran geglaubt hatte, dass die Woche Fastenwandern seine Systeme heruntergefahren und neu programmiert hatten – tja, dann hatte er sich mal so richtig schön geschnitten.

Simon hingegen ging es eigentlich ganz gut, weil er

ziemlich schnell wieder in seinen alten Trott fand. Er machte alle Wege mit seinem Fahrrad, ging spätabends joggen und hatte keinerlei Probleme mit der selbst gebastelten FWB-Ernährung. Er vermisste die Chips nicht, die er nicht mehr aß, auch nicht die Schokolade oder gebackenes Hühnchen Sezuan Art vom Asia-Imbiss in der Schanze. Sein Körper dankte es ihm spürbar. Ebenso wie den Umstand, dass Simon einen anderen Bewegungsdrang an den Tag legte als in den letzten paar Jahren.

Selbst Zottel profitierte davon. Sybille hatte ihnen bei seinem Einzug eine Liste mit den Futtermengen überreicht, die der Hund zu seinen Essenszeiten zu sich nehmen sollte. Simon, der schon allein wegen Hottes Bockigkeit den Hauptpart bei Zottels Betreuung spielte, hatte die Rationen vom ersten Tag an halbiert und ein bisschen Gemüse unter das Dosenfleisch gemischt. Anfangs hatte Zottel ihn nach der Mahlzeit noch mit großen Augen angeblickt und auf diese Art einen Nachschlag eingefordert, aber Simon blieb streng. Und dass bei Hotte nichts zu holen war, das begriff sogar der dämlichste Köter. Also blieb ihm nichts anderes übrig, als sich an die kleineren Portionen zu gewöhnen. Für die WG-Bewohner hatte das einen angenehmen Nebeneffekt: Von Sybilles großzügigen Unterhaltszahlungen, die wöchentlich per Post in bar in der Feldbrunnenstraße landeten, blieb immer ein schöner Betrag übrig, den Hotte und Simon unter sich aufteilten.

Zottel jedenfalls sah man die Veränderungen im Leben der WG am meisten an. Er war binnen sechs Wochen beweglich geworden. Und sichtbar dünner. Noch nicht dünn, das nicht. Aber er war auf einem guten Weg, von einem

Fettsack von einer Töle zu so etwas wie einem normalen Hund zu werden.

Abends blieb Hotte jetzt manchmal zu Hause, statt mit den anderen beiden an die Alster zu gehen. Anfangs hatte Simon noch versucht, ihn zum Mitkommen zu überreden, aber diese Versuche stellte er bald ein.

Simon war das insgeheim ganz recht, denn so hatten Zottel und er einen weiteren Radius. Sie schafften joggend jetzt sogar schon die Strecke bis zur Bellevue auf der anderen Alsterseite, bald würden sie die Außenalster ganz umrunden können. Das war mit Hotte nicht denkbar.

Ich fühle mich ... freier ohne ihn, dachte Simon einmal.

Bei diesem Gedanken erschrak er.

An einem Samstagvormittag Anfang Juli trafen sich Hotte und Simon in Unterwäsche in der Küche. Hotte hatte die Waage mitgebracht. Simon begann, so war es inzwischen Tradition.

98,6 Kilo.

»Yes!«, rief er aus und reckte eine Faust Richtung Decke. Er hatte eine Schallmauer durchbrochen, und sein Freudengeheul war der Soundtrack dazu. Das fühlte sich gut an, richtig gut.

Er nickte Hotte zu. »Jetzt du.«

Hotte stieg auf die Waage.

145,2.

Er blieb einen Augenblick lang auf dem Gerät stehen und sah nach unten auf die Zahlenkombination. Dann stieg er langsam herunter. Er bückte sich, hob die Waage auf und warf sie ohne jede Vorwarnung wie ein Frisbee Richtung Küchenfenster.

Es war Sommer, das Fenster stand offen. Simon sah dem Gerät nach, wie es passgenau zwischen der nach innen geklappten Glasscheibe und der Mittelstrebe hindurch aus dem ersten Stock nach draußen segelte. Glück gehabt, dachte er erleichtert.

Eine Sekunde später klirrte es dann doch. Simon hastete zum Fenster. Wenige Meter entfernt parkte der gelbe Golf an der Straße. Hotte hatte es geschafft, genau die Windschutzscheibe des Wagens zu treffen. Ach was, treffen: Zertrümmert hatte er das Glas der Scheibe, sie war bis auf ein paar Scherben am Rand komplett zerbröselt. Simon zog sich eine Jeans über und warf noch einen Blick auf Hotte, der bewegungslos in der Küche stand. Um den kümmere ich mich gleich, dachte Simon und rannte hinunter.

Der Fond des Wagens war mit Glassplittern bedeckt, es glänzte und funkelte wie eine eisige Skipiste in der Morgensonne. Die Waage lag neben der Fahrertür. Er drückte auf die Stellfläche. Sofort leuchtete das Display und zeigte »0.0« an.

Unkaputtbar, dachte Simon. Schade, dass das nicht für die Windschutzscheibe galt. Und auch nicht für Hotte.

Hotte war gefährlich still.

»Alles okay?«, fragte ihn Simon vorsichtig.

»Na klar«, sagte Hotte ruhig. Simon kannte diesen Tonfall. Jack Nicholsen in *Shining*, kurz bevor er austickte. Er hatte keine Ahnung, was er machen sollte.

Er rief Anke an, die sich sofort auf den Weg in die Männer-WG machte. Hotte hatte sich inzwischen eine Hose angezogen und war dabei, Kaffee zu kochen, als Anke Big Ben schlagen ließ.

Sie kam in die Küche. »Ich habe gehört, wir haben hier eine Situation«, sagte sie und wandte sich Hotte zu.

»Wo hast du das denn her?«

»Von Simon.«

»Nee. Den Spruch mit der Situation, meine ich.«

»Ach so. *Pulp Fiction*, glaube ich. Oder war es *Stirb langsam 2*?«

»Vergiss es. Hast du Brötchen dabei?«

»Nee. Mein letzter Stand war, dass es hier morgens nur noch Müsli gibt.«

»Tja«, sagte Hotte, »dann brauchst du wohl ein Update. Ich bin ab heute nämlich raus aus der Abnehm-Sache.«

Simon setzte sich an den Tisch. Anke blieb im Türrahmen stehen.

»Ist der Kaffee schon fertig?«, fragte sie.

Hotte goss ihr einen Becher zu drei Vierteln voll und füllte den Rest mit Milch auf.

»Hast du das gesehen, Simon?«, sagte Anke. »Da kannst du dir echt was von abgucken.«

»Wovon?«

»Ich glaub, ich habe mir ein einziges Mal in Hottes Anwesenheit einen Kaffee reingekippt, und das ist ein paar Wochen her. Aber er hat sich genau gemerkt, wie ich ihn trinke. Danke, Hotte.« Sie pustete in den Becher. »So behandelt man Frauen.«

»Ach, hör doch auf mit dem Scheiß!«, donnerte Hotte.

Simon zuckte zusammen, aber Anke war unbeeindruckt. »Womit?«, fragte sie

»Von Frauen zu reden. Als ob ich je eine abkriegen würde. Ist doch Schwachsinn! Was hab ich mir nur dabei gedacht? Und wieso habe ich auf euch Klappspaten gehört?«

»Okay, verstehe«, sagte Anke. »War nicht so doll auf der Waage heute, oder?«

»Weißt du doch, Kalschewski. Sonst wärst du nicht hier.«

»Was stand denn drauf?«

»Oh, darauf stand, dass ich in zweieinhalb Monaten ganze zweieinhalb Kilo abgenommen habe.«

»Ja, aber das ist doch …«

»GAR NICHTS«, brüllte Hotte. »Bei dir würde das die Grenze zur Magersucht bedeuten, aber wenn du wie ich bei fast drei Zentnern anfängst, ist das weniger als ein Fliegenschiss!«

»Und jetzt willst du aufgeben?«

»Ja, allerdings will ich das. Das ist doch eine einzige Quälerei, und was kommt dabei rum? Nichts, absolut gar nichts.«

Anke wurde nachdenklich. Sie sah von Hotte zu Simon, der hilflos am Küchentisch saß. Zottel hatte kurz die Nase in die Küche gesteckt, dicke Luft gewittert und sich sofort wieder vom Acker gemacht.

»Ich kann dich gut verstehen«, sagte Anke schließlich, »aber ich finde nicht, dass das Ganze sinnlos war.«

»Dann guck mich mal genau an«, sagte Hotte.

»Tu ich doch. Und du warst immer noch nicht beim Friseur und hast immer noch diesen beknackten Bart, aber davon will ich gar nicht reden.«

»Wovon dann?«

»Davon, dass du eine ganz andere Haltung bekommen hast. Du schlurfst nicht mehr so nerdig durch die Gegend. Du bist offener geworden. Freundlicher. Zeigst uns, dass du ein interessanter Typ bist. Und du hast angefangen, deine Füße zu benutzen. Das ist doch was.« Sie trank einen Schluck Kaffee. »Und noch was: Du hast neue Freunde.«

Hotte starrte sie missmutig an. »Ach. Hab ich die?«

»Na, und ob. Ich persönlich wäre jedenfalls geehrt, wenn ich mich deine Freundin nennen dürfte.«

Simon hob den Finger. »Und ich bin dein Freund. Definitiv. Der letzte Mann, mit dem ich so viel Zeit verbracht habe, war … Augenblick mal. Ich habe noch nie so viel Zeit mit einem Mann verbracht. Höchstens mal im Trainingslager mit meinen Fußballjungs.«

Hotte ließ den Blick zwischen ihnen hin- und herwandern. Es ließ sich nicht so recht ablesen, was sich hinter seiner Stirn abspielte. Er schenkte sich noch Kaffee nach und sah Anke fragend an.

»Gern, danke.«

Sie nahm ihren Zweitkaffee entgegen. Hotte setzte sich an den Tisch.

»Hotte, das ist alles noch neu für dich«, sagte Simon. »Zweieinhalb Monate, das ist gar nichts. Gib der Sache eine Chance. Gib *dir* eine Chance.«

Hotte schien einen Moment die Luft anzuhalten, dann seufzte er. »Ich weiß nur nicht mehr, was ich noch machen soll«, sagte er. Er zog die Schublade des Küchentischs auf, kramte eine Medikamentenpackung hervor und warf sie auf die Tischplatte. »Die hier habe ich auch schon probiert. Heimlich natürlich.«

Simon nahm die Packung in die Hand.

»Appetitzügler?«

»Genau.«

»Und die haben nicht gewirkt?«

»O doch. Die haben mir erst den Magen aufgeblasen

und mir dann den übelsten Durchfall meines Lebens beschert. Ach ja, das Herzrasen und die kalten Schweißausbrüche will ich natürlich nicht unterschlagen. Aber den Hunger haben sie nicht vertrieben. Und da war noch was.« Er stand auf, verließ die Küche und kam wenige Augenblicke später wieder zurück. »Die hier habe ich mir auch gekauft.«

Er zeigte ihnen eine CD. »Schlank durch Hypnose mit Dipl.-Psych. Bernhard Kowalski«.

»Wow«, sagte Simon, »kann ich mir die mal leihen?«

Jetzt musste Hotte lachen. »Klar. Schenk ich dir. Ist enorm hilfreich, wenn du mal wieder gut schlafen willst.« Er erzählte ihnen, dass man sich mittels dieser CD selber umpolen können sollte. Sozusagen im Zustand tiefer Meditation unliebsame Angewohnheiten ablegen und neue, erwünschte Verhaltensmuster erwerben. »Mit anderen Worten: meine guten alten Synapsen austricksen und neu programmieren.«

»Und?«, fragte Anke.

»Ich bin ständig eingepennt, weil der Typ so monoton spricht. Oder soll das so sein? Bei mir hat es jedenfalls nicht gewirkt. Ich fahre immer noch auf Fleisch ab, habe total Bock auf Bier und würde euch beide hier ohne zu zögern umbringen, wenn mir jemand dafür 'ne Tüte Chips verspricht.«

Sie mussten leicht befremdet ausgesehen haben.

»Das war ein Scherz.«

Hotte lehnte sich vor und legte seine Arme auf dem Tisch ab.

»Im Ernst, Leute: Was soll ich denn machen?«

Sie saßen schweigend um den Tisch herum und überlegten. In Simons Kopf spukte ein Gedanke herum, wie eigentlich schon von Anfang an, seit diese ganze Abnehmaktion begonnen hatte. Dieser Gedanke verdichtete sich jetzt und wurde immer konkreter. Aber er traute sich kaum, ihn zu denken, geschweige denn laut auszusprechen. Es war quasi die Ultima Ratio, der letzte Pfeil im Köcher, das Ende von allem.

Aber vielleicht war Hotte jetzt so weit, dass er das Äußerste denken, das Äußerste tun musste.

Simon räusperte sich. »Ich …«

»Ja?«, fragte Hotte und sah Simon erwartungsvoll an.

»Ich hätte da schon noch eine Idee.«

»Immer raus damit.«

»Das sagst du so einfach. Mein Vorschlag ist brutal.«

»Brutaler als das Leben?«

Guter Punkt, dachte Simon.

»Jetzt sag schon, Mann«, drängte Anke.

»Okay, gut. Also, Hotte, du, ich meine wir, also du und ich, wir müssen zu den … zu den Weight Watchers.«

Hotte und Anke stöhnten zeitgleich gequält auf.

»Ja, ich weiß, das ist hart. Eigentlich mehr als das. Und wenn es hier nur um mich ginge, hätte ich diesen Vorschlag nie gemacht. Ich bekomm das schon allein hin. Aber …« Er machte eine kurze Pause, dann gab er sich einen Ruck. »Sieh mal, Hotte: Du brauchst Hilfe. Hilfe von außen. Hilfe, die ich dir nicht geben kann. Und unsere Freundin Anke schon gar nicht.«

»Ja, aber …«

»Hast du das Geld für einen Personal Trainer?«

»Nein, aber …«

»Hast du die Zeit für mehrere Wochen in einer Abspeck-Klinik?«

»Nein, aber ...«

»Glaubst du, du kannst so lange fastenwandern, bis du endlich unter hundert wiegst?«

»Nein, aber ...«

»Aber was?«

»Ich hab Angst vor denen. Die machen da doch Gehirnwäsche mit einem, hab ich mal irgendwo gelesen.«

»Schwachsinn«, sagte Simon. »Glaub mir, ich will da auch nicht hin. Aber die helfen. Sagt auch meine Mutter.«

Hotte atmete einmal tief durch. »Boah, ist das peinlich«, sagte er.

»Stimmt«, sagte Anke. »Es gibt nur wenig, was so unsexy sein soll wie ein Weight-Watchers-Treffen.«

Die Männer musterten sie fragend.

»Ja, was glaubt ihr denn, wie viele Frauen allein bei uns im Kino dorthin gehen? Da kommt ihr mit den Fingern an beiden Händen nicht aus.«

»Echt?«, sagte Simon. »Wer denn so? Bestimmt Verena vom Eventmanagement, oder?«

»Sorry, Jungs, aber das ist großes Frauengeheimnis. Da ist Diskretion das oberste Gebot.«

Hotte pochte mit dem Zeigefinger auf den Tisch.

»Das sehe ich allerdings auch so. Keiner darf erfahren, dass wir das machen, verstanden? Und zwar *nie*. Und am allerwenigsten meine Schwester.«

»Wieso eigentlich?«, fragte Simon. »Die sollten wir überhaupt mitnehmen, so wie die gebaut ist.«

»Ich denke, die ist schwanger?«, sagte Anke.

»Ja und?«

»Schon mal von werdenden Müttern gehört, die während der Schwangerschaft abnehmen?«

Hotte unterbrach die Diskussion. »Schluss damit. Ich will nicht, dass Bille das mitbekommt. Die hackt sowieso auf allem rum, was ich tue oder lasse. Und wie gesagt: Das ist 'ne geheime Kommandosache.«

»Aye, aye, Sir«, sagte Anke und salutierte.

Simon grinste sie an.

Hotte stand auf und schlurfte hinüber zum offenen Küchenfenster. Er streckte sich, atmete dreimal tief ein und aus, dann drehte er sich zu den anderen um.

»Kennt eigentlich einer von euch 'nen guten Autoglaser?«

Simon

Hotte

KAPITEL 14
Hallo, die Damen!

Für den 16. Juli 1999 notierte Simon folgende Ereignisse in sein Notizbuch:

- John F. Kennedy, Jr. und seine Frau vor Martha's Vineyard mit dem Flugzeug abgestürzt (beide tot)
- Hoechst fusioniert mit Rhône-Poulenc zu Aventis
- erstes (und letztes?) Weight-Watchers-Treffen in Eppendorf
- Janko getroffen

Es hatte dann doch noch fast zwei Wochen gedauert, bis sie bei einem Weight-Watchers-Treffen aufschlugen.

Eigentlich hatten sie sich eine Gruppe im Karoviertel ausgeguckt, die sich immer donnerstagabends traf, aber als sie fünf Tage nach dem Harvestehuder Waagenwurf so unauffällig wie möglich auf die Glastür der Kirchengemeinde zusteuerten, in deren Gemeindesaal das Gesumse steigen sollte, rief jemand hinter ihnen: »Huhu, Simon!«

Er drehte sich um. Er hatte richtig getippt: Verena, die im Kino drei Büros links von ihm sämtliche Premierenpartys organisierte, war offensichtlich tatsächlich bei den Weight Watchers. Er tippte Hotte an und schüttelte den Kopf. Was heißen sollte: Das können wir vergessen, Kumpel.

Verena war inzwischen bei ihnen angekommen. »Was machst du denn hier?«, fragte sie Simon. Dann sah sie Hotte an und legte die Stirn in Falten. »Und du kommst mir auch irgendwie bekannt vor.«

»Das ist Holger aus der IT. Wir machen … gar nichts. Wir wollten hier nur irgendwo ein Bier trinken gehen. Und du so?«

»Ich?« Sie wurde doch tatsächlich rot. »Ach, ich hab da so 'n Treffen im Gemeindezentrum. Festausschuss vom Kegelclub.«

Sie zeigte auf die Glastür.

Ja, und sie müsse dann auch mal so langsam, einen schönen Abend den Herren, man sieht sich …

Und weg war sie. Simon fand ja, dass Kegelclub irgendwie noch peinlicher klang als Weight Watchers, aber viel entscheidender war: Diese Adresse konnten sie sich wohl abschminken, wenn sie nicht wollten, dass jeder im Kino wusste, was die beiden Firmen-Dicken so in ihrer Freizeit trieben.

Sie gingen stattdessen nach Hause und schauten sich im Internet noch einmal die Liste mit den angebotenen Treffen an. Einige kamen nicht infrage, weil sie am Vormittag stattfanden, und die Abendtermine lagen teilweise in Gegenden, über die Hotte weniger wusste als über Mittelsibirien, Simon dagegen kannte die Stadt von vielen hundert Auswärtsspielen auswendig. Irgendwie interessant, dass der Abnehmbedarf in Jenfeld, Schnelsen und Farmsen-Berne offensichtlich größer war als in ihrer feinen Gegend in Innenstadtnähe.

Ein paar Angebote gab es dann aber doch im engeren Umkreis. Sie hatten sich ein Treffen in Eppendorf ausgeguckt, das immer freitags in den Räumen einer Fahrschule stattfand. Diesmal wollten sie die Gefahr der Entdeckung allerdings minimieren. Also setzten sie sich am Freitag gegen achtzehn Uhr in ein italienisches Restaurant gegenüber der Fahrschule, aßen Salat (Simon) und Pizza (Hotte) und observierten, wer oder was auf der anderen Straßenseite ein- und ausging. Als sie sich einigermaßen sicher waren, dass niemand dabei war, der sie kannte, zahlten sie, fuhren im gelben Golf mit der nagelneuen Windschutzscheibe zurück in die Feldbrunnenstraße und beschlossen, am kommenden Freitag die Tür der Fahrschule nicht nur zu beobachten, sondern einfach mal hindurchzugehen.

Und das taten sie dann auch.

Das Erste, was sie sahen, war das Ende einer Schlange. Ein gutes Dutzend Frauen stand vor ihnen, und in Ermangelung einer besseren Idee stellten sie sich einfach hinten an.

Die Frau vor ihnen – Simon schätzte sie auf Ende vierzig, also in etwa die Preisklasse seiner Mutter, auch in Sachen Rundlichkeit – drehte sich zu ihnen um. Als sie bemerkte, was da stand, strahlte sie übers ganze Gesicht und rief: »Na, das ist aber mal schön!«

Simon und Hotte tauschten einen Blick, in dem auf beiden Seiten eine gute Portion Verwirrung lag.

»'tschuldigung«, sagte Simon schließlich, »aber was ist schön?«

»Na, dass hier mal Männer auftauchen. Passiert nur alle Jubeljahre, höchstens. Und dann auch noch so junge …«

Simon erwiderte ihr Lächeln etwas gezwungen und schluckte. Okay, ja, es war seine Idee gewesen. Trotzdem hätte er jetzt einiges dafür gegeben, einfach abhauen zu können. Aber das ging nicht. Hotte brauchte das hier. Oder doch nicht?

»Alles klar bei dir?«, zischte er Hotte zu.

»Nee. Aber für die Frage ist es jetzt eh zu spät.«

Endlich konnten sie erkennen, wohin die Schlange führte. Sie endete an einem Tisch, an dem eine Frau saß. Der Tisch war vollgepackt mit Weight-Watchers-Produkten. Es gab Schokoriegel, Bonbons, Sauce hollandaise in Tüten, Suppen und sogar kleine Beutel mit Chips.

Die Frauen in der Schlange reichten der Frau hinter dem Tisch ein Stück Papier, das wie das Bonusheft beim Zahnarzt aussah. Die meisten zogen dann die Schuhe aus, und alle stiegen sie auf eine Waage, die vor dem Tisch stand. Die auf der anderen Seite schrieb eine Zahl in das Heft und in ihre eigenen Unterlagen auf dem Tisch. Die Frauen in der Schlange zahlten zehn Mark und verschwanden dann ins Hinterzimmer der Fahrschule.

Als Hotte und Simon vor der Dame standen, schwiegen sie für einen viel zu langen Moment. Keiner von beiden wusste etwas zu sagen. Gut, dass es die Frau auf der anderen Seite des Tisches gab.

»Guten Abend«, sagte sie lächelnd, »kann ich irgendwie helfen?«

Simon stieß Hotte mit dem Ellenbogen in die Seite.

»Ja«, sagte der, »oder nein. Wir haben so was noch nie gemacht, wir wollten uns das mal angucken hier.«

»Sehr gern. Gehen Sie einfach durch, und wenn Sie ernsthaft mitmachen wollen, sprechen Sie nach der Sitzung mit der Gruppenleiterin.«

Sie nickte mit dem Kopf in Richtung des hinteren Raumes.

Als Hotte und Simon eintraten, stockte beiden der Atem. Offenbar hatte sich schon herumgesprochen, dass es heute Abend männliche Gaststars geben würde, denn alle Augen starrten sie an – und alle Münder schwiegen. Und es waren nicht wenige Augen und Münder: Etwa dreißig Plätze gab es in dem Raum, und sie waren fast alle belegt. Sie hätten sich nur zu gern geräuschlos irgendwo an die Rückwand des Raumes gesetzt, aber freie Stühle gab es nur in Reihe eins. Da mussten sie jetzt wohl durch. Und durch diesen Raum sowieso. Okay, dachte Simon, so also fühlt man sich als Affe im Zoo.

Er versuchte, die Schwingungen einzufangen, die ihnen entgegenwaberten. Feindselig waren sie eigentlich nicht. Eher verblüfft. Einige Frauen kicherten, andere fingen an, mit ihren Nachbarinnen zu tuscheln. Er kam sich vor wie Kolumbus, als er auf San Salvador zum ersten Mal Eingeborenen begegnete. Nur dass die später im Namen des Herrn und der spanischen Krone abgeschlachtet worden waren. In ihrem Fall hatte Simon das nicht rational begründbare Gefühl, dass er und Hotte hier die gefährdete Spezies waren.

Simon nickte der einen oder anderen im Vorbeigehen freundlich zu. Dann endlich waren sie vorn angelangt und setzten sich. Er sah Hotte an. Der war inzwischen knallrot. Wenn sich ein Mensch auf dem großen, weiten Erdball nicht für diese Art von Catwalk eignete, dachte Simon, dann war es sein Mitbewohner.

»Hallo, die Damen!«, rief kurz darauf jemand vom Eingang her in den Raum. Simon und Hotte drehten ihre Köpfe in die Richtung, aus der die laute und fröhliche Stimme kam. Die Frau, die jetzt strahlend und mit großen Schritten die

Versammlungsstätte durchmaß, hatte offenbar keine Probleme mit der Bühne, die sie gerade betrat. Simon fand sie auf den ersten Blick ziemlich beeindruckend. Sie war deutlich größer als er selbst, vermutlich knapp eins neunzig, dachte er. Sie hatte kurze dunkle Haare und ein Gesicht, das irgendwie freundlich und gleichzeitig kantig und hart wirkte.

Sie trug ein grünes Sommerkleid, das wenig kaschierte. Ganz schön mutig, fand Simon, denn dünn war sie nicht gerade. Okay, niemand hier war das, aber er hatte sich Weight-Watchers-Gruppenleiterinnen doch etwas graziler vorgestellt, so insgesamt. Vielleicht damit sie ihre Kernkompetenz auch nach außen zeigen konnten. So wie bei Fielmann, wo jeder Verkäufer Brille trug, auch mit gesunden Augen.

Sie war vorn angekommen. Ihr Blick scannte die Reihen von hinten nach vorne ab, sie lächelte immer noch. Als sie Simon und Hotte entdeckte, wich das Lächeln Erstaunen. Sie zog die Augenbrauen hoch und sagte: »Na, das ist ja mal 'ne schöne Überraschung. Hallo, die Damen!«

Der Saal lachte.

»Nee, im Ernst: Herzlich willkommen, was immer Sie auch hierher verschlagen hat. Und entschuldigen Sie, dass ich meine Freude darüber so offen zeige – ich bin Männer hier einfach nicht mehr gewöhnt.« Sie wandte sich an die anderen Anwesenden. »Kann sich jemand von Ihnen an einen Kerl bei einer Gruppensitzung erinnern?«

»Ich!«, rief eine Frau weiter hinten. »Das war im Sommer vor acht Jahren.«

»Oha. Spitzengedächtnis«, lobte die mutmaßliche Gruppenleiterin.

»Das ist leicht zu merken, das war nämlich mein Mann«, sagte die Dame von hinten. »Den habe ich mal mitgeschleppt. Und kurz danach die Scheidung eingereicht.«

Der Saal lachte erneut.

Die Gruppenleiterin sah Simon und Hotte an.

»Keine Angst, es gibt keinen statistischen Beleg dafür, dass die Weight Watchers schuld an Trennungen sind. Jedenfalls nicht mehr als Schwiegermütter oder die Fußball-Bundesliga.« Sie schlug sich mit der Hand vor die Stirn. »Sorry, Sie beide haben mich so sehr verwirrt, dass ich ganz meine Manieren vergessen habe. Mein Name ist Susanne Jacobs, ich bin die Gruppenleiterin hier. Und Sie beide wollen sich das Ganze mal anschauen?«

Simon nickte tapfer. Hotte starrte die Hausherrin nur wortlos an. Man konnte wirklich nicht behaupten, dass sie eine besonders souveräne Figur machten.

»Schön, dann unterhalten wir uns später. Wenn Sie nicht zwischendurch abhauen. Andererseits, das trauen Sie sich nicht, glaube ich. Sie haben sich mit Ihrer Sitzposition nämlich einen schwierigen Fluchtweg geschaffen.«

Ich bin nur wegen Hotte hier, dachte Simon, ich brauche das alles nicht. Ich kann jederzeit weg, und keiner kann was dagegen tun. Er hatte einen trockenen Hals, und er spürte, wie die Scham seine Wangen glühen ließ.

Es war eine Sache, überhaupt zu den Weight Watchers zu gehen, und zwar definitiv keine, die man an die große Glocke hängte. Aber es war noch eine ganz andere Sache, sich vor mehr als zwei Dutzend dicken Frauen zum Vollhorst zu machen. Wenn man dick ist, dachte Simon, ist das Leben eine nicht enden wollende Kette von Demütigungen.

Er sah zu Hotte hinüber, um zu prüfen, wie der diesen ganzen Schlamassel hier verdaute. Sein Mitbewohner sah irgendwie seltsam aus. Er schien den Blick nicht von dieser Susanne Jacobs abwenden zu können, fast als wäre er hypnotisiert worden, und diesmal ganz ohne die entsprechende CD. Simon knuffte ihn in die Seite.

Keine Reaktion.

Na, dann nicht, dachte er und verlagerte seine Aufmerksamkeit zur Gruppenleiterin, die gerade Geschenke verteilte.

»Es gab wieder einige Abnahmen über einem Kilo heute«, sagte sie und zählte mit dem Finger Namen auf einer Liste ab. »Genau … acht. Es geht los mit Frau Arslan: eins Komma eins Kilo.«

Applaus brandete auf, und eine jüngere, um die Hüften ziemlich ausladende Frau mit einem Kopftuch kam nach vorn. Die Jacobs gab ihr erst die Hand und dann etwas von der Größe eines Fünf-Mark-Stücks, das wie ein Kleeblatt aus Metall aussah. Frau Arslan freute sich schüchtern und ging schnell zurück auf ihren Platz.

»Frau Mertens!«, rief Jacobs nun. »Eins Komma vier!«

Jetzt war die Frau auf dem Weg nach vorn, die ihren Mann abserviert hatte. »Endlich mal wieder«, murmelte sie, als sie an Simon und Hotte vorbeikam. Erst jetzt fiel Simon etwas anderes an ihrer Geschichte auf: acht Jahre? Wenn die da seit acht Jahren zu den Weight Watchers geht, überlegte er, und vielleicht sind es ja auch schon zehn oder zwölf oder zwanzig Jahre, wieso ist diese Frau dann immer noch so entsetzlich dick? Und wieso hat sie nicht längst alle Hoffnung verloren, dass die Sache irgendwann mal besser wird?

Simon verfolgte den Aufmarsch der Gewinnerinnen, die das nur waren, weil sie etwas verloren hatten, mit einer Mischung aus Faszination und Befremden. Und mit einem Gefühl, das er in diesem Moment gar nicht benennen konnte. Erst später wurde ihm klar, dass es Rührung war. Er konnte die Verzweiflung bei einigen der Frauen spüren, für die dieser Gewichtskampf ein zentraler Lebensinhalt war – er sah es ihnen einfach an. Er sah auch, dass es ein paar gab, die niemals dünn werden würden, der Körper hatte schließlich seine Grenzen, aber keine von denen, die sich hier strahlend ihren Preis abholten, wirkte so, als würde sie auch nur eine Sekunde an dieser Sache zweifeln.

Und das war es wohl, was Simon so anrührte. Die Hoffnung stirbt bekanntlich zuletzt, und hier im Raum war sie sehr lebendig.

Als Letztes rief Frau Jacobs eine gewisse Frau Jansen auf. 1,8 Kilo hatte sie in der vergangenen Woche verloren, das machte sie zur Tagessiegerin. Simon klatschte automatisch mit den anderen mit. Bis diese Frau Jansen vorn stand und er sie genauer betrachten konnte. Seine Hände stoppten mitten in der Beifallsbekundung.

Silke Jansen, nicht zu fassen.

Sie war in der Mittelstufe in seine Parallelklasse gegangen, und bei der gemeinsamen Reise aller achten Klassen an den Chiemsee hatte er zwei Tage lang mit ihr rumgeknutscht. Die anderen Jungs hatten ihn damit aufgezogen und ihn gefragt, was er denn mit dieser fetten Kuh wolle. Es war ihm selbst zwar auch nicht entgangen, dass Silke etwas mollig war, aber er fand sie hübsch, und sie fühlte sich toll an. Er war vierzehn, verdammt noch mal, und sie das erste Mädchen, dem er seine Zunge in den Mund stecken durfte. Und das war schön.

Aber der Spott der anderen sorgte dafür, dass er die Sache beendete. Allerdings ließ er das durch ein Mädchen in seiner Klasse ausrichten, er selbst traute sich nicht, es Silke zu sagen.

Danach hatten sie nie wieder ein Wort gewechselt.

Und diese Silke nahm jetzt, siebzehn Jahre später, ihr Kleeblatt entgegen, drehte sich um und sagte laut und mit fester Stimme: »Hallo, Simon!«

Dann lächelte sie und ging zu ihrem Platz zurück. Hotte erwachte prompt aus seiner Starre und musterte Simon erstaunt.

»Haben wir die letzte Woche nicht gesehen?«, flüsterte er Simon zu.

»Nicht erkannt, fürchte ich«, sagte Simon.

Passiert doch immer mal was Neues, dachte er. Er schaute sich nach Silke um und stellte fest, dass sie noch ein bisschen molliger geworden war in den vergangenen eineinhalb Jahrzehnten. Und dass er sie immer noch hübsch fand.

»Es ist nie zu spät«, flüsterte die Dame, die hinter ihm saß, und tätschelte ihm mütterlich die Schulter.

Hoffentlich ist hier bald Schluss, dachte er.

Der Rest der Veranstaltung erinnerte Simon an die Homeshopping-Sender, bei denen er früher nachts öfter mal hängen geblieben war. Dort spielten sich Moderator und ein offensichtlich gehirngewaschenes Publikum Bälle zu – und hier war es nicht viel anders.

Das Thema des Abends war abnehmgerechtes Grillen,

schließlich war es ja Sommer und die Zeit dafür. Susanne Jacobs machte ein Frage-Antwort-Spiel aus dieser Veranstaltung, das so doof war, das Simon sich zur Abwechslung mal nicht für sich selbst, sondern fremdschämte.

»Was können wir beim Kartoffelsalat weglassen, damit er in unseren Ernährungsplan passt?«, fragte die Gruppenleiterin in die Runde.

Mehrere Hände zuckten aufgeregt Richtung Decke.

»Frau Galweit?«

»Die Mayonnaise«, sagte die Angesprochene und strahlte.

»Sehr gut! Was nehmen wir stattdessen, Frau …«

Die Jacobs überblickte das Feld gehobener Hände.

»… Petersen!«

»Also, ich mache ihn gern mit Essig und Öl an.«

»Tja, im Prinzip gar nicht schlecht, gutes Öl ist gutes Fett, und Fett brauchen wir auch – aber doch nicht so viel davon. Andere Ideen? Frau Schmidt-Rolfes?«

»Ich würde Brühe verwenden. Die ist fettarm und schmackhaft. Ich kaufe immer die von Maggi, die hat ein feines Aroma, das die anderen Zutaten nicht erschlägt.«

Kurz, sehr kurz durchzuckte Simon der Gedanke, die handelnden Personen hätten die Fragen und Antworten unter der Woche auswendig gelernt. Aber das war dann doch zu absurd.

Oder?

»Kommen wir nun zum Grillgut. Welche Würstchen sollten wir nehmen – Schwein oder Geflügel? Simon!«

Sie zeigte mit dem Finger auf ihn. Er zuckte erschrocken zusammen.

»Was?«

Sie lachte kurz auf. »Keine Angst, ich wollte nur testen,

ob Sie noch wach sind. Frau Gruber, Sie hatten sich gemeldet!«

Frau Gruber empfahl Geflügelwurst von Meica, was Frau Jacobs unterstützte – »wobei: die von Wiesenhof ist natürlich auch geeignet« –, aber Hauptsache Geflügel, die hätte pro Stück zehn Gramm weniger Fett und fast hundert Kalorien weniger. »Das heißt: Sie sparen drei Punkte pro Wurst«, sagte Jacobs, »und das ist nicht wenig, wenn man keine dreißig am Tag zur Verfügung hat.«

Ach ja. Hier wurden ja Punkte gezählt und keine Kalorien. Hatte er zwischenzeitlich glatt vergessen. Seltsam, das alles, dachte Simon.

Am Ende wünschte die Gruppenleiterin den Damen eine »schlanke Woche«. Im allgemeinen Aufbruch stupste Simon Hotte wieder an. Diesmal reagierte er.

»Und?«, fragte er ihn.

»Was, und?«

»Okay, ich weiß, das war meine Idee. Aber ich weiß nicht, ob ich das hier durchhalte. Sollen wir einfach gehen?«

Hotte schüttelte den Kopf. »Ich geh hier nicht weg.«

»Wirklich? Die ganzen Tipps eben, das war doch Kindergartenniveau. Das weiß sogar Zottel alles. Und dafür den Stress und das Geld und lauter Frauen, die uns angucken wie dicke Paviane bei Hagenbeck?«

»Gib der Sache 'ne Chance«, flüsterte Hotte und grinste. »Gib *dir* 'ne Chance. Hat neulich auch mal einer zu mir gesagt.«

»Lustig, Behrens. Sehr lustig.«

Der Raum hatte sich geleert. Die Gruppenleiterin

schnappte sich einen der nun mutterlosen Stühle und stellte ihn vor Simon und Hotte.

»Das war hart für Sie, oder?«, sagte sie und sah die beiden mit einem mitfühlenden Lächeln an.

Simon atmete tief ein und wieder aus. »Na ja«, sagte er, »zumindest etwas gewöhnungsbedürftig.«

»Wissen Sie, ich mache das schon eine ganze Zeit lang. Und im Ernst: Ich kann jeden Mann verstehen, der hier schreiend rausläuft. Diese Sitzungen sind total auf Frauen abgestimmt und, unter uns, auch für mich nicht immer leicht auszuhalten.«

»Wow«, sagte Simon, »Sie können Ihr Produkt echt richtig gut verkaufen.«

Sie lachte. »Warten Sie das große Aber ab.«

»Wann kommt das?«

»Jetzt: *Aber* wenn man sich auf das Programm einlässt, ist es gut. Es ist ausgewogen. Es ist einfach, wenn man mal das System mit den Punkten draufhat. Und vor allem haben Sie hier den nötigen Druck.«

»Druck? Was für Druck?«

»Wenn Sie jede Woche herkommen und sich vorn auf die Waage stellen, dann wollen Sie definitiv nicht, dass da ein Plus vor der Zahl steht.«

»Okay, verstehe. Aber mal im Ernst jetzt: Die Sitzungen …«

»Ich weiß. Trotzdem: Man nimmt erstens immer was mit, was man gebrauchen kann. Und zweitens: Ihr Jungs hättet hier Starpotenzial.«

»Sie scherzen«, sagte Simon. »Ich hab mich selten so sehr im falschen Film gefühlt wie heute Abend.«

»Das liegt nur an Ihnen. Die Damen freuen sich doch

für zehn Punkte Speck von der Hüfte, wenn sich mal Männer hierher verlaufen. Wirklich, die würden Sie lieben. Zumindest bis …«

»Bis wann?«

»Bis ich nach Ihrer ersten Woche die Abnehmerfolge vorlese. Dann wird der geballte Volkszorn über Sie hereinbrechen.«

»Verstehe ich nicht«, sagte Simon und warf Hotte einen kurzen Blick zu, der während der ganzen Unterhaltung noch kein einziges Wort gesagt hatte.

»Das liegt an der Ungerechtigkeit der Natur. Männer nehmen viel schneller ab als Frauen, und es fällt ihnen in der Regel auch noch leichter.«

»Hm«, sagte Simon. Dass es auf die Art, mit der er und Hotte es gerade probierten, richtig schnell ging, konnte er nun nicht gerade bestätigen. Aber es stimmte schon: Bis auf die desaströse Fastenwanderwoche hatte er noch nicht so recht zu leiden gehabt. Erst hatte ihm der Liebeskummer den Magen verkleinert und dann die Bewegung, mit und ohne Zottel. »Okay«, sagte Simon. »Um ehrlich zu sein: Ich bin gar nicht sicher, ob ich das nötig habe.«

»Ach. Wirklich?«

»Ja. Nein. Jetzt bringen Sie mich ganz durcheinander!«

»Oh, das tut mir leid«, sagte Susanne Jacobs und grinste.

»Was ich sagen wollte: Ich bin auch ohne die Weight Watchers um die zehn Kilo losgeworden in letzter Zeit. Aber mein stummer Freund hier« – er zeigte mit dem linken Daumen auf Hotte – »kommt nicht so richtig in die Puschen.«

»Soso.«

Jacobs musterte Hotte lange. Schweißperlen bildeten sich an dessen Oberlippe. Schließlich räusperte er sich.

»Ich bin gar nicht stumm.«

Sie lächelte ihn an.

»Das sind schon mal gute Nachrichten.« Jetzt blickte sie von Hotte zu Simon und wieder zurück. »Und? Sind Sie dabei? Oder nicht? Oder wollen Sie es sich bis nächste Woche noch mal überlegen?«

Simon zögerte nicht lange. Diese Gruppenleiterin war ja irgendwie ganz nett und auch ziemlich cool, aber der Rest der Veranstaltung hatte ihn einigermaßen fertiggemacht. Und Hotte hatte sich benommen wie ein ganzer Wurf Karnickel in einer Schlangengrube, er würde das keine Sitzung mehr durchhalten. Er hatte genug gesehen, aber das musste ja nicht so hart gesagt werden.

»Ich würde sagen, wir schlafen noch mal 'ne Woche drüber«, sagte er und schenkte der Jacobs sein freundlichstes Lächeln.

»Nein«, sagte Hotte, »das tun wir nicht.«

»Sondern?«, fragte Simon verblüfft.

»Wir sind dabei. Wir legen sofort los.«

Oh. Damit hatte Simon jetzt nicht gerechnet.

»Äh … und wie wäre es, wenn nur du …«

»Simon«, sagte Hotte, »ich dachte, wir ziehen das zusammen durch. Willst du etwa kneifen?«

»Und außerdem würde sich Frau Jansen bestimmt freuen wie bekloppt«, sagte Jacobs. »Woher kennen Sie sich eigentlich?«

»Lange Geschichte«, sagte Simon und seufzte. »Wenn ich hier jetzt eintrete – muss ich dann jedes Mal zur Sitzung kommen?«

»Mir reicht es, wenn Sie sich auf die Waage stellen. Danach können Sie wieder abdampfen.«

»Okay. Wenn das so ist … Wo müssen wir unterschreiben?«

Sie füllten die nötigen Formulare aus, bezahlten jeder vierzig Mark Aufnahmegebühr und zehn Mark für die Materialien der kommenden Woche, die Susanne Jacobs in ihre Starterkits heftete. Vor ihr lagen noch die Weight-Watchers-Tagebücher, in denen sie ihre Mahlzeiten und die Gruppenleiterin wöchentlich das aktuelle Gewicht notierte. Jacobs sah sie sich an.

»Havlicek. Ungewöhnlicher Name. Das ist Tschechisch, oder?«

»Ja, aber ich kann kein Tschechisch. Ich bin hier geboren. Meine Mutter kommt aus Prag.«

»Tolle Stadt. Und wo sind Sie her, Herr Behrens?«

»Bargteheide. Auch 'ne tolle Stadt.«

Sie lachte. »Sagen wir mal: Man kann es dort zur allergrößten Not aushalten. Aber nehmen Sie es nicht persönlich, wenn ich ganz froh bin, da weg zu sein.«

»Sie haben in Bargteheide gelebt?«, fragte Hotte erstaunt.

»O ja. Und es war nicht die glücklichste Zeit meines Lebens. Wer von Ihnen will anfangen?«

»Womit?«, fragte Simon.

»Mit der Hauptattraktion des Abends. Meine Herren – die Waage!«

Sie zeigte theatralisch mit beiden Armen auf die graue Platte vor dem Tisch.

Stimmt, dachte Simon. Da war ja noch was. Auch das hatte er total vergessen. »Tja, das wäre dann wohl ich«, sagte er.

Simon stieg auf die Waage. Jacobs kniff die Augen zusammen und spähte auf das Display, das hinter einem

Sichtschutz versteckt lag und nur von ihr eingesehen werden konnte.

»Ich schreibe jetzt auf, was da steht, mit Schuhen und Klamotten«, sagte sie. »Die zwei Kilo, die es ohne weniger wären, ziehen Sie bitte selbst ab.«

Sie musterte Simon.

»Oder wollen Sie noch mal nackig drauf?«

»Nee, schon gut«, sagte Simon.

Er nahm sein Heft entgegen. Hinter dem Datum stand sein Bruttogewicht: 98,6 Kilo. Minus zwei für die Klamotten – er hatte weiter Gewicht verloren, wieder fast zwei Kilo in den letzten zehn Tagen. Und vor allem: Er hatte schon fast die Hälfte dessen wegrationalisiert, was er insgesamt abnehmen wollte. Fühlte sich gut an.

Inzwischen hatte Hotte die Waage betreten und wieder verlassen. Die große Frau auf der anderen Seite hatte keine Miene verzogen und 146,8 Kilo auf der ersten Seite vermerkt. Jetzt lächelte sie ihre funkelnagelneuen Mitglieder an.

»Ich wünsche auch Ihnen eine schlanke Woche«, sagte sie. »Klingt bescheuert, oder? Ich muss das sagen, tut mir leid … Die Frauen sind total beleidigt, wenn ich es mal vergesse.«

»Ja, dann …«, sagte Simon und hob die Hand zum Gruß.

Doch Hotte konnte sich anscheinend noch nicht so recht losreißen. »Dieses ganze Zeug hier … Soll das noch irgendwohin? Sollen wir Ihnen beim Tragen helfen?«

Er zeigte auf die Weight-Watchers-Produkte, die kistenweise auf und unter dem Tisch standen.

Susanne Jacobs wirkte einen Moment lang unschlüssig, ganz so, als wäre Hottes Angebot irgendwie unmoralisch. War es dann aber wohl doch nicht.

»Klar, gern, warum nicht. Das muss alles in mein Auto. Steht hier im Hof am Hinterausgang.«

Simon hatte eigentlich genug für heute. Und er war etwas verwirrt über Hottes Angebot. Weniger über die Hilfsbereitschaft, denn Hotte half stets, wenn man ihn bat, das hatte er selbst inzwischen oft genug am eigenen Leib erfahren. Er wunderte sich mehr darüber, dass Hotte sich getraut hatte zu fragen. Für jemanden, der Menschen normalerweise mit großer Zurückhaltung begegnete, war das eine ganze Menge.

Und so schleppten sie ein Dutzend Kisten zu einem nicht mehr ganz taufrischen Ford Fiesta in Himmelblau und Rostrot. Die Kisten füllten den Innenraum praktisch komplett aus.

Simon sah sich im Hof um. Es war ein traumschöner Sommerabend und noch nicht zu spät, um irgendwas zu unternehmen, auch wenn ihm gerade nicht einfiel, was das sein könnte. Und wen er dazu gern an seiner Seite hätte.

Der Himmel wechselte gerade von blau nach orange. Er atmete tief ein. Es roch nach Bockwürsten und nach rohem Schnitzel. Dann bemerkte er, warum dem so war: Die Fahrschule teilte sich den Hinterhof mit einer Metzgerei. Simon bemerkte, dass die Tür offen stand.

In diesem Moment kam ein Mann heraus. Er war nicht mehr jung, vielleicht Mitte fünfzig, sein Bauch war eine gemütliche kleine Kugel und sein Kopf komplett kahl. Er trug eine schwarz-weiß karierte Schlachterhose, wie Simon sie früher ganz oft zu Hause gesehen hatte. Ebenso den Kittel und die große Schürze, die der Mann darüber trug.

Jetzt lehnte sich der Typ gegen den Türrahmen, zog eine Zigarettenschachtel aus der Hose und steckte sich eine in den Mund. Er kramte in seinen Taschen, wahrscheinlich suchte er sein Feuerzeug, zuerst in der Hose, dann in der Jacke.

Simon sah ihm dabei zu. Er beobachtete seine umständliche, letztlich erfolglose Suche, sah, wie sich der Mann umschaute, wie er in zehn, vielleicht zwölf Metern Simon entdeckte, wie er sich vom Türrahmen abstieß und langsam auf Simon zuging. Jetzt stand er vor ihm und wedelte mit der Zigarette in seiner Hand.

»'tschuldigung, mein Freund, hast du vielleicht Feuer?«

Simon blieb stumm. Er konnte nicht einmal den Kopf schütteln, was genug der Information gewesen wäre, er rauchte ja nicht und besaß deshalb kein Feuerzeug.

»Hallo?«, sagte der andere. »Ich habe gefragt, ob du …«

Er brach ab und starrte Simon ins Gesicht. Sein Mund öffnete sich und wich einem tonlosen Erstaunen.

»Simon?«, fragte er schließlich ungläubig. »Bist du das?«

Jetzt fand auch Simon seine Sprache wieder. Und er begrüßte mit leicht zitternder Stimme den Mann, der einem Vater in seinem Leben so nahe gekommen war wie sonst niemand.

»Hallo, Janko.«

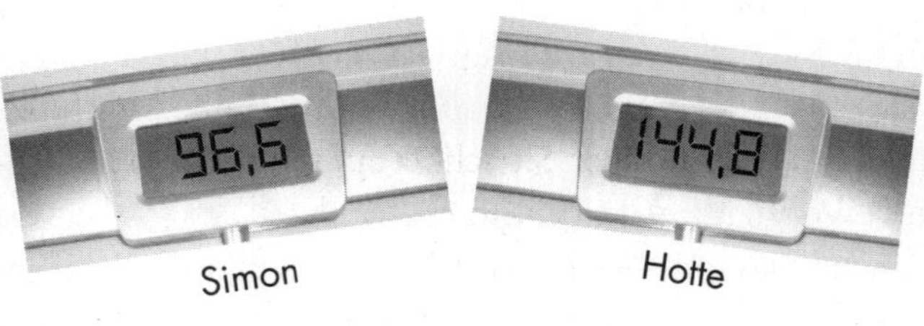

Simon Hotte

KAPITEL 15
Psychologie heute

Janko Mecirek begegnete Jarmila Havlicekova an einem der ersten Tage des September 1968. Er war damals vierundzwanzig Jahre alt, er war schlau, sah nicht übel aus, hatte schon weit vor dem Einmarsch der Sowjets die Tschechoslowakei und seine Heimatstadt Bratislava hinter sich gelassen und wusste, wie man ein Schwein fachgerecht ausbeinte und Schinken aus ihm herstellte. Kurz: Die Welt stand ihm einigermaßen offen, und seine Zukunft war ein weißes Blatt Papier, das er in den buntesten Farben auszumalen gedachte.

Aber als er Jarmila traf, hübsch, klein, verletzlich und doch stark genug, der Roten Armee zu entkommen, wurde ihm schlagartig bewusst, dass sich seine Pläne ändern würden. Er wusste einfach, dass diese Frau die wichtigste in seinem Leben werden würde, egal was das bedeutete. Dass sie schwanger war von einem anderen, der sie nicht wollte, spielte keine Rolle. Dem Schicksal sind derlei Kleinigkeiten in der Regel ziemlich gleichgültig.

Er nahm sie bei sich auf, eineinhalb Zimmer, fünfunddreißig Quadratmeter. Sie schlief auf seinem Sofa im kleinen Wohnzimmer. Irgendwann, als ihr Bauch größer war als die Weihnachtsgänse, die er zu jener Zeit in der Schlachterei unter der Wohnung verkaufte, begannen sie, sich sein Bett zu teilen. Und als Simon schließlich auf der Welt war, suchten sie gemeinsam eine neue Wohnung, mit drei Zimmern und etwa doppelt so viel Platz wie in der alten.

Das war die Wohnung in Bahrenfeld, in der Simon aufgewachsen war und in der Jarmila auch heute noch lebte. Er wusste von Anfang an, das Janko nicht sein Vater war, aber das war nicht wichtig. Hauptsache, Janko war da. Er hatte Simon auch die Geschichte erzählt, wie er und Jarmila zueinandergefunden hatten, immer wieder, bisweilen zweimal am Tag, Simon konnte nicht genug davon bekommen.

Janko war es auch, der Simon, noch bevor er in den Kindergarten kam, beibrachte, einen Pass mit der Innenseite des Fußes zu spielen. Er begleitete ihn später zum Training, ging mit ihm ins Kino oder auf den großen Spielplatz bei Planten un Blomen.

Kurz vor Simons neuntem Geburtstag zog Janko plötzlich aus. Simon tobte und schrie, aber Janko versicherte ihm, dass es sein musste, er Simon aber oft besuchen würde, versprochen. Nächste Woche würde ein Film namens *Krieg der Sterne* in die Kinos kommen, den müssten sie unbedingt zusammen sehen.

Janko kam wirklich, aber sie sahen sich immer seltener. Es war, als ob er sich selbst ganz langsam aus dem Leben von Simon und Jarmila ausblendete. Als Simon fünfzehn war, kündigte Janko an, eine Stellung bei einem slowakischen Kollegen anzunehmen, der eine Schlachterei in Bristol aufgemacht hatte. Simon müsse ihn unbedingt dort besuchen, sagte Janko, Bristol sei total schön und Wales nicht weit weg, das lohne sich.

Das war das letzte Mal, das Simon Janko gesehen hatte.

Jetzt saß er ihm gegenüber, vor derselben Pizzeria, wo Hotte und Simon letzte Woche ihren Beobachtungsposten bezogen hatten. Es war sogar derselbe Tisch. Janko hatte seinen Laden – denn es war sein Laden, sein höchsteigener – nach dem ersten Wiedersehens-Schreck abgesperrt und Simon zum Essen eingeladen. Der hatte Hotte allein nach Hause geschickt, und jetzt saß er hier auf der Straße und wusste nicht, was er sagen sollte. Drinnen lief stumm ein Fernseher, Eurosport, es gab die Zusammenfassung der Tour-de-France-Etappe des Tages. Irgendjemand interviewte Marco Pantani, der die Tour im Jahr zuvor gewonnen hatte, und Simon glaubte für einen Moment, eine gewisse Ähnlichkeit zwischen ihm und dem Lover seiner Exfreundin zu erkennen. Er spürte tatsächlich einen leichten Stich in der Herzgegend.

Janko erzählte, was er die letzten fünfzehn Jahre über gemacht hatte. In dem Laden in Bristol war er bis 1990 geblieben, er hatte aus der Ferne beobachtet, wie sich der eiserne Vorhang hob, der Kommunismus im gesamten Osten verschwand und sich die Tschechoslowakei in zwei Länder aufspaltete. »Ich bin dann wieder nach Bratislava, weil ich dachte, dass die Welt dort anders sei als früher«, sagte er. »Ein großer Irrtum.«

Irgendwann aber hatte er Sehnsucht nach Hamburg bekommen – das fühlte sich für ihn wie Heimat an – und war vor fünf Jahren zurückgekehrt. Er hatte seine ganzen Ersparnisse in den Laden auf der anderen Straßenseite gesteckt, und das, sagte er, sei eine sehr gute Idee gewesen.

Nun blickte er Simon an.

»Das ist wirklich schön, dich zu sehen«, sagte Janko.

»Müsste ich jetzt eigentlich auch sagen, oder?«, gab

Simon zurück. »Aber ehrlich gesagt: Ich hab mich noch nicht so richtig von dem Schock erholt.«

»Das kann ich nachvollziehen. Aber erzähl, wie geht's dir, Simon?«

»Das … ist eine überraschend komplizierte Frage. Also, ich habe einen super Job, ich bin Disponent einer großen Kinokette. Das ist gut. Ich habe gerade zwölf Kilo abgenommen. Das ist auch gut.«

»Stimmt, du warst ja bei diesen Diät-Nazis nebenan.«

»So ähnlich. Auf der Minus-Seite: Mein Knie ist kaputt, ich habe seit fast vier Jahren kein Fußball mehr gespielt.«

»Autsch. Das tut mir leid. Du warst so gut!«

»Ich komm damit klar. Allerdings komme ich nicht so gut damit klar, dass meine Freundin mich vor einem Vierteljahr betrogen hat. Das hat mich ziemlich aus der Spur geworfen. Seitdem wohne ich bei einem Computernerd auf der Besucherritze. Und jetzt frage ich mich, warum ich gerade dir das in epischer Breite erzähle.«

Janko lachte. »Ich hoffe doch, aus alter Verbundenheit.«

»Neue Verbundenheit kann es ja auch schlecht sein, oder?«

»Hm.« Janko trank einen Schluck Bier. »Du bist immer noch sauer auf mich. Kann ich verstehen.«

»Du hast dich damals einfach verpisst. Ich weiß noch, wie fertig ich war, als du ausgezogen bist. Und wie du dann immer seltener gekommen bist. Als du dann nach England abgehauen bist, war es mir fast egal.«

»Aha.« Jankos Blick wurde durchdringend. So kannte Simon ihn gar nicht. »Du glaubst also, *ich* wäre gegangen? Ich wollte nicht gehen.«

»Wie bitte?«

»Deine Mutter hat mich rausgeworfen. Und danach hat sie mir immer wieder klargemacht, dass meine Rolle in ihrem Leben ganz klare Grenzen hat.«

»Aber wieso …«

»Wieso ich ausziehen musste? Das hatte mit deinem Vater zu tun. Du weißt, dass sie …«

»Ja ja, schwanger, weg von der Familie in Prag, im Bierfass über die Grenze … die Geschichte ist bekannt.«

»Gut. Als ihr also klar wurde, dass sie ihre Familie und ihre Heimat für einen Vollarsch verlassen hatte, schwor sie sich, dass kein Mann sie je wieder so verletzen würde. Und deshalb hat sie auch niemandem mehr richtig vertraut, nicht mal denen, die es gut mit ihr meinten.« Er trank das Bier in einem Zug aus und bestellte mit geübtem Fingerzeig einen Nachschlag. »Und niemand hat es mit deiner Mutter so gut gemeint wie ich, das darfst du mir glauben. Ich hätte alles für sie getan. Ich schätze sogar, ich *habe* alles für sie getan …«

»Und sie?«

»Hat sich umso weiter zurückgezogen, je mehr ich mich um sie bemüht habe.«

»Und dann hat sie dich rausgeworfen?«

»Ja. Sie hat gesagt, dass sie mich vor sich selbst schützen muss. Weil sie meine Erwartungen an sie nicht erfüllen kann und so.«

»Krass. Und du?«

»Was hätte ich tun sollen? Mich in eurer Wohnung anketten? Man soll nicht nur Reisende nicht aufhalten. Man muss sich auch auf Reisen schicken lassen. Mir wurde klar, dass ich nicht der sein würde, der sie von ihrer Angst befreit.«

»Angst?«

»Angst vor Beziehung, Angst vor Nähe.«

»Bist du eigentlich nebenberuflich Therapeut?«

Janko lachte und schüttelte den Kopf. »Nein, aber ich habe seit ein paar Jahren ein Abo für *Psychologie heute*.«

Ihre Pizza kam. Janko hatte Salami und Schinken bestellt, der Beruf hinterließ seine Spuren eben auch in seiner Freizeit. Simon dagegen hatte sich für Spinat und Champignons entschieden. Er würde später nachschauen, was das in Weight-Watchers-Punkten bedeutete.

»Warum hast du mir das alles nie erzählt?«, fragte er Janko.

»Na, hör mal. Du warst acht. Hätte ich dir da erklären sollen, dass deine Erziehungsberechtigte eine Bindungsstörung hat?«

»Okay, schon gut. Aber später hätte ich es abgekonnt.«

»Später, mein Junge, konntest du *mich* nicht mehr ab. Ich war ja der, der dich im Stich gelassen hatte.«

»Stimmt. Das habe ich gedacht, bis heute.« Simon blickte hoch in den Abendhimmel, der jetzt im Westen rosa leuchtete. »Aber irgendwann war ich doch erwachsen. Da hättest du mich finden und Kontakt aufnehmen können.«

Janko seufzte. »Ich hab mich nicht getraut. So einfach ist das. Ich glaube, ich bin auch deshalb nach Hamburg zurückgezogen, weil ich insgeheim hoffte, dass wir uns auf diese Weise wiedertreffen.«

»Und siehe da.«

»Siehe da.« Janko zögerte. »Und … wie geht es deiner Mutter?«, fragte er vorsichtig.

»Keine Ahnung«, sagte Simon. »Sie ist genau wie immer. Aber was heißt das schon? Geht es ihr dann gut oder schlecht? Du wüsstest das, Janko. Eigentlich warst du der Einzige, bei dem sie je zur Ruhe gekommen ist.«

»Schade, dass sie das nicht gemerkt hat.«

»Denkst du noch manchmal an sie?«

»Jeden Tag seit 1968.«

»Oh. Das ist oft.«

»O ja.«

Er griff nach seinem frischen Bierglas und prostete Simon zu. »Auf die Frauen, die uns nicht wollen!«

»Was für ein beschissener Trinkspruch.«

Janko lachte. »Sag mal, Simon«, sagte er, »zeigst du mir mal dein Kino?«

»Kannst du denn aus deinem Laden weg?«

»Klar. Ich habe Angestellte, die ich ausbeuten kann.«

»In dem Fall«, sagte Simon, »wäre es mir eine Ehre.«

Und er hob sein Glas.

Simon

Hotte

KAPITEL 16
Camilla

Simon hatte eindeutig gewonnen.

Matrix lief jetzt in der fünften Woche im Cineplex, die Leute rannten ihnen die Bude ein. Er hatte in der großen Konferenz empfohlen, Kopien für alle Häuser zu bestellen und sich damit behauptet, und er hatte sich hier im Haus gegen Jochen und Anke durchgesetzt, die den Film zwei Wochen nach dem Start aus dem großen Saal verbannen und dort *Notting Hill* zeigen wollten. Achthundert Plätze für eine Romantic Comedy? Und dafür den visionärsten Streifen seit Jahren auf einer Leinwand zeigen, die nur halb so groß war? Nix da. Simon hatte beim Chef sein Veto eingelegt. Und seinen Willen bekommen. Anke war ein bisschen angepisst deswegen. Aber eben nur ein bisschen.

Manchmal verbrachte Simon seine Mittagspausen unten im Kino. Um eins begannen ein paar Vorstellungen, und da er gerade nicht besonders viel Wert darauf legte, sich mittags irgendwelche Snacks reinzuschieben, trabte er ab und zu durch das kühle Treppenhaus, öffnete die unscheinbare Tür im Hochparterre und trat zwischen den Kinosälen drei und vier in die Filmwelt, die hier aus purpurnem und blauem Velours bestand. Und die er wirklich und aufrichtig liebte.

Es war zwanzig nach eins an diesem Dienstag, und es war absolut nichts los im Foyer. Kein Wunder, draußen waren es neunundzwanzig Grad, und die paar, die sich vor der Hitze in das Lichtspielhaus geflüchtet hatten, saßen längst in den klimatisierten Sälen. Simon wollte sich die erste Stunde von *Matrix* noch einmal anschauen, länger konnte er seine Pause kaum ausdehnen, ohne dass Jochen lamentierte.

In der Weight-Watchers-Startbroschüre, in der er am Wochenende geblättert hatte, war er an einem Tipp hängen geblieben: sich satt trinken. Das fand er interessant, und genau das wollte er jetzt mal ausprobieren – nichts zu Mittag essen, dafür aber ordentlich Flüssiges einführen. Er ging zum Gastronomie-Tresen, wo in Stoßzeiten acht Kassen geöffnet waren. Jetzt war dort kein Mensch. Auf keiner der beiden Seiten.

»Hallo?«, rief er vorsichtig. »Ist hier jemand?«

Keine Antwort. Seltsam. Er hatte keine Ahnung, wer hier Dienst hatte – Sven und Diana waren heiße Kandidaten für die Mittagsschicht –, aber dass hier so gar keiner war, sollte eigentlich nicht sein.

Er sah auf die Uhr. Mittags waren Werbung und Vorschauen kürzer, er musste rein. Noch einmal rief er »Hallo?«, wartete fünf Sekunden, bekam keine Antwort und ging hinter den Tresen.

Hier hatte er angefangen, an diesem Platz zwischen Taco-Chips, Schokoriegeln und dem Zapfhahn für Softgetränke; seine Kinokarriere begann genau an dieser Snackstation. Ein klassischer Studentenjob. Das war, bevor er erst Filmvorführer wurde, sein halbherzig betriebenes Geschichtsstudium hinwarf und schließlich zwei Stockwerke weiter oben als Disponent anheuerte.

Irgendwann gehört der Laden mir, dachte er und grinste

dabei ein bisschen, nahm sich einen Ein-Liter-Pappbecher, schöpfte ein paar Eiswürfel aus dem Behälter – nicht so viele, wie normale Kunden hier bekamen – und begann, das Gebinde mit Cola light zu füllen. Als der Becher halb voll war, klapperte links von ihm eine Tür.

»HEY, SIE DA!«

Er blickte hinüber. Da stand eine Frau in der blauen Gastro-uniform, zumindest oben herum, der weinrote Minirock gehörte eigentlich nicht zur Standardausstattung. In der rechten Hand hielt sie einen Sack mit Popcorn, der vom Boden bis zu ihrer Hüfte reichte. Ah, im Lager war sie gewesen, dachte Simon, das erklärt, warum hier kein Schwein aufpasst.

Er schaute in ihr Gesicht. Nein, er hatte sie noch nie gesehen. Sie sah ziemlich gut aus.

Und sie war ziemlich sauer.

»WAS MACHEN SIE DA?«, brüllte sie.

Wow, dachte Simon, die ist ja direkt auf hundertachtzig.

»Ich zapfe mir eine Cola light«, sagte er wahrheitsgemäß.

»SIE DÜRFEN HIER NICHT EINFACH HINTER DEN TRESEN KOMMEN!«

»Nicht?«

»NATÜRLICH NICHT!«

»Aber ich wollte nun mal eine Cola. Und Sie waren nicht da.«

»ABER NUR ZWEI MINUTEN! SO LANGE KANN MAN JA WOHL MAL WARTEN!«

»Könnten Sie bitte aufhören, mich so anzuschreien? Das hört man garantiert auch in Kino zwei.«

Sie starrte ihn fassungslos an. »Sie sind ganz schön … wie sagt man … unverschämt«, sagte sie deutlich leiser.

»Eigentlich nicht«, sagte Simon. Jetzt, wo sie nicht mehr brüllte, fiel ihm auf, dass sie einen kleinen Akzent hatte. Irgendwas Nordisches, dachte er. Norwegen? Gibt es auch Norwegerinnen, die aussehen wie Spanierinnen?

Bevor sie etwas erwidern konnte, klapperte die Tür hinter ihr erneut. Sven trat heraus, Simon hatte ihn vor acht oder neun Jahren hier eingearbeitet. Auch er trug die blaue Uniform und vor dem Bauch einen Karton mit Weingummitüten.

»Sven!«, rief die unbekannte Snackverkäuferin. »Guck dir mal den an! Bedient sich einfach selber!«

»Was macht der? Ich glaub, es hackt!«, rief Sven, stellte den Karton hin, riss ihn auf und bewarf Simon mit einer Tüte Gummibärchen. Seine Kollegin musterte ihn verwirrt.

»Was denn?«, erwiderte Sven auf ihre unausgesprochene Frage. »Ein Getränk hat er ja schon. Dann braucht er doch noch was zu essen, oder?«

»Moin, Sven«, sagte Simon und hob die Hand zum Gruß.

»Simon, alte Hütte! Schön, dass du mal wieder vorbeischaust!«, sagte Sven. »Ach, und das hier ist Camilla. Hat heute ihren ersten Tag. Camilla, das ist Simon. Und Simon darf das.«

»Aha. Und wieso darf der Simon das?«

»Gehört zum Betrieb. Der arbeitet oben im Büro, als Disponent.«

»Verstehe. Und wenn ich mal Lust auf Disponieren habe, darf ich dann auch einfach auf seinen Platz gehen?«

Simon hob abwehrend die Hände und lachte. »Hast gewonnen. Eigentlich darf ich mich hier nicht selbst bedienen, 'tschuldigung. Aber *eigentlich* darf der Stand hier während der Betriebszeiten auch nicht unbesetzt sein. Schon gar nicht, wenn das Kassensystem eingeschaltet ist.«

»Alter, du wirst jetzt ja wohl nicht ungemütlich werden, oder?«, fragte Sven. »Ich habe Camilla doch nur gezeigt, wo alles ist.«

»Ist mir doch egal. Ich weiß, wie das ist. Aber lasst euch bei so was nicht von Peters erwischen.«

Peters war der Leiter der Gastronomie für die Hamburger Betriebe. Und nicht ganz so gemütlich, insgesamt.

Simon kramte in seiner rechten hinteren Jeanstasche, zog ein paar Münzen hervor, ging auf die beiden zu und hielt Camilla vier Mark hin. »Für die Cola.«

Sie grinste ihn an. »Danke sehr.« Das S zischte bei ihr ein bisschen, und sie betonte die Worte manchmal ein bisschen komisch. Ansonsten war ihr Deutsch makellos. »Beim nächsten Mal wartest du aber auf mich. Wenn ich darum bitten darf.«

»Na klar. Ich freu mich sogar drauf.«

Das hatte er jetzt nicht wirklich gesagt, oder? Wie peinlich war das denn? Er spürte, wie ihm die Hitze ins Gesicht schoss.

Doch Camilla zog nur eine Augenbraue hoch, während sie weitergrinste. Oder lächelte. Wo hört Grinsen eigentlich auf, und wo fängt Lächeln an?, dachte Simon.

»Ich mich auch«, sagte sie. »Jetzt, wo ich weiß, dass du hier nichts klauen willst.«

»Nehmt euch doch einfach 'n Zimmer, Leute!«, rief Sven von rechts.

Simon wurde noch röter, er spürte es. Noch fünf Sekunden und seine Wangen würden platzen.

»Tja, dann: herzlich willkommen!«, sagte er mit einem

Blick auf Camilla, griff seinen Becher und schwang sich über den Tresen auf die Gastseite. Er war schon wieder um einiges beweglicher geworden, erstaunlich. »Bis die Tage, Sven!«

Ich glaub das nicht, dachte Simon auf dem Weg in Saal eins. Kann es sein, dass ich gerade geflirtet habe? Er fühlte sich peinlich berührt, denn Flirten hatte er bislang nicht zwingend zu seinen Kernkompetenzen gezählt, im Gegenteil, er hielt sich in der Hinsicht für eher tapsig. Trotzdem musste er grinsen. Es hatte irgendwie auch Spaß gemacht. Vielleicht kann ich das ja sogar, dachte er. Katja hatte ihm mal gesagt, dass sie seine Schüchternheit anfangs sehr charmant gefunden hätte. Das eben war gar nicht mal so schüchtern gewesen, bis auf die überstürzte Flucht, die er hingelegt hatte. Aber Camilla war ja auch süß, dachte Simon. Hatte irgendwie was Rockiges, Frisches. Und einen echt niedlichen Akzent. Und jung war die. Zwanzig vielleicht. Viel zu jung auf jeden Fall. Er drehte sich noch einmal um. Sie blickte ihm hinterher.

Kurz vor der Tür zu Saal eins entdeckte er Hotte. Er schraubte an einem Leuchtdisplay herum, das die Ankündigung für *Star Wars: Episode I* beherbergte, der im August starten sollte. Oder Moment … es war jemand, der in etwa die Figur von Hotte hatte und das Gesicht und die gleiche ausgebeulte, militärgrüne Cargohose unter dem schwarzen T-Shirt. Aber der Typ hier hatte keinen fettigen Pferdeschwanz, sondern einen adretten und trotzdem irgendwie strubbeligen Kurzhaarschnitt. Er hatte auch keinen Bart, sondern ein glatt rasiertes Doppelkinn.

»Hotte?«

Der Angesprochene ließ von seinem Display ab und sah

Simon an. Dann grinste er. »Spitze, dein Gesichtsausdruck, Havlicek. Du guckst, als ob ich dir gerade Konzertkarten für Howard Carpendale geschenkt hätte.«

»Alter, wie siehst du denn … Moment.« Simon zog das Handy aus der Jeans. Er wählte, kurz darauf wurde abgehoben. »Simon hier. Komm sofort runter ins Foyer. Saal eins, rechter Eingang. Das musst du dir anschauen!«

Er legte auf, ohne eine Antwort abzuwarten.

Fünfundvierzig Sekunden später kam Anke atemlos bei ihnen an. »Irgendwer gestorben, Simon? Oder was soll der Aufst… Hotte!«

Hotte lachte jetzt. »Habt ihr denselben Mimiktrainer?«

Anke schlug die Hände vors Gesicht. Simon legte ihr einen Arm um die Schultern.

»Du hattest so was von recht«, sagte er.

Anke hatte ihre Sprache wiedergefunden. »Wann und womit?«

»Damals, in Hottes Küche. Als du gesagt hast, er sollte sich mal die Haare abschneiden und den Bart absäbeln.«

»O ja. Und wie ich recht hatte.«

Hotte wirkte jetzt leicht verunsichert. »Findet ihr das jetzt okay so?«

Anke ging zu ihm hinüber und wuschelte ihm durchs Haar. Sie musste sich dafür auf die Zehenspitzen stellen. »Hotte, das ist richtig super. Echt. Ich hab dir doch gesagt, dass hinter diesem Bart ein total nettes Gesicht versteckt ist. Das stimmt. Und vorher hattest du Haare, aber jetzt hast du eine Frisur. Und die ist echt …«

»Sag jetzt bloß nicht ›flott‹. Das kenne ich von meiner Mutter. Sagte sie jedes Mal nach dem Friseur, seit ich drei war.«

»Die ist nicht flott. Die ist … cool.«

Sie nahm ihn in den Arm. Hotte war überrascht, damit hatte er nicht gerechnet, das sah Simon ihm an. Anke kam mit ihren Händen so gerade eben an den Rücken. Er tätschelte ihr unbeholfen die Schulter.

»Sagt mal«, fragte er schließlich, »habt ihr beiden nach der Arbeit Zeit?«

Simon zuckte mit den Schultern. »Klar.«

»Nichts, was ich nicht verschieben könnte«, sagte Anke. »Was ist denn los?«

»Ich brauche eure Hilfe«, sagte Hotte. »Ich meine, das mit den Haaren ist das eine. Aber ich brauche auch neue Klamotten, fürchte ich. Und da ich echt schlecht bin in so was …«

»Willst du nicht lieber noch ein bisschen warten?«, fragte Anke. »Was ist, wenn euer Weight-Watchers-Ding der totale Brüller wird und du in drei Monaten zwanzig Kilo runter hast?«

»Dann kauf ich noch mal neue. Im Ernst: Ich brauche jetzt neue Sachen. Beziehungsweise: Ich *will* neue Sachen.«

»Finde ich super, und ich kann es verstehen«, sagte Anke. »Ohne entsprechende Textilien ist der flotteste Haarschnitt nichts wert.«

Hotte sah sie tadelnd an.

»Ich wollte nur wissen, wie man sich fühlt, wenn man ›flott‹ sagt«, sagte sie. »Dann also um fünf vor dem Personaleingang, Jungs!«

H&M war eine einzige Katastrophe. Jedenfalls für Hotte. Die Klamotten endeten bei XL. Simon hingegen fand für schlappe zwanzig Mark ein schwarzes Hemd, das ihm in der ladenüblichen Maximalgröße so gerade eben passte. Beim Anprobieren musste er unwillkürlich an Camilla denken – ohne diesen Gedanken richtig einordnen zu können. Anke linste durch den Vorhang der Umkleidekabine. »Scharf«, sagte sie knapp.

Er kaufte es, im Kassenbereich griff er zudem nach einem schwarzen Kunststoffgürtel, Kostenpunkt: vierzehn neunzig. Es war nämlich so, dass ihm seine Sachen nicht mehr so recht passten. Die beiden einzigen Jeans, die er aus Ottensen mitgenommen hatten, schlackerten bedenklich um seine Beine. Seine T-Shirts wirkten oversized, seine beiden Hemden auch. Er fragte sich, ob es Hotte wohl frustrierte, dass Simon sich etwas kaufte, obwohl sie doch seinetwegen hier waren. Aber Hotte machte den Eindruck, als sei er ganz unabhängig davon mies drauf. Diese Welt hier war nicht für Männer von Hottes Format gemacht.

Auch nicht Jack & Jones, nicht Anson's, nicht einmal Peek & Cloppenburg, in das Anke große Hoffnungen gesetzt hatte. Schließlich brauchten doch auch Leute wie Hotte irgendetwas zum Überstreifen, er war nun weiß Gott nicht der einzige Mann mit Übergröße in dieser Stadt. Aber in keinem der Geschäfte gab es etwas, das Hotte rein größenmäßig auch nur hätte anprobieren können.

Anke sprach eine P&C-Verkäuferin an. »Entschuldigung, wenn ein Mann so richtig groß und … beleibt ist – wo kauft der denn seine Sachen? Bei Ihnen offensichtlich nicht.«

»Doch, wir haben da hinten … oh.« Sie hatte Hotte gesehen. »Sie meinen für diesen jungen Mann?«

Anke nickte.

»Tut mir leid, da kann ich Ihnen nicht … Doch, warten Sie! Am Ballindamm hat neulich ein Übergrößen-Geschäft aufgemacht. An der Ecke, wo gegenüber die Kunsthalle liegt. Versuchen Sie es da einmal.«

High & Mighty hieß der Laden, und das klang irgendwie verheißungsvoll, Hotte war schließlich beides. Sie waren die einzigen Kunden, was Hotte zunächst nicht wirklich recht war, schließlich will man als Dicker so wenig Aufmerksamkeit erregen wie möglich. Aber am Ende war er für die ausführliche Beratung extrem dankbar. Anke tat das Ihre dazu, und Simon hatte einen Mordsspaß damit, ihr und der Verkäuferin zuzuschauen, wie die beiden mit Feuereifer Kleidungsstücke von Stangen und aus Regalen zogen, um sie Hotte begeistert vor die Nase zu halten. Dieser erwarb ein halbes Dutzend T-Shirts, eine Kapuzenjacke, einen leichten Wollpullover mit V-Ausschnitt in Dunkelblau, drei Oberhemden, eines davon mit Karomuster, eine Jeans und eine Jeansjacke. Anke wollte ihm noch ein Sakko aufdrängen, aber Hotte verwies darauf, dass auch er Anspruch auf den Schutz seiner Persönlichkeit habe, und das da sei ja wohl mal so was von nicht er … und Anke musste ihm irgendwie recht geben.

Hotte zahlte mit seiner Kreditkarte, die mit eintausenddreihundertvierundsechzig Mark und zweiundsiebzig Pfennigen belastet wurde. Simon zuckte zusammen, als er den Betrag an der Kasse aufleuchten sah, aber Hotte verzog keine Miene. Auch nicht, als er wenig später bei Görtz 17 noch einmal knapp vierhundert Mark hinlegte. Dafür gab es ein Paar ziemlich lässige halbhohe Boots in Dunkelbraun, die Anke super fand und um die Simon ihn jetzt schon ein wenig beneidete. Dazu leistete sich sein

Mitbewohner einen Satz Adidas-Sneaker, der jeden Skateboarder der Stadt in Ekstase versetzt hätte. Hotte steuerte tatsächlich mit Siebenmeilenstiefeln darauf zu, sich radikal zu verändern.

Wer hätte das gedacht.

Am Ende ihres kleinen Shoppingtrips wirkte Hotte beseelt, ja sogar fast ein bisschen euphorisch. Er lud seine beiden Begleiter zum Italiener ein. Anke bestellte sich einen Teller mit Antipasti und eine Pizza Tonno. Simon und Hotte begnügten sich mit einem Salat mit Hähnchenbrust. Sie waren erst seit drei Tagen bei den Weight Watchers, deutlich zu kurz, um sich schon jetzt Ausnahmen von der Regel zu leisten.

»Sag mal, Hotte«, sagte Anke nach dem Hauptgang, »bisher habe ich mich ja zurückgehalten.«

»Womit?«

»Mit Fragen dazu, was hier eigentlich abgeht.«

»Wieso abgeht?«

»Na, komm«, sagte Simon, »das fällt ja sogar mir auf. Bis gestern war es dir scheißegal, wie du rumläufst. Und worin. Und jetzt verpasst du dir selbst einen Turbo-Relaunch, bei dem man sich echt anschnallen muss.«

»Und das wirft Fragen auf«, sagte Anke. »Zum Beispiel: Bei welchem Friseur warst du eigentlich?«

»Der heißt, äh, Max Martin, glaube ich«, sagte Hotte.

»Wie bitte? *Der* Max Martin? Der Trendfriseur? Die heißeste Schere der Stadt?« Anke schlug mit der flachen Hand auf den Tisch. Die Gläser klirrten. »Wie bist du denn auf den gekommen?«

»Tja. Über den stand Samstag was in der *Morgenpost*. Und

weil ich keine Friseure kenne, hab ich da heute Morgen angerufen. Hatte gerade jemand abgesagt, deshalb bin ich gleich drangekommen. Der Typ ist eigentlich sechs Monate im Voraus ausgebucht, hat er gesagt.«

»Hm«, sagte Anke, »*ich* kann mir Max Martin nicht leisten.«

»Geld ist jetzt nicht so mein allergrößtes Problem«, sagte Hotte. »Man verdient ganz gut in der IT. Und ich zahle ja keine Miete.«

»Ist auch egal«, sagte Anke. »Was ich eigentlich sagen will: Wenn ein Mann innerhalb von sechs Stunden sein gesamtes Erscheinungsbild auf links dreht, steckt im Normalfall eine Frau dahinter.«

»Aha«, brummte Hotte und hob sein großes Glas mit Cola light an die Lippen.

»Und?«

»Und was?«

»Kollege, sind wir hier wieder im Aus-der-Nase-zieh-Modus? Steckt da 'ne Frau hinter oder nicht?«

»Wie kommst du auf den Schwachsinn?«, sagte Hotte und schüttelte den Kopf.

Simon tippte Anke an die Schulter. »Er hat deine Frage mit einer Gegenfrage beantwortet«, sagte er. »Du weißt, was das bedeutet.«

»Ja«, sagte Anke, »dieser Mann hat etwas zu verbergen.«

Hotte seufzte.

»Sag mal, Simon, hast du eine Ahnung, um wen es sich bei der Dame handeln könnte?«

»Leute …«, knurrte Hotte.

»Da denke ich schon den ganzen Nachmittag drüber nach. Vielleicht hat er sich in Verena verguckt?«

»Es reicht jetzt«, sagte Hotte.

»Unsere Event-Verena aus dem Cineplex? Nee«, sagte Anke. »Nicht sein Typ. Zu tussig.«

»ICH WÜRDE GERN ZAHLEN!«, rief Hotte in den Gastraum hinein.

»Okay, stopp, sorry, Hotte. Wir hören ja schon auf«, sagte Anke und winkte den heraneilenden Kellner wieder weg. »Nicht böse sein: Aber dieser plötzliche Wandel ist schon schräg.«

»Kann es nicht sein, dass ich einfach von mir selbst genug habe? Dass ich, wenn ich schon nicht so gut und so schnell abnehme wie unser Freund hier drüben, trotzdem was ändern will, weil ich es nicht ertragen kann, dass wieder nichts passiert?« Er leerte sein Glas in einem Zug, hielt es hoch und wackelte damit herum, sodass der Kellner es aus der Entfernung bemerken musste. »Ich habe es dir doch prophezeit, Simon: Wenn du mit diesem Abnehmscheiß anfängst, dann öffnest du die Büchse der Pandora. Dann kannst du nicht mehr verdrängen, wer du bist, und vor allem: wie du so geworden bist. Und du kannst dir dein Leben einfach nicht mehr schönreden und alles verdrängen. So gesehen: danke, Kalschewski. Du hast mein Leben zerstört, als du uns damals in meiner Küche diese Diät-Geschichte aufgedrückt hast! Und du auch, Havlicek. Du hast mich in diese Nummer reingezogen.«

Zum zweiten Mal an diesem Tag sahen Anke und Simon aus, als trainierten sie für die Weltmeisterschaft im Synchron-doof-aus-der-Wäsche-gucken. Beide hatten eine Mischung aus Betroffenheit und Scham im Blick, als sie Hotte musterten.

Der grinste jetzt und hob sein leeres Glas. »Und dafür

möchte ich mich herzlich bei euch bedanken«, sagte er und prostete ihnen zu.

Anke und Simon schauten sich verblüfft an. Hottes neue Cola light kam.

»Das ... war jetzt Ironie, oder?«, fragte Simon vorsichtig.

»Absolut nicht«, entgegnete Hotte. »Im Ernst: danke. Ich habe in den letzten Monaten mehr erlebt als in den letzten zehn Jahren. Von der Nummer auf dem Circus Maximus mal abgesehen, auf dem Gebiet besteht noch ziemlicher Nachholbedarf. Aber wir wollen ja nicht übertreiben. Und ich finde es, wie soll ich sagen ... durchaus ... bewusstseinserweiternd, mich intensiver mit mir zu beschäftigen. Und mit meinem Körper. Hab ich jahrelang nicht gemacht. Halt, das ist nicht wahr: Das habe ich noch *nie* gemacht.«

»Stimmt, jetzt, wo du's sagst«, murmelte Simon. »Bei mir war das auch so. Je dicker ich wurde, desto weniger habe ich drüber nachgedacht.«

Anke nahm einen Schluck von ihrem Wein. »Dann hatte Katja ja doch irgendwie recht«, sagte sie und winkte ihrerseits dem Kellner.

»Na, schönen Dank auch. Du meinst, dann war das also doch okay mit dem Fahrradkurier, oder was?«

»Hab ich das gesagt? Hör doch mal zu, wenn ich was sage, du Klops. Sie hat gesagt, du hättest vergessen, wer du bist. Und nach allem, was ich hier gerade gehört habe, lag sie damit gar nicht so falsch, oder?«

Simon nickte. Etwas widerwillig zwar, aber es stimmte schon, irgendwie.

»Tja«, fuhr Anke fort, »und darum geht es doch: dass man auf sich selbst aufpasst. Sich seiner selbst bewusst ist.

Sich selber und anderen nicht wehtut oder sie durch Ignoranz provoziert.«

Der Kellner war inzwischen bei ihnen angekommen.

»Könnte ich eine Portion Tiramisu haben?«, fragte Anke.

Hotte und Simon sahen sich an. Und sie dachten in diesem Moment dasselbe, das spürte Simon genau: Frauen können so unfassbar grausam sein.

Später, als Hotte die Zahlungsmodalitäten abwickelte, traten Simon und Anke vor das Lokal. Sie stellte sich dicht neben ihn, streckte sich in Richtung seines linken Ohrs und flüsterte: »Ist dir was aufgefallen?«

»Nee«, sagte Simon. »Was meinst du?«

»Die Frage nach der Frau«, sagte Anke. »Die hat er nicht beantwortet. Er ist laut geworden, hat uns damit beeindruckt und das Ganze dann weiträumig umschifft. Und: Er hat die Frage einfach nicht beantwortet.«

Simon starrte sie an. »Du hast recht.«

»Und du weißt, was du zu tun hast.«

»Nämlich?«

»Informationen einholen, mein Freund. Ich bin neugierig.«

Simon war das eigentlich auch. Aber er hatte nicht den Hauch einer Idee, wo er ansetzen sollte.

KAPITEL 17
Frau Seemann schluchzt

Notizbuch von Simon Havlicek, 23. Juli 1999:

- König Hassan II. von Marokko stirbt mit 70
- Besuch von Gerhard Schröder im Kosovo bei KFOR-Soldaten
- Zweite Weight-Watchers-Sitzung

Susanne Jacobs hatte ihnen nicht zu viel versprochen. Am Anfang der Sitzung in ihrer zweiten Woche gab sie die Abnahmedaten bekannt, und nach vier Frauen, die zwischen 1,0 und 1,7 Kilo verloren hatten, verlas sie Simons Namen.

»Herr Havlicek!«, rief sie. »Zunächst einmal: Schön, dass Sie wieder hier sind, ich hatte da meine begründeten Zweifel. Und auch schön, dass es so gut losgeht: zwei Komma vier Kilo!«

Ein Raunen ging durch den Raum, bevor sich freundlicher, ja fast schon respektvoller Applaus erhob. Simon stand auf, er war ein bisschen stolz und gleichzeitig bemüht, sich das nicht anmerken zu lassen. Er ging nach vorn, schüttelte die Hand der Leiterin und besah sich das glitzernde Kleeblatt, das sie ihm überreichte.

»Was ist das eigentlich?«, fragte er leise.

»Ein Magnet.«

»Und wofür ist der?«

»Können Sie sich an den Kühlschrank heften. Sozusagen

als Motivation, als Symbol für das, was Sie schon geschafft haben. Und als Erinnerung, damit Sie sich nur die richtigen Sachen aus der Kühlung holen.«

»Aha. Tja, dann … danke.«

Frauen, dachte er, drehte sich um und ging zurück an seinen Platz. Silke war auch wieder da, in einem langen, dafür ziemlich tief ausgeschnittenen Sommerkleid in Weinrot. Sie kaschiert ihre Problemzonen ganz gut, dachte Simon, und ihr Dekolleté ist mal definitiv keine Problemzone, da muss wirklich nichts versteckt werden. Sie lächelte ihn an, und er verzog den Mund zu etwas Ähnlichem wie einem Grinsen. Okay, sie schien nicht nachtragend zu sein. Vielleicht bin ich total bekloppt, weil sich mein schlechtes Gewissen über mehr als eineinhalb Jahrzehnte hält, dachte er.

»Zu guter Letzt unser zweiter Neuzugang«, sagte die Jacobs. »Herr Behrens, Sie sind unser Tagessieger. Mit … drei Komma neun Kilo!«

Wieder raunte es durch den Raum. Diesmal allerdings lag ungläubiges Staunen darin.

»Wie bitte?«, rief eine Frau aus der vorletzten Reihe.

»Frau Seemann?«

»Sie haben nicht im Ernst gerade drei Komma neun gesagt, oder?«

»Doch, habe ich.«

»Ich bin seit vier Monaten hier und habe insgesamt noch keine drei Komma neun Kilo abgenommen.«

»Ich weiß, Frau Seemann.«

»Und ich quäle mich seit eben diesen vier Monaten, Tag für Tag. Das kann doch nicht sein, dass hier einer aufläuft, und zack, nimmt der in einer Woche mehr ab als ich in der ganzen Zeit.«

Simon sah Hotte an. Der blickte zu Boden, als wäre er auf der Suche nach einem Loch, in das er versinken konnte. Das Unbehagen kroch ihm förmlich aus jeder Pore. So was Blödes, dachte Simon. Er sollte sich doch eigentlich freuen.

Frau Mertens meldete sich zu Wort, jene Frau, die ihren Gatten mal mit hierhergeschleppt hatte. »Da müssten Sie sich doch längst dran gewöhnt haben, Frau Seemann. Für Männer ist das Leben immer leichter, egal, um was es geht!«

Beifälliges Gemurmel.

»Also, ich finde das echt scheiße«, sagte Frau Seemann. Sie hörte sich an, als würde sie gleich anfangen zu weinen.

»So, jetzt kommt mal runter, Mädels«, sagte Simon laut und stand auf. »Ist das euer Ernst? Mein Kumpel hier kriegt von euch Dresche, weil er ein Mann ist? Ist das hier 'ne Frauenkneipe oder was?«

»Herr Havlicek ...«, wollte Frau Jacobs eingreifen. Doch Simon war noch nicht fertig.

»Und er soll sich dafür schämen, dass er alles richtig gemacht hat? Er kann doch nichts dafür, dass er so viel abgenommen hat. Das heißt, natürlich kann er das.« Er sah Frau Seemann direkt an. »Vielleicht fragen Sie sich mal lieber, was Sie in all den Monaten falsch gemacht haben, anstatt auf Hotte rumzuhacken!«

»HERR HAVLICEK ...« Die Stimme der Gruppenleiterin war jetzt deutlich lauter geworden.

»Ist doch wahr«, knurrte Simon und setzte sich wieder.

»Wahr ist«, sagte Susanne Jacobs ruhig, »dass Männer de facto Vorteile in der Verstoffwechselung haben. Und dass sie Veränderungen leichter annehmen, rein ernährungstechnisch. Und wahr ist auch, dass ich es nicht dulde, wenn Mitglieder meiner Gruppe von anderen Mitgliedern angepflaumt werden. Haben wir uns da verstanden, Frau Seemann?«

Frau Seemann nickte. Ihre Augen hatten sich tatsächlich mit Tränen gefüllt.

»Und für Sie gilt das auch, Herr Havlicek.«

Simon hob seine Hände zur Schon-gut-Haltung in die Luft.

»So, Herr Behrens, und jetzt kommen Sie bitte zu mir«, sagte Jacobs.

Widerwillig erhob sich Hotte und schlurfte nach vorn.

»Herzlichen Glückwunsch. Gut gemacht, egal, was die anderen sagen. Das hier haben Sie sich mehr als verdient.« Auch Hotte bekam nun sein Kleeblatt. Während er es noch betrachtete, begann Simon zu klatschen, und zögerlich fielen die anderen ein, bis es am Ende dann doch ein ordentlicher Applaus war, der dem Anlass fast gerecht wurde. Hotte nickte, machte auf dem Absatz seiner neuen braunen Schuhe kehrt und ging zurück zu seinem Platz. Als er die halbe Strecke bewältigt hatte, rief Jacobs ihm nach.

»Ach, und Herr Behrens?«

Hotte drehte sich um. »Ja?«

»Ihre neue Frisur …«

»Was ist damit?«

»Die gefällt mir ausgesprochen gut.«

Ein paar Damen kicherten wie angetrunkene Teenager. Frau Seemann schluchzte.

Am letzten Sonntag im Juli ging Simon erstmals am Vormittag joggen. Er ahnte, dass es bei dem schönen Wetter an der Alster heute voll sein würde, zu voll für jemanden, der sich daran gewöhnt hatte, seine Runden einsam mit dem

Hund zu drehen. Also liefen er und Zottel an seiner Leine ziellos in die andere Richtung. Hoch zur Hallerstraße, rechts rein Richtung Innocentiapark, den Schlump rechts liegen lassen, hinein in den Sternschanzenpark … Er hatte früher nie gern gejoggt. Aber das hatte sich nachhaltig geändert, irgendwie blies es ihm den Kopf frei. Er hatte sich sogar neue Schuhe besorgt.

Katja verblasste langsam. Er hatte sie jetzt seit einem Vierteljahr nicht mehr gesehen. Von hundert auf null. Seine Mutter hatte ihm gesagt, dass Katja ein-, zweimal bei ihr angerufen hatte. Sie würde sich Sorgen machen, hatte Jarmila berichtet, weil er so spurlos verschwunden war. Lustig. Katja wusste, wo er arbeitete, sie kannte seine Büronummer, sogar die von seinem Handy. So irre groß konnte ihre Sorge also nicht sein, wenn sie auf keinem der verfügbaren Kanäle Anstalten unternahm, Simon zu erreichen.

Ihren Discman schien sie auch nicht zu vermissen, sie hatte ihn genauso wenig zurückgefordert wie Simon selber. Er hatte ihn wie immer beim Joggen dabei. Heute hörte er Buena Vista Social Club, die er für sich vor ein paar Monaten entdeckt hatte, in diesem Wim-Wenders-Film über alte, kubanische Musiker. Super Film, fand Simon. Und gute Laufmusik.

Er bewegte sich vom alten Wasserturm auf den Sportplatz des SC Sternschanze zu. Hier hatte er oft gespielt, und es war immer noch einer seiner Lieblingsplätze in Hamburg: mitten im prallen Leben, mit dem Schanzenviertel hinter dem Tor und dem Bahndamm nebenan; zur anderen Seite lagen der Park und der imposante Wasserturm, der zu nichts mehr nutze war. Gerade machten sich auf dem Platz zwei Mannschaften warm. Die rot-blau gestreiften Sternschanze-Trikots im Barcelona-Stil konnte er schon von Weitem ausmachen, wer in den grünen Hemden steckte, war von hier noch nicht zu erkennen.

Ein Ball flog über den Zaun hinter dem Tor, das auf der Parkseite lag, und kullerte direkt auf seinem Laufweg aus. Simon stoppte ihn und stellte den Fuß auf den Ball. Oha. Das fühlte sich gut an. Er lupfte die Kugel leicht an und ließ sie zwei-, dreimal auf dem rechten Spann tanzen, legte sie auf den linken Fuß, jonglierte ein bisschen damit, kickte den Ball zwei Meter in die Höhe, fing ihn mit dem Knie auf, bezog die Brust mit ein, den Kopf auch und konnte die ganze Zeit überhaupt nicht glauben, dass das alles noch ging, nach vier Jahren ohne Ball. Ist wohl wie Radfahren, dachte er. Vielleicht verlernt man es einfach nicht.

Jemand tippte ihm auf die Schulter. Simon ließ den Ball fallen und drehte sich um. Da stand Jens Grobitzsch – sein alter Fußballkumpel Jens Grobitzsch! – und grinste ihn an. Simon zupfte die Kopfhörer aus den Ohren.

»Grobi!«

»Dicker!«

Sie fielen sich in die Arme und hauten sich kräftig auf die Schulterblätter. Als sie sich wieder gelöst hatten, fiel Simon das grüne Trikot auf.

»Ach, ihr seid das, na klar! Ich hatte aus der Distanz auf Langenhorn oder St. Georg getippt.«

»Nee, das sind wir. Vorwärts Elbe, zweite Herren. Sag bloß, du kennst deine Leute nicht mehr?«

»Zweite habe ich nie gespielt, Grobi, immer nur erste. Läuft die Saison denn schon? Bisschen früh dafür, oder?«

»Ist noch Vorbereitung. Freundschaftsspiel gegen Sterni.« Er musterte Simon von oben bis unten. »Wie geht's dir denn? Hab öfter mal an dich gedacht nach deinem komischen Anruf damals.«

Simon erinnerte sich an seinen Geburtstag. Inzwischen war es ihm ziemlich peinlich, dass er Grobi angerufen und was er ihm damals erzählt hatte.

»Das war nicht gerade mein Lieblingstag in diesem Jahr, Geburtstag hin oder her. Aber jetzt geht es schon viel besser. Alles in der Spur.«

»Auch das mit deiner Zaubermaus?«

Zaubermaus? Katja? Grobi kam ja auf seltsame Ideen.

»Nee, das sieht nun wieder nicht so gut aus. Die hat sich wohl endgültig anderweitig orientiert.«

»Hm. Schöne Scheiße. Aber ich hab's dir ja schon neulich gesagt: Die war eh viel zu scharf für dich.«

»EY, GROBI! WO BLEIBST DU?«, rief einer der Spieler von Vorwärts Elbe durch den Maschendrahtzaun.

»GLEICH!«, schrie Grobi zurück. Dann drehte er sich zu Simon um. »Ich hab gesehen, was du gerade mit der Pille angestellt hast. Dicker, du hast es echt noch amtlich drauf! Aber das überrascht mich überhaupt nicht.«

Er musterte Simons Beine, die in einer kurzen Turnhose steckten; Simon hatte auch die vor ein paar Wochen neu gekauft. Links von seiner rechten Kniescheibe verlief eine sechs Zentimeter lange senkrechte Narbe.

»Was macht dein Knie?«

»Geht eigentlich«, sagte Simon, »laufen kann ich zumindest ganz ordentlich.«

»Willst du nicht wieder kicken?«, fragte Grobi unvermittelt.

»Ich?«

»Nee. Gerhard Schröder. Natürlich du, Dicker.«

»Jetzt hör mal auf mit dem blöden ›Dicker‹, Jens.«

»'tschuldi. Aber echt jetzt mal: Du bist der beste Techniker, mit dem ich je gespielt habe. Du warst der Zidane der Verbandsliga. Und egal, in welcher Verfassung du jetzt bist – in der Gurkentruppe da drüben wärst du der König. Da kannst du im Mittelfeld den Stehgeiger geben, mir egal, aber deine Pässe und Freistöße, die könnten wir echt gut gebrauchen.«

»Ich weiß nicht …«

»Ich aber. Dich juckt es doch, das sehe ich ganz genau.«

Simon schwieg und sah hinüber zum roten Aschenplatz, auf dem der Schiedsrichter jetzt pfiff. Das Spiel würde gleich losgehen.

»Dein letztes Spiel war das, wo dein Kreuzband gerissen ist, oder?«, fragte Grobi.

Simon nickte.

»Und du bist dreißig, stimmt's?«

»Stimmt.«

»Dick … – äh, Simon, meine ich – das kann es echt nicht gewesen sein. Komm, gib dir 'nen Ruck. Fußball ist der geilste Sport der Welt, und wenn das einer weiß, dann du.«

Das ist wahr, dachte Simon.

»GROBI, DU KLAPPSPATEN! JETZT KOMM MAL IN DIE PUSCHEN! DER PFEIFT AUCH OHNE DICH AN!«

»ICH KOMM JA SCHON!«, brüllte Grobi. Er schnappte sich den Ball, für den er eigentlich durch das Loch im Zaun gestiegen war.

»Dienstag um neunzehn Uhr ist Training. Wo der Platz ist, weißt du ja noch, oder?«, fragte Grobi, streichelte Zottel über den Kopf, klopfte Simon auf die Schulter und lief zurück zum Spielfeld.

»Und? Machst du's?«

»Was?«

»Gehst du heute Abend zum Training?«

»Hm.«

Simon und Anke saßen zwei Tage später auf ihren Drehstühlen im Büro. Jochen starrte wie immer unbeteiligt auf seinen Rechner. Er wurde jedes Mal etwas nervös, wenn er allein in ihrem Dreier-Büro hockte, das merkte man ihm an, sobald man den Raum zu verlassen drohte, aber wenn auch nur einer von ihnen da war, wurde er still und unauffällig. Manchmal vergaß Simon tatsächlich, dass er überhaupt anwesend war.

Anke und er hatten gerade Mittagspause gemacht. Er konnte den ewigen Salat nicht mehr sehen und hatte sich beim Asiaten Hähnchen mit Cashewnüssen gegönnt, den Reis allerdings weitgehend liegen gelassen. Anke (»Rindfleisch mit acht Köstlichkeiten«) leckte jetzt an ihrem dreikugeligen Nachtischeis, das sie sich drüben bei der Eisdiele im Park geholt hatte. Unglaublich, dachte Simon. Die Frau hat einen Appetit, der einen echt umhaut. Ist mir früher nie aufgefallen. Wieso ist die bloß so dünn?

»Was heißt ›hm‹?«, fragte Anke.

»›Hm‹ heißt: Lust hätte ich schon. Grobi hat recht, es juckt mich. Aber ich bin mir nicht sicher, ob mein Knie hält.«

»Probier's halt aus.«

»Tja, würde ich sogar. Aber meine Fußballschuhe liegen noch in Ottensen.«

»Dann hol sie dir halt. Liegt doch auf dem Weg zum Sportplatz, oder?«

»Und wenn Katja da ist? Die flippt doch aus, wenn die mitkriegt, dass ich wieder mit Fußball anfange.«

Anke schüttelte den Kopf. »Das hast du jetzt gerade nicht wirklich gesagt, oder?«

»Wieso?«

Jochen spähte hinter seinem Bildschirm hervor. »Du bist ja immer noch voll unter ihrem Pantoffel«, sagte er. »Ich denke, du hast die Frau seit Monaten nicht gesehen.«

Auch wenn nichts darauf hindeutete – Jochen bekam mehr mit, als es den Anschein hatte. Da muss man ja höllisch aufpassen, was man hier so sagt, dachte Simon.

»Okay, ihr habt ja recht«, sagte er und beobachtete Anke dabei, wie sie eine Tropfspur Brombeer-Vanille von der Waffel leckte. »Ich hab bloß … na ja … ich hab sie seit drei Monaten nicht gesehen. Das wäre irgendwie komisch.«

»Dann ruf sie an und sag ihr, sie soll nicht da sein, wenn du dein Zeug holst. Dann begegnest du ihr auch nicht«, sagte Jochen.

»Der Herr Kollege hat absolut recht«, sagte Anke. »Und wenn du dich auch das nicht traust, macht Jochen es bestimmt gern für dich.«

Simon starrte die beiden abwechselnd an. »Schon gut, ich mach's schon«, sagte er schließlich.

Plötzlich klopfte jemand an den Rahmen der geöffneten Bürotür. Die drei drehten ihre Köpfe in die Richtung.

Da stand eine junge Frau. Sie trug die blaue Gastro-Uniform, diesmal den kompletten Satz, mit Hose statt Minirock.

»Können wir helfen?«, fragte Anke.

»Nicht nötig. Ich habe schon gefunden, was ich suche«, sagte Camilla und kam in den Raum. Sie steuerte direkt auf

Simon zu und stellte einen Ein-Liter-Becher auf die Platte seines Schreibtischs, genau zwischen zwei unordentliche Stapel mit Filmzeitschriften. Er sah sie fragend an. Sie zuckte mit den Schultern.

»Ich dachte, du wolltest mal vorbeikommen«, sagte sie. »Bist du aber nicht. Und da habe ich mir gedacht, dass du inzwischen ziemlich großen Durst haben musst nach der langen Zeit.« Sie lächelte. »Hier, einmal Cola light. Das war doch dein Getränk, stimmt's? Macht vier Mark genau. Bezahlen kannst du später. Unten. Bis einundzwanzig Uhr. Du weißt ja, wo du mich findest, oder?«

Sie drehte sich um und marschierte zur Tür hinaus, bevor Simon etwas entgegnen konnte. Ihr Po füllte die Uniformhose höchst kleidsam aus, und ihr dunkler Pferdeschwanz wippte bei ihrem Abgang.

Ein paar Sekunden herrschte verblüfftes Schweigen im Büro.

»Wer war das denn?«, wollte Jochen wissen.

»Vor allem: *Was* war das denn?«, fragte Anke.

»Äh …« Simon hatte seine Sprache noch nicht ganz wiedergefunden. Er räusperte sich. »Ja, also … das war Camilla. Hat letzte Woche unten in der Gastro angefangen.«

»Die ist scharf«, sagte Jochen.

»Ja, kann man so sagen«, sagte Anke. »Und anscheinend auch scharf auf Simon.«

»Kann nicht sein«, sagte Simon.

»Kann wohl sein«, sagte Jochen. »Ich würde den Auftritt eben auch mal in dieser Richtung deuten.«

»Sag mal, Simon: Hast du mir vielleicht irgendwas zu erzählen?«, fragte Anke. Sie warf ihr halb gegessenes Eis in den Mülleimer und verschränkte die Arme vor der Brust.

Hätte Simon es nicht besser gewusst, hätte er gedacht, dass sie ziemlich beleidigt wirkte.

Und so schilderte er den beiden, wie er Camilla kennengelernt hatte. Seltsam war nur, dass Anke hinterher rein gar nichts dazu zu sagen hatte. Sah ihr überhaupt nicht ähnlich.

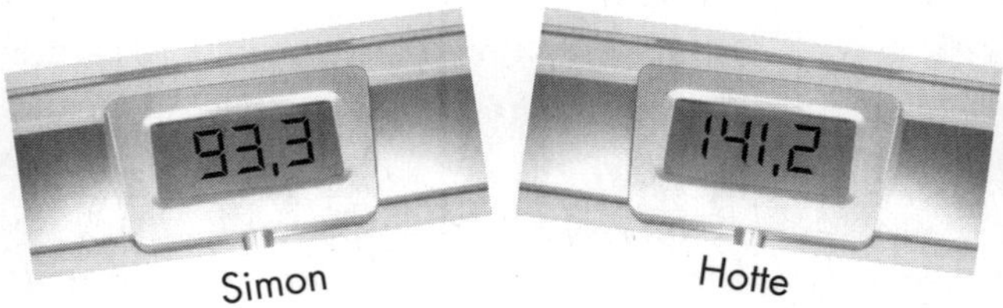

KAPITEL 18

Belgien ist wie Brokkoli

Abends, als er auf seiner Matratze lag, in seinem Zimmer mit den uralten, muffigen Blumentapeten, als er mit hinter dem Kopf verschränkten Armen an die Decke starrte und seine so herrlich müden, auf die beste aller erdenklichen Weisen erschöpften Beine ausstreckte und das Kribbeln in ihnen genoss, dachte er bei sich, dass das wohl einer der aufregendsten Tage in letzter Zeit gewesen war. Wenn er nicht so unglaublich kaputt gewesen wäre, hätte er die Sensationen in seinem Leben mit der Nachrichtenlage weltweit abgeglichen und alles in seinem braunen Notizbuch verewigt, aber er hatte das Gefühl, es nicht mehr bis in Hottes Wohnzimmer und damit zu einem videotexttauglichen Fernseher zu schaffen.

Der Besuch von Camilla war nur der Anfang gewesen. Ein guter Anfang immerhin, auf einer Skala von eins bis zehn für unerwartete Ereignisse eine glatte acht, dachte Simon. Den ganzen Rest des Nachmittags in seinem Büro fühlte er sich merkwürdig duselig, er bekam Camillas Gesicht nicht aus dem Kopf. Und ihren Hintern auch nicht. Nur in dem Moment, als er all seinen Mut zusammenraffte und Katjas Nummer bei Karoplan wählte, verblasste die Erinnerung an die neue Gastro-Kraft. Es tutete. Sein Herz klopfte bis in die Schläfen.

Aber es war nicht Katja, die den Hörer abnahm.

»Karoplan, Hörgens, Apparat Wegmann.«

»Hi, Gundula, hier ist Simon.«

Gundula brauchte einen Moment, bis sie antwortete. »Simon! Das ist ja schön! Wie geht's dir?«

Sie bemühte sich, den für seine Situation angemessenen Ton zu finden. Freundlich, aber nicht zu fröhlich, mit einer Andeutung von Mitleid darin. Wie nett von ihr, dachte Simon.

»Gut, alles bestens, danke. Ist Katja da?«

»Nee, du«, sagte Gundula. Ihre Stimme klang jetzt etwas gedämpfter. Fast betroffen, dachte Simon.

»Ist was passiert?«

»Katja ist im Urlaub.«

»Oh.« Er kam sich etwas blöd vor, als langjähriger Freund sollte man so was eigentlich wissen, oder? Er hatte keinen Schimmer, was Gundula von der ganzen Geschichte mitgekriegt hatte. Ob sie auch nur ahnte, wie es um die Beziehung zwischen ihm und Katja stand? Dem half sie selbst aber ab.

»Ja, die ist in Italien. Mit Giancarlo. Noch bis zum Wochenende.«

»Aha.« Er rang mit sich, ob er sich an dieser Stelle verabschieden sollte, schließlich hatte er jetzt die Information, die er für seine Abendplanung brauchte. Aber irgendetwas in ihm witterte die Chance, hier unverhofft noch ein bisschen mehr über das Leben seiner Exfreundin zu erfahren. »Scheint ja ganz gut zu laufen bei den beiden«, sagte er probeweise.

»Tja, die einen sagen so, die anderen so. Ich glaube, die zoffen sich ganz schön oft. Sogar hier im Büro. Der ist ja mindestens dreimal täglich da, um irgendwelche Unterlagen abzuholen. Und irgendwie hat man in seiner Gegenwart das Gefühl, man sollte lieber in Deckung gehen. Aber Katja findet das alles ganz toll. Die schwärmt immer davon, wie interessant der Typ ist und wie lebendig sie sich fühlt und so.«

Simon schluckte. Einerseits war das genau das, was er hören wollte. Andererseits ganz und gar nicht.

»Na, ist doch schön für sie«, sagte er.

»Glaub ich eher nicht, ehrlich gesagt. Besonders glücklich sieht sie nämlich nicht aus. Aber vielleicht ist das auch nur meine Meinung. Ich mag den einfach nicht, den Typen. Ist ein totaler Vollspacken. Du bist viel … netter.«

»Schön, dass du das sagst. Und danke für die Auskunft.«

»Bitte sehr. Ach, und Simon …«

»Ja?«

»Ich fand das total scheiße, was sie damals im Klo abgezogen hat. An deinem Geburtstag! Da muss man erst mal drauf kommen!«

Aha. Die Firma Karoplan war also umfassend über die Ereignisse des 21. April informiert. Gut zu wissen, dachte Simon.

Gegen fünf verließ er sein Büro und ging hinunter ins Foyer. Er war ein wenig aufgeregt, denn wenn das vorhin tatsächlich eine astreine Anmache gewesen war, wie seine beiden Büromitinsassen behaupteten, dann wusste Simon nicht mal im Ansatz, wie er damit umgehen sollte. Erst mal hatte er Schulden, und die würde er begleichen. Damit fang ich einfach an, dachte er, und wenn es im Anschluss peinlich wird, muss ich da eben durch.

Entgegen aller Befürchtungen wurde es überhaupt nicht schlimm. Im Gegenteil. Camilla hatte gerade nicht viel zu tun. Sie schenkte ihnen zwei Kaffee ein und sagte Sven, sie würde jetzt Pause machen. Dann setzten sie sich auf die Stufen, die ins Untergeschoss zu den kleineren Kinos führten.

Am Anfang war es Simon, der die Fragen stellte. Und Camilla erzählte. Davon, dass sie aus Dänemark kam – genauer: aus Odense –, ihre Großmutter mütterlicherseits aber aus der Nähe von Lübeck stammte und sie selbst deshalb ganz gut Deutsch konnte; sie hatte da viel Zeit bei Verwandten verbracht. Sie war zweiundzwanzig Jahre alt, mit ihrem Studium in Kommunikationsdesign in Kopenhagen fast fertig und hängte jetzt nur noch zwei Auslandssemester dran, bevor sie mit ihrer Diplomarbeit anfing, die im weitesten Sinne mit dem Frauenbild bei Andy Warhol zu tun hatte, ganz sicher war sie sich noch nicht. Hamburg hatte sie früher immer schon toll gefunden, besser als Kopenhagen auf jeden Fall, was Simon schräg fand, weil er irre auf Kopenhagen stand. Jetzt verkaufte sie hier in den Semesterferien Popcorn und Cola, statt in einer Werbeagentur zu jobben, wie die anderen in ihrem Semester das machten, aber irgendwie hatte es sich nun mal so ergeben.

»Und du? Wie bist du hier gelandet?«, fragte sie.

Simon erzählte davon, dass er zwei ausgeprägte Leidenschaften hatte, zum einen Fußball, zum anderen Filme, Letztere bereits, seit er 1975 für *Susi & Strolch* zum allerersten Mal im Kino gewesen war. Welche Jobs er hier schon gemacht hatte (»Du warst wirklich Filmvorführer?«, fragte Camilla ungläubig), und was jetzt seine Aufgabe war, zweieinhalb hohe Stockwerke über ihnen, in dem Büro, das sie ja schon kannte.

Hotte hatte wirklich recht, man muss einfach nur mal zuhören und sich für den anderen – oder vielmehr: die andere – interessieren, dann war dieses ganze Mann-Frau-Ding gar nicht so kompliziert. Simon hatte das einfach vergessen, weil er auf diese Art zuletzt vor mehr als fünf Jahren mit einer Frau geredet hatte und weil diese Frau, Katja, ihm in den letzten Monaten einen gehörigen Knoten ins Hirn gedreht hatte, obwohl sie gar nicht bei ihm gewesen war. Und jetzt im Urlaub in Italien. Simon hatte Italien schon immer scheiße gefunden.

»Ich muss mal wieder, das war jetzt eine Dreiviertelstunde«, sagte Camilla.

»Echt?« Simon sah verblüfft auf die Uhr. Gleich zehn vor sechs. Sie hatte recht.

»Wollen wir mal was zusammen machen? Nach der Arbeit?«, fragte Camilla.

Simons Puls beschleunigte sich. Das Gespräch unter Kollegen war schön gewesen, und Simon kam nicht umhin, Camilla irre hübsch zu finden, ihre Bewegungen aufzusaugen, ihr Lächeln im Kopf zu behalten. Aber ein Date, das war schon eine ganz andere Hausnummer, da steckte meistens eine Paarungsabsicht dahinter, und dafür musste man bereit sein, dachte er. Andererseits war er immer noch in einer Zone, in der er außer Gewicht nichts zu verlieren, sondern nur zu gewinnen hatte. Warum also nicht, verdammt?

»Wir können ja mal ins Kino gehen«, schlug er vor.

Sie lachte laut und lange. »Du bist echt lustig«, sagte sie, »ins Kino! Wirklich!« Sie schlug den Freitag vor, da hätte sie frei, wie der Name schon sagte. Irgendwas trinken an der Elbe wäre doch nett. An der Strandperle vielleicht, gegen acht? Er stimmte zu.

Dass er die Sache mit dem Kino durchaus ernst gemeint hatte, erwähnte er lieber nicht mehr.

Es war schon zu spät, um noch seine wenigen passenden Sportsachen aus der Feldbrunnenstraße zu holen, also fuhr er direkt nach Ottensen. Als er sein Fahrrad vor dem Haus absperrte, wummerte plötzlich sein Herz im ganzen Körper. Er wusste zwar, dass Katja sich ungefähr zweitausend Kilometer südlich von Hamburg herumtrieb und somit so viel räumliche Distanz zwischen ihnen beiden lag wie nie zuvor in den letzten fünf Jahren, aber er befürchtete, dass er sich ihr in der Wohnung schmerzhaft nah fühlen würde. Oder umgekehrt so weit entfernt, dass ihm Italien wie ein Steinwurf vorkäme. Er wusste nicht genau, was er schlimmer fände.

Im Treppenhaus begegnete er niemandem, was ihm nur recht war. Als er die Tür im zweiten Stockwerk aufschloss, fiel ihm ein, dass er hier immer noch die halbe Miete zahlte, für eine Wohnung, die er seit ziemlich genau drei Monaten nicht betreten hatte. Er ging hinein.

Im Flur erwischte ihn der Katja-Geruch mit voller Breitseite. Ihr Parfüm hing als leichte Note in der Luft, das kam von drüben, von der Garderobe, wo ein Dutzend Jacken von ihr hingen. Er roch das Leder ihrer umfangreichen Schuhsammlung. Roch das leichte Zitronenaroma, das das Putzmittel verströmte, mit dem diese Wohnung seit vier Jahren gewienert wurde. Simon fühlte sich seltsam. Das hier war seine Heimat, ganz klar, aber es fühlte sich nicht mehr wie sein Zuhause an. Er wusste nicht so genau, was er mit diesem Widerspruch anfangen sollte. Er betrat das Schlafzimmer. Kurz fragte er sich, ob Katja es hier wohl mit Giancarlo trieb, aber er fand keine Spuren. Auf dem Tischchen neben seiner Bettseite lag sogar noch *Die fünfte Frau* von Henning Mankell, das Buch, das er sich frisch gekauft hatte und gerade las, als er hier zuletzt geschlafen hatte. Es hatte fast vierzig Mark gekostet. Er steckte es in seine Umhängetasche.

Der IKEA-Schrank im Schlafzimmer bestand aus vier Elementen von je fünfzig Zentimetern Breite. Ihm gehörte das ganz linke, den Rest des Platzes beanspruchte Katja, von ein paar seiner Hemden abgesehen, die rechts von Katjas Kleidern und Blusen auf der Stange im Mittelsegment hingen. Aber die wollte er nicht, er wollte seine Fußballsachen. Das hieß: nur die Schuhe. In das andere Sportzeug passte er nicht rein, die waren alle für einen zwölf Kilo leichteren Havlicek gedacht.

Die Schuhe lagen in einer Plastiktüte in einer Kiste ganz unten im Schrank. Er nahm sie, dazu ein paar Stutzen, denen sein Gewicht nichts ausmachte. Dann lenkte er seinen Blick in die oberen Regionen, wo seine Sachen aus den letzten ein, zwei Jahren lagen. Er griff sich das rote R.E.M.-Shirt, das er sich letztes Jahr bei einem Konzert in Stockholm gekauft hatte, wo er mit Katja gewesen war. Wie kommt die eigentlich darauf, wir hätten nie was zusammen unternommen?, dachte er und schüttelte den Kopf.

In Sachen Beinbekleidung wurde die Luft dann dünner. Passende Sporthosen hatte er einfach nicht. Aber seine Badeshorts, die er erst seit einem Jahr hatte, die würden vielleicht … Er fand sie: hellblau mit neongelben und lilafarbenen Ornamenten. Scheiß drauf, dachte Simon. Wird schon irgendwie gehen.

Zu guter Letzt holte er sich ein großes Handtuch aus dem Badezimmer, schnappte sich sein Shampoo aus der Dusche, das seit April wahrscheinlich auch niemand angerührt hatte, warf alles in seinen Sportrucksack, den er seit über vier Jahren nicht mehr benutzt hatte, ging zur Tür hinaus und zog sie zu, ohne sich noch einmal umzudrehen.

So schwer war das jetzt gar nicht gewesen, dachte er. Erstaunlich eigentlich.

Zehn Minuten später steckte er den Kopf durch die geöffnete Kabinentür auf dem Fußballplatz von Vorwärts Elbe, der tatsächlich in Sichtweite des Flusses lag. Er klopfte an den Türrahmen und sagte halblaut: »Moin, die Herren.« Ein gutes Dutzend Fußballer, das gerade dabei war, sich für das Training umzuziehen, verstummte im Gespräch und wandte sich ihm zu.

»Wie geil ist das denn, Dicker!«

Jens Grobitzsch saß ganz hinten in der Ecke, schlitterte jetzt aber in Unterhose und auf Socken über die Fliesen, klatschte Simon ab und zog ihn in die Kabine. »Hätte ich nicht gedacht, dass du wirklich hier aufschlägst«, sagte er. Einige andere, die wie Grobi mit ihm zusammen in der ersten Mannschaft gespielt hatten, kamen ebenfalls herüber, schüttelten ihm die Hand und freuten sich anscheinend aufrichtig, ihn zu sehen. Axel Sarstedt, ein sauschneller Stürmer, den Simon damals mit seinen legendären langen Pässen gefüttert hatte, wirkte regelrecht ergriffen von dem Überraschungsbesuch.

»Willst du wieder anfangen, so richtig?«, fragte er.

»Weiß ich noch nicht, Acki. Erst mal gucken, ob das noch geht.«

»Ey, das wär echt golden, Simon. Einer wie du fehlt hier.«

»Was fehlt hier?«, dröhnte eine tiefe Stimme von der Tür her.

»'n Abend, Trainer«, sagte Grobi. »Wir stellen gerade fest, dass wir einen wie den Dicken hier sehr gut gebrauchen können.«

Der Trainer, ein großer, grauhaariger, hagerer Mann, vielleicht so alt wie Simons Mutter, bemerkte jetzt Simon, der ein paar Meter neben ihm stand. Simon kannte ihn nicht. Der muss neu sein, dachte er, damals war er jedenfalls noch nicht im Verein. Der Trainer musterte Simon von oben bis unten, an seinem vorgewölbten Bauch blieb er zwei Sekunden länger hängen, sagte aber nichts. Die Arme hielt er vor der Brust verschränkt. Sieht nicht so aus, als ob der Mann scharf auf neues Personal wäre, dachte Simon. Vor allem auf keins mit Übergewicht.

»Und wozu können wir den brauchen, Grobi?«, fragte der Trainer jetzt.

»Tja, Trainer, echt gute Frage. Warum braucht Stuttgart Krassimir Balakow? Wofür braucht Bayern Mehmet Scholl? Wofür braucht Manchester David Beckham? Das hier ist Simon Havlicek, Trainer.«

»Oh.« Der Gesichtsausdruck des Übungsleiters veränderte sich. Er trat auf Simon zu und schüttelte ihm die Hand. »Frank Baumann, Tach. Trainer hier in der zweiten Saison, vorher war ich in Blankenese. Ich hab dich früher oft spielen sehen, du warst mal richtig gut. Hab dich bloß nicht gleich erkannt.« Sein Blick wanderte wieder zu Simons kleiner Kugel in der Körpermitte, dezent und nur eine Sekunde lang, aber Simon hatte es trotzdem bemerkt. »Und du willst hier mitmachen?«

»Na ja, ich würde gern mal probieren, ob das überhaupt noch Sinn hat. War Grobis Idee.«

»Ah, Grobi hatte wieder eine von seinen Ideen. Wär schön, wenn mal 'ne gute dabei wäre. Ich würde mich jedenfalls freuen, wenn ich hier 'ne lebende Vorwärts-Legende in der Truppe hätte. Dann zieh dich mal um. Und ihr anderen macht jetzt auch hinne, Training hat vor fünf Minuten angefangen, ihr Klatschtanten!«

Eigentlich hatte er seine Jungs heute richtig rannehmen wollen, mit Ausdauerübungen und Steigerungsläufen am Elbstrand und all dem fiesen Kram, weswegen Fußballern in der Saisonvorbereitung oft genug das Kotzen kam. Aber extra wegen Simon hatte er das Training umgestellt, es gab kleine technische Übungen, Torschüsse und ein langes Trainingsspiel. »Ich wollte mal schauen, was noch übrig ist vom alten Simon Havlicek«, sagte der Trainer, »schließlich dachte ich zuerst, du hast auf Clown umgeschult. Läuft der hier mit 'ner Badehose auf! Aber dann … Das ist stark, was du am Ball kannst, immer noch. Das beherrscht hier sonst keiner im Team. Und das ohne Training, schon doll.«

»Wir können dich hören, Trainer«, sagte Axel.

»Na und?«

»Wir haben auch Gefühle.«

»Ach was.« Baumann wischte es mit einer Handbewegung beiseite. »Ihr und ich, wir sind doch Männer. Unsere einzigen Gefühle sind Hunger und Durst. Also, Simon, ich würd mich freuen, wenn du wieder dabei wärst.«

Simon hatte noch gar nichts gesagt. Er konnte nicht.

Er war komplett ausgepumpt, mehr als die anderen. Das Joggen war ja schön und gut, aber hier wurden ganz andere Bewegungen abgefordert: schnelle Richtungswechsel, Tempovariationen, hartes Abstoppen … Dennoch war das Training für ihn wie im Rausch vorbeigeflogen. Am Anfang war ihm noch der ein oder andere Pass danebengegangen, und beim Torschusstraining musste er sich erst langsam wieder an sein Timing herantasten. Aber im Spiel hatte er geglänzt, fast wie früher. Hatte Pässe aus dem Fußgelenk gezaubert, im Spiel seiner Mannschaft die Fäden gezogen und einen Freistoß aus zwanzig Metern im Winkel versenkt. Dieses Gefühl, das er dabei hatte, diese Mischung aus Unglauben und Stolz darauf, dieses kleine picassoeske Kunstwerk geschaffen zu haben … Ja, daran konnte er sich allerdings wieder gewöhnen. Zumal sein Knie keinen Mucks von sich gegeben hatte.

Also nickte er dem Trainer zu.

»Sauber«, sagte der und grinste erfreut. »Dann sehen wir uns Donnerstag.«

Simon brauchte ewig nach Hause. Er war die sechs Kilometer praktisch in Zeitlupe geradelt, mehr hatte sein erschöpfter Körper nicht zu bieten. Aber er war – und sosehr er sich auch bemühte, ein weniger pathetisches Wort zu finden, es gab keines – glücklich. Fußball und Camilla, beides an einem Tag, dafür muss eine alte Frau echt lang stricken, dachte Simon grinsend.

Gegen halb zehn schloss er die Tür in der Feldbrunnenstraße auf. Er schleppte sich in die Küche, er hatte einen Mordshunger. Fieberhaft überlegte er, was die Weight Watchers in solchen Fällen verziehen.

Hotte saß am Tisch und las den *Spiegel* von gestern. Aber das war es nicht, was Simons Unterkiefer herunterklappen ließ.

Der Tisch war für zwei Leute gedeckt. Auf Tischsets, von denen Simon nicht geahnt hatte, dass sie in diesem Haushalt existierten, standen weiße Porzellanteller – Simon wusste, dass sie Teil des Services waren, das die Oma ihrem Hotte mit der Wohnung vererbt hatte. In passenden Porzellanschüsseln entdeckte Simon Brokkoli, Kartoffeln, weiße Soße und gebratene Hähnchenbrust. Sogar einen grünen Salat gab es, aufgepeppt mit Gurken und Tomaten. Hottes Teller war benutzt, er hatte wohl schon gegessen.

»Wow«, sagte Simon.

Hotte legte den *Spiegel* beiseite. »Wo warst du?«, fragte er, und Simon konstatierte mit einigem Erstaunen, dass Hottes Stimme unterkühlt klang.

»Fußballtraining.«

Hotte war verblüfft. »Hast mir gar nicht erzählt, dass du da hinwillst«, sagte er.

Stimmt, dachte Simon. Er hatte Hotte nicht von Sonntag berichtet, als er Grobi getroffen hatte.

»Hättest du mir ruhig mal sagen können«, fuhr Hotte fort.

»Hab's vergessen.«

»Ach, vergessen, ja? Genauso wie du wohl vergessen hast, ans Handy zu gehen, wenn ich anrufe?«

Simon zog erschrocken sein Handy aus der Tasche und sah aufs Display. Vier Anrufe in Abwesenheit. Alle von Hotte.

»Weißt du, Simon, ich dachte, ich bereite dir mal 'ne Überraschung. Ich stell mich hin, koche nach diesem

Weight-Watchers-Kochbuch eine nette, kleine Mahlzeit – und wer kommt hier nicht in den Laden?«

Simon setzte sich und betrachtete noch einmal den gedeckten Tisch. »Wusste ich ja nicht.«

»Natürlich nicht. Das ist schließlich das Wesen einer Überraschung.«

»Aber dann bin *ich* doch nicht schuld, wenn die Überraschung misslingt.« Was so gar nicht stimmte, dachte Simon, denn überrascht war er durchaus.

»Ach, es geht doch um ganz was anderes. Um Respekt zum Beispiel. Und um Achtsamkeit.«

»Hä?«

Hotte sagte nichts mehr. Er hockte mit verschränkten Armen da und starrte auf den Fußboden.

»Alter, das ist echt spooky hier«, sagte Simon. »Habe ich irgendwas verpasst? Als ich das letzte Mal drüber nachgedacht hab, war ich noch nicht mit dir verheiratet.«

Hotte schwieg weiter. Simon grübelte. Er fand die Situation surreal.

»Um was geht es hier, Hotte? Fühlst du dich von mir vernachlässigt?«

»Schwachsinn.«

»Glaube ich nicht. Wir laufen nicht mehr zusammen, ich bin abends ab und zu unterwegs und du nicht – und jetzt bin ich unerwarteterweise mal nicht da, wenn du was für uns beide kochst.«

Hotte presste die Lippen aufeinander.

»Müssen wir zur Paarberatung, Hotte?«

»Halt die Fresse, Havlicek.«

»Nee, sag doch mal.«

»Überzieh die Sache nicht.«

»Och, Hotte …«

»HÖR AUF!«

Zottel sprang auf und verschwand im Vollsprint im hinteren Teil der Wohnung. Hotte konnte echt furchterregend sein, wenn er brüllte.

»Sorry …«

»Ach, scheiß auf sorry, Havlicek. Du und Anke, ihr habt mir neulich einen Vortrag über Freundschaft gehalten. Aber das ist doch alles Bullshit. In zwei, drei Monaten bist du wieder schlank, und dann dampfst du wieder ab zu deiner Katja.«

»Eher nicht, Hotte.«

»Dann eben Camilla.«

Simon runzelte die Stirn. »Camilla? Wie kommst du denn auf die?«

»Och, Anke hat mich heute im Serverraum besucht. War ein bisschen … sagen wir mal: durch den Wind, die Gute. Hat mir erzählt, wie du von einem Gastro-Girl angebaggert wurdest. Glückwunsch, Simon.«

Für eine Gratulation klang das Ganze extrem bitter. Simon spürte, wie Wut in ihm hochstieg. Was genau dachte sich Hotte eigentlich? Würde er sich etwa nicht auch toll fühlen, wenn sich ihm eine attraktive skandinavische Austauschstudentin vor die Füße warf? Dann fiel Simon ein, dass genau das Hotte in nächster Zeit wohl eher nicht passieren würde, wahrscheinlich sogar nie. Und plötzlich begriff er, dass Hotte nicht etwa neidisch oder missgünstig war, sondern Angst hatte. Angst davor, dass Simon weggehen würde. Angst davor, wieder allein zu sein, so wie früher. Angst davor, dass sein Leben wieder genauso aussehen könnte wie noch Mitte April 1999.

Simon war allerdings nicht ganz klar, wie Hotte ihn ausgerechnet durch die Verabreichung von Brokkoli halten wollte. Er beugte sich ächzend vor – sein Körper knirschte dabei an allen Ecken und Enden –, griff nach einem komplett erkalteten Stängel mit zwei Röschen daran und biss herzhaft hinein. Außer kalt war der Brokkoli ungesalzen und labberig.

»Ich verstehe das Konzept von Brokkoli nicht«, sagte Simon kauend. »Das ist kein Blumenkohl, aber auch keine richtige Grünpflanze, irgendwie spargelig, aber auch nicht so richtig ... Irgendwie ist Brokkoli wie Belgien.«

»Wieso Belgien?«, fragte Hotte sichtlich verwirrt.

»Na ja, halt total überflüssig. Wie Belgien.«

»Wieso soll Belgien überflüssig sein?«

»Weil es so komisch eigenschaftslos eingeklemmt herumliegt. Im Norden ist es wie in Holland, im Süden sieht es aus wie in Frankreich.«

»Das ist bescheuert, Simon. Das trifft doch auf viele Länder zu.«

»Echt? Dann nenn mir eins.«

Hotte dachte nach. Schließlich sagte er: »Okay, keine Ahnung. Aber ich mag Brügge, da war ich mal. Und die Schokolade ist gut.«

»Du darfst keine belgische Schokolade mehr futtern. Nur noch Weight-Watchers-Riegel.«

»Die sind aber auch nicht so schlecht.«

Simon musste lachen, und nach ein paar Sekunden lachte Hotte mit. Simon füllte sich kalte Kartoffeln auf, legte ein paar kalte Brokkoli-Röschen dazu, pickte ein kaltes Stück Geflügel mit der Gabel auf und begoss das Arrangement mit kalter, heller Soße.

»Ist das diese Weight-Watchers-Hollandaise?«, fragte er. Hotte nickte.

»Willst du das so essen? Ich kann es auch noch mal in die Mikrowelle stellen«, sagte er.

»Nee, das ist meine Buße für heute. Ist übrigens auch so ganz lecker. Wie viele Punkte?«

»Der Teller da? Neun, würde ich sagen.«

»Super. Und danke, dass du dir so viel Mühe gemacht hast. Ich weiß das echt zu schätzen.«

Während Simon sein kaltes Nachtmahl aß und seine helle Freude an dem schmerzhaften Kribbeln in seinen Beinen hatte, erzählte er Hotte von Sonntag, als er Grobi getroffen hatte, von seinem Anruf bei Karoplan, von seinem Besuch in der Wohnung in Ottensen, vom Training und dem Hochgefühl, das es in ihm ausgelöst hatte. Und er erzählte die ganze Geschichte mit Camilla, bis hin zum Date am Freitag. Hotte war sein Freund, sogar einer, der unaufgefordert für ihn kochte. Er hatte Anspruch auf die ganze Wahrheit.

»Das war echt total lecker, Hotte. Ich glaube, Frau Jacobs wäre stolz auf dich«, sagte Simon nach dem Essen.

Hotte wurde rot. Knallrot. Und plötzlich traf Simon die Erkenntnis mit der Wucht eines Dampfhammers, und er fragte sich, warum er das nicht schon früher gesehen hatte. Die neue Frisur, die Klamotten – all das hatte sich Hotte tatsächlich wegen einer Frau zugelegt.

Hotte hatte sich in Susanne Jacobs verliebt.

Simon

Hotte

KAPITEL 19
Light My Fire

Nach der Ausschreitung der letzten Woche hatte Simon eigentlich den Plan gefasst, diesmal nach dem Wiegen zu verschwinden. Die Gruppensitzungen waren gruselig genug. Dass Hotte und er aber für die anwesenden Damen auch noch den Unterhaltungswert seltener Vögel hatten und von ihnen bei Bedarf angemacht werden durften – das ging mal gar nicht, dachte Simon. Jedenfalls bis Dienstagabend.

Dann hatte seine Vermutung in Sachen Gruppenleiterin alles geändert. Er würde mit Hotte hingehen und sich ganz genau anschauen, wie er auf die Jacobs reagierte. Denn natürlich hatte er Hotte nicht mit seinem Verdacht konfrontiert, der hätte eh alles abgestritten. Allerdings hatte Anke in 212 seine These anhand der Indizien für stichhaltig erklärt. Sie wussten zwar mangels vorangegangener Beispiele nichts über Hottes Beuteschema (damals bei Katja Poselske auf dem Circus Maximus war ja wohl eher Hotte die Beute gewesen), setzten aber voraus, dass die Größe von knapp einem Meter neunzig kein Ausschlusskriterium war, ebenso wenig wie die Tatsache, dass Susanne Jacobs mindestens zehn Jahre älter war als ihr neuestes Mitglied. Hotte benahm sich schließlich nicht sehr oft wie jemand von Mitte zwanzig. Er ist eine alte Seele, dachte Simon. Starke Frauen fand Hotte spannend. Das hatte man im Fall von Anke ja deutlich gesehen.

Bei ihrer dritten Gruppensitzung saßen sie in der vorletzten Reihe. Es hatte seine Vorteile, wenn man nicht immer kurz vor knapp kam. Hotte trug heute das neue schwarze Hemd zur Jeans und seine neuen Turnschuhe, die Haare hatte er mit mattem Gel bearbeitet. Sie hatte etwas lässig Ungekämmtes an sich, diese Frisur, schön strubbelig, dachte Simon, das sieht echt gut aus. Hotte knetete seine Hände und schnaufte hörbar. Wenn der wüsste, dass er heute unter Sonderbeobachtung steht, dachte Simon.

Kurz darauf trat Susanne Jacobs auf. »Schönen guten Abend, meine Damen!«, rief sie und klang dabei ein wenig wie Caterina Valente, wenn sie die Showtreppe herunterschwebte. Hotte atmete jetzt schneller, er rutschte auf seinem Stuhl vor und zurück, seine Hände waren inzwischen so stark ineinander verklammert, dass die Knöchel weiß hervortraten. Keine Frage, er reagierte körperlich auf diese Frau.

Die war jetzt vorn angekommen, zupfte ihren schwarzen, erstaunlich eng anliegenden Pullover in Form und sah sich um. Als sie Hotte und Simon entdeckte, lächelte sie und zwinkerte ihnen zu. Hotte verzog den Mund. Sollte wohl ein Lächeln werden, dachte Simon. Das üben wir zu Hause noch mal.

Wieder waren die Herren die Highscore-Knacker der Woche, allerdings mit vertauschten Medaillenplätzen: Mit einem Minus von 2,1 Kilo bei nun 140,2 Kilo Gesamtgewicht besetzte Hotte den Silberrang. Und diesmal kam er ohne Missfallensbekundungen davon, im Gegenteil: Die Damen wirkten aufrichtig freundlich, als sie die Hände zum Applaus erhoben. Simon schaute sich um. Frau Seemann schien Urlaub zu haben, jedenfalls konnte er sie nirgends sehen. Dafür war da Silke, die ihn anlächelte und ihm verstohlen zuwinkte. Ach du Scheiße, dachte Simon und winkte zurück. Nicht, dass die jetzt denkt, ich hätte nach *ihr* gesucht. Zweimal im Leben sollte ein einzelner Mann derselben Frau nicht das Herz brechen.

Hotte wirkte äußerst verlegen, als er der Jacobs gegenüberstand, um sein Kleeblatt entgegenzunehmen. Er war etwa drei Fingerbreit größer als sie und blinzelte schüchtern zu ihr herunter, sie lächelte zu ihm hinauf. Passiert ihr wahrscheinlich auch nicht so oft, dass sie zu Männern aufschauen muss, dachte Simon. Sie schüttelte Hottes Hand, sagte »Gut gemacht«, und dann war der Moment auch schon vorbei, von dem Simon vermutete, dass er Hottes Wochenhighlight darstellte. Er beobachtete seinen Kumpel, wie er mit leicht beschleunigtem Atem und mühsam unterdrücktem Grinsen zurück auf seinen Platz schlenderte. Kein Zweifel, dachte Simon. Hotte hatte es erwischt.

Jemand aus der letzten Reihe tippte ihm auf die Schulter. Simon drehte sich um. Frau Arslan, 1,1 Kilo in der ersten Woche, soweit Simon sich erinnern konnte, zeigte stumm mit dem Zeigefinger nach vorn. Simon blickte dem Finger hinterher. Susanne Jacobs musterte ihn mit gekräuselten Augenbrauen.

»Guten Morgen, Herr Havlicek. Gut geschlafen?«

Simon war verwirrt. »Och, geht so. Warum?«

»Ich habe gerade dreimal Ihren Namen aufgerufen.«

»Oh. Tut mir leid. Ich hatte meinen Kopf wohl grad woanders.«

»Scheint mir auch so. Aber wenn ich jetzt schon mal Ihre Aufmerksamkeit habe: Würden Sie bitte nach vorn kommen?«

»Wieso?«

Jacobs schien verblüfft. Aber dann hielt sie statt einer Antwort ein kleines magnetisches Kleeblatt in die Höhe.

»Ach so, richtig, da war noch was. Wie viel ist es denn?« Simon hatte in seinem Eifer, keine emotionale Regung von Hotte zu verpassen, nach dem Wiegen nicht einmal in sein Tagebüchlein geschaut.

»Wie ich gerade schon einmal laut und für alle vernehmbar sagte: zwei Komma sechs Kilo, Herr Havlicek.«

Nicht schlecht, dachte Simon. Er stand auf und marschierte vor zur Gruppenleiterin. Die schüttelte ihm die Hand und drückte ihm sein zweites Kleeblatt in die Hand. Er wollte schon wieder umkehren, aber Jacobs hielt ihn zurück.

»Warten Sie doch mal«, sagte sie. »Ich glaube, uns alle interessiert, wie Sie das gemacht haben. Zwei Komma sechs in der zweiten Woche, das ist enorm.«

»Tja …«, sagte Simon gedehnt, »ich denke, ich habe mich vor allem ans Programm gehalten.« Er hatte das Gefühl, die Jacobs erwartete so etwas von ihm. Doch sie sah eher enttäuscht aus.

»Das ist alles?«

»Im Großen und Ganzen … Ach nee, warten Sie mal. Außerdem war ich Dienstag und Donnerstag beim Fußballtraining. Zum ersten Mal seit fast vier Jahren!«

Gestern hatte er seine zweite Einheit absolviert. Es war fast genauso gut gelaufen wie beim ersten Mal. Erst jetzt hatte er bemerkt, wie sehr seine Füße den Ball vermisst hatten.

Susanne Jacobs lächelte.

»Sie strahlen ja richtig.«

»Wirklich, tu ich das?«

»O ja«, rief eine ältere Dame aus der dritten Reihe, »und das sieht ganz schön sexy aus.«

Die anderen lachten. Sogar Simon musste grinsen.

»Ich hatte echt vergessen, wie gern ich früher Fußball gespielt habe. Das wiederzuentdecken, das macht mich in der Tat glücklich. Und anscheinend auch … sexy«, sagte Simon und deutete eine leichte Verbeugung in Richtung der dritten Reihe an.

»Tja, meine Damen, da können Sie mal sehen, was Sport bei einem Menschen bewirken kann«, sagte Susanne Jacobs. »Machen Sie sich auch glücklich. Spielen Sie Fußball!«

Gegen Ende der Sitzung ging es um Fleisch. Eine Teilnehmerin erzählte einigermaßen verzweifelt, dass sie immer so gern Schweinebraten gegessen hatte, und das ging ja nun nicht mehr, das hatte sie verstanden. Aber musste es denn wirklich immer Pute sein, wenn sie sonntags einen Braten auf den Tisch stellen wollte? Ihr Mann sei auch schon am Schimpfen!

Frau Mertens meldete sich zu Wort. »Na ja, so 'n schöner magerer Rinderbraten geht schon auch, nicht wahr. Aber Pute ist nun mal das Beste. Schwein können Sie total vergessen, das ist viel zu fett.«

»Totaler Quatsch«, murmelte Hotte Simon zu.

Der hob seinen Arm. »Frau Jacobs! Der Herr Behrens hätte dazu was zu sagen!«

Es wurde still im Raum, und es war eine spannungsgeladene Stille. Hotte starrte Simon entgeistert an. Nichts deutete darauf hin, dass er gleich etwas sagen würde. Simon musste wohl nachhelfen.

»Herr Behrens meinte gerade, das sei totaler Quatsch, was die Dame da eben gesagt hat.«

»Ich muss doch sehr bitten!«, rief Frau Mertens.

»Vollidiot«, zischte Hotte Simon zu. Dann erklärte er, für alle vernehmbar: »*Quatsch* hab ich jetzt nicht gemeint, aber sachlich richtig ist das tatsächlich nicht.«

»Ach«, sagte Susanne Jacobs verblüfft, »dann klären Sie uns doch bitte auf.«

»Na ja, es ist so: Wenn man die Kruste nicht mitisst, dann ist Schweinebraten nicht wesentlich fetter als Pute oder Rind, das hat alles zwischen hundertsechzig und hundertsiebzig Kalorien auf hundert Gramm. Also, wenn das Ihre Alternativen sind, dann stellen Sie sich und Ihrem Mann ruhig einen Schweinebraten auf den Tisch. Das magerste Fleisch ist natürlich Hühnerbrust, keine hundert Kalorien, nur ein Gramm Fett auf hundert Gramm Fleisch. Aber auf Dauer ist das dann doch ziemlich öde.«

Er machte eine kleine Kunstpause, und Simon war baff, wie selbstsicher sein Mitbewohner während des kleinen Vortrags gewirkt hatte.

Hotte fuhr fort. »Ganz knapp hinter der Hühnerbrust kommt dann schon das Schweinefilet. Zwei Gramm Fett auf hundert Gramm, und auch nur hundertfünf Kalorien. Und wenn Sie das mit Senf und Kräutern einreiben, es einmal von allen Seiten anbraten und dann zwanzig Minuten in den Ofen schieben, wird Ihr Mann danach nie wieder nach Schweinebraten schreien.«

Erstauntes Gemurmel machte sich breit. Aber Hotte war noch nicht fertig.

»Dem Schwein wird da ganz übel mitgespielt, von wegen fett und so. Das ist großer Unsinn, so ein Schwein kann genauso mager sein wie ein Huhn, ich versteh gar nicht, warum die Leute immer solche Schwierigkeiten haben, das zu glauben.«

»Wow«, sagte Frau Jacobs. »Männer zeigen ihre Leidenschaft, Teil zwei.«

Hotte schluckte und schwieg.

»Tut mir leid, das klang blöd«, sagte die Jacobs schnell. »Das war wirklich sehr erhellend, was Sie da gerade erzählt haben. War mir in dieser Form auch neu. Woher wissen Sie das alles?«

»Mein Vater ist Schlachter.«

»In Bargteheide?«

»Ja.«

»Schlachterei Behrens?«

»Mehr so Fleischgroßhandel Behrens.«

»Oha. Wirklich? *Der* Behrens sind Sie?« Jacobs pfiff durch die Zähne. »Dann sind Sie ja 'ne richtig gute Partie. Oder sind Sie schon vergeben?«

Hotte schüttelte den Kopf und wurde knallrot. Er hat das echt nicht so richtig unter Kontrolle, dachte Simon.

Am Ende der Sitzung ließ sich Hotte aufreizend viel Zeit und studierte eine Schautafel zum Abbiegeverhalten an gleichberechtigten Kreuzungen so intensiv, dass Simon fast schon zu glauben bereit war, Hotte hätte in dieser Sache wirklich Defizite. Sie waren die Letzten, die an den Tisch im Vorraum traten, um sich kalorienarme Vierzig-Gramm-Tüten Chips und zwei Packungen Schokoriegel zu kaufen, von denen jeder zwei Weight-Watchers-Punkte wert war.

»Sollen wir wieder die Kisten ins Auto tragen?«, fragte Hotte schließlich schüchtern.

Diesmal zögerte Susanne Jacobs nicht. »Fänd ich super, gern.«

Simon allerdings hatte genug. Abgesehen davon wollte er Hotte ein bisschen zu seinem Glück zwingen, wie vorhin, als er ihn dazu gebracht hatte, laut vor der Gruppe zu sprechen. Die Jacobs sollte doch irgendwie auf ihn aufmerksam werden. Da zu diesem Zweck ein bisschen Zweisamkeit nicht schaden konnte, kündigte er seinen Abgang an.

»Seid mir nicht böse, Leute, aber ich hab hier nebenan noch was zu erledigen. Ihr schafft das auch ohne mich, oder?«

»Klar«, sagte die Gruppenleiterin und winkte. Hotte biss sich nur auf die Lippe und sah ihm nach.

Simon verließ die Fahrschule und wanderte ein Schaufenster weiter. Der Innenraum der Eppendorfer Metzgerei war jetzt, um kurz nach acht, schon dunkel, aber im Hinterzimmer war noch Betrieb. Er klopfte laut gegen die Scheibe, und ein paar Augenblicke später kam Janko zur Tür. Er strahlte, als er durchs Glas erkannte, wer geklopft hatte. Er schloss die Tür auf und umarmte Simon.

»Simon! Schön, dich zu sehen!«

»Hallo, Janko! War hier nebenan und dachte, ich guck mal rein.«

»Wollen wir wieder was essen gehen? Der Inder am Eppendorfer Markt ist ganz okay.«

»Nee, du, heute kann ich nicht. Muss um neun an der Elbe sein.«

»Sag bloß. Ein Date?«

»Jap.«

»Klingt gut. Der erste Schritt ist es auf jeden Fall.«

»Erster Schritt? Wohin?«

»Der erste Schritt, um über deine Freundin hinwegzukommen.«

»Ach so. Verstehe. Aber ich weiß nicht so genau, ob dafür eine dänische Austauschstudentin die Richtige ist.«

»Ganz sicher nicht. Das ist ein langer Prozess, und wenn das einer weiß, dann ich. Aber irgendwann muss man ja mal anfangen und ein neues Pferd satteln, mit dem man in den Sonnenuntergang reitet.«

Komisches Bild, dachte Simon, aber wenn Janko schon damit angefangen hatte, konnte er ja mal nachfragen. »Und wann fängst du damit an? Das Pferd nach meiner Mutter zu satteln, meine ich.«

»Tja … ich hab's ja probiert. Ich war kein Mönch, Simon, es gab einige attraktive Pferdchen nach Jarmila. Aber mein Herz hat keins erreicht.«

Für einen Schlachter redet er ganz schön blumig, dachte Simon. Das ist wohl seine slowakische Seele.

Janko setzte sich auf die Stufen zu seinem Laden und kramte Zigaretten aus der Hosentasche. Simon hockte sich neben ihn und besah sich die Schachtel. »Moon« hieß die Marke, hatte er noch nie gehört. Was kein Wunder war, der Rest der Beschriftung war auf Tschechisch.

»Kann ich auch eine haben?«, fragte er.

»Klar. Wusste gar nicht, dass du rauchst«, sagte Janko.

»Ich auch nicht«, sagte Simon, nahm sich einen Glimmstängel aus der Packung und steckte die Zigarette mit dem Feuerzeug an, das Janko ihm hinhielt.

Die Sache war die: Seit dem Training am Dienstag hatte er wieder relativ großen Appetit, und plötzlich kostete es ihn große Mühe, bei seinem Speiseplan zu bleiben. Richtig schlimm war es gestern gewesen, als er nach dem Training fünf Scheiben Brot gegessen hatte, zwei davon mit der Marmelade, die Anke bei ihrer Ausräumaktion vor ein paar Monaten übersehen hatte. Entsprechend verblüfft war er eben gewesen, als die Anzahl seiner abgenommenen Kilos verkündet wurde. Damit hatte er nach der Hungerattacke vom Vorabend nicht gerechnet.

Er hatte mal irgendwo gelesen, dass Models oft starke Raucher waren, um das ständige Hungergefühl zu überlisten. Das leuchtete Simon irgendwie ein: Wer rauchte, konnte nicht gleichzeitig essen. Und als er gerade Jankos Packung mit den Zigaretten gesehen hatte, dachte er, dass es vielleicht eine gute Idee wäre, mit dem Rauchen anzufangen, so als alternative diätische Maßnahme.

Er zog sachte an der Zigarette und füllte seine Mundhöhle mit Rauch. Er konnte sich an den Geschmack erinnern, klar hatte er das schon mal probiert, mit sechzehn oder siebzehn. Aber damals hatte er es bleiben lassen, so toll war es letztlich nicht, dass er dafür Geld ausgeben und wertvolle Kondition für seine Tätigkeit im Mittelfeld seiner Fußballmannschaft einbüßen wollte. Er konnte auch nicht behaupten, dass die Moon hier sonderlich lecker war, aber darum ging es auch nicht. Er war schon froh, dass er nicht husten musste. Ist ja schließlich keiner von diesen schlechten Filmen hier, dachte er, in Hollywood hätte ich mir jetzt auf Regieanweisung die Lunge aus dem Leib röcheln müssen. So ein Blödsinn; Simon bekam spontan Pickel am Hintern, wenn dämliche Klischees in Filmen nimmermüde wiederholt wurden, er konnte es zum Beispiel wirklich nicht mehr sehen, dass Männer – und nur Männer! – angepinkelt wurden, wenn sie mal ein Baby wickelten. Er verschluckte sich am Rauch der Moon und hustete.

Es hatte etwas irre Gemütliches, hier mit seinem Ziehvater auf dem Bürgersteig zu sitzen, gemeinsam schweigend zu rauchen und dabei zuzusehen, wie sich der Sommerabend in Eppendorf so entwickelte. Denn er entwickelte sich prächtig. Frauen in leichten bunten Sommerkleidern liefen bei ihren Männern untergehakt über die Eppendorfer Landstraße oder fuhren mit wehenden Röcken auf Holländrädern vorbei, es lag etwas Leichtes, Flirrendes, Milchiges in der Luft. Ein Abend wie Pergamentpapier. Der Sommer war super gewesen bis hierhin, und das hatte auf die Menschen abgefärbt, keiner lief mehr, alle schlenderten nur noch, Socken trug keine Sau, und lange Hosen hatte er schon länger an keiner Frau mehr gesehen. Er fragte sich, was Camilla wohl tragen würde, und malte es sich aus. In keiner seiner Varianten war es viel. In einer knappen Dreiviertelstunde würde er es wissen.

In der Tür nebenan entstand Bewegung. Hotte trat heraus, Susanne Jacobs im Schlepptau. Sie redete auf ihn ein, Hotte nickte und strahlte. Sie schloss die Tür zur Fahrschule ab, dann drehten sie sich um und gingen Richtung Straße. Ein großes, imposantes Paar, dachte Simon und beobachtete, wie ihr weiter, roter Rock beim Gehen um ihre Knie schwang. Jetzt redete Hotte, sie hörte zu und lachte und legte ihm im Gehen für zwei Sekunden die Hand auf die Schulter. Hoppla, dachte Simon, sieht so aus, als wäre ich heute nicht der Einzige mit einem Date, und tatsächlich, die beiden steuerten auf den Italiener gegenüber zu und setzten sich an exakt den Tisch, von dem aus Hotte und Simon drei Wochen zuvor das ganze Weight-Watchers-Gesumse in der Fahrschule observiert hatten. Simon grinste und drückte seine Zigarette in einem Blumenkübel aus, der auf dem Mäuerchen längs der Stufen stand.

»Ich muss mal los, Janko«, sagte er. »Kannst du dich Dienstagvormittag hier wegschleichen?«

»Klar. Sind ja Schulferien, ist nicht viel los im Moment, da kommt mein Geselle auch mal allein klar. Wieso?«

»Bei uns im Kino gibt es 'ne Pressevorführung vom neuen *Star-Wars*-Film. 1978 hast du mich in *Krieg der Sterne* geschleppt, jetzt kann ich mich revanchieren.«

Und so hatte Simon, als er sich nach einem letzten Blick auf die sich angeregt unterhaltenden Hotte und Susanne zu seinem Date an der Strandperle aufmachte, schon die nächste Verabredung in der Tasche – mit einem Experten für Fleischwaren aus Bratislava.

Simon hatte richtig gelegen. Camilla trug ein grünes, eng anliegendes Top und eine großzügig abgeschnittene Jeans, von den Beinen war rein stoffmäßig jedenfalls so gut wie nichts mehr da, das schöne Stück endete knapp unterhalb ihres Hinterns. Camilla füllte das bisschen Kleidung sowohl oben als auch unten ziemlich vielversprechend aus und küsste ihn zur Begrüßung auf die Wange. Das ging ja gut los.

Irgendwie ist das total surreal, dachte er, als er neben ihr entlang der Elbe Richtung Sonne spazierte, die gerade dabei war, im Fluss zu versinken. Das ist doch überhaupt nicht meine Preisklasse hier, die ist für mich doch eigentlich viel zu jung und zu frisch und zu heiß. Außerdem war das hier der Ort, an dem Katja ihrer Beziehung eine Auszeit verordnet hatte, ein paar Meter weiter oben auf dem Gehweg vor den Kapitänshäusern. Das Leben ist echt ein Dorf, dachte er.

Camilla hielt gerade einen Monolog über die Feierkultur in Kopenhagen und verglich sie mit der in Hamburg, aber Simon hörte nur mit halbem Ohr zu und wusste am Schluss nicht, wo die Partys besser waren. Mit einer Mischung aus Stolz und Argwohn beobachtete er die entgegenkommenden Männer, und egal, ob sie einzeln, in Gruppen oder an den Händen ihrer Frauen auf sie zuliefen – alle warfen erst einen Abcheckerblick auf Camilla, dann auf ihn, dann wieder auf Camilla und dachten sich ihren Teil, das konnte Simon einfach sehen.

Als sie an der Strandperle ankamen, bestellte sie sich ein Bier und Kartoffelsalat mit Bockwürsten, das war hier so was wie die Spezialität des Hauses. Bis hierhin hatte sich Simon gar keine Gedanken gemacht, wie er es für sich heute Abend mit Essen und Trinken halten würde. Jetzt steckte er in einem kleinen Dilemma: Bier hatte irre viele Kalorien, mehr als vierhundert pro Liter, das sollte eigentlich tabu sein, und über Kartoffelsalat und Würstchen musste man in diesem Zusammenhang eigentlich kein Wort verlieren. Aber wenn er jetzt mit Apfelschorle um die Ecke kam, was würde dann Camilla denken? Er konnte den Abend doch nicht schon als Spaßbremse beginnen! Und so entschied er sich für eine Art Kompromiss: Bier ja – scheiß auf die Kalorien –, zu essen dafür eine Gulaschsuppe, die hatte fünf Weight-Watchers-Punkte, das ging einigermaßen. Außerdem erwarb er am Tresen gleich noch eine Packung Marlboro und ein kleines violettes Feuerzeug.

Sie setzten sich in den Sand, der noch warm war vom Tag, sie aßen und tranken und holten sich noch mehr Bier. Nach dem zweiten riss Simon seine Zigarettenpackung auf, nach dem dritten war es dunkel. Bis dahin hatten sie geredet, vor allem Camilla, er hatte ihr zugehört. Sie hatte eine schöne Stimme, tief und warm und irgendwie erotisch, und dieser nur selten wahrnehmbare dänische Akzent war der Hammer. Simon war leicht angeschickert, inzwischen umfassend über ihr Leben informiert und wusste nun auch, dass ihr südländisches Aussehen eine hübsche kleine Laune der Natur war; entsprechende Ahnen hatte Camilla jedenfalls nicht. Jetzt schwieg sie mal mit ihm, was nicht peinlich war, und sie rauchten; links am Lagerfeuer saßen ein paar Teenager, einer spielte Gitarre, die anderen sangen allen Ernstes »Blowing in the Wind«. Nicht zu fassen, dachte Simon und sah auf die andere Elbseite, wo der Hafen mit seinen Kränen und Containerschiffen orange leuchtete. Er ließ sich auf den Rücken fallen und blickte in den Sternenhimmel. Verflucht romantisch hier, dachte er, und noch bevor er den Gedanken ganz zu Ende gedacht hatte, spürte er, wie Camilla ihren Kopf auf seinem Bauch ablegte, und im nächsten Moment, wie sich zwei Finger ihrer Hand um zwei seiner Finger wickelten. Und so spielten ihre Hände eine Weile miteinander, und Simons Herz pumperte dabei wie verrückt. Die Teenager sangen jetzt »Light my Fire« von den Doors in einer langsamen, fürchterlich trüben Version – Herrgott, wie frühvergreist sind die eigentlich –, und plötzlich lag Camillas Kopf nicht mehr auf seinem Bauch, sondern neben seinem Ohr, und sie begann, seinen Hals zu küssen. Simon war kurz vor Schnappatmung, hatte sich aber einigermaßen beruhigt, als ihr Mund irgendwann bei seinem ankam und sie ihn küsste. Sie schmeckte nach Bier und Zigaretten, aber das machte gar nichts, im Gegenteil, es war großartig, so wie es war. Er legte seine rechte Hand schüchtern auf ihre Hüfte, was sich gut anfühlte, verdammt gut, weich und fest zugleich und warm und herrlich. Sie streichelte seine Brust und wanderte mit der Hand hinunter zum Bauch, und dann legte sie eine Kusspause ein und sagte: »Ich mag deinen Bauch. Du erinnerst mich an meinen Teddybären zu Hause.« Sie küsste weiter, und Simon beschloss, über diesen Satz nicht weiter nachzudenken, sondern ihn einfach mal als Kompliment hinzunehmen.

Camilla wohnte in einer Fünfer-Studenten-WG in der Bernstorffstraße, wo Altona aufhörte und St. Pauli anfing. Das bedeutete, dass es zu ihr gerade mal halb so weit war wie zu ihm, es sei denn, sie wären zusammen in die Wohnung in Ottensen gegangen, Katja war ja nicht da, das wäre auch mal 'ne amtliche Rache gewesen. Aber das kam kein Stück infrage für Simon, das hätte sich falsch angefühlt, und die Feldbrunnenstraße irgendwie auch. Wer wusste schon, wie es bei Hotte weitergegangen war, vielleicht hatte die Jacobs ihm von ihrem Mann oder Freund vorgeschwärmt, dann wäre es jetzt nicht so prickelnd gewesen, da mit einem Mädchen aufzutauchen und sich mit ihm in den Laken zu wälzen. Eine kleine Welle aus Schuldgefühlen flutete sein Gewissen, aber der nächste Kuss von Camilla nahm sie einfach mit sich. Und so bestiegen sie den Schnellbus an der Elbchaussee und fuhren bis zum Anfang der Reeperbahn, um ein paar hundert Meter durch die Nacht zu laufen, mit integrierten Knutsch- und Fummelpausen in diversen Hauseingängen. Simon hatte immer noch einen ausgewachsenen Alkoholschwindel, und auch Camilla war sehr lustig; gackernd zog sie ihn durch die stille, ziemlich verwohnte Altbau-WG in ihr Zimmer, das vor allem aus einer größeren Matratze auf dem Dielenboden und einer Kleiderstange bestand. In der Ecke stand noch ein kleiner Schreibtisch mit reichlich Büchern daneben. Einen kleinen Ghettoblaster gab es auch. Sie drückte die Play-Taste des Kassettenfachs, und er stutzte, als »Mambo No. 5« von Lou Bega aus den Boxen quoll. Also nicht nur dreimal pro Stunde auf jedem Radiosender der Nation, sondern auch hier, dachte er, schlimm eigentlich, Sommerhits sollten vom Gesetzgeber untersagt werden, zum Glück bin ich betrunken. Und eigentlich war es ohnehin egal, denn Camilla streifte jetzt erst ihr Top und dann gleich noch ihren BH ab, und das hätte sie seinetwegen auch zu »Ein bisschen Frieden« oder »Die rote Sonne von Barbados« tun können.

Angezogen war sie hübsch. Nackt war sie eine Offenbarung. Als Simon sich dabei ertappte, wie er sie mit Katja verglich, war es schon zu spät, da hatte er längst Katjas zierlichen, schmalen Körper mit den kleinen Brüsten wie eine Schablone auf den von Camilla gelegt, und der ragte an allen Rändern drüber, war weicher, üppiger, sinnlicher und sagenhaft schön. Er sah unauffällig an sich herunter, blieb an seinem Bauch hängen und war sich nicht mehr sicher, ob das hier wirklich eine gute Idee war, aber sie drückte ihn einfach ins Kissen und machte, was ihr gerade in den Sinn kam, Bauch hin, Brüste her.

Sie hatte ein Kästchen mit Kondomen neben ihrer Matratze stehen. Es war halb voll, und sie nahm wortlos eines heraus. Holla, dachte Simon, das geht mir jetzt etwas zu schnell, sie hat ja nicht mal gefragt, ob ich das will. Aber offensichtlich hatte sein Penis diese Frage schon beantwortet, bevor sie gestellt wurde. Sie stülpte ihm das Gummi über, setzte sich rittlings auf ihn und verschaffte Simon unter ziemlicher Geräuschentwicklung den ersten Sex seit etwa einem halben Jahr. Eigentlich war er nicht besonders gut bei seinen ersten Malen, er war normalerweise zu tollpatschig und aufgeregt, und es dauerte gewöhnlich, bis er sich im Griff hatte. Aber das spielte diesmal alles keine Rolle, weil Camilla die Regie führte, er war praktisch ein staunender Zuschauer unter ihr, der sich an den über ihm schwingenden Brüsten berauschte und an der ungezwungenen Leidenschaft dieser Dänin, die wie eine Spanierin aussah.

Das mit der Passivität änderte sich im Laufe der Nacht. Sie griffen noch einige Male in die Schachtel mit den Kondomen. Und irgendwann vergaß Simon sogar seinen Bauch und die optische Unwucht, die er zwischen sich und Camilla ausgemacht hatte.

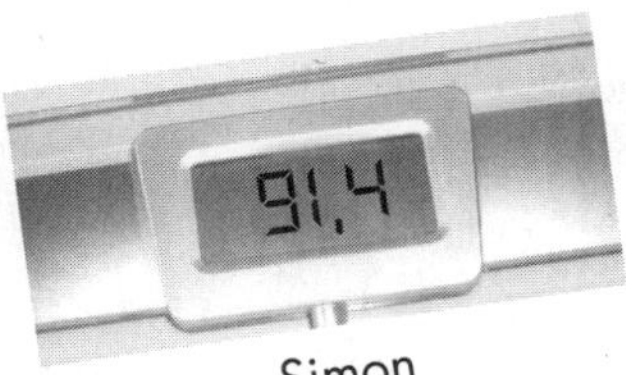

Simon

Hotte

KAPITEL 20

Der Schlachter von Rönneburg

Am Sonntag stand das erste Pflichtspiel der Saison an, im Pokal gegen Finkenwerder. Simon war das Ganze ein bisschen unheimlich. Vor genau einer Woche war er noch friedlich durch den Schanzenpark gejoggt, ohne jeden Gedanken daran, jemals wieder zu kicken. Und jetzt, nach gerade mal zwei Trainingseinheiten, wollte der Coach ihn unbedingt dabeihaben. Aber das ging ja gar nicht, stellte Frank Baumann in der Kabine nach dem Donnerstagstraining enttäuscht fest, da hätte Simon ja erst mal wieder in den Verein eintreten und einen Spielerausweis beantragen müssen, und das dauerte, so ein Mist aber auch.

»Muss er nicht, Trainer«, rief Grobi aus seiner Ecke.

»Wieso das nicht, Grobi? Setzt etwa der Hamburger Fußballverband für einen Simon Havlicek seine eigenen Regeln außer Kraft?«, fragte der Trainer spöttisch.

»Nee, das nicht. Aber Simon hat vergessen, aus dem Verein auszutreten. Der hat hier schön vier Jahre lang passiv seinen Beitrag abgelatzt, wahrscheinlich weil er zu faul war für die Kündigung. Und sein Spielerpass liegt auf der Geschäftsstelle rum, der ist noch gültig. Hab ich vorm Training alles mal recherchiert.«

»Scheiße, stimmt ja«, sagte Simon und schlug sich mit der flachen Hand an die Stirn, »ich wollte damals eigentlich austreten. Hab ich total verpeilt.« Er überschlug die unnötig gezahlten Mitgliedsbeiträge im Kopf und kam auf ziemlich genau tausend Mark.

Der Coach grinste über beide Ohren. »Das ist doch super! Endlich machst du deinen alten Trainer mal glücklich, Grobi. Also, Sonntag um halb zwei treffen wir uns hier.«

Jetzt war es schon zwanzig vor drei, die Mannschaftsbesprechung seit einer halben Stunde vorbei, und Frank Baumann, dieser Wahnsinnige, hatte Simon doch glatt in die Startelf gesteckt. Simon war aufgeregt und ziemlich skeptisch. Training war die eine Sache, aber so ein Pokalspiel, das hatte einen ganz anderen Groove, da ging es zur Sache. Und so lief er sich warm, passte den Ball mit ein paar Mitspielern hin und her und dehnte sich. Er dachte an Camilla, eigentlich andauernd, er wusste gar nicht, wie er sich auf das Spiel hier konzentrieren sollte, wenn ständig ein nackter Frauenkörper in seinem Kopf herumspukte, und was für einer! Andererseits hatte er das schon mal geschafft, vor mehr als fünf Jahren, und tatsächlich war er in seiner Anfangszeit mit Katja so gut gewesen wie niemals zuvor.

Baumann pfiff auf zwei Fingern und winkte Simon zu sich heran.

»Pass auf«, sagte er, »ich weiß, das geht alles ein bisschen schnell. Aber ich hab ein gutes Gefühl bei dir. Und man muss auch mal was wagen. Daran krankt es doch im deutschen Fußball. Hast du neulich den Confed Cup gesehen? Da verlieren wir null-vier gegen die Brasis. Und dann auch noch gegen die Amis! Wo gibt's denn so was? Gegen die vergeigt man nicht! Und bloß weil Ribbeck, diese Pfeife von einem Bundestrainer, nichts riskiert! Auch junge Spieler müssen mal ins kalte Wasser geworfen werden!«

Simon hob den Zeigefinger, um einzuwenden, dass er

schon dreißig war und damit, rein fußballmäßig, definitiv nicht mehr jung, aber Baumann redete bereits weiter.

»Junge, mach, was du kannst, hau alles raus, und wenn nichts mehr geht, hole ich dich von der Koppel, verstanden? Ich erwarte keine Wunder von dir. Nur ein bisschen vom alten Havlicek-Zauber.«

Simon nickte, sagte: »Alles klar, Trainer«, und trabte davon.

»Simon!«

Der Ruf kam von Höhe der Mittellinie. Ein Mann, eine Frau und ein Hund standen dort. Die Frau war eher schmal, der Mann sehr groß und breit. Und der Hund zwar immer noch ein bisschen zu gut im Futter, aber längst nicht mehr der fette Sack, der er gewesen war, als Simon ihm vor fast drei Monaten zum ersten Mal begegnet war.

»Anke! Hotte! Und mein kleines Zottelchen! Das ist ja 'ne Überraschung!«

Er umarmte sie und klatschte ihn ab, Zottel bekam einmal kräftig das Mischlingshaupt gewuschelt. Den beiden menschlichen Teilen des Trios hatte er am Freitag erzählt, dass er ganz vielleicht heute womöglich zu einem Kurzeinsatz kommen würde. Dass sie dem Spektakel beiwohnen wollten, hatte keiner von beiden auch nur angedeutet.

»Ich konnte mir das irgendwie nicht recht vorstellen mit dir und dem Fußball«, sagte Anke. »Ich dachte immer, das wären so Opa-erzählt-vom-Krieg-Geschichten. Und jetzt hast du wirklich ein Trikot an! Gab's das eigentlich auch in deiner Größe?«

Das grüne Jersey saß in der Tat etwas stramm in der Bauchgegend.

»Verarsch mich nicht! Ich bin eh nervös genug.«

»Dein erstes Spiel seit …«

»Viereinhalb Jahren. Und ich bin sogar von Anfang an dabei.«

Hotte blickte sich um. »Das ist mein erstes Mal auf einem Fußballplatz«, sagte er. »Was für ein Jahr!«

Hinter seinem Rücken vernahm Simon plötzlich eine andere Stimme.

»Wenn das nicht Simon Havlicek ist!«

Simon drehte sich um. Sofort entgleisten ihm die Gesichtszüge, und er spürte, wie ihm das Blut aus dem Oberkörper sackte.

»Kennst du mich noch?«, fragte der Typ, der vor ihm stand.

»Allerdings«, sagte Simon, »und du bist so ziemlich der Letzte, den ich heute hier sehen wollte.«

Vor ihm stand, in einem weißen Trikot des FSV Finkenwerder, Sven Metzger, der Schlachter von Rönneburg.

»Kann ich verstehen«, sagte Metzger, »das war seinerzeit ziemlich übel für dich. Und ich habe mich nie entschuldigt für das … Foul.«

»Da brauchst du jetzt auch nicht mit anzufangen.«

Metzger nickte. »Alles klar. Ich war ein Arsch damals. Das war echt scheiße von mir. Ehrlich, Mann: Ich freu mich, dass du hier stehst und ein Trikot anhast. Ich hab nämlich gehört, du hättest die Buffer an den Nagel gehängt.«

»Hatte ich auch, Sven. Hatte ich auch. Das hier ist mein erstes Spiel, seit du mir das Knie geschrottet hast.«

»Ach, *das* ist dieser arschverplombte Wichser?«, fragte Anke, die wie Hotte interessiert zugehört hatte. »Der dich ins Krankenhaus getreten hat?«

»Jo«, sagte Simon, »das ist der arschverplombte Wichser.«

Metzger grinste. »Schon in Ordnung, Leute, das hab ich verdient. Pass auf, Havlicek, ich erwarte nicht, dass du hier irgendwas verzeihst oder so. Du sollst nur wissen, dass ich heute anders bin, du musst keine Angst vor mir haben. Ich bin jetzt achtunddreißig, hab letztes Jahr den Verein gewechselt und dödel hier zwei Ligen tiefer noch so'n bisschen zum Spaß rum. Ich breche keine Knochen mehr.«

»Ach, nicht? Netter Zug von dir, echt«, sagte Simon.

Metzger hielt ihm die Hand hin. »Frieden?«

Simon zögerte einen Moment. Dann schlug er ein. »Frieden.«

Er konnte sehen, dass Metzger erleichtert war. Er nickte Simon zu, drehte sich um und lief zu seiner Mannschaft.

Simon hielt durch, obwohl er den Trainer dreimal anflehte, ihn auszuwechseln. Baumann ignorierte ihn einfach. Sven Metzger aber hielt sein Wort. Mehr noch: Immer, wenn einer seiner Mitspieler Simon anging, pfiff Metzger ihn zurück und blökte ihn an. Seine Jungs waren verwirrt, so kannten sie ihn gar nicht.

Zwei Minuten vor dem Ende war der Fisch geputzt, Vorwärts Elbe führte 3:1, Simon hatte zwei Vorlagen beigesteuert und irgendwas zwischen solide und richtig gut gespielt. Jetzt war er ziemlich platt, er bewegte sich langsamer als Zottel damals am Berg im Allgäu, und das wollte wirklich was heißen. Als ein Finkenwerder Jungspund, der wahrscheinlich frisch von der A-Jugend in die Mannschaft gewechselt war, sich an der Seitenlinie an ihm vorbeidribbeln wollte, traf Simon beim Tackling vor lauter Müdigkeit nicht den Ball, sondern den Knöchel des Jungen.

Es war ein handelsübliches Foul, soweit es Simon betraf, keine große Sache eigentlich, aber der Typ wälzte sich am Boden und schrie, als würde an ihm gerade eine Beinamputation ohne Narkose vorgenommen. Simon hob schuldbewusst beide Hände in den blauen Sommerhimmel und wollte sich gerade entschuldigen, da stand plötzlich ein zornesroter Finkenwerderaner vor ihm und brüllte auf ihn ein. »EY, DU FETTE SAU«, schrie er, überzog Simon mit einem Sprühregen aus Spucke und pikte ihm mehrfach seinen Zeigefinger in die Brust, »WENN DU ZU DICK BIST ZUM LAUFEN, DANN VERPISS DICH GEFÄLLIGST VOM SPIELFELD!«

Simon war perplex. Auf dem Platz wurde ja durchaus deutlich miteinander kommuniziert, aber das hier lag dann doch jenseits der Toleranzschwelle. Er starrte seinen Gegenspieler nur an, zwei, drei Sekunden lang, ohne zu wissen, wie er auf die Nummer reagieren sollte. Da rauschte plötzlich Grobi von der Seite heran und riss den Typen zu Boden. Er setzte sich auf ihn, die Knie auf den Oberarmen, was dem anderen höllisch wehtun musste – Simon hatte diese Technik zuletzt in der sechsten Klasse auf dem Pausenhof gesehen. Grobi brüllte.

»DU LÄSST SIMON IN RUHE, HAST DU DAS KAPIERT? FINGER WEG VON HAVLICEK, DU TROLL, ODER DU KRIEGST DEN DERBSTEN SATZ HEISSE OHREN DEINES LEBENS!«

Immer mehr Spieler in Grün und in Weiß trafen ein, einige warfen sich auf Grobi, andere versuchten, die Streithähne auseinanderzuziehen, was eine verflixt schwierige Aufgabe war. Zottel, fünfzehn Meter entfernt am Spielfeldrand, bellte wie verrückt und zog derart an seiner Leine, dass selbst der gut geerdete Hotte Mühe hatte, ihn zu halten. Simon stand abseits der Keilerei und beobachtete verblüfft das wilde Knäuel. Plötzlich tauchte Metzger neben ihm auf und schüttelte müde den Kopf.

»Wie kleine Kinder, oder?«

Simon nickte nur.

Eigentlich hätte der Schiedsrichter sieben bis acht rote Karten verteilen müssen, aber wer da jetzt was gemacht hatte, war für ihn auch nicht mehr so richtig zu erkennen gewesen, und so war es am Ende tatsächlich Sven Metzger, ehemals der Provokateur vor dem Herrn, der beruhigend auf den Unparteiischen einredete und ihn davon überzeugte, diesen kleinen Zwischenfall einfach unter den Teppich zu kehren, es sei ja kein Fernsehen da, nicht wahr, und die würden sich auch gleich alle wieder vertragen, dafür verbürge er sich. Vor Metzger hatte sogar der Schiri Respekt, außerdem schien ihm das dann tatsächlich die pragmatischste Lösung zu sein. Er pfiff das Spiel zwei Minuten vor der Zeit ohne Kartenvergabe ab, Vorwärts drei, Finkenwerder eins.

Simon hatte sein erstes Spiel gewonnen. Und mit Grobi scheinbar einen persönlichen Leibwächter gleich dazu.

Später ging er mit Hotte und Anke essen. Vielmehr: Er schleppte sich zum Essen. Eigentlich hatte er vorgehabt, sein Fahrrad einzusammeln, das seit Freitag ungenutzt an der Elbe stand, aber daran war in seinem Zustand totaler Erschöpfung nicht zu denken. Er ließ sich lieber in Hottes gelbem Golf in ein Eimsbütteler Steakhaus kutschieren. Gegen Mitternacht, nach Camillas Schicht im Kino, wollte er eigentlich noch zu ihr. Wie er da hinkommen sollte und, viel interessanter, was er dort tun würde außer schlafen, lag in diesem Moment jenseits seiner Vorstellungskraft.

»Das war super, Simon«, sagte Anke. »Wirklich, ich hätte nicht gedacht, dass du so gut Fußball spielst.«

»Hab ich doch immer gesagt.«

»Na ja, du hast angegeben wie tausend nackte Russen, aber davon hab ich natürlich kein Wort geglaubt.«

»Na, danke auch.«

»Nee, du warst echt klasse. Stimmt doch, Hotte, oder?«

»Wenn du das sagst«, brummte Hotte und las weiter in der Speisekarte. »Mir hat die Beulerei am Ende ganz gut gefallen, aber da hat sich der feine Herr Havlicek ja schön rausgehalten.«

»Sag mal, Hotte«, sagte Anke, »wie ist das eigentlich bei dir mit dem Sport?«

»Wieso?«

»War doch Teil des Plans. Ich meine, von Simon weiß ich, dass er joggt, Rad fährt und jetzt sogar wieder kickt, Von dir hört man in dieser Hinsicht erstaunlich wenig.«

Hotte brummte.

»Was will er damit sagen, Simon?«

»Schon gut, ich kann selbst reden«, sagte Hotte. »Also: Ich gehe meistens zu Fuß zur Arbeit und zurück. Aber nicht bei Regen.«

»Und was sonst?«

»Wie, was sonst?«

»Ihr seid doch mal zusammen nachts an der Alster gelaufen. Was ist damit?«

»Simon und Zottel joggen jetzt lieber. Da muss ich passen.«

»Autsch. Und allein? Ich meine, gehst du bei dem schönen Wetter am Wochenende nicht mal raus?«

»Ach, geh mir weg mit dem schönen Wetter. Das ist doch wie Nordkorea!«

»Nordkorea? Was soll das denn heißen?«, fragte Simon.

»Na, was schon. Ist das reinste Terrorregime, die Sonne. Kaum ist sie da, müssen alle nach ihrer Pfeife tanzen und raus, raus, raus, am besten noch bewegen dabei. Und alle machen mit und lassen sich schön brav unterdrücken. Nicht mit mir!«

»Simon, tu was dagegen«, rief Anke. »Du musst ihn mitziehen.«

»Simon? Der hat doch jetzt was Besseres zu tun«, sagte Hotte und grinste.

»Wieso?«, fragte Anke.

»Na, weil sein Date mit Camilla am Freitag offenbar gefruchtet hat.«

»Date? Camilla?« Anke sah Simon fragend an.

Simon hatte Hotte am Samstagnachmittag von seinem Abend und der Nacht erzählt. Nicht in allen Details, aber doch vergleichsweise offen. Anke hingegen hatte er sogar verschwiegen, dass er am Freitag überhaupt ein Date hatte. Er hatte es ihr unter der Woche sagen wollen, aber immer, wenn er dazu ansetzte, hatte er sich … ja, tatsächlich: Er hatte sich nicht getraut. Er fand das selbst merkwürdig und konnte es nicht einordnen, aber so war es nun mal.

»Ja. Hatte ich. Freitagabend.«

»Und? War's schön?«, fragte sie knapp.

»Ganz okay, denke ich.«

Hotte lachte. »Das klang gestern aber noch ganz anders, Alter!«

Anke drehte sich zu Hotte um. »Dann erzähl du mir doch mal, was da passiert ist.«

»Na, was schon? Sie waren an der Elbe; Sterne, Strand, Alkohol, Romantik und so, und dann hat sie ihn zu sich nach Hause abgeschleppt.«

»Aha«, sagte Anke. Kurz angebunden und schmallippig, dachte Simon. Das ist kein gutes Zeichen bei Anke, das sitzt ihr quer, dass ich es ihr nicht selbst erzählt habe. Er musste das Thema wechseln.

»Ich glaube, du willst hier nur von deinen eigenen amourösen Abenteuern ablenken, Hotte.«

»Ich?« Hottes Grinsen gefror. »Was soll das denn heißen?«

»Na, du hast uns ja auch noch nicht berichtet, wie dein Abendessen mit Frau Jacobs war.«

»Woher weißt du das denn? Du warst doch schon ... warst du nicht ... Wo warst du?«

»Nebenan bei Janko, dem Schlachter, du weißt schon. Und da habe ich mitbekommen, wie ihr beide es euch beim Italiener gemütlich gemacht habt.«

»Oh.«

»Sah so aus, als ob ihr euch ganz gut versteht.«

Hotte schwieg. Er war rot angelaufen. Er hat das *wirklich* nicht im Griff, dachte Simon.

»Also, ich kann nicht beurteilen, was da gelaufen ist, denn mir erzählt hier ja keiner mehr was«, sagte Anke und warf Simon einen bösen Blick zu, »aber das klingt jetzt echt mal interessant, Hotte.«

Der war ganz froh, dass gerade der Kellner kam. Sie gaben ihre Bestellungen auf. Danach blickten Anke und Simon wortlos zu Hotte.

»Okay, Leute, was ich sagen kann: So wild wie bei Simon war es bei mir nicht. Ich konnte da auch gar nichts für.«

»Wie jetzt?«, fragte Anke.

»Na ja, ich trag ihr die Kisten ins Auto, und sie fragt, ob ich Lust hätte, mit ihr drüben beim Italiener was zu essen und zu trinken. Und ich so: Ja klar, warum nicht. Und da saßen wir dann und haben ein bisschen gequatscht, und das war's.«

Hotte lehnte sich zurück und musterte die Hamburg-Fotografien an den Wänden, als ob das Thema damit erschöpfend behandelt wäre. Aber natürlich hätte er wissen müssen, dass er damit bei seinen Begleitern nicht durchkam.

»Mann, Hotte, das ist nicht dein Ernst«, sagte Anke. »Erzähl doch mal. Was ist sie denn für eine?«

»Wie, was für eine?«

»Eckdaten«, sagte Simon, »Alter, Größe, Gewicht, Beruf, Wohnadresse, Familienstand, Schuhgröße, Lieblingsessen, sexuelle Vorlieben. Los, raus damit.«

»Wenn ihr meint. Also: Susanne ist …«

»Susanne? Am Freitag um kurz vor acht war sie für dich noch Frau Jacobs, soweit ich mich erinnere.«

»Um kurz nach acht aber nicht mehr. Susanne also ist achtunddreißig, ziemlich groß, mit Sicherheit nicht leicht, und sie arbeitet in der Schulbehörde, in irgendeiner Koordinierungsstelle für die Gesamtschulen, das hab ich nicht so ganz verstanden.«

»Dann ist das mit den Weight Watchers gar nicht ihr Hauptberuf?«

»Überhaupt nicht. Sie hat die Veranstaltungen früher als Teilnehmerin besucht und ist in ihrer Gruppe immer mehr aufgefallen. Sie wollte alles haarklein wissen, und später wusste sie dann alles besser. Irgendwann meinte ihre Gruppenleiterin dann, dass sie perfekt dafür wäre, WW-Gruppen selbst zu leiten. Und das hat Susanne probiert, und jetzt macht sie es nebenbei, nur so zum Spaß. Aber als sie dann einen im Tee hatte …«

»Du hast sie betrunken gemacht?«, rief Anke begeistert.

»Das hat sie allein geschafft. Eineinhalb Flaschen Weißwein, ganz allein.«

»Ja, aber die Kalorien …?« Simon war fast entrüstet.

»Aaach, sie sieht das alles nicht so eng. Bei ihr gab's auch Nudeln mit Schinken und Champignons in Sahnesoße, während ich da mit meinem Salat und Apfelschorle saß.«

»Schöne Gruppenleiterin«, sagte Anke.

»Soll ich jetzt weitererzählen?«

»Jaaa!«, riefen Anke und Simon unisono.

»Wie war dann noch die Frage?«

»Adresse, Familienstand, Schuhgröße …«

»Ach ja. Also, Susanne ist geschieden und wohnt mit ihrer Tochter, die neun ist, in Schnelsen.«

»Wo ist das denn?«, fragte Anke.

»Richtung IKEA«, sagte Simon.

»Ach, *das* ist Schnelsen?«

»Wieso quatscht ihr eigentlich dauernd dazwischen?«, fragte Hotte leicht genervt. Offenbar wollte er das Verhör rasch hinter sich bringen

»Tschuldigung. Name der Tochter?«

»Jule. Jedes zweite Wochenende ist sie ab Freitagmittag beim Vater, der in – Achtung! – Bargteheide wohnt.«

»Ah, deshalb«, sagte Simon und an Anke gewandt: »Sie

hat erzählt, dass sie da gewohnt hat, dass es aber nicht gerade die beste Zeit ihres Lebens war. Jetzt wissen wir, warum. War wohl keine so prickelnde Ehe, nehme ich an.«

Hotte schüttelte den Kopf. »Der Typ muss ein ziemlicher Holzkopf sein, ungefähr so emotional wie eine Eisenbahnschranke. Sie ist schnell schwanger geworden und hat schnell geheiratet, aber nur, weil er darauf bestanden hat. Später, kurz vor der Scheidung, hat er ihr gesagt, dass es ihm eigentlich egal gewesen wäre, aber seine Mutter wollte kein uneheliches Enkelkind. Als Jule drei war, ist Susanne dann mit ihr abgehauen, weil es einfach nicht mehr auszuhalten war. Und seitdem ist sie Single, wenn ich das richtig verstanden habe.«

Sie schwiegen einen Moment, um das alles zu sortieren.

»Wollte sie auch Sachen von dir hören?«

»Ja.« Hotte trank einen Schluck Wasser. »Aber wenn wir mal ehrlich sind: So viel gibt's da ja nicht zu erzählen, oder? Die Katja-Poselke-Story jedenfalls habe ich für mich behalten, bevor ihr fragt.«

»Und wie ging der Abend weiter?«

»Na ja, sie konnte natürlich nicht mehr fahren, und ich bin zu Fuß bei dem Treffen gewesen. Also habe ich sie gegen elf mit ihrem Auto nach Hause gefahren.«

»Wie bist du von da nach Hause gekommen?«, wollte Simon wissen.

»Mit dem Fünfer-Bus. Fährt von da direkt bis zum Dammtor. Dauert allerdings Lichtjahre.«

»Das ist doch völlig irrelevant«, sagte Anke. »Die Frage ist: Wie hat sie sich von dir verabschiedet?«

Hotte grinste in sich hinein. »Vor ihrer Haustür hat sie mich umarmt und mir einen Kuss auf die Wange gegeben.

Und dann hat sie noch gesagt, dass sie meine Haare mag und mich irgendwie süß findet.«

»Ist ja voll Hammer!«, rief Simon.

»Ach, komm.« Hotte winkte ab. »Die war betrunken, das zählt nicht wirklich.«

»Aber hallo, und ob das zählt«, sagte Anke. »Wenn man besoffen ist, dann kommen gerade die tiefen inneren Wahrheiten und Bedürfnisse an den Tag.«

»Ich habe da andere Erfahrungen gemacht. Circus Maximus, 1990.«

»Hm. Okay, aber das war eine Ausnahme«, meinte Anke. »Ist ja auch ein Unterschied, ob man angetrunken ist oder sich mit Anlauf die Lichter ausgeschossen hat wie deine Katja damals.«

Simon hatte eine weitere Frage. »Wie findest du sie denn eigentlich?«

»Susanne?«

»Genau die.«

Hotte ließ sich einen Moment Zeit, bis er antwortete. Gut so, dachte Simon, da will jedes Wort gut überlegt sein.

Hotte räusperte sich. Dann sagte er: »Toll.«

»*Toll?*« Anke wirkte etwas unterwältigt. »Geht's nicht eine Terz präziser?«

»Was willst du hören? Ich finde sie ziemlich attraktiv, ich mag ihre Art, sie ist schlau und schlagfertig, und sie ist eine starke Persönlichkeit. In einem Wort: toll. Präziser geht es doch gar nicht.«

»Okay, wenn das die allgemein gültige Definition von ›toll‹ ist – sorry, mein Fehler … Aber: was jetzt, Hotte?«

»Wie, was jetzt, Anke?«

»Na ja, habt ihr schon telefoniert? Habt ihr euch verabredet? Wie seid ihr verblieben?«

»Gar nicht. Ich geh am Freitag wieder zur Sitzung, und damit ist gut.«

Anke dachte einen Moment nach. »Richtig so«, sagte sie. »Da muss man jetzt auch nichts erzwingen. Entweder es passiert was oder eben nicht.«

»Aber es ist ja schon was passiert«, sagte Simon. »Ist doch interessant, oder? Vor einer Woche war Anke hier die Einzige, in deren Liebesleben irgendwas los war. Und jetzt haben wir alle drei die Pferde gesattelt.«

»Die Pferde gesattelt?«, fragte Hotte befremdet. »Was ist das denn für 'n bekloppter Spruch?«

»Hab ich von Janko. Aber stimmt, klingt irgendwie bescheuert, wenn ich es recht bedenke.«

»Ich hätte da mal eine ganz andere Frage«, sagte Hotte. »Ist irgendwas mit dir, Anke?«

»Wieso?«

»Du siehst so bedröppelt aus. Hast du was?«

»Du bist echt ein aufmerksamer Beobachter, Hotte. Ja, ich hab was. Um in Simons Bild zu bleiben: Ich habe mein Pferd vorgestern abgesattelt.«

»Oh«, sagte Simon betroffen.

Hotte fragte: »Was ist passiert?«

»Nennen wie es mal: Koordinationsprobleme. Ich bin am Freitag spontan nach der Arbeit Richtung Berlin gefahren, zu Torsten. Sollte eine Überraschung werden. Ich komme also gegen neun bei ihm in Friedrichshain an, klingele an der Tür – aber nicht er macht auf, sondern eine Frau. Ich bin total sprachlos, sie fragt ganz freundlich, ob ich zu Torsten will, ich nicke, und dann hör ich die Klospülung hinten in der Wohnung, und Torsten tritt in den Flur, sieht mich – und sagt was?«

Hotte schüttelte den Kopf.

»Keine Ahnung«, sagte Simon.

»Er sagt: ›Ach du Scheiße, das ist doch gar nicht dein Wochenende.‹ Zieht euch das mal rein! Das hat mir den Boden weggezogen. Die Frau war ähnlich entsetzt wie ich. Sie hat mich ins Wohnzimmer gezogen, wo schön Kerzen brannten und zwei Weingläser auf dem Tisch standen. Irgendwas Café-del-Mar-mäßiges dudelte aus der Anlage, und da saßen wir dann, und Torsten musste ziemlich was erklären.«

Simon und Hotte hörten gebannt zu.

Anke seufzte leicht. »Er hat erzählt, dass er Natascha von einem Arbeitsbesuch unseres Leipziger Multiplex kennt. Die ist also auch noch in der Firma, echt irre. Leitet da die Gastro. Er kennt sie seit einem halben Jahr. Jedes zweite Wochenende trifft er sie, entweder in Berlin oder Leipzig. Und an den anderen Wochenenden zieht er das Gleiche mit mir durch. Ist doch unglaublich, oder?«

»Aber warum?«, fragte Simon.

»Haben Natascha und ich ihn auch gefragt. Er hat gemeint, er hätte sich eben in uns beide verliebt. Und er hätte nicht gewusst, wie er sich entscheiden soll.«

»Klingt fast plausibel«, sagte Simon. Hotte musterte ihn missbilligend und schüttelte den Kopf. Das war nicht das, was Anke jetzt hören sollte.

»Plausibel am Arsch«, sagte Anke wütend, und ihre Augen wurden feucht. »Ich fand's jetzt nicht im engeren Sinn super. Natascha auch nicht. Die ist total nett, nur mal so nebenbei bemerkt. Wir sind dann beide zusammen gegangen, haben uns ordentlich einen hinter die Binde gekippt, haben uns ein Hotelzimmer geteilt und uns die Nacht mit lesbischen Spielchen vertrieben.«

Simon verschluckte sich an dem Alsterwasser, das er gerade trank, und Hotte schaute komplett entgeistert aus der Wäsche.

»Das war ein Scherz, Freunde«, sagte sie und grinste, was irgendwie gut aussah in Kombination mit den Tränen in den Augen, wie Simon fand. »Zumindest das mit dem Sex, der Rest stimmt. Ich wollte nur eure entsetzte Reaktion sehen.«

Hotte rückte auf ihre Sitzbank und legte seinen Arm um sie.

Sie ließ ihren Kopf auf seine Brust sinken. Ein paar Augenblicke später richtete sie sich wieder auf, wischte sich mit dem Handrücken über die Augen und sagte: »Wisst ihr, diese … Demütigung, die ist echt schlimm. Aber nur die. Andererseits ist es ganz gut, dass diese Geschichte vorbei ist. Was war das denn? Eine Fernbeziehung, die drei Monate lang alle zwei Wochen aus Sex bestand. Das war alles, und es waren gerade mal sechs, sieben Wochenenden. Und es gab keine Substanz, nichts Tiefgehendes, ich habe mich nicht … wie soll ich sagen …«

»Verbunden gefühlt«, ergänzte Hotte.

»Ja! Genau das ist es! Ich habe mich nicht verbunden gefühlt. Deshalb …« Sie hob ihr Glas. »Weg mit dem Arsch!«

»Genau! Weg mit dem Arsch!«, rief Hotte und prostete ihr zu.

»So sei es«, sagte auch Simon. »Weg mit dem Arsch!« Aber irgendetwas in ihm war seltsam berührt von der Situation. Eben noch hatte es so etwas wie Gleichstand zwischen ihnen gegeben, jeder hatte etwas, woran sich wahlweise Körper oder Herz oder beides erfreuen konnten, und jetzt war Anke ausgeschert. Es hätte ihm eigentlich egal sein können, sie war ja schließlich nicht seine Freundin, sondern nur *eine* Freundin, zwar seine beste, trotzdem, mehr war es nicht – aber es war ihm nicht egal. Und nicht um ihretwillen, es ging ihm gar nicht mal darum, dass sie gerade unglücklich verliebt war. Das wollte er gar nicht so unbedingt. Also warum dann? Irgendetwas war da, das in ihm verknotet war, das Unruhe stiftete, und er bekam es einfach nicht zu fassen.

Das Essen rollte an. Hotte bekam einen Caesar Salad mit Hähnchenbrust, Anke und Simon hatten sich jeweils Rumpsteak mit Pommes bestellt.

»Pommes?«, platzte Hotte heraus. »Hast du dir echt Fritten geordert, oder halluziniere ich?«

»Hatte ich irgendwie Bock drauf.«

Hotte lachte laut auf. »Na und? Wenn's danach ginge, würde ich jetzt auch was anderes essen als dieses Meerschweinchenfutter.«

»Ich weiß auch nicht. Nach dem Fußball habe ich immer so einen heftigen Heißhunger«, sagte Simon. »Komisch, oder? Nach dem Joggen ist das nicht so.«

»Na komm, neunzig Minuten im Pokal bei sechsundzwanzig Grad im Schatten, das zehrt ja auch«, sagte Anke. »Mich wundert nicht, dass du da Kohldampf schiebst.«

»Nee, oder?« Simon schob sich drei Pommes auf einmal hinter die Zähne. »Aber ich hab echt Schiss, dass ich rückfällig werde. Ich hab sogar mit dem Rauchen angefangen, für eventuelle Hungerattacken.«

»Spinner«, sagte Hotte.

»Außerdem hast du jetzt wieder Sex«, sagte Anke trocken.

Simon ignorierte das. »Was ist eigentlich mit deinen Rückfällen, Hotte?«, fragte er.

»Hör bloß auf. Die letzten Wochen war alles ganz okay. Aber gestern war ich in Bargteheide, mein Vater hatte Geburtstag. Und was wünscht er sich zum Essen? Elsässer Schlachtplatte!«

»Oh. Und du hast natürlich nur das Sauerkraut gegessen«, sagte Anke.

»Schön wär's. Meine Mutter hat mir ohne Ende Fleischberge auf den Teller geschaufelt und immer noch mehr Würste obendrauf ... Ich hab gefressen wie seit Monaten nicht. Das war schlimm, ich habe mich richtig schlecht gefühlt danach. Nicht nur im Magen, auch im Kopf. Ich war zwar noch nie ein großer Fan von mir selbst, aber so viel Selbsthass wie gestern habe ich selten geschoben. Und Hass auf meine Eltern, die mich essensmäßig fürs Leben versaut haben. Und auf meine bescheuerte Schwester, die von nichts anderem redet als ihrem beknackten Baby, obwohl das noch ein halbes Jahr braucht. Glaubt ihr, die hat sich auch nur *ein Mal* nach Zottel erkundigt?«

»Apropos«, sagte Anke stirnrunzelnd, »war Zottel eigentlich eben im Auto?«

Sie starrten einander an, erst fragend, dann entsetzt. Sie hatten den Hund am Fußballplatz vergessen.

Simon

Hotte

KAPITEL 21

Processus xiphoideus

Zottel trug ihnen die Sache überhaupt nicht nach. Er stand tatsächlich noch am Zaun in der Nähe der Umkleidekabinen, wo Hotte ihn nach dem Spiel angebunden hatte. Als er das Trio auf sich zueilen sah, wedelte er freudig erregt mit dem Schwanz und bellte freundlich. Beneidenswertes Gemüt, dachte Simon. Nichts übel nehmen, alles verzeihen, nur im Hier und Jetzt leben. Eigentlich ein schönes Konzept. Zottel bekam sowohl sein als auch Ankes Rumpsteak, das sie im Lokal hastig in ein angereichtes Doggybag geworfen hatten.

Später mit Camilla hatte Simon nicht so leichtes Spiel. Um halb zwölf waren sie am Kino verabredet. Er hatte den Muskelkater seines Lebens, obwohl er sich zwei Stunden lang in der heißen Badewanne eingeweicht hatte. Für die zwei Kilometer brauchte er zu Fuß eine schmerzhafte Dreiviertelstunde.

Fatalerweise hatte sie für den Abend diametral entgegengesetzt geplant. Camilla wollte sich bewegen, tanzen gehen. Dass er nicht wirklich begeistert war von der Idee, ignorierte sie, und er wollte letztlich kein Spielverderber sein, also ließ er sich von ihr auf St. Pauli nacheinander durchs Molotow, den Gun Club und den Kaiserkeller ziehen. Und auf jede Tanzfläche, die sie mit Begeisterung enterte, folgte er ihr widerwillig, wogte sachte zur Musik, hundemüde und mit schmerzenden Gliedern. Er fühlte sich wie achtzig, und als er gegen vier Uhr morgens endlich auf Camillas Kingsize-Matratze landete und sie begann, begierig an ihm herumzufummeln, schlief Simon einfach ein.

Gegen zehn erwachte er, einen Wecker gab es hier nicht, das stellte er erst fest, als es schon zu spät war. Nein: als *er* zu spät war. Er hätte um neun im Büro sein müssen. Also rief er von seinem Handy aus an, meldete sich bei Jochen krank und ließ sich wieder in die Kissen sinken. Hinter den hellen Vorhängen schien die Sonne, das Zimmer war lichtdurchflutet. Camilla schlief noch. Er sah zur Decke hoch. Schöner Stuck, dachte er und kratzte sich an der Brust.

Und dann erstarrte er. Genau in der Mitte der Brust, knapp über dem oberen Ende des Bauches, spürte er unter seinen Zeigefingern etwas Fremdes. Es war knubbelig, vielleicht so groß wie ein Tischtennisball. Er drückte darauf herum, und es tat höllisch weh. Er atmete schnell und flach, Panik stieg in ihm auf. War das ein Tumor? Ich muss zum Arzt, dachte er, und das war alles, was er noch denken konnte; er schlug die Bettdecke beiseite, stieg in seine Jeans und sein Hemd, griff nach seinen Schuhen und verließ wie ferngesteuert das Zimmer und die Wohnung.

Sein Hausarzt praktizierte in Ottensen, das war zwar nicht weit weg, aber im Moment definitiv zu weit für Simon. Er wusste, dass es gleich vorn an der Stresemannstraße ein Ärztezentrum gab. In drei Minuten war er dort, studierte die Schilder der niedergelassenen Ärzte an der Tür, entschied sich für Dr. J. Kessler, eine Internistin, ging hinauf in den zweiten Stock und meldete sich an. Das Wartezimmer sei ziemlich voll, sagte die Sprechstundenhilfe, das könne dauern. Simon verwies darauf, dass er ein absoluter

Notfall sei, und sein kalkweißes Gesicht, seine aufgerissenen Augen und der kalte Schweiß auf seiner Stirn bewogen die Arzthelferin, ihn an den anderen vorbei gleich ins Zimmer zwei zu lotsen, und da wartete er nun, der Patient.

Zwei Minuten später betrat Dr. J. Kessler den Raum, eine energische, ergraute Frau mit einer kleinen runden Brille. Simon schätzte sie auf Mitte fünfzig und fasste sofort Vertrauen zu ihr. Die sieht nicht so aus, als ob man bei ihr so einfach stirbt, dachte er.

»Herr ...« Sie studierte den Namen auf dem Aufnahmebogen. »Hali... Tut mir leid, das kann ich nicht lesen.«

»Havlicek.«

»Aha.« Sie schüttelte ihm die Hand und setzte sich auf ihren Stuhl. »Ein Notfall, steht hier. Wo brennt's denn?«

»Ich habe da so einen merkwürdigen Knubbel mitten in der Brust«, sagte er und befühlte die Stelle. »Tut ziemlich weh, wenn ich ihn berühre.«

J. Kessler legte die Stirn in Falten. Die ist eher resolut und sachlich, dachte er, gut so, das brauche ich jetzt, das ist viel besser als nettes Das-wird-schon-wieder-Gelaber.

»Dann ziehen Sie mal Ihr Hemd aus und legen sich da drüben auf den Rücken.« Sie zeigte auf die Liege, die links an der Wand stand. Zehn Sekunden später lag er drauf.

»Zeigen Sie mal die Stelle.«

Er pikte mit dem Zeigefinger darauf. Die Ärztin tastete die Gegend ab und prüfte auch das Gewebe weiträumig darum herum. Ein bis zwei Minuten lang wanderten ihre Hände über seinen Oberkörper.

»Tut es hier weh?«, fragte sie schließlich. Simon nickte. Sie hatte die Stelle, die sich in seinem Kopf längst zum Nistplatz für einen Tumor entwickelt hatte, mit dem Daumen voll erwischt. Sie ließ von ihm ab und sah ihn einen Moment lang sorgenvoll an.

»Und?«, fragte Simon. »Da ist was, oder?«

Sie nickte. »Sie haben einen Processus xiphoideus«, sagte sie.

Simon schluckte. »Und was bedeutet das?«

»Ziehen Sie sich mal an, und dann kommen Sie mit.«

Simon streifte sein neues schwarzes Hemd über. Die Ärztin stand jetzt an der gegenüberliegenden Wand vor einem Schaubild des menschlichen Skeletts. Mit wackeligen Knien und wild pochendem Herzen stolperte er zu ihr hinüber.

»Sehen Sie dieses kleine Stück hier?«

Sie zeigte auf einen Knochen unterhalb des Brustbeins. Simon nickte.

»Das ist der Processus xiphoideus, das knorpelige untere Ende des größeren Knochens darüber. Sie, Herr Havlicek, haben scheinbar so lange auf dem Knorpel herumgedrückt, bis es wehtat.«

Simon verstand nicht so ganz.

»Und was fehlt mir jetzt?«

»Gar nichts, junger Mann. Im Gegenteil. Ich darf Sie herzlich beglückwünschen. Sie haben ein Brustbein.«

Simon starrte sie entgeistert an.

Noch draußen auf der Straße schämte er sich in Grund und Boden. Aber dann musste er auf einmal grinsen. Er hatte schon so viel abgenommen, dass er wieder sein Brustbein fühlen konnte. Nicht so übel eigentlich, dachte er.

Irgendwie hatte er das Gefühl, einen freien Tag geschenkt bekommen zu haben. Er frühstückte im Schanzenviertel in einem portugiesischen Café, las dabei in Ruhe *Morgenpost* und *Abendblatt* hintereinander weg und schlenderte langsam an den Schaufenstern vorbei in Richtung der S-Bahn-Station Sternschanze. Dort stieg er, so gut es seine verkaterten Beine erlaubten, die Treppen zum Bahnsteig hinauf, fuhr eine Station bis zum Dammtor und dann zwei mit dem Bus, ein paar Meter bis zur Feldbrunnenstraße musste er noch laufen.

Zu Hause wusste er nicht so recht, was mit sich anzufangen. Er lag eine Zeit lang auf seiner Matratze herum und las ein bisschen in dem Mankell, den er in Ottensen eingesteckt hatte. Mittags rief er im Kino an, bekam in der Gastro-Station Camilla an die Strippe und entschuldigte sich dafür, dass er so kommentarlos abgehauen war. »Schon okay«, sagte sie, »hat mich nur gewundert, wie schnell du weg warst, wo du dich doch den ganzen Abend in Zeitlupe bewegt hast.« Er versprach, beim nächsten Mal in besserer Verfassung zu sein. Sie verabredeten sich für Mittwoch.

So gegen halb drei langweilte er sich und betrachtete wieder mal vom Bett aus seine Zimmerdecke. Ihm fiel auf, dass es in der Nähe des Fensters ziemlich wüst aussah. Spinnweben hingen in der Ecke. Das muss weg, dachte er. Ich brauche einen Staubsauger.

Simon hatte zwar schon mehrfach die Küche gefegt und gewischt und das Parkett in seinem Zimmer auch, aber den Staubsauger hatte er hier noch nie benutzt. Er hatte keine Ahnung, wo der eigentlich war. Vermutlich in der Abstellkammer, die Simon noch nie betreten hatte. Er schlurfte zu der Tür im Flur. Sie war abgeschlossen, aber der Schlüssel steckte, was Simon irgendwie seltsam vorkam. Er fand den Staubsauger schließlich im hinteren Teil des geräumigen

Kabuffs. Als er ihn anhob, wurde Simon auf den großen Stapel Zeitschriften dahinter aufmerksam. Er reichte ihm bis zur Mitte des Oberschenkels, es waren bestimmt hundert Hefte oder mehr. Aber das fand Simon weniger bemerkenswert. Es war eine andere Tatsache, die ihn stutzig werden ließ.

Der Stapel bestand ausschließlich aus Frauenzeitschriften.

Obenauf lag eine *Brigitte* aus dem Mai, die mit der neuen Spargelküche auf dem Titel warb und einem Interview mit dem designierten neuen Bundespräsidenten Johannes Rau. Er fand aber auch die Handtaschentipps der *Cosmopolitan*, zehn praktische Blitzdiäten von *Petra*, und die *freundin* erläuterte, wie man seine Beziehung rettete. Unglaublich, dachte Simon. Hotte hortet Frauenzeitschriften! Er kapierte nicht, was das sollte.

Plötzlich fiel ihm der Fleck ein, den Simon in Hottes Arbeitszimmer gesehen hatte, als sie das Internet nach Diäten abgesucht hatten. Die Zeitschriften mussten dort auf dem Boden gelegen und den Abdruck auf dem Teppich hinterlassen haben. Hotte hatte damals gesagt, er müsse noch »Klarschiff« machen, bevor er Simon in sein Arbeitszimmer ließ. »Klarschiff« bedeutete in dem Fall wahrscheinlich, die Zeitschriften verschwinden zu lassen. Dass jetzt der Schlüssel an der Tür steckte, konnte eigentlich nur ein Versehen sein.

Hotte kam gegen sechs nach Hause. Diesmal war es Simon, der etwas vorbereitet hatte: eine Blumenkohlsuppe und einen Nizza-Salat, beides aus dem Weight-Watchers-Kochbuch. Hotte sah ihn fragend an.

»Ich hatte Zeit, ich hatte Bock, und ich habe das Gefühl,

dass ich mich für letzte Woche revanchieren muss«, sagte Simon.

»Ach was. Musst du nicht«, winkte Hotte ab. »Aber dafür, dass du dich krankgemeldet hast, warst du ziemlich produktiv.« Er setzte sich und füllte sich einen Teller von der Suppe auf.

»Hotte?«

»Simon?«

»Ich bin neugierig, deshalb frage ich, obwohl ich weiß, dass es dir unangenehm ist.«

Hotte schaute ihn ruhig an. »Geht es wieder um Susanne?«

»Nee. Eher um *Brigitte* und *Petra*.«

»Wen?«

»Ich habe heute den Staubsauger gesucht. Und da bin ich in deiner Abstellkammer auf Hunderte von Frauenzeitschriften gestoßen.«

»Die Tür ist doch abgeschlossen.«

»Der Schlüssel steckt.«

»Echt? Scheiße, vergessen. Aber das gibt dir trotzdem nicht das Recht, da reinzugehen.«

»Weiß ich, und ich entschuldige mich hiermit feierlich. Trotzdem, lassen wir das mal beiseite. Erklär mir das bitte.«

Hotte löffelte weiter seine Suppe. Simon hatte erwartet, dass er austicken würde, aber er wirkte eher nachdenklich. Nach einer Weile legte Hotte den Löffel neben den Teller.

»Also, die Sache ist die: Ich mag Frauen.«

»Kann ich verstehen. Ich auch.«

»Ja, aber es gibt einen gravierenden Unterschied zwischen uns: Ich hatte nie welche. Du schon.«

»Na gut, begriffen. Beziehungsweise: nicht so ganz. Was hat das mit den Zeitschriften zu tun?«

»Wenn man Frauen mag, aber nicht den Hauch einer Chance hat, Zeit mit ihnen zu verbringen, dann muss man doch irgendwie dafür sorgen, dass man ihnen nahe kommt, oder? Und das mache ich eben, indem ich ihre Zeitschriften lese und ihre Filme sehe. Kapierst du? Ich finde Frauen so toll, dass ich sie unbedingt verstehen möchte.«

Okay. Das war also Hottes großes Geheimnis. Das war der Grund, warum er zu jedem Beziehungsthema die passenden Ratschläge hatte, trotz des Mangels an eigener Erfahrung. Und deshalb verstand er die Frauen oft besser als sie sich selbst.

»Respekt, Hotte. Du bist einmalig. Und der ungewöhnlichste Typ, den ich je getroffen habe. Auf die Idee muss erst mal einer kommen.«

»Ich finde das gar nicht so absurd. Da stehen viele gute Sachen drin, nicht bloß Beauty-Kram und Strickanleitungen.«

»Bloß so richtig gute Musiktipps gibt's da für dich nicht, oder?«

Hotte grinste. »Wahrscheinlich schon. Aber die ignorier ich einfach. Ich hab doch meine ›Flippers‹.«

Es geht eben nicht alles, dachte Simon.

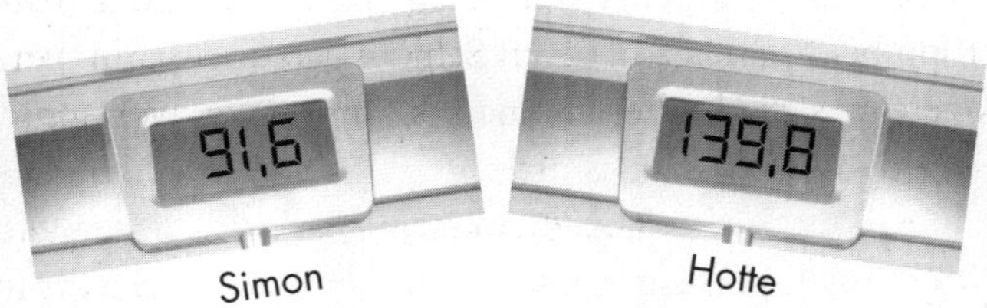

KAPITEL 22
Hyggeliger Pølse Tysker

Am Abend des 19. August 1999 notierte Simon folgende Fakten in sein Notizbuch:

- Großdemonstration gegen Slobodan Milošević in Belgrad
- Zehn Jahre Haft für deutschen Hisbollah-Helfer Steven Smyrek in Tel Aviv
- Ausbrecher Dieter Zurwehme festgenommen
- Start von *Star Wars: Episode I*

Janko hatte die gesamten einhundertachtundzwanzig Minuten Filmlänge über leuchtende Augen, als er sich ein paar Wochen vorher, zusammen mit Simon und etwa drei Dutzend Filmkritikern, an einem Dienstagvormittag im großen Kino den neuen *Star Wars*-Film ansah. Simon beobachtete mehr Janko als die Leinwand; er wusste, dass das hier für ihn eine große Sache war, vielleicht sogar der Beginn von etwas, das sie schon einmal gehabt hatten.

Auf dem Weg nach draußen legten sie einen Zwischenstopp bei Camilla ein, deren Schicht gerade begann. Janko stellte sich als alter Freund von Simon vor, woraufhin Simon meinte, dass das nicht so ganz richtig sei, aber zu kompliziert, um es jetzt zu erklären. Janko war jedenfalls mächtig beeindruckt, mit was für einem Mädchen sein Simon jetzt ausging.

Simon sah das durchaus ähnlich. Am Mittwoch war er sogar wieder in der Lage, mehrfach mit Camilla zu schlafen, vielleicht deshalb, weil er das Dienstagstraining hatte ausfallen lassen. Es war schön. Sie waren ohne Umweg vom Kino in ihre Wohnung gefahren. Diesmal hatte er sein Mixtape mitgebracht, das er seit der Rückfahrt aus dem Allgäu nicht mehr gehört hatte. Sie sagte, dass ihr seine Musik tatsächlich gefiele, obwohl, dieses »Mambo No. 5« sei doch schon ganz geil, oder? Nein, sagte Simon, das sei total ungeiler Schrott, aber sie lachte ihn aus, nannte ihn einen »pølse tysker Snob« und biss ihn in den Hals. Für den Rest der Nacht spielte die Musik bloß noch eine Statistenrolle.

Am nächsten Morgen wachte er nach ihr auf. Als er die Augen aufschlug, lag sie da, das Kinn auf seine Brust gestützt, und sah ihn an.

»Du schnarchst ganz schön, weißt du das?«, sagte sie und küsste seine rechte Brustwarze. »Jedenfalls dann, wenn du auf dem Rücken liegst.« Er streichelte ihren Nacken. Die Sonne hatte einen Spalt im Vorhang gefunden und ließ ihr dunkelbraunes Haar rot glühen, ihr nackter Rücken glänzte goldfarben im Gegenlicht, darüber tanzten ein paar Staubflocken im Sonnenstrahl. Was für ein Bild, dachte Simon, so kann man also auch aufwachen.

»Dir gleichfalls einen guten Morgen«, sagte Simon und gähnte. »Wie spät ist es? Beobachtest du mich schon lange?«

»Halb acht. Und ja. Eine halbe Stunde. Mindestens.«

»Aha. Ich hätte mich gar nicht für so interessant gehalten.«

»Das bist du aber. Du bist klug, du hast einen trockenen

Humor, du kannst dich begeistern, und du weißt, wie man im Kino Filme vorführt. Das ist interessant.«

»Und ich dachte, du magst mich wegen meines Körpers«, versuchte Simon zu witzeln.

»Das tu ich auch. Ich finde dich gut. Und du hast einen wunderbaren Bauch. Ich mag das, mein Opa hatte auch einen großen Bauch, der war so unglaublich hyggelig.«

»Hyggelig? Was heißt das?«

»Das ist das dänische Wort für gemütlich. Und du bist auch gemütlich. Aber ...«

»Was aber?«

»Ich glaube aber auch, dass du deinen Bauch aus einem bestimmten Grund hast.«

»Allerdings. Der Grund sind Kartoffelchips, Frikadellen und böhmischer Apfelkuchen.«

»Nein. Die sind nicht der Grund. Das sind nur Lebensmittel. Ich glaube, du versteckst was darin. Etwas von dir.«

Simon dachte einen Augenblick nach. Er kannte diese Theorien von Essen als Ersatzbefriedigung und so, aber bislang hatte er nicht viel damit anfangen können – und dabei hatte er lange und tief in sich gegraben. Auch jetzt überkam ihn diesbezüglich keine Erleuchtung. »Irgendwas fehlt dir im Leben, Simon«, fuhr Camilla fort.

»Wem nicht? Fehlt dir nicht auch irgendwas?«

»Doch, sicher. Aber um mich geht's hier nicht.«

»Na gut, dann bleiben wir halt bei mir. Also: Was könnte das in meinem Fall sein?«

»Richtige Grenzen. Liebe. Hass. Ich weiß doch auch nicht. Bist du oft wütend?«

»Fast nie.«

»Na, da haben wir es doch.« Sie wechselte ihre Position

und setzte sich auf ihn. Mit beiden Zeigefingern pikte sie abwechselnd in seinen Bauch, der jetzt längst nicht mehr so groß war wie noch vor einem Vierteljahr, aber dafür weicher und empfindlicher. »Da drin steckt deine Wut, alle deine runtergeschluckten Aggressionen.«

»Hör auf, ich bin kitzelig!«, rief Simon. Jeder Piekser ließ ihn zusammenzucken.

»Ach ja? Du musst mich schon selbst bremsen, ich hör nicht freiwillig auf.« Und sie erhöhte das Tempo.

»Stopp!«, brüllte Simon und griff nach ihren Handgelenken. Er fühlte sich einen Moment lang wehrlos, aber dann musste er lachen, sie lachte mit, und sie rangelten miteinander – verdammte Axt, ist die stark, dachte Simon –, bis er es irgendwann doch schaffte, sie von sich herunterzuziehen und sich auf sie zu werfen. Auf einmal, er hatte keine Ahnung, wie und wann sie das geschafft hatte, spürte er eine Latexhülle um seinen Penis. Und dann schliefen sie miteinander. War ja noch etwas Zeit bis zur Arbeit.

»Was bedeutet eigentlich dieser andere dänische Ausdruck, den du mir gestern an den Kopf geknallt hast?«, fragte er, als sie danach erschöpft nebeneinander lagen.

Sie überlegte kurz. »Meinst du ›pølse tysker‹?«

»Ja, das war's.«

»Das heißt ›Wurstdeutscher‹. Ist eine Beleidigung, die wir Dänen für euch Deutsche haben, wenn ihr euch mal wieder so verdammt deutsch benehmt.«

Ein Wurstdeutscher. Er war ein hyggeliger Wurstdeutscher. Er konnte sich nicht helfen, irgendwie gefiel ihm das.

Als der August sich seinem Ende näherte, hatte Simon so allmählich das Gefühl, in einer Art neuem Leben angekommen zu sein. Noch immer logierte er bei Hotte auf der Besuchermatratze, aber immerhin hatten sie gemeinsam zwei Schränke rausgeworfen und das Zimmer neu tapeziert und gestrichen. Simon hatte frische Vorhänge und Bettwäsche bei IKEA gekauft, und Hotte hatte tatsächlich eine Mini-Anlage für Simon angeschafft und einen kleinen frischen Fernseher – einen dieser neuartigen Plasma-Dinger mit Flachbildschirm, nicht mal im Wohnzimmer hatte Hotte so etwas Modernes. Simon fragte seinen Vermieter, ob damit wegen der Wertsteigerung eine Mieterhöhung ins Haus stehe, er sei im Mieterverein und würde sich gerichtlich dagegen wehren. Hotte schüttelte nur den Kopf und erklärte: Im Gegenteil, dank seiner tatkräftigen Mithilfe bei der Instandsetzung der Immobilie bräuchte Simon vorläufig gar keine Miete zu zahlen, zumindest so lange, bis er endlich aufhörte, den Haushalt seiner Exfreundin großzügig mit der Hälfte der Miete zu alimentieren. Das fand Simon, ungeachtet des Zaunpfahls, der darin steckte, alles in allem ziemlich klasse; Hotte war zwar nicht im engeren Sinne klamm, aber das war trotzdem eine außergewöhnliche Geste. Nein, korrigierte er sich innerlich, wohl eher ein Freundschaftsdienst.

Womöglich rührte Hottes Großzügigkeit auch daher, dass es ihm so gut ging. Im August hatte er sich zweimal mit Susanne getroffen – zusätzlich zu den Weight-Watchers-Treffen, nach denen sie inzwischen jedes Mal nach dem Einladen der Produktkisten in Eppendorf etwas essen gingen. Die erste Verabredung bestand aus einem Spaziergang um die Alster in der Dämmerung. Und bei der zweiten, am letzten Wochenende im August, wollte Susanne mit ihm zusammen im Kino *Message in a Bottle* mit Kevin

Costner ansehen; ihre Kino-Freundin sei gerade im Urlaub und das Kind beim Vater. Also schauten sie sich den Film am Samstag an. »Schrecklicher Frauenfilm, super rührselig«, brummte Hotte, als er Simon davon erzählte, aber es schien ihm nicht wirklich was auszumachen.

Nach allem, was Hotte so erzählte, fielen die beiden nicht übereinander her und zerbissen sich gegenseitig die Ohrläppchen vor lauter Leidenschaft, aber Simon war sich sicher, dass das Hotte ohnehin überfordert hätte. Sie redeten, das war alles, beziehungsweise: Meistens hörte Hotte zu. Und er fand es gut, wie es war, denn seiner Meinung nach durfte er sowieso nicht mehr erwarten. »Ich glaube, die sucht gar keinen Mann«, sagte er einmal, »die sucht einen schwulen Freund zum Sabbeln, und zufällig bin ich gerade in der Nähe.« Das sei absoluter Schwachsinn, sagte Simon, wollte aber auch nicht zu große Hoffnungen schüren. Er hatte zwar die Erfahrungswerte von drei gemeinsamen Weight-Watchers-Sitzungen und so ein Gefühl, dass Susanne Jacobs das Leben seines Mitbewohners tatsächlich ändern könnte. Aber war er sich da sicher? Nein, das war er ganz und gar nicht, und deshalb konnte er ziemlich gut verstehen, dass Hotte den Ball flach hielt.

Er selbst war nur noch einmal zu den Weight Watchers gegangen. Als er nach dem Wiegen sein Tagebuch überreicht bekam und dort in blauem Kugelschreiber die Zahl »94,5« stand und dahinter »+ 0,7«, kriegte er schlechte Laune. Zugenommen trotz Sex, Fahrrad und Fußball, wie ging das denn? Er sagte Hotte, dass er sich nicht besonders fühlte und verschwand nach nebenan, um mit Janko eine zu rauchen. Und dort, auf den Treppenstufen eines Fleischereifachgeschäfts in einer der besseren

Hamburger Wohngegenden, beschloss Simon, die zwanzig Mark pro Woche und die zwei Stunden wunderbarer Spätsommerfreitagabendzeit in Zukunft schöner zu investieren. Eine Waage gab es schließlich auch in der Feldbrunnenstraße, und Hotte würde ab sofort ohne ihn klarkommen. Der hatte jetzt Susanne, und die war ihm Motivation genug.

Aus der Sache mit Camilla war etwas Festes geworden, so fühlte es sich zumindest an. Hundert Prozent sicher war er sich jedoch nicht, denn er hatte nicht immer das Gefühl, mit ihr Schritt halten zu können. Wiederholt schleppte sie ihn auch unter der Woche in irgendwelche Clubs, die meistens in Reeperbahnnähe lagen. Simon bemühte sich, nicht als schlapper Sack dazustehen, sondern das Ganze als Grenzerweiterung zu betrachten, also machte er mit. Er hoffte darauf, dass sich irgendwann ein Groove in ihm einstellen würde, ein Bedürfnis nach tanzen und trinken, kurz: nach »feiern«, wie Camilla immer sagte, wobei er sich ernstlich fragte, was es ohne Geburtstage und bestandene Prüfungen eigentlich zu feiern gab – oder war der Besuch einer Kneipe an einem normalen Mittwochabend schon Grund genug? Dummerweise kam dieses Bedürfnis einfach nicht auf. Er wäre lieber mit ihr nach Hause gegangen, hätte Musik gehört und gepoppt und dann einfach geschlafen. Allmählich spürte er, dass nicht nur acht Jahre zwischen ihm und Camilla lagen, sondern auch unterschiedliche Sichtweisen auf das, was sie sich jeweils unter einem gelungenen Abend vorstellten. Er war eben doch mehr so der häusliche Typ.

Auf der anderen Seite war es großartig mit ihr. Sie war

auf eine gute Weise frei von Scham, der Sex mit ihr hatte etwas Beiläufiges – mit Katja war es in den letzten zwei, drei Jahren in der Hinsicht eher schwierig gewesen. Sie durfte nicht zu gestresst sein und nicht zu müde, nicht zu kalte Füße haben oder ein zu spannendes Buch lesen, sonst wurde es nichts, und irgendwas war eigentlich immer. Einmal waren sie im Vorspiel schon ziemlich weit gekommen, als Katja die Sache mittendrin abbrach, weil sie einen zu langen Zehennagel von ihm an ihrem Fuß gespürt hatte. Statt Geschlechtsverkehr bekam Simon eine zweistündige Diskussion über Achtsamkeit in der Beziehung aufgedrückt. Katja konnte irre anstrengend sein. Und trotzdem war da eine traurige Zärtlichkeit in ihm, wenn er an sie dachte. Kann man auch anders nennen, dachte Simon. Vielleicht sogar Liebe, immer noch. Und vielleicht war genau das der Grund, warum er immer noch keinen Kontakt zu Katja gesucht hatte: weil er die Konsequenzen fürchtete. Denn wahrscheinlich würde sie es dann aussprechen – dass es endgültig vorbei war. Wenn er nicht mit ihr redete, musste er sich damit nicht auseinandersetzen.

Aber wer weiß, dachte Simon, wohin das hier mit Camilla führt. Er mochte Camillas Witz, sie war schlau, ihre Gespräche waren gut. Und sie war neugierig auf quasi alles. Sie hatte zum Beispiel keine Ahnung vom Britpop der Achtziger, aber sie ließ sich darauf ein, sich von ihm etwas darüber beibringen zu lassen. Lloyd Cole hielt sie danach zwar für einen alten Jammerlappen und Billy Bragg für einen verbitterten, linksradikalen Langweiler, aber immerhin, sie hatte sich damit beschäftigt, seinetwegen. Das war eine ganze Menge.

Simon wiederum erweiterte sein Wissen über Pop-Art und Warhols Factory, das waren Camillas Spezialgebiete. Meistens hatten sie nichts an während dieser Gespräche, und Simon genoss diese Ungezwungenheit. Doch es blieben gewisse Zweifel, ob das hier funktionieren würde.

Und manchmal sah sie ihm das an.

»Alles okay mit dir, Simon?«

»Hm? Ja, wieso?«

»Du guckst so seltsam.«

»Wie gucke ich denn?«

»So abwesend. Als ob du mit deinen Gedanken ganz woanders bist.«

»Echt? Tut mir leid. Bin ich gar nicht. Es ist nur so …« Er machte eine Pause.

»Ja? Wie ist es denn?«

Er hatte eigentlich keine Ahnung. Beziehungsweise doch: eine Ahnung schon. Aber er bekam sie nicht zu fassen. Und so zuckte er mit den Schultern.

»Ist es der Sex?«, fragte sie. »Bin ich nicht so im Bett, wie du es gern hättest?«

Er lachte. »Nee. Der Sex ist der Hammer. Ich würde meinen Jahresurlaub zwischen deinen Beinen verbringen.«

»Wie lange ist das?«

»Sechs Wochen.«

»Geht klar«, sagte sie und küsste ihn. »Aber was dann? Geht es dir zu schnell?«

»Ein bisschen vielleicht«, sagte er. »Und ich müsste vermutlich ab und zu mal um zwei schlafen statt um fünf.«

»Wenn es weiter nichts ist …«

Sie machte das Licht aus, kuschelte sich an ihn und streichelte seinen nackten Bauch.

Dass da schon noch ein bisschen mehr war, dass er Zweifel an der ganzen Sache hatte und dass ihm Katja noch immer in den Knochen steckte, das behielt er vorläufig für sich.

Anke bereitete ihm ein wenig Sorgen. Sie war irgendwie nicht mehr sie selbst. Offenbar hatte ihr die Geschichte mit diesem Berliner Spacken doch mehr zugesetzt, als sie sich eingestehen wollte. Er fand es schade, dass sie … ja, seltsam reserviert war, auch ihm gegenüber. Es gab kaum Sticheleien wegen Camilla, sie löcherte ihn nicht mal mehr wegen Katja. Anfang des Monats fragte er sie wiederholt, ob sie mal wieder was zusammen unternehmen wollten. Ihre Antworten blieben irgendwo zwischen »Mal gucken« und »Keine Zeit, du« stecken, einmal fragte sie zurück: »Und was würde Camilla dazu sagen?« Das fand Simon schräg, darum ging es schließlich nicht.

Bei der totalen Sonnenfinsternis am 11. August, der letzten bis 2081 in diesem Teil der Welt, hatten sie gemeinsam auf dem Dach des Kinos gestanden und durch ihre Schutzbrillen in den Himmel gestarrt – sogar Camilla hatte sich unerlaubt vom Gastro-Tresen entfernt, sich neben sie gestellt und den Arm um Simons Hüfte gelegt. Am Nachmittag hatte Anke spontan für zwei Wochen Urlaub eingereicht und war einfach verschwunden. Ein paar Tage später erfuhr er, dass sie ganz allein an die dänische Nordseeküste gefahren war, zum Zelten. Dieser Torsten war echt ein Idiot. Was der angerichtet hat, dachte Simon.

Seine Mutter hatte er nach dem kurzen Asyl an seinem Geburtstag ziemlich selten gesehen, vielleicht drei- oder viermal. Jetzt vervielfachte er seine Besuche, er schneite manchmal unangemeldet bei ihr vorbei, wenn er auf dem Weg zum Training war. Er goss sich dann einen Kaffee ein, wehrte sich nach Kräften gegen die fettreichen Lebensmittel aus dem Genusssektor, die ihm angeboten wurden, und stellte Fragen über Janko. Wie das damals gelaufen war, warum er eigentlich abgehauen war, und überhaupt, wie war das mit Michael, seinem Vater, gewesen, damals in Prag 1968?

Jarmila musterte ihn misstrauisch.

»Das habe ich dir doch alles schon erzählt.«

»Ja, öfter. Aber zuletzt vor fast zwanzig Jahren, Mama.«

»An der Vergangenheit hat sich in den letzten zwanzig Jahren nicht viel verändert.«

»Aber ich habe mich verändert. Das ist doch wohl ein Unterschied, ob man jemandem eine Geschichte erzählt, wenn er zehn ist oder dreißig.«

»Und wo ist er, der Unterschied?«

»Na, in der Art, wie man das wahrnimmt. Also ich. Mit zehn glaubt man doch alles, was einem erzählt wird.«

Jarmila wurde etwas lauter. »Heißt das, ich hab dir Quatsch erzählt, oder wie darf ich das verstehen?«

»Das habe ich nicht gesagt. Aber heute würde ich nachfragen. Versuchen, auch die andere Seite zu sehen. Mir ein komplettes Bild verschaffen. So was in der Art.«

Jarmila schüttelte bedächtig den Kopf. »Ich kapier das nicht. Was ist denn auf einmal los mit dir?«

»Bei mir hat sich einiges verändert in letzter Zeit. Und da fängt man eben an, sich Gedanken über … die Dinge zu machen. Zum Beispiel über Janko.«

»Was ist mit Janko?«

»Die Frage ist eher: Was war mit Janko? Weißt du eigentlich, wie wichtig er für mich war?«

»Ich weiß, dass du ihn gern hattest. Und er dich auch.«

»Und dann ist er gegangen.«

»Ja.«

»Warum eigentlich?«

»Weil er nach England wollte.«

»Zu dem Zeitpunkt wart ihr schon seit Jahren nicht mehr zusammen. Ich meine: Warum habt ihr euch getrennt?«

»Ach, das ist so lange her …«

»Komm, gib dir mal ein bisschen Mühe.«

»So kenne ich dich gar nicht, Simon.«

»Dann wird es ja wohl Zeit.«

Und das dachte er wirklich: Es war an der Zeit, dass er aufhörte, sie so zu nehmen, wie sie war. Das hatte er lange genug ausprobiert, und irgendwie hatte das nur einen Graben zwischen ihnen ausgehoben, sodass keiner mehr etwas über den anderen erfuhr. Ich muss ihr richtig einheizen, dachte Simon, das ist auch gut für sie, wenn sie mal aus dem Quark kommt.

Sie seufzte, dann zuckte sie mit den Schultern. »Was soll ich sagen, Junge. Es hat eben nicht gepasst.«

»Das glaube ich nicht.«

»Das weiß ich ja wohl besser.«

»Ehrlich gesagt, Mama: Das glaube ich auch nicht.«

Simon stand auf, trank den letzten Rest des inzwischen kalten Kaffees aus seinem Becher und gab Jarmila einen Kuss auf die Wange. »Ich muss zum Fußball, das Training fängt in einer Viertelstunde an. Aber wir sind in dieser Sache noch nicht fertig.«

Er winkte ihr beim Rausgehen zu. Sie war zu perplex, um den Gruß zu erwidern.

Simon

Hotte

KAPITEL 23
Zwei alte Säcke

Sein kleines braunes Notizbuch hatte Simon immer noch in fleißigem Gebrauch. Darin notierte er weiterhin, was in der Welt passierte, wenn ihm etwas widerfuhr. Sein erstes Tor für Vorwärts schoss er an dem Tag, als das letzte Teilstück der Öresundbrücke zwischen Schweden und Dänemark eingesetzt wurde. Als seine Mutter zum ersten Mal zugab, dass Janko nicht freiwillig ausgezogen war, wurden Bestechungsvorwürfe gegen den russischen Präsidenten Boris Jelzin bekannt. Und an dem Tag, an dem die deutsche Fußball-Nationalmannschaft durch zwei Tore von Oliver Bierhoff 2:1 gegen Finnland gewann, wog er zum ersten Mal seit mehr als vier Jahren weniger als neunzig Kilo.

Es war ein Samstagvormittag, Anfang September. Simon war mit Zottel eine Runde um die Alster gejoggt, die acht Kilometer fielen ihm nicht mehr so furchtbar schwer und Zottel auch nicht, im Gegenteil: Es war, als holte der Hund jetzt all das an Bewegungsdrang aus sich heraus, was er in seinen Jahren bei Sybille und Carsten hatte herunterschlucken müssen.

Simon war unter die Dusche gesprungen und hatte sich danach nackt auf die leicht angekratzte Waage gestellt, die jetzt ihren festen Platz im Badezimmer hatte. Und darauf stand, LED-rot auf schwarz: 89.6. Simon starrte auf das

Display, bis es verlosch. Er triumphierte still, es gab kein Jubelgeheul wie vor ein paar Monaten bei der Einhundert-Kilo-Marke. Die letzten Wochen hatten an ihm gezehrt, als es nicht so richtig voranging, als sowohl er als auch Hotte kaum Fortschritte in ihrem Bemühen verzeichneten, weniger zu werden. Das machte demütig. Hotte hatte es mit einem »Gewichtsplateau« begründet, das man nach einer gewissen Zeit der steten Abnahme erreiche und auf dem man dann bleibe, weil sich der Stoffwechsel erst mal anpassen und umstellen müsse und so weiter und so fort – Simon hatte irgendwann nicht mehr zugehört, weil er genervt war. Scheißplateau.

Jetzt aber schlüpfte er in seine Boxershorts und ein T-Shirt und marschierte in die Küche. Dort saß Hotte und las in der *Macworld*. Sie hatten ihre Reportpflicht dem anderen gegenüber beibehalten, also war Simon förmlich verpflichtet, das Ergebnis zu vermelden.

»Ich war gerade auf der Waage.«

Hotte blickte interessiert hoch. »Und?«

»Unter neunzig, Alter. Neunundachtzigsechs.«

Hotte grinste und nickte. »Geht doch. Glückwunsch. Freut mich für dich, wirklich.«

»Wie war's gestern bei den Weight Watchers?«

»Ganz okay. Eins Komma drei weniger, ich bin bei hundertsiebenunddreißigfünf.«

»Ist doch super. Ich meine, überleg mal, wo du angefangen hast. Das sind zwölf Kilo weniger oder so.«

»Stimmt eigentlich. Aber unter hundert wird wohl nix.«

»Abwarten.«

Simon drehte sich um und verzog sich, das nasse Handtuch noch auf den Schultern, in sein kleines Zimmer.

Zwei Minuten später, als er gerade in seine Jeans geschlüpft war, klopfte es.

»Ja?«

»Du hast Besuch«, rief Hotte durch die geschlossene Tür.

Besuch? Er erwartete niemanden. Camilla war für das Wochenende nach Odense gefahren.

»Wer ist es denn?«

»Katja, glaub ich.«

Simon erstarrte. Katja? Das war … ein Schock. Was hatte das zu bedeuten? Wahrscheinlich genau das, was er neulich erst vermutet hatte: Sie war hier, um endlich einen Strich unter die Sache zu ziehen, die mal ihre Beziehung gewesen war. Ausgerechnet heute. Andererseits: warum nicht heute? Jeder Tag eignete sich in etwa gleich gut für so etwas. Oder aus seiner Sicht: gleich schlecht.

»Simon?«, fragte Hottes Stimme durch die Tür. Simon glaubte, einen Hauch Sorge darin wahrzunehmen.

»Alles okay«, sagte er. »Ich komme gleich!«

Er bemerkte, dass er die Hand noch immer an dem letzten offenen Knopf seiner Jeans hatte, nur dass seine Hand jetzt zitterte. Er versuchte, ihn zu schließen, aber irgendwie kriegte er es nicht hin. Da schoss ihm plötzlich ein Gedanke durch den Kopf. Er zog die Jeans wieder aus und auch gleich noch das T-Shirt, griff nach dem Handtuch und legte es sich wieder um die Schultern. Und dann stand er da in seiner dunkelblauen Boxershorts und dachte: Voll die Schwachsinnsidee, was denke ich mir bloß dabei? Aber dann straffte er sich und ging in den Flur, wo von Hotte nichts mehr zu sehen war, und vor zur Haustür.

Hotte hatte sie nicht hereingebeten. Simon zog die Tür zum Treppenhaus auf, und da stand sie, schmal und blond und hübsch und blass, viel blasser, als jemand sein sollte, der vor einem Monat Urlaub im Süden gemacht hatte.

»Katja! Das ist ja mal echt überraschend.«

Echt überraschend? O Gott. Er war ziemlich nervös, sein Herz pochte sogar in seinen Ohren, kein Wunder, dass er totalen Schwachsinn redete.

»Hallo … Simon.« Sie wirkte verblüfft. Diesen Aufzug hatte sie definitiv nicht erwartet. »Da ist Post für dich gekommen, die sah so offiziell aus, da dachte ich, ich bringe … Kann ich vielleicht reinkommen?«

»Klar.«

Er ließ sie in den Flur. Sie schaute sich um und war von dem turnhallengroßen Flur sichtlich beeindruckt, und dann starrte sie wieder auf den halb nackten Simon und war es offenbar auch davon. Okay, dachte Simon, dann ist die Taktik vielleicht doch nicht so bescheuert.

»Sorry für mein Outfit«, sagte er und rubbelte mit dem Handtuch über das längst trockene Haar. »Ich war gerade joggen und hab geduscht.«

»Joggen? Du?« Diese Information musste sie erst mal verarbeiten.

Zottel kam angelaufen und beschnupperte Katjas Jeans. Sie zuckte zurück.

»Keine Angst, das ist unser Zottelchen. Der will nur spielen.«

Das habe ich jetzt nicht gesagt, oder?, dachte er. Ich sollte aufhören, den Mund aufzumachen. Katja streichelte dem Hund zaghaft über den Kopf.

»Wo ist denn dein Zimmer?«, fragte sie.

Er führte sie hinüber. Auch hier sah sie sich um, als hätte sie im Urwald von Yucatán einen Maya-Tempel entdeckt.

Simon warf das Handtuch ab und zog sich ein T-Shirt über. Es gab keinen Stuhl oder Sessel in seinem Raum, also zeigte er auf die Matratze.

»Setz dich doch.«

Das tat sie, allerdings eher zögerlich. Wo ist ihre Selbstsicherheit geblieben?, fragte sich Simon, der zum zweiten Mal innerhalb weniger Minuten in seine Jeans stieg. Jetzt bekam er die Knöpfte ohne Probleme zu. Er setzte sich zu ihr.

»Zeig mal.«

»Was?«

»Die Post.«

»Oh. Klar.«

Sie öffnete ihre kleine Tasche und zog ein halbes Dutzend Briefe heraus. Zwei waren von der Sparkasse, einer von der Rentenversicherung, einer von seiner Krankenkasse und die anderen beiden Werbung. Das war alles? Nichts davon war wirklich wichtig, und Simon fand, das hätte Katja wissen können. Er warf die Briefe beiseite.

»Danke«, sagte er, »die lese ich später.«

»Alles klar«, sagte sie. »Dir scheint es ja richtig gut zu gehen.«

»Ganz okay, würd ich sagen.«

»Nur okay? Du siehst richtig gut aus«, sagte Katja und musterte ihn einmal mehr. »Das ist ja fast der Simon, in den ich mich mal verliebt habe.«

»Findest du?«

»Allerdings. So … peppig, irgendwie. Und du joggst, Respekt. Wer hätte das gedacht?«

Als sie sich zuletzt begegnet waren, hatte Simon fast achtzehn Kilo mehr mit sich herumgetragen. Das war eine

Menge Holz. Aber dass Katja so auf ihn reagieren würde, damit hatte er nun wirklich nicht gerechnet.

»Ich hab gehört, du hast eine neue Freundin«, sagte sie plötzlich. Simon spürte, wie ihm das Blut ins Gesicht schoss.

»Wo hast du das denn her?«

»Du wurdest gesehen.«

»Aha. Wann und wo?«

»Vorgestern im Kaiserkeller. Marlene war da, und sie hat beobachtet, wie du von einer hübschen Brünetten auf der Tanzfläche herumgeschleudert wurdest. Ich überlege gerade, wann du mal mit mir tanzen warst. Ich kann mich nicht erinnern, leider.«

Simon war sich nicht ganz sicher, wohin das hier führen sollte. Dass der Besuch keineswegs mit seinem Zwischenbescheid in Sachen Rente zu tun hatte, war inzwischen mehr als klar. Kaum hatte Katja erfahren, dass es in seinem Leben jemand anders gab, stand sie bei ihm auf der Matte.

»Und, ist das nun deine neue Freundin?«, fragte Katja.

»Ach, Freundin …« Er konnte es nicht sagen. Er konnte nicht sagen: Das war Camilla, und ich bin mit ihr zusammen. Nicht gegenüber Katja, nicht solange diese Sache hier nicht endgültig beerdigt war. »Ich unternehme ein paar Sachen mit ihr, und sie ist echt nett …«, sagte er stattdessen.

»… und ziemlich heiß, nach allem, was man so hört.«

»Na ja. Ist ja immer auch 'ne Geschmacksfrage, oder?«

»Also ist sie nicht deine Freundin?«

»Nö«, log Simon jetzt und spürte dabei ein ziehendes Unbehagen in der Bauchgegend.

Katja wirkte jetzt entspannter. Sie lächelte, als sie ihn ansah. Simon fiel etwas ein.

»Und wie geht's eigentlich Giancarlo?«, fragte er.

Sie lachte kurz auf.

»Keine Ahnung. Mir auch egal. Ich habe ihn seit ein paar Tagen nicht mehr gesehen.«

Simon sagte nichts. Er spürte, wie sein Herz einen kleinen Hüpfer machte. Lief dann ja wohl doch nicht so dufte mit dem feinen Herrn Fahrradkurier. Katja redete weiter.

»Ist ohnehin alles nicht so golden, ehrlich gesagt. Der Typ ist so … anstrengend. Was der immer alles machen will. Party hier, Club da … Und immer diese Macho-Allüren. Ich soll ihn bekochen, zieh dir das mal rein!«

»Aber du kochst doch gern.«

»Aber nicht, wenn mich ein italienisches Muttersöhnchen dazu zwingen will. Und dann hat er …«

»Stopp!« Simon hielt beide Hände abwehrend in die Höhe. »Jetzt mal im Ernst: Findest du, ich bin der richtige Kummerkasten für deine Beziehungsprobleme?«

»Nein, wahrscheinlich nicht«, sagte sie. »Aber ich glaube, du bist der Richtige für so ziemlich alles andere.«

Wie bitte? Hatte sie das eben wirklich gesagt? Katja rutschte auf der Bettdecke einen halben Meter näher und griff nach seiner Hand.

»Du fehlst mir, Simon. Deine Ruhe, deine Gelassenheit, dein Geruch, deine Art. Das alles vermisse ich so.«

Simon war perplex. Sein Kopf fühlte sich seltsam wattiert an. Und war das Rumoren in seinem Magen Jubel? Katja rückte noch näher. Ihr Gesicht war jetzt nur eine Handbreit von seinem entfernt.

»Hab ich dir auch gefehlt?«

Simon nickte stumm. Sie küsste ihn, ihre kleine, spitze und ziemlich flinke Zunge bahnte sich ihren Weg in seine Mundhöhle. Seine Hände wanderten unter ihr T-Shirt. Sie erkannten ihre Haut wieder, die festen, sanften Anstiege zur Hüfte, und ehe er auch nur einen vernünftigen Gedanken fassen konnte, hatte sie sich auf ihn geschwungen und ihr T-Shirt ausgezogen. Die Position erinnerte ihn an Camilla, der Rest nicht. Katja war viel heller, viel zarter, es schien ihm, als hätte nicht nur er abgenommen, sondern auch sie. Jetzt griff sie nach hinten und öffnete ihren BH, Simon starrte auf ihre kleinen, wohlgeformten Brüste, und plötzlich blitzte vor seinen Augen der Moment auf, in dem er sie zuletzt gesehen hatte: auf dem Klo von Karoplan, als eine von ihnen in der Hand eines anderen Typen gelegen hatte.

Er stockte einen Moment lang, Katja sah ihn fragend an, und Simon versuchte, das Bild und den Gedanken an Giancarlo zu verscheuchen. Seine Hände streichelten ihren Busen, und Katja schloss die Augen und begann, wohlig zu stöhnen. Ist lange her, dachte er, aber es fühlt sich noch vertraut an. Dann auf einmal hatte er Camillas Brüste vor Augen und versuchte, auch sie aus dem Kopf zu bekommen. Es war gar nicht so einfach.

Katja sprang auf und schlüpfte aus ihren Jeans, er tat es ihr gleich. Und so standen sie sich wenige Sekunden später in ihren Unterhosen gegenüber, beide ein wenig verlegen und unschlüssig, aber es war Katja, die sich auch den Slip abstreifte und ihm die Boxershorts auszog.

Simon hatte sich in den vergangenen Monaten immer wieder vorgestellt, wie es sein würde, wieder mit Katja zu schlafen. Vielleicht hatte er sich auch nur an vergangenen Sex erinnert, er konnte das nicht mehr so genau sagen, denn irgendwann wurde diese Erinnerung überlagert von der Vögelei mit Camilla. Wieder bemühte er sich, keine Vergleiche anzustellen. Er schaffte es nicht. Katja war lange nicht so weich wie Camilla, und sie war … beherrschter. Es war, als fürchtete sie den Kontrollverlust, den er mit Camilla wie selbstverständlich erlebte.

Aber war das nicht auch komplett egal? Er vögelte hier gerade mit der großen Liebe seines Lebens, von der er geglaubt hatte, sie längst verloren zu haben! Das hier war Comeback-Sex, und er war gut, und Simon bewegte sich schneller auf ihr, und irgendwann kam erst sie und kurz darauf er, und sie strahlte ihn mit ihren leuchtend blauen Augen an und streichelte sein Gesicht und lächelte schwer atmend, und er lächelte zurück, aus der Puste, und wartete auf ein Gefühl, das dieses Lächeln unterfütterte.

Aber es stellte sich nicht ein.

Wenig später lag er neben ihr und überlegte, dass das jetzt wieder alles zu schnell ging; vielleicht konnte er sich deshalb nicht so richtig freuen.

»Was denkst du?«, fragte sie.

»Ich denke, wie verwirrend das hier gerade ist.«

Sie zog die Augenbrauen zusammen. »Verwirrend? Ich hätte gedacht, du freust dich darüber.«

»Klar, das tu ich. Es war auch wirklich schön.«

»Aber?«

»Wie, aber? Ich habe doch gar nicht ›aber‹ gesagt.«

»Nee, aber gedacht.«

Sie hatte recht. Bloß ging das so nicht. Sie konnte jetzt nicht da weitermachen, wo sie in ihrer Beziehung aufgehört hatten. Damit, dass sie die Themen besetzte und sogar bestimmte, was er wann dachte.

»Hab ich nicht. Ich habe bloß manchmal noch Bilder im Kopf.«

»Bilder?«

»Ja, von meinem letzten Geburtstag. So nachmittags gegen fünf.«

»Oh.« Sie richtete sich auf. »Das tut mir leid.«

»Wirklich?«

»Ja, tut es. Weil ich merke, dass es unseren Neustart belastet. Ich dachte, wir wären da schon weiter.«

»So lang ist das jetzt noch nicht her. Und weißt du: Das war schon ziemlich massiv. Ich glaube, was Schlimmeres ist mir noch nie passiert.«

»Ganz ehrlich? Ich glaube, dir ist noch nie was Besseres passiert.«

»WIE BITTE?«

»Na, schau dich doch mal an! Du hast, was weiß ich, vielleicht zwanzig Kilo abgenommen, du joggst, du bist fitter und im Bett beweglicher, wenn ich das mal hinzufügen darf.«

»Muss ja furchtbar mit mir gewesen sein beim Sex.«

»War es auch. Stell du dir doch mal vor, da liegt so 'n Zwei-Zentner-Typ auf dir, und der schwitzt in einer Tour und röchelt asthmatisch und kommt nicht mal richtig rein, weil ihm ständig sein Bauch im Weg ist – wie würdest du das finden?«

Simon schwieg.

»Was glaubst du denn, warum in den letzten Jahren so wenig bei uns gelaufen ist? Weil ich keine Lust hatte? Nee. Weil mir die Lust vergangen ist!«

Simon sah sie an. Red ruhig weiter, dachte er. Und das tat sie.

»Und dann passiert das eben, dass man auf irgendeinen schmierigen Pfau reinfällt, der einem erzählt, wie wunderschön und begehrenswert man ist.«

»Ich habe dir das immer gesagt, bis zuletzt.«

»Ja, gesagt! Aber dein Körper hat eine ganz andere Sprache gesprochen. Wenn du mich wirklich gewollt hättest, dann hättest du auch dafür gesorgt, dass du für mich begehrenswert bleibst!«

Das ist alles nicht richtig, dachte Simon. Es geht genauso los wie immer. Es geht immer nur um sie, nie um mich. Und plötzlich wurde ihm bewusst, dass es auch immer so bleiben würde, wenn sie wieder zusammenkamen. Sie würde seine Gefühle gleich mitbestimmen wollen, damit sie zu ihren passten, nur so funktionierte das für sie.

Und plötzlich wunderte er sich überhaupt nicht mehr darüber, dass er vorhin beim Sex nicht glücklich gewesen war. Er war kuriert, Katja hatte sich für ihn überlebt. Er hatte keine Ahnung, ob die Sache mit Camilla eine Zukunft hatte, aber das war auch völlig egal. Er wusste nur, dass es ihm ohne Katja besser ging.

Sie hatte recht: Wahrscheinlich war es wirklich das Beste gewesen, was ihm je passiert war, als er Zeuge wurde, wie Katja Wegmann einem gewissen Giancarlo Pantani einen runterholte.

Eine halbe Stunde später setzte sich Simon zu Hotte auf den Balkon vor dem Wohnzimmer. Der las ein Buch. Eine echte Leseratte, unser Hotte, dachte Simon. Und ich dachte immer, Computernerds hängen den ganzen Tag vorm Rechner.

»Worum geht's?«, fragte Simon und zeigte auf das Buch.

»Um den Milleniums-Crash, der uns alle in der Silvesternacht ereilen wird, so rein datenmäßig«, antwortete sein Mitbewohner.

»Ich versteh kein Wort.«

»Stell dich einfach darauf ein, dass am 1. Januar 2000 alle deine Konten gelöscht werden, deine E-Mail-Accounts zusammenbrechen, Flugzeuge abstürzen und überhaupt die Welt in Chaos und Wehklagen versinkt.«

»Okay. Mach ich.«

»Viel wichtiger aber: Wie war's mit Katja?«

»Sagen wir mal: erhellend. Und irgendwie innerlich reinigend. Dabei haben wir nicht mal zusammen gefastet.«

»Nee, das hat man gehört, das klang in der Tat anders. Weißt du eigentlich, dass es in dieser Wohnung vermutlich zuletzt in den Fünfzigern Sex gab?«

»Oh. Waren wir so laut?«

»Auf jeden Fall schwer zu überhören. Dann seid ihr jetzt also wieder zusammen?«

Er sah Hotte an, dass er auf die Antwort gespannt war. Er würde seinen Mitbewohner verlieren, wenn Simon bejahte. Es würde ihn wahrscheinlich Überwindung kosten, sich für Simon zu freuen. Aber das musste er ja gar nicht.

»Nee, sind wir nicht. Ich hab nämlich gemerkt, dass sie mir einfach nicht guttut. Und deshalb habe ich ihr gesagt, dass ich demnächst meine Sachen abholen werde, dass ich aus dem Mietvertrag aussteige und ab Oktober keine Miete mehr zahle.«

Hotte schwieg eine Weile beeindruckt. »Wow«, sagte er schließlich. »Das hätte ich jetzt nicht erwartet. Was hat sie gesagt?«

»Sie hat mich angeguckt, als wäre ich Veganer geworden

oder HSV-Fan«, sagte Simon. »Und dann hat sie geweint, und ich habe sie in den Arm genommen und versucht zu trösten. Hat nicht so richtig geklappt. Aber ich konnte nichts mehr tun. Ich habe einfach gemerkt, dass ich nicht wieder mit ihr zusammen sein will.«

»Und Camilla?«

»Was ist mit der?«

»Willst du mit der zusammen sein? Ich meine, wenn du hier mit jeder ins Bett gehst, die an der Tür klingelt, solltest du dein Beziehungskonzept überdenken.«

Simon lachte. »Wieso, das wäre ja überschaubar. Da hätten wir gerade mal deine Schwester ...«

»O Gott. Schlimme Vorstellung. Für dich, meine ich. Carsten allerdings würde ich es gönnen. Aber vergiss Anke nicht!«

»Stimmt. Anke. Findest du die eigentlich auch so seltsam in letzter Zeit?«

»Definiere seltsam.«

»Verschlossen, verstockt, traurig ... Ich glaube, die hat ordentlich einen mitbekommen von diesem Idioten Torsten.«

»Glaube ich nicht.«

»Nicht? Aber warum ist die dann so komisch drauf?«

Hotte musterte ihn lange und durchdringend. Dann klappte er mit einem lauten Knall sein Buch zu.

»Ich gehe einkaufen. Brauchst du noch was?«

Jetzt, da er sich entschieden hatte, dass Katja nicht mehr seine Freundin sein würde, hatte er im selben Atemzug beschlossen, dass Camilla es endgültig *war*, trotz all der Unterschiede, die es gab. Er freute sich, als er sie am Dienstag nach dem Training wiedersah, und er fand es dann auch gar nicht so schlimm, dass sie nicht mit ihm essen gehen wollte, sondern lieber zum Tanzen ins Kir an der Max-Brauer-Allee. Simon kannte den Club noch aus einer Zeit, als er in ihrem Alter war.

Am Samstag nahm sie ihn mit auf eine Party nach St. Georg. Die Sause stieg in der WG von zwei Kommilitoninnen von Camilla, und Simon fühlte sich von Anfang an nicht ganz wohl in seiner Haut. Das ging schon mal damit los, dass Camilla bereits betrunken war, als er sie abholte. Nix da, sie sei bloß gut drauf, hatte sie gesagt, das bisschen Vorglühen macht doch nicht blau. Sie hielt ihm ein Wasserglas hin, das zur Hälfte mit Tequila gefüllt war. Er lehnte ab.

Ihr Outfit war seiner Ansicht nach grenzwertig, sie trug ein tief ausgeschnittenes schwarzes Top und einen Ledermini, auf den das Wort »Rock« nicht mehr passte – oder noch nicht. Mit anderen Worten: Weniger hätte sie nicht anhaben dürfen, sonst wäre der Tatbestand der Erregung öffentlichen Ärgernisses erfüllt gewesen, mit Betonung auf Erregung. Das hatte ihm bei ihrem ersten Date noch gefallen, aber jetzt, wo sie zusammen waren, störte es ihn. Das ist doch krank, dachte er. Bin ich echt so ein Spießer?

Er sagte nichts und hielt sein Unwohlsein auf dem Weg zur U-Bahn stoisch aus. Er beschwerte sich auch nicht, als irgendein Trance-House-Gewummer aus der Wohnung dröhnte, in der die Party stattfand. Camilla hatte sich sofort auf die improvisierte Tanzfläche geworfen, unter lautem Jubelgeheul. Es war unglaublich heiß und stickig, und Simon war schlecht gelaunt. Heute würde er auf keinen Fall tanzen, er würde auch nicht trinken, bloß um nicht der

Spielverderber zu sein. Morgen war Punktspiel gegen den USC Paloma, da wollte er nicht mit 1,6 Promille auflaufen.

Aus der Küche holte er sich etwas Nudelsalat und eine kleine Frikadelle, trieb auf dem Balkon eine Flasche Cola light auf, stellte sich in eine Ecke des zum Tanzen ausgeräumten WG-Zimmers und sah zu. Camilla war in tiefer Ekstase, sie tanzte und schüttelte alles, was sie hatte, und dass das eine ganze Menge war, wusste niemand hier im Raum so gut wie er. Sie musste nicht einmal aufhören zu tanzen, um ihren Alkoholpegel aufzufüllen, irgendeine helfende Hand war immer zur Stelle, wenn sie etwas zu trinken benötigte. Simon wusste nicht so recht, ob er stolz sein sollte oder einfach nur stinkwütend.

»Irre, oder?«

Ein Mann war an ihn herangetreten und brüllte ihm durch das Techno-Gewummer ins Ohr.

»Wie bitte?«

»Irre, sagte ich. Was hier so los ist!«

»Ja, voll irre«, sagte Simon und schaute sich den Typen genauer an. Sein Haar war ziemlich dünn und schütter und begann schon, hier und da grau zu werden. Sein Gesicht hatte auch schon viel gesehen, davon zeugten tiefe Falten und Tränensäcke unter den Augen. Simon nickte ihm freundlich zu und blickte wieder auf die Tanzfläche.

Doch der Typ hatte Gesprächsbedarf.

»Da können zwei so alte Säcke wie wir nicht mehr mithalten, was?«, brüllte er Simon ins Ohr.

»Was?«, brüllte Simon zurück.

»Ich sagte …«

»Ja, nee, das habe ich verstanden. Ich weiß nur nicht, wie du darauf kommst, mich einen alten Sack zu nennen.«

Der andere war perplex. »Also, erstens merk ich doch, dass du dich hier fehl am Platz fühlst. Und zweitens: Wir sind doch ungefähr ein Alter, Meister!«

»Ein Alter? Wie alt bist du denn?«

»Achtunddreißig.«

»Echt? Du siehst viel älter aus!«

Der Typ nervte, und Simon wollte ihn eigentlich loswerden. Aber er lachte bloß und klopfte Simon auf die Schulter.

»Der war gut! Aber im Ernst: Wenn ich mir das so betrachte, wünschte ich, ich wär auch noch mal so jung. Aber dann mit unserer Musik, Alter! Deep Purple und Led Zeppelin! Das war doch unser Ding damals, weißte noch?«

»Kollege, ich bin dreißig! Ich hab keine Ahnung, wovon du sprichst.«

»Dreiß…« Er lachte wieder. »Du bist echt lustig, Alter. Soll ich dir noch 'n Bier mitbringen?«

Simon nickte, und der Typ schwirrte ab. Simon stellte den Teller ab, warf einen letzten Blick auf seine Freundin, die auf der Tanzfläche durchdrehte, und verschwand aus diesem Tempel jugendlicher Sinnlosigkeit. Denn bei all dem Gequatsche hatte der alte Sack mit einem recht: Simon passte nicht hierher.

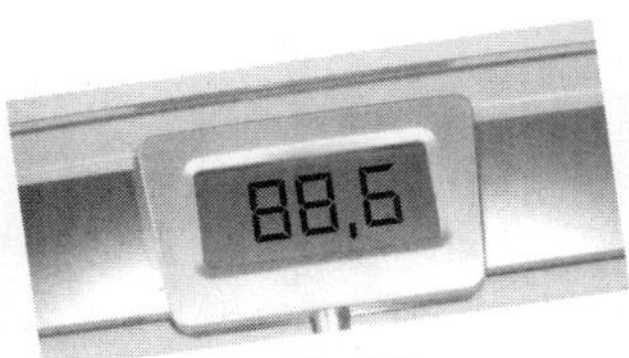

Simon

Hotte

KAPITEL 24
Kalter Hund

An einem Abend Anfang Oktober wollte Simon eigentlich bei Camilla übernachten. Nach dem Training war er zu ihr gefahren, und es war gegen neun, als er sein Fahrrad in der Bernstorffstraße anschloss. Er war ein bisschen kaputt, und als sie ihm eröffnete, dass sie noch mit ihm feiern gehen wollte, küsste er sie einfach, wünschte ihr viel Spaß, drehte sich um und ging die Treppen wieder herunter. Seit knapp zweieinhalb Monaten lief das nun mit ihnen beiden, und Simon hatte beschlossen, dass er nicht um jeden Preis alles mitmachen musste. Die Sache hatte manchmal den Anstrich eines Drahtseilakts, und Simon fragte sich, wann einer von ihnen wohl die Balance verlieren würde. Aber dann gab es wieder die guten Momente, in denen sie nicht groß darüber nachdachten, wer sie waren und wer nicht, in denen sie sich einfach nahe waren und manchmal sogar berührten, und dafür lohnte sich das Durchhalten.

Der Sommer war verblüffend schön gewesen, und das war toll, aber Simon mochte die Herbstluft, durch die er in diesem Moment nach Hause radelte. Denn das war sein Zimmer bei Hotte jetzt ganz offiziell: sein Zuhause. Letzte Woche hatte er sich umgemeldet. Sein Leben lang hatte er seine Amtsgeschäfte im Altonaer Rathaus erledigt. Jetzt war er gemeldeter Bewohner des Bezirks Eimsbüttel. Öfter mal was Neues, dachte er.

Und genau das sollte er wenig später noch einmal denken. Als er die Tür zur Wohnung öffnete, hörte er ungewohnte Geräusche von links, wo das Wohnzimmer und Hottes Schlafzimmer lagen. Erst war da ein leises Wimmern, das immer lauter wurde. Simon schloss leise die Tür und bedachte Zottel, der jetzt schwanzwedelnd angetrottet kam, mit dem international gültigen Zischen, mit dem man Menschen und Hunde zur Stille ermahnte. Zottel hielt sich daran, und Simon wunderte sich beiläufig, wie gut er das Tier im Griff hatte.

Das Wimmern wich nun einem tiefen Stöhnen, und auch das steigerte sich in Sachen Lautstärke. Kein Zweifel, hier hatte jemand Sex, und dem Soundtrack nach zu urteilen war es kein schlechter. Simon biss sich in die Faust, um nicht laut loszulachen. Er fand es nicht etwa lächerlich, dass Hotte zehn Meter von ihm entfernt poppte – das war es nicht. Nein, Simon freute sich derart, dass er am liebsten jubiliert und applaudiert hätte. Sein Kumpel Hotte hatte es irgendwie geschafft, trotz seiner 136,4 Kilo – das war die letzte offizielle Messung der Frau, auf oder unter der Hotte gerade lag – endlich jemanden zu finden, und das, obwohl er sich bis vor ein paar Monaten schon in sein Schicksal ergeben hatte, den langen Rest seiner Tage als Solist zu bestreiten. Das hier war sensationell, es war großartig! Sollte Hotte etwa über Talente verfügen, von denen Simon nichts wusste? Er hatte ihn nie nackt gesehen.

Und während er so über die vermutliche Beschaffenheit von Holger Behrens' Geschlechtsteil nachdachte, schlich er auf Zehenspitzen in die Küche, schmierte sich eilig zwei Klappstullen mit fettarmer Geflügelwurst und schnappte sich einen ebenso fettarmen Erdbeerjoghurt, das musste für heute als Abendessen reichen.

Er hatte mit dem Proviant so gerade eben seine Zimmertür erreicht, als plötzlich eine Tür auf- und das Flurlicht anging. Susanne Jacobs stand an der Schlafzimmertür, und soweit Simon es aus den Augenwinkeln beurteilen konnte, war sie vollkommen nackt. Sie schrie einmal kurz auf, und Simon kniff sofort die Augen zu. »Ich hab nix gesehen«, rief er und tastete mit der freien Hand nach seiner Türklinke. Er fand sie nicht, und er hörte ihr Lachen, das er noch von den Weight Watchers kannte.

»Warte, ich helf dir – aber lass ja die Augen zu!«, sagte sie.

Er hörte ihre nackten Füße auf dem Dielenboden, und er roch ihren Post-Sex-Schweiß, als sie neben ihm stand und die Tür öffnete. »Bitte schön, einfach geradeaus«, sagte sie und entfernte sich wieder. Kurz darauf klapperte eine Tür, von der Simon vermutete, dass es die zum Bad war.

Es war ein komischer Tag gewesen. Er hatte sich mit Anke gestritten, weil sie uneins darüber waren, wie sie mit *The Sixth Sense* umgehen sollten, einem großartigen Mysterythriller mit Bruce Willis. Simon fand den Film grandios, glaubte aber nicht an das große Publikum und wollte ihn eher in die kleinen Säle stecken. Anke wollte den großen Saal in Hamburg beim Start Ende Dezember, und das führte schließlich dazu, dass sie ihn einen Vollarsch nannte und türschlagend den Konferenzraum verließ, in dem sie beileibe nicht allein saßen.

Später dann hatte er bei seiner Mutter vorbeigeschaut, und die hatte sich ein für alle Mal verbeten, nach Janko gefragt zu werden, richtig sauer war sie geworden, und Simon hatte lieber schnell die Kurve gekratzt. Beim Training dann war er nicht so richtig bei der Sache gewesen, was ihm prompt einen Anschiss von Frank Baumann einbrachte. Und das wollte was heißen, denn für den Trainer war Simon so etwas wie eine heilige Kuh.

Aber jetzt hier auf dem Bett zu liegen, zu Camilla Nein gesagt zu haben und zu wissen, dass Hotte gerade jetzt unbekleidet neben der Frau lag, in die er zweifelsfrei heftig verliebt war – das gab ihm ein tiefes, wärmendes Gefühl der Zufriedenheit. Er grinste, während er versonnen an seinem trockenen Graubrot kaute.

Es klopfte.

»Ist offen«, rief Simon mit vollem Mund.

Hotte steckte den Kopf durch die Tür. »Können wir reinkommen?«

»Habt ihr nichts Besseres zu tun?«

»Witzig, Havlicek, wie immer fast lustig.«

Hotte trat ein, bekleidet mit einer Jogginghose und einem blauen Superman-Shirt. Hinter ihm kam Susanne ins Zimmer, die jetzt eine Boxershorts von Hotte und sein schwarzes Hemd trug. Das Zimmer wirkte ziemlich voll, als diese beiden Berge von Menschen in seiner Mitte standen.

»Wollt ihr euch nicht setzen?« Simon nahm die Füße von seiner Matratze und zeigte auf das untere Ende. Die beiden nahmen umständlich Platz.

»Also …«, begann Hotte, »bevor du es von anderen hörst …«

Simon lachte. »Nee, in der Beziehung braucht ihr keine Angst zu haben. Ich habe es definitiv von euch gehört.« Er stutzte kurz. »Ich hoffe, das war jetzt nicht euer erstes Mal? Das wäre mir dann schon unangenehm.«

Hotte schüttelte den Kopf. »Es geht schon eine Woche so. Ich wollte dir auch morgen davon erzählen, aber das ist ja nun nicht mehr nötig.«

»Also, seid ihr jetzt so richtig und offiziell …«

»Ein Paar?«, fragte Susanne. »Ja, sind wir.«

»Geil!« Simon grinste. »Ich kann euch gar nicht sagen, wie sehr mich das freut!«

»Und mich erst mal«, sagte Susanne. »Ich hatte die Hoffnung schon aufgegeben, dass ich noch mal jemanden finde.«

»Ich auch«, sagte Hotte. »Und irgendwie kann ich das hier auch noch nicht so richtig glauben.«

»Anke hat es doch immer gesagt«, sagte Simon.

»Anke? Das ist die aus dem Kino, oder? Was hat die gesagt?«, fragte Susanne.

»Die hat gesagt, dass Hotte ein Herz aus Gold hat und dass das irgendwann auch mal jemand erkennen würde.«

»Ich finde, das ist schwer zu übersehen«, sagte Susanne. »Im Ernst, ich fand dich gleich im ersten Moment gut. Halt, stopp, erst nachdem du mit dem Sprechen angefangen hast. Und das mit den Kisten war nett. Aber ich gebe zu: Als du mit dem neuen Haarschnitt und den frischen Klamotten angekommen bist, da fand ich dich schon sehr süß.«

»Süß? Mich?«

»O ja. Du warst so schüchtern, aber auf eine gute Art. Und als ich dich dann besser kennengelernt habe, war die Sache eh klar.«

»Wirklich?«, fragte Simon dazwischen. »Versteh die Frage jetzt nicht falsch, aber – wieso?«

»Weil der Mann hier einfach ein Traum ist. Er hört zu,

er sagt die richtigen Dinge, wenn man ihn um Rat fragt, er bringt einen klaglos und ohne zu zögern nach Hause, auch wenn das bedeutet, dass er danach noch mitten in der Nacht eine Dreiviertelstunde mit dem Bus fahren muss. Es ist ihm egal, dass ich zu groß bin, es ist ihm egal, dass ich zwölf Jahre älter bin, und er mag meine Tochter – noch irgendwelche Fragen, Simon?«

»Und das reicht, um dein Herz zu gewinnen?«

Susanne grinste. »Und ob. Wir Frauen müssen uns meistens mit sehr viel weniger zufriedengeben. Wenn ich da an meinen Ex denke …«

Simon musterte sie grüblerisch. Susanne lachte auf.

»Ich weiß, was du dich fragst. Oder vielmehr: nicht zu fragen traust.«

»Okay. Was?«

»Stört sie sich nicht an seinem Bauch? An seinen dicken Beinen? An der Tatsache, dass er mehr als ein Kinn hat?«

»Und?«

»Nein, es stört mich nicht. Erstens bin ich selber nicht gerade schmal gebaut. Zweitens aber, und das ist viel wichtiger: Ich gebe schon lange nichts mehr auf Äußerlichkeiten. Ich mag Hottes Frisur, und ich mag seine Augen und den Mund, doch es wäre auch okay, wenn das alles schief und krumm wäre. Eure Anke hat recht: Er ist einfach ein Mann mit einer schönen Seele. Und darauf kommt es an.« Sie beugte sich zu Hotte hinüber und küsste ihn. »Ich geh mal wieder rüber, Jungs. Wär schön, wenn einer von euch gleich hinterherkäme.«

Sie stand auf, ging hinaus und schloss die Tür.

Hotte und Simon schauten sich einen Augenblick lang an, dann grinsten sie, und Simon konnte sehen, dass Hotte immer noch über das staunte, was ihm hier gerade widerfuhr.

»*Sie* hat damit angefangen«, sagte er, »vor zehn Tagen nach der Sitzung. Da hat sie mich geküsst. Hätte ich mich nie getraut. Und letzte Woche haben wir dann miteinander geschlafen.«

»Warum hast du mir das nicht vorher erzählt?«

»Weil ich ... irgendwie gedacht habe, dass das ein Scherz ist. Ich weiß immer noch nicht, ob hier nicht gleich Kurt Felix mit der versteckten Kamera auftaucht.«

»Der macht das doch schon lange nicht mehr.«

»Ist ja auch egal. Also, was sagst du?«

»Ich finde, das ist der Hammer. Am liebsten würde ich jetzt Anke anrufen und es ihr erzählen.«

»Dann mach doch.«

»Wir hatten etwas Stress heute.«

Hotte erhob sich ächzend.

»Simon«, sagte er, »das ist ein freundschaftlicher Rat: Zieh deinen Finger aus dem Po. Und ruf Anke an. Jetzt.«

Und damit verschwand auch Hotte. Er sah dabei aus, als hätte er heute noch etwas vor.

»Hey«, sagte Simon, als sie abnahm. »Alles klar bei dir?«

»Nicht so besonders. Das war scheiße heute. Du warst scheiße, und ich war scheiße«, sagte Anke.

»Du warst nicht scheiße.«

»War ich wohl. Ich hab total überreagiert.«

»Na gut, dann war ich eben nicht scheiße.«

»Überzieh es nicht, Simon.«

»'tschuldigung.«

»Schon besser. Bist du gar nicht bei Camilla?«

»Nö. Hatte keine Lust.«

»Aha.«

»Was immer du mit ›Aha‹ auch meinst, es gibt da was, das ich unbedingt meiner weltweit allerbesten Freundin erzählen muss.«

»Und … das wäre dann ich?«

»Ohne Zweifel.«

Es blieb still am anderen Ende der Leitung.

»Bist du noch da?«, fragte Simon.

»Ja.«

»Du warst plötzlich so still.«

»Jetzt nicht mehr. Was wolltest du mir sagen?«

»Glaubst du nie. Folgendes.« Er machte eine Pause und dachte kurz nach. »Nee, das muss ich dir eigentlich persönlich erzählen. Kann ich rumkommen?«

»Du warst doch noch nie bei mir.«

»Dann wird es höchste Zeit, oder?«

Und so kam es, dass Simon zum ersten Mal in Ankes Wohnung in Eimsbüttel aufschlug, ihr von Hottes Glück erzählte und später auf ihrem Sofa einschlief, den Kopf in ihrem Schoß.

Am 23. Oktober hatte Janko Geburtstag, und Simon lud ihn zum Kaffee ein. Nicht in einem Café, nein, in der Feldbrunnenstraßen-WG sollte das Kränzchen steigen. Janko, der seinen Laden am Samstag immer um vierzehn Uhr zuschloss, war hocherfreut über die Einladung und nahm an. Es bedeutete ihm eine Menge, dass Simon und er sich wiedergefunden hatten. Sie waren schon einige Male ins Kino gegangen oder zum FC St. Pauli, Janko hatte auch schon ein paarmal am Spielfeldrand gestanden, wenn Simon für

Vorwärts Elbe im Einsatz war. Unverhohlen war da eine Art von väterlichem Stolz im Spiel.

Zu diesem Kaffeeklatsch bat Simon auch Hotte, Susanne, deren Tochter Jule und Anke. Camilla konnte leider nicht, die musste arbeiten. Dafür hatte er noch einen anderen Gast auf der Liste, jemanden, der noch nie in Simons neuer Unterkunft gewesen war, einen böhmischen Apfelkuchen versprach und glaubte, dies sei so etwas wie eine Einweihungsparty. Denn Simon hatte seiner Mutter gegenüber mit keiner Silbe erwähnt, dass Janko auch kommen würde.

Janko traf als Vorletzter ein. Er begrüßte die anderen Gäste, bedauerte die Abwesenheit von Camilla, staunte nach der kleinen Wohnungsführung Bauklötze über den Palast, in dem diese Männer-WG untergebracht war, und war überhaupt bester Dinge; einen sechsundfünfzigsten Geburtstag konnte man seiner Ansicht nach wesentlich schlechter begehen.

Dann vermeldete Big Ben das Eintreffen des letzten Besuchers. Auch Janko wusste nicht, wer da in diesem Moment vor der Tür stand. Simon fragte sich für einen kurzen Moment, ob das wohl wieder mal eine seiner schwachsinnigeren Ideen gewesen war, aber selbst wenn: Jetzt war es zu spät, er konnte ja schlecht ignorieren, dass da draußen seine Mutter wartete. Also öffnete er die Tür, nahm Jarmila die runde Tortenbox aus der Hand, bat sie herein, nahm ihr den Mantel ab und lotste sie in die Küche.

Sie lächelte, als sie eintrat und freundlich nickend in die Runde blickte. Dann blieben ihre Augen an Janko hängen, und sie erstarrte vor Schreck. Schließlich murmelte sie tonlos seinen Namen.

Janko ging es nicht viel besser. »Ich wusste nicht …«, sagte er, und Simon sah sich genötigt, ein paar erklärende Worte loszuwerden.

»Mama, Janko, tut mir leid, ich wollte euch nicht erschrecken. Aber ich habe mich in letzter Zeit etwas ausführlicher mit euch beiden beschäftigt. Und dabei habe ich mitbekommen, dass Janko immer noch an dir hängt, Mama, und ich hab erlebt, dass Jarmila superseltsam reagiert, wenn man auch nur deinen Namen in den Mund nimmt, Janko. Und deshalb dachte ich, ich bringe euch mal zusammen, um zu sehen, was passiert.«

Jarmila schüttelte den Kopf. »Und er wusste wirklich nichts davon?«

Janko hob beide Arme. »Ich schwöre, Mila!«

Sie sah Simon an. »Und warum hast du so viel Publikum dafür bestellt?«

Simon nickte. »Gute Frage. Ich dachte, so wird es vielleicht leichter für euch, falls ihr euch so gar nicht versteht. Außerdem sollt ihr beide mal die Menschen kennenlernen, die jetzt wichtig für mich sind.« Er machte eine kleine Pause. »Das ist *mir* nämlich wichtig.«

Jarmila sah Janko an. »Du hast heute Geburtstag.«

Er nickte. »Das hast du also nicht vergessen.«

Sie schüttelte den Kopf. Dann ging sie quer durch die Küche und nahm ihn in den Arm. »Herzlichen Glückwunsch, Jankosch!«

Es wurde dann ein richtig netter Nachmittag. Der Apfelkuchen von Jarmila war wie immer der Hammer. Anke hatte einen Kalten Hund gemacht, ein Kalorienmonster aus Butterkeksen und Schokolade. Auch der Käsekuchen, den Susanne mitgebracht hatte, war alles andere als übel.

»Ist das 'n Weight-Watchers-Rezept?«, fragte Simon.

Susanne lachte, verschluckte sich an einem Stück Apfelkuchen mit Sahne und hustete bellend. »Nee«, sagte sie schließlich, »an den Laden denke ich nur freitags.«

Janko und Jarmila fremdelten anfangs etwas, aber das legte sich mit der Zeit. Irgendwann sah Simon die beiden am offenen Küchenfenster stehen. Sie redeten miteinander, meistens Janko, und Jarmila lachte, mehr als einmal. Das hatte er bei ihr schon lange nicht mehr erlebt, eigentlich war sie immer angespannt. Er tut ihr gut, dachte er erleichtert, das sieht doch 'n Blinder. Jetzt legte sie ihm sogar die Hand auf den Arm, woraufhin Janko erstrahlte.

»Das hast du gut gemacht.«

Er hatte gar nicht gemerkt, dass Anke sich neben ihn gestellt hatte. Sie lächelte ihn an.

»Finde ich auch«, sagte er.

»Überhaupt hast du so einiges richtig gemacht in letzter Zeit. Der Sport, die Sache mit Katja …«

»Das war allerdings ziemlich hart«, sagte Simon. Katja hatte bitterlich geweint, als Simon mit Hotte die Sachen abgeholt hatte, in einem Kastenwagen des Fleischgroßhandels Behrens. Er wurde nicht einmal zur Hälfte voll, den größten Teil der Ladung machte seine Sammlung von Videos und Schallplatten aus, die jetzt in Hottes Arbeitszimmer ein provisorisches Asyl gefunden hatte. Simon hatte einen Kloß im Hals, als er ihr am Ende die Schlüssel überreichte und sie zum Abschied in den Arm nahm. Im Wagen hatte er selbst ein bisschen geweint. Aber richtig war es trotzdem.

»Tja, und dein Bauch … wie schwer bist du jetzt?«

»Sechsundachtzig Komma sechs, heute Morgen.«

»Respekt. Du bist ein schicker Typ, da gibt's mal nix.« Sie grinste ihn an, und die Sommersprossen tanzten ihr über das Gesicht. Simon mochte das sehr. »Und guck dir Hotte an!«, fuhr sie fort.

Der saß am Tisch und spielte mit Jule ein Abklatschspiel, Susanne schaute ihnen zu und sah dabei irre zufrieden aus.

Wenn mir einer diese Szene vor einem halben Jahr prophezeit hätte, dachte Simon, ich hätte ihn einweisen lassen. Verrückte Welt.

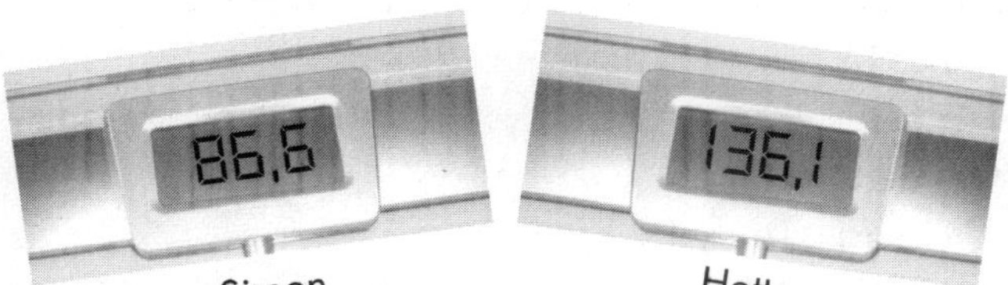

Simon Hotte

KAPITEL 25
Death by Garlic

Am Silvestervormittag des Jahres 1999 zog Simon Havlicek eine Bilanz des Jahres, in dem sich so viel bei ihm verändert hatte. Er saß am Küchentisch in der Feldbrunnenstraße, wo er eigentlich nur ein paar Tage hatte zubringen wollen. Inzwischen waren es mehr als acht Monate. Vor ihm kringelten sich Dampffäden aus seinem Kaffeebecher nach oben. Er blätterte in seinem kleinen, braunen Notizbuch.

Er hatte sich heute Morgen gewogen, und das Gerät, das seit dem beeindruckenden Flug auf die Windschutzscheibe eines Kleinwagens vor einem halben Jahr ein paar Kratzer und Dellen aufwies, zeigte 81,3 Kilo an. Seit Ende April hatte Simon genau siebenundzwanzig Kilo abgenommen. Er spielte wieder Fußball, und er spielte gut; sieben Tore und vierzehn Vorlagen hatte er für sein Kreisligateam in der Hinrunde in der Statistik stehen. Sogar die erste Mannschaft von Vorwärts, die immer noch in der Verbandsliga spielte, buhlte jetzt um ihn, aber Simon hatte sich noch nicht entschieden, ob er das wirklich brauchte.

Er hatte Janko wiedergefunden, der nicht sein Vater war und in so vielerlei Hinsicht eben doch, und auch seine Mutter hatte Janko wieder in ihr Leben gelassen, nach mehr als zwei Jahrzehnten. Sie hatten zwei getrennte Wohnungen, aber das musste nicht so bleiben. Simons Weihnachten mit den beiden war jedenfalls das beste seit Langem gewesen, schon allein deshalb, weil Janko es schaffte, den Panzer seiner Mutter zu knacken. Und sie es zuließ. Endlich. Damit hatte Simon nicht mehr gerechnet.

Seine Beziehung mit Katja war Geschichte, und die mit Camilla stand auf eher wackeligen Füßen. Sie war die Einzige, der es nicht besonders gefiel, dass sich Simons ehemals runder Bauch im Laufe des vergangenen Vierteljahres rückstandslos aufgelöst hatte. Er war verliebt, keine Frage, und der Sex war wirklich super, aber es kam immer öfter vor, dass er an ihren Ausflügen ins Nachtleben nicht teilnahm und sich ganz gut dabei fühlte.

Hotte kam in die Küche. Auch er hatte sich vorhin auf die Waage gestellt. Einhundertfünfunddreißig glatt, immerhin dreizehn Kilo weniger als am Anfang der ganzen Abnehmnummer. Von seinem Traumziel, irgendwann einmal im zweistelligen Bereich anzukommen, war er in etwa so weit entfernt wie Amerika von einem schwarzen Präsidenten, aber das störte ihn eigentlich nicht weiter. Hotte war glücklich dank Susanne. In den vergangenen zwei Monaten hatte Simon ziemlich viel Zeit allein in der Feldbrunnenstraße verbracht, weil Hotte oft in Schnelsen war. Mann mit Hund auf zweihundert Quadratmetern, das war definitiv ein Missverhältnis. Manchmal fühlte Simon sich etwas alleingelassen. Und dann war er froh darüber, dass Hottes Schwester Zottel zu ihnen abgeschoben hatte.

Überhaupt, da war eine Unruhe in ihm, die er so nicht von sich kannte. Vieles war gut und richtig, wie es war, aber irgendetwas fehlte. Leider konnte er nicht den Finger darauf legen, und das sorgte dafür, dass er bisweilen übellaunig wurde.

»Komm, Havlicek, wir müssen los. Anke wartet!«, kam es von Hotte.

Sie hatten ein gemütliches Silvester geplant. Keine Party, sondern Fondue in dem riesigen Wohnzimmer, wo Hotte und Simon erst vor ein paar Wochen eine Essecke installiert hatten. Sechs Stühle an einem auf antik gebeizten Holztisch, das passte, denn neben Simon und Hotte würden Susanne, Jule, Anke und Camilla da sein. Letztere ein bisschen widerwillig, sie fand es absurd, ausgerechnet in der größten Partynacht des Jahres die Füße stillzuhalten, aber Simon hatte sie darum gebeten, und schließlich hatte sie eingewilligt.

Jetzt wollten sie Anke abholen und mit ihr einkaufen gehen. Und das wurde höchste Zeit, wenn es nach Hotte ging.

»Beeilung, Alter, sonst sind beim Bäcker gleich die Berliner alle!«

Es gab Filet vom Rind, vom Schwein und vom Huhn, ein Fonduetopf war mit heißem Öl gefüllt, der andere, für den kalorienbewussten Partygast, mit Brühe. Anke und Susanne hatten zusammen einen grünen Salat gemacht, Hotte und Jule ein paar Dips angerührt und Simon Pellkartoffeln gekocht, Camilla hatte ein Blech Brownies für den Nachtisch gebacken. Dieser Abend war die Feuerprobe für die neue Essecke, und bis jetzt sah alles vielversprechend aus.

Simon hatte ein Tape gemixt, auf dem so ziemlich alles drauf war, was ihm in diesem Jahr gefallen hatte – New Radicals, Robert Cray, Lamb, Red Hot Chili Peppers und so weiter. Er erwartete nicht, dass irgendjemand außer ihm das zu würdigen wusste, aber darauf kam es ihm nicht an. Die Musik lief leise mit, das Essen wurde gelobt, und irgendwann, nach eineinhalb Stunden wilden Gespachtels, klopfte Hotte an sein Glas. Anke klatschte in die Hände.

»Eine Rede, au ja!«

Hotte räusperte sich. »Na ja, Rede, ich weiß nicht, das ist jetzt vielleicht ein bisschen hochgegriffen. Aber ich wollte was sagen, das stimmt.«

Er nahm einen Schluck Bier, das er sich zur Feier des Tages gönnte, vielleicht war es auch schon sein drittes oder viertes, aber hier war heute niemand, der mitzählte.

»Also, was ich sagen wollte ... es ist keine große Sache, na ja, das ist jetzt falsch ausgedrückt, denn groß im Sinne von bedeutend ist sie schon, aber die Sache an sich, die ist eher klein, und wenn man es genau nimmt, dann ist es auch keine Sache ...«

»Was Holger euch in seiner überaus unverblümten und direkten Art sagen will«, unterbrach ihn Susanne, »ist, dass ich schwanger bin.«

Das Schweigen um den Tisch herum war ohrenbetäubend. Anke, Simon und Camilla blickten ungläubig zwischen Hotte und Susanne hin und her. »Also, ich hab's schon gewusst«, piepste Jule. Das weckte die anderen drei auf, Camilla umarmte Susanne und beglückwünschte sie, Anke knuddelte Hotte, und auch Simon stimmte in den Gratulationschor ein.

Als sie alle wieder saßen, sagte Anke: »Das ging ja verdammt schnell.«

»Ja«, sagte Susanne. »Man sollte eigentlich meinen, dass man mit Ende dreißig weiß, wie Verhütung geht, oder?«

»Was ist Verhütung?«, fragte Jule.

»Damit kann man verhindern, dass man beim Sex Kinder macht«, sagte Simon.

»Was ist Sex?«, fragte Jule.

»Na, viel Spaß, Simon. Die Suppe hast du dir jetzt selbst eingebrockt«, sagte Susanne.

»Erklär ich dir später, Jule«, sagte Simon.

»Menno.«

Anke wollte etwas anderes wissen. »Freut ihr euch denn?«

Hotte zögerte etwas mit der Antwort. »Also, Kinder zu haben finde ich schon super, das weiß ich. Aber jetzt habe ich schon mal eine Freundin, und dann muss ich sie gleich wieder teilen … also irgendwie auch suboptimal. Nur: Wer wäre ich, mich zu beschweren?«

»Ich freue mich auf jeden Fall«, sagte Jule. »Aber nur, wenn's ein Mädchen wird.«

»Was ist eigentlich mit mir?«, warf Simon plötzlich ein.

Hotte und Susanne warfen sich einen schnellen Blick zu.

»Wieso mit dir?«, fragte Camilla verständnislos.

»Na, denk doch mal nach. Die beiden kriegen ein Kind. Also werden sie zusammenziehen. Und das bestimmt nicht in Schnelsen oder in einem Reihenhaus in Bargteheide, wenn es hier einen mietfreien Königspalast gibt. Stimmt's?« Er sah Hotte an.

»Stimmt«, sagte Hotte. »Susanne und Jule ziehen hier ein, spätestens Anfang März. Aber du kannst dir in aller Ruhe was suchen, das Baby kommt ja erst im Sommer, so lange kannst du natürlich hier bleiben, Simon.«

Schweigen.

»Simon?«

Simon starrte auf sein gebrühtes Stück Hähnchenbrust, das auf seinem Teller in Aioli ertrank. Death by garlic. Sein Unterkiefer mahlte, er merkte, wie es in ihm rumorte. Aber das ist unfair, dachte er, das darf ich nicht, ich muss mich freuen, das ist schließlich mein Freund, der gerade bekommt, wovon er immer geträumt hat, das darf ich ihm jetzt nicht vermiesen, ich kann mir schließlich auch mehr leisten als vierhundert Mark, und vielleicht finde ich ja wieder was in Elbnähe … aber trotzdem ist das scheiße, scheiße, scheiße.

»Schon okay«, sagte er schließlich und lächelte gequält. »Ich finde das alles total super für euch, aber dass ich obdachlos werde, das muss ich erst mal verdauen. Bin gleich wieder da.«

Er ging in den Flur und von da in sein Zimmer. Dort ließ er sich bäuchlings auf seine Matratze fallen und stöhnte in sein Kissen. Verdammte Kacke. Er mochte es hier, er mochte dieses Zimmer, und er hatte in letzter Zeit sogar gelernt, Veränderungen zu mögen. Aber irgendwann ist doch mal gut, dachte er, irgendwann muss doch mal Ruhe im Schiff sein! Er starrte an die Decke, dann suchte er seine Zigaretten, die in dem kleinen Regal neben der Matratze lagen. Er hatte den ganzen Dezember nicht geraucht, es ging auch ohne ganz gut mit dem Dünnerwerden, aber jetzt hatte er Lust auf eine Kippe. Er steckte sich eine an und starrte wieder an die Decke. Es war kurz vor zehn, das meldete jedenfalls stumm sein Radiowecker, und er freute sich schon auf den Moment, an dem dieses verkackte Silvester endlich vorbei sein würde.

Es klopfte. Er sagte nichts, trotzdem öffnete sich die Tür, und Camilla trat ein. Sie sah reizend aus in ihrem kurzen schwarzen Kleid und den kniehohen Stiefeln, aber auch das konnte Simon gerade nicht aufheitern. Sie setzte sich auf seine Matratze.

»Wieso läufst du weg?«, fragte sie.

»Ich war wütend, und ich wollte den anderen nicht den Abend verderben.«

»So schaffst du das erst recht.«

Er schwieg. Konnte ja sein, dass sie richtig lag. Aber er hatte keinen Bock, darüber zu reden.

»Ich habe keine Lust mehr, Simon«, sagte sie.

»Wieso? Ist doch nett, mal so Fondue mit Freunden. Man muss doch nicht immer wild Party machen.«

»Ich bin da etwas anderer Meinung, und ich werde auch gleich gehen, aber das meine ich nicht.«

»Sondern?«

»Das mit uns, Simon. Ich glaube, das wird nichts. Du bist ein toller Typ mit vielen guten Seiten, trotzdem verstehe ich dich nicht immer.«

Simon richtete sich auf. »Aber da ist doch viel Schönes zwischen uns. Die Gespräche, der Sex …«

»Ja, das ist okay. Oder sogar gut. Bloß, wo soll das hinführen? Ich bin noch zwei Monate hier, und dann gehe ich zurück nach Kopenhagen.«

»Das sind nicht mal dreihundertfünfzig Kilometer. Also quasi um die Ecke. Da führen andere Leute noch ganz andere Fernbeziehungen.«

»Aber ich will gar keine Fernbeziehung. Und außerdem …« Sie starrte zu Boden. Was jetzt kam, war nicht gut, das spürte Simon, doch nun wollte er es wissen.

»Und außerdem?«

»Ich habe einen Freund in Kopenhagen. Mit dem wohne ich dort zusammen, und zu dem werde ich auch zurückgehen.«

Sie zog die Brauen nach oben, und das machte ihre Augen noch größer, als sie eh schon waren, fünfmarkstückgroße Mädchenaugen in Rehbraun. Unschuldig sah sie aus, als ob sie für all das nichts konnte, und das wollte sie auch, genau so wollte sie aussehen. Dabei hatte sie nicht einmal eine halbe Minute gebraucht, um ihre Beziehung zu beenden und sie nebenbei als komplett sinnlos abzustempeln.

»Raus«, sagte Simon leise.

»Simon …«

»RAAAUUUSSS!«

Und so verschwand Camilla aus seinem Leben. Zwei Stunden vor Mitternacht an Silvester.

Zehn Minuten später kehrte Simon ins Wohnzimmer zurück. Halligalli war hier nicht gerade, das verbliebene Quartett wirkte verunsichert. Simon setzte sich, pikte ein Stück Schwein zusammen mit Rind auf seine Fonduegabel und steckte das Ensemble in den Topf mit Brühe.

»Alles okay, Simon?«, fragte Anke.

»Nein.«

»Was ist denn los? Camilla kam hier mit Mantel rein, sagte nur Tschüss und Danke für den schönen Abend, und dann ist sie verschwunden.«

»Und hat nichts weiter erzählt?«

»Nee«, brummte Hotte.

»Sie hat gerade Schluss gemacht. Scheint heute Abend mein Schicksal zu sein, alle machen mit mir Schluss.«

»Was heißt das, Schluss machen?«, fragte Jule.

Susanne legte Hotte eine Hand auf den Arm. »Hast du zufällig ein Kindervideo in deiner Sammlung?«

Hotte setzte Jule mit *Toy Story* vor den Fernseher, und Simon erzählte ein bisschen, wie es sich so entwickelt hatte mit Camilla, von guten Tagen, von weniger guten, und von einem Freund in der Hauptstadt des Königreichs Dänemark, von dem er bis vor einer Viertelstunde nichts gewusst hatte.

»Nicht dein Ernst«, sagte Anke.

»Was für eine kleine Schlampe«, sagte Susanne.

»Irre Geschichte«, sagte Hotte.

»Was ist eine Schlampe?«, rief Jule aus Hottes Fernsehsessel herüber.

Und dann klingelte es.

Hotte kam von der Tür zurück.

»Ist für dich, Simon«, sagte er.

»Camilla?«

»Schau selbst. Glaubst du mir sonst nicht.«

Simon ging zur Wohnungstür. Im Treppenhaus stand Katja. Hotte hatte sie wieder nicht hereingebeten. Das ist nicht höflich von ihm, dachte Simon, da muss ich mit ihm mal drüber reden. Doch dann fiel ihm ein, dass er hier demnächst wieder auszog, er musste also gar nichts.

Erst jetzt bemerkte Simon, dass Katja schluchzte.

»Katja, was ist denn los mit dir?«

»Kann ich reinkommen?«

Er ließ das Häufchen Elend herein und bugsierte es Richtung Küche, in seinem Zimmer war die Sache schließlich schon einmal in die falsche Richtung gelaufen. Er drückte sie auf einen Stuhl, riss ihr ein Stück Küchenpapier von der Rolle ab, schenkte ihr ein Glas Rotwein ein und setzte sich. Sie nahm einen großen Schluck, und langsam ebbte das Schluchzen ab. Er sah sie an.

»Was ist denn?«

Sie schniefte. »Ich bin ein bisschen betrunken, und ich habe gerade über das Jahr nachgedacht und darüber, wie alles aus dem Ruder gelaufen ist und wie es so weit kommen konnte.«

»Na ja, ich könnte jetzt wieder von meinem Geburts…«

»Lass es, das hatten wir oft genug. Es tut mir so leid, dass das passiert ist. Nicht nur, dass du mich erwischt hast, sondern dass ich den Scheiß überhaupt angefangen habe.«

»Du hattest deine Gründe.«

»Ja, aber es waren die falschen.«

»Glaube ich nicht. Eher die richtigen Gründe, aber die falsche Schlussfolgerung.«

»Wie meinst du das?«

»Dass du unzufrieden warst, hast du dir ja nicht ausgedacht. Das war eine Tatsache. Du hättest bloß nicht dem erstbesten Gigolo ans Gemächt greifen müssen.«

Sie trank das Glas in einem zweiten, langen Zug leer. »Auf die Gefahr hin, mich zu wiederholen: Du fehlst mir. Du fehlst mir unglaublich. Nur bei dir kann ich mich richtig runterfahren. Ich möchte, dass du zurückkommst.«

Ihre Augen wurden feucht und groß, denn auch sie zog die Brauen hoch. Erst braun, dann blau – und das alles innerhalb von einer Dreiviertelstunde. Was ist bloß mit den Weibern los?, dachte Simon.

»Pass auf, Katja, auch auf die Gefahr hin, dass ich mich wiederhole: Ich komme nicht zurück. Manchmal fehlst du mir auch, aber immer seltener, und du löst bei mir genau das Gegenteil an Gefühlen aus. Ich werde unruhig in deiner Nähe. Du tust mir nicht gut. Und ich weiß nicht, ob ich dir noch mal vertrauen könnte.«

Sie schluchzte jetzt wieder, und ihr kleiner Körper bebte.

»Weißt du noch, was du damals an der Elbe zu mir gesagt hast? ›*Es ist ganz gut, wenn wir mal ein bisschen Luft zwischen uns bringen.*‹ Das war richtig. Ich habe erst danach gemerkt, dass ich vergessen hatte, ab und zu mal durchzuatmen.«

»Aber das kann man doch alles ändern.«

»Oh, ich habe mich verändert. Aber jetzt passe ich nicht mehr zu dir. Ich bin mir ziemlich sicher, dass wir uns nicht glücklich machen können. Tut mir echt leid.«

Ihr Schluchzen ging in ein lang anhaltendes Heulen über. Er stand auf und zog sie an sich. Ihr Körper bebte in seinen Armen, und er war sich nicht sicher, ob er die Sache damit besser machte, aber das war ihm jetzt auch egal.

Obwohl sie nicht gerade leise weinte, hörte er, dass es an der Tür klingelte. Wieder hörte er Hottes schwere Schritte im Flur, die Tür wurde geöffnet, und dann wurde es wirklich laut.

»WO IST SIE? KOMM, DICKER, ICH WEIß GENAU, DASS SIE HIER IST, VERARSCH MICH NICHT!«

Zwei Sekunden später stand Giancarlo Pantani in der Küchentür. Als er sah, dass Katja sich an Simon klammerte und er sie umarmte, verengten sich seine Augen zu Schlitzen. Und er wurde gefährlich leise. »Hab ich's doch gewusst. Dachte mir schon, dass du hier aufläufst und dich wieder deinem Langeweiler an die Brust wirfst. Einfach so von der Party abzuhauen – was sollte das? Wie stehe ich jetzt vor meinen Freunden da, hast du dir das mal überlegt?«

Simon löste sich von Katja.

Giancarlo kam näher. »Und du«, sagte er, »du hast anscheinend gar keinen Respekt vor den Frauen anderer Leute, oder wie sehe ich das?«

»Wie bitte?«, entfuhr es Simon. »Das sagst ausgerechnet du?«

»Das war doch damals ganz was anderes!«, rief Giancarlo und kam noch näher. »Jemand musste sie doch rausholen aus dieser Beziehungshölle mit dir. Dass ich sie angebaggert habe, war ein Akt der Befreiung!«

»Alter, du tickst doch nicht ganz sauber!«, sagte Simon.

Giancarlo stand jetzt direkt vor ihm. Er war einen halben Kopf kleiner und wahrscheinlich immer noch zwanzig Kilo leichter, aber das machte ihn nicht weniger gefährlich.

Sie hatten inzwischen Zuschauer. Hotte und die drei Damen von neun bis achtunddreißig standen im Eingangsbereich der Küche.

»Haut ihr euch gleich?«, fragte Jule.

»Hab ich nicht vor«, sagte Simon.

»Wahrscheinlich ja«, sagte Giancarlo gleichzeitig. Und dann begann er, Simon zu schubsen. »Du bist ein fauler Sack, hat sie gesagt«, rief Giancarlo und gab Simon einen leichten Stoß.

Der wich nach hinten aus.

»Und du schnarchst wie eine Handkreissäge, hat sie gesagt.« Der nächste Schubser.

»Hör auf«, sagte Simon leise.

»Und beim Essen kleckerst du dich immer so saumäßig voll, hat sie gesagt.« Schubser.

»Ich warne dich, Pantani.«

»Und sie hat gesagt …«

»Weißt du, was sie über dich gesagt hat?«, unterbrach ihn Simon.

Giancarlo sah ihn überrascht an.

»Sie hat gesagt, dass dein Schwanz so groß ist wie ein Radiergummi, und dass du es im Bett nicht bringst.«

Giancarlo wollte sich auf ihn stürzen, aber dazu kam es nicht, denn Hotte hatte ihn von hinten am Kragen seiner Lederjacke gegriffen und ihn einfach von Simon weggepflückt. Giancarlo war bei Weitem nicht in Hottes Gewichtsklasse, da konnte er noch so zappeln, es half nichts. Hotte ließ ihn in einigem Abstand zu Simon wieder herunter, und Giancarlo stürzte sich prompt auf Hotte.

Das war keine besonders gute Idee. Hotte holte nur kurz aus und ließ Giancarlo mit der rechten Gesichtshälfte gegen seine ausgestreckte Faust laufen. Der Effekt war beeindruckend. Giancarlo ging blitzartig zu Boden, wo er unter einigem Stöhnen und Wehklagen liegen blieb.

Katja schrie auf und warf sich neben ihn auf die Knie. »WAS HAST DU GEMACHT, DU MONSTER?«, brüllte sie, ganz außer sich. »DU HAST IHN FAST UMGEBRACHT! HOLT MAL EINEN WASCHLAPPEN, ER BLUTET, SCHNELL!« Sie streichelte Giancarlos geschwollenes Gesicht und murmelte Sachen wie »Du Armer, keine Angst, das wird wieder«. Simon spürte, dass er sauer wurde, so sauer wie schon lange nicht mehr, vielleicht wie nie. Was war denn das für eine beschissene Nummer hier? Was war seine Ex doch für ein verlogenes Stück Scheiße! Und seine andere Ex gleich dazu! Er hatte keinen Bock mehr auf die Kacke hier. »Ich muss raus«, sagte er, drängte durch die Küche in den Flur, griff sich seine Jacke, die schwarze, dicke mit der Kapuze, zog seine Joggingschuhe an, streichelte Zottel über den Kopf, der an der Tür stand und ihn fragend anblickte. »Heute nicht«, sagte Simon leise, und dann sah er Hotte und Susanne und Jule und Anke an der Küchentür stehen. Auch sie blickten ihn fragend an, aber zu ihnen sagte er nichts, er machte einfach die Tür auf und stürmte hinaus in die Nacht, in der es noch fünfzig Minuten bis Mitternacht waren.

Er hatte kein Ziel. Er wollte einfach nur weg, wollte gehen, wollte Luft, und es war ihm egal, dass die nicht besonders frisch war, sondern rauchgeschwängert von der Vorfreude auf das neue Jahr. Oder Jahrzehnt, Jahrhundert, Jahrtausend, es war ja eine Menge Auswahl geboten heute Nacht. Gegen Mitternacht wanderte er die Max-Brauer-Allee hinunter. Er lief Slalom um explodierende Knallfrösche und wich freudetrunkenen Altonaern aus, die ihn zum neuen Jahr an ihre Brust drücken wollten. Scheiß auf 2000!, dachte er.

Am Altonaer Balkon war alles voll, das konnte er nicht gebrauchen. Er ging ein kleines Stück weiter am Elbhang entlang. Kurz vor der Heine-Villa fand er endlich eine dunkle, menschenleere Nische mit zwei Bänken. Er setzte sich. Man hatte einen guten Blick auf die Elbe, auf die Köhlbrandbrücke und die Raketen, die drüben in Neugraben und Harburg immer noch in die Luft stiegen. Aber Simon konnte nicht lange sitzen, noch immer wollte er laufen, seine Wut rauslaufen, seinen Zorn auf die Frauen und auf Hotte und das Baby und Susanne und Jule, vor allem Jule mit ihren ganzen blöden Fragen!

Es tat ihm gut, ungerecht zu sein. Inzwischen ging es ihm schon ein bisschen besser. Er war jetzt am Museumshafen angekommen, wo er sich damals mit Katja getroffen hatte. Damals wollte er sie unbedingt haben und durfte nicht. Und heute ... Ironie ist eine feine Sache, dachte er.

Schließlich erreichte er den Anfang des Strandes, wo

sein erstes Date mit Camilla begonnen hatte. Es war richtig, dass sie heute – ach nee, gestern – Schluss gemacht hatte, das wusste er, aber die Nummer mit dem Freund in Kopenhagen hatte ihn getroffen. Es machte ihn zu etwas … Beliebigem. Und das ging gar nicht. Camilla, dachte er. Guter Sex, schlechtes Mädchen. Aber mit dem Problem musste sich demnächst wieder ein Idiot in Kopenhagen auseinandersetzen.

»Da bist du ja.«

Simon hatte beim Gehen die ganze Zeit dumpf in den Sand gestiert und nicht bemerkt, dass auf den Bohlen vor der Strandperle jemand hockte. Und nicht irgendjemand.

»Anke?«

»Allerdings. Ich warte hier schon seit anderthalb Stunden auf dich.«

»Wie spät ist es denn?«

»Drei durch.«

»Und wie bist du hergekommen?«

»Ich hab mir dein Fahrrad geliehen.«

Simon tastete seine Jackentaschen ab. Er spürte seinen Schlüsselbund nicht. Den hielt ihm jetzt Anke am ausgestreckten Arm entgegen.

»Woher wusstest du, dass ich hier sein würde?«

»Weibliche Intuition wahrscheinlich. Was weiß ich. Ich wusste es einfach. Ich hätte bloß früher mit dir gerechnet.«

»Was mich zur eigentlichen Frage bringt: *Warum* bist du hier?«

Sie musterte ihn, ihr Mund war ernst, aber Simon glaubte zu erkennen, dass ihre Augen lächelten. Verrückt, dachte Simon, das geht?

Und dann sang sie.

»When you're down and troubled, and you need some love and care …«

»… and nothing, nothing is going right«, brummte Simon weiter.

»Und so weiter und so weiter«, sagte Anke. »Ich sehe, du kennst deine Carole King. Dann weißt du ja, wie der Song heißt.«

»Weiß ich. ›You've got a friend‹.«

»So ist es, Simon. Du hast sogar mehr als einen Freund. Du hast Grobi, Susanne, du hast Janko. Und Hotte. Und du hast mich. Scheiß auf Katja und Camilla. Die brauchst du nicht. Mir ist übrigens arschkalt, Kollege.«

Simon erkannte jetzt, dass sie tatsächlich zitterte. Er setzte sich neben sie, öffnete seine Jacke und zog Anke an sich. Er roch ihr feuchtes, kaltes Haar und spürte ihre Schulter unter seinen Händen. Er spürte ihren Atem, der seine Brust beheizte, und er spürte ihre Hände, die sich einen Weg unter sein Hemd suchten. Sein Herz beschleunigte den Schlag, und sein Mund wanderte ein wenig tiefer und traf auf ihre Stirn, wo er seine Lippen für einen langen Augenblick liegen ließ. Sie hatte damit begonnen, seinen Rücken zu streicheln, und nun hob sie ihren Kopf und sah ihn an. Obwohl es dunkel war und die Luft klamm und kühl, wurde es Simon in diesem Moment warm ums Herz.

»Sag mal«, fragte er, »mich streift da gerade so 'ne Erkenntnis: Könnte es sein, dass wir in Wirklichkeit mehr sind als bloß Freunde?«

»Könnte sein. Ich habe diese Ahnung allerdings schon ein bisschen länger.«

»Echt?«

»Ja, du Klotz. Was glaubst du, warum ich so sparsam auf Camilla reagiert habe? Und warum es mir nicht gut ging, als das mit ihr angefangen hat?«

»Na, ich dachte wegen Tors… oh.«

»Genau.«

Er dachte kurz nach und hielt sie dabei weiter fest. »Ich fürchte, wir versabbeln hier gerade einen ziemlich romantischen Moment«, sagte er schließlich.

»Dann tu doch mal was dagegen, du Vollpfosten.«

Und das tat Simon Havlicek dann auch.

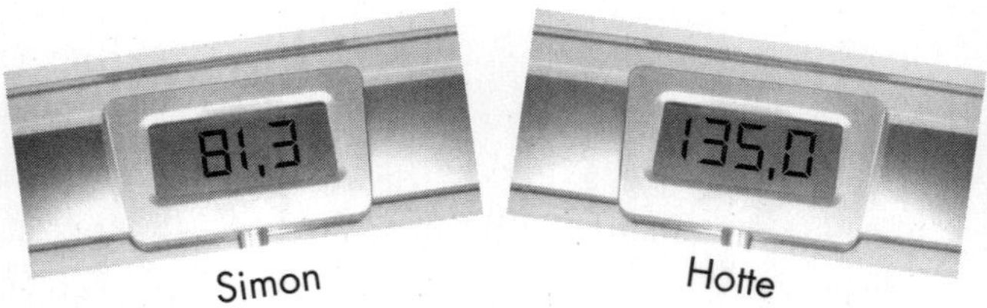